Sophia Farago

Die stürmische Braut

Die Lancroft Abbey Reihe

Band 3

Ein Buch der MiMe books agency
Michael Meller
Umschlaggestaltung: © Designomicon,
Anke Koopmann unter Verwendung von
Motiven von shutterstock

ISBN: 978-3-944866-12-3

Die Familiengeschichte von Lancroft Abbey und eine Liste der wichtigsten Personen und Begriffe finden sich im Anhang.

Sophia Farago

Die stürmische Braut

Kapitel 1

Landsitz des Barons of Glostershire, Südengland
Anfang März 1814

Justin Rawling, der fünfte Viscount of Badwell, strich sich die dunklen Haare aus dem Gesicht und setzte sich dann vorsichtig auf, bemüht, die Lady zu seiner Linken nicht aufzuwecken. Die Dämmerung hatte sich bereits über die ebene Landschaft südlich von Swindon gelegt. Ein Blick aus dem Fenster zeigte, dass es wieder leicht zu schneien begonnen hatte. Eine dünne weiße Decke legte sich über den Rasen der weitläufigen Parkanlage rund um das schlossähnliche Gebäude. Sie würde den Tag etwas länger erhellen und dennoch musste er sich beeilen, wollte er seinen eigenen Landsitz noch vor Einbruch der vollkommenen Dunkelheit erreichen. Die braunen Beinkleider lagen auf dem Lehnsessel neben dem Nachttisch, und er gratulierte sich dazu, sie einer Eingebung zufolge so günstig platziert zu haben. Das mit weinroter Seide bespannte Himmelbett zu verlassen und danach zu greifen war eins. Die Rosshaarmatratze gab ein knirschendes Geräusch von sich.

Oh Gott, hoffentlich wacht sie nicht auf!, dachte er, hielt die Luft an und warf einen schnellen Blick über die Schulter. Er hatte keine Lust auf Vorwürfe, schon gar nicht, da er wusste, dass sie ihm zu Recht gemacht werden würden. Und nach Tränen hatte er noch weniger Verlangen. Bitte, bitte keine Tränen! Er hatte sich diese Minuten ganz anders vorgestellt gehabt. In seinen Tagträumen war er mit höhnischem Grinsen an ihr Bett getreten, hatte sich in voller Größe vor Ihrer Ladyschaft aufgerichtet und ihr all die zynischen Worte entgegengeschleudert, an denen er in den letzten Jahren immer dann gefeilt hatte, wenn er es nicht hatte verhindern können, an sie zu denken. Doch jetzt wäre er am liebsten einfach gegangen. So sang- und klanglos verschwunden, dass sie sich am kommenden Morgen fragen würde, ob er überhaupt da gewesen war oder ob sie das Ganze nur geträumt hatte. Diesen Spätnachmittag im Bett mit einem Mann, der nicht ihr eigener war. Der so viel jünger, kräftiger und vitaler war als ihr Gatte.

Während Badwell in sein gestärktes weißes Hemd schlüpfte, fragte er sich stirnrunzelnd, ob sie ihr Beisammensein wohl genossen hatte. Er war sich dessen nicht sicher. Sie hatte kaum einen Laut von sich gegeben und war stocksteif dagelegen, so als würde sie alles nur gottergeben über sich ergehen lassen. Als er schließlich zumindest körperlich befriedigt von ihr herabgerollt war, hatte sie allerdings ein „So wunderbar kann es also sein. Ich danke Ihnen!" gemurmelt. Während er noch fassungslos die Augen aufgerissen und sich gefragt hatte, ob er sich nicht vielleicht doch verhört hatte, war sie auch schon in einen tiefen Schlaf gefallen.

Was, so fragte er sich jetzt, musste sich in ihrem ehelichen Gemach abspielen, wenn sie diesen lieblosen, völlig mechanischen Akt bereits als wunderbar bezeichnete?

Er hörte in sich hinein, während er sich die hohen Stiefel schnappte. Hatte ihm dieser Nachmittag die Genugtuung verschafft, die er erwartet hatte? War er das Risiko wert gewesen? Wusste sie nun, welche Freuden ihr dadurch entgangen waren, dass sie ihn vor Jahren so kalt zurückgewiesen hatte? Würde sie das in Zukunft Tag für Tag bereuen? Badwell seufzte. Oh Gott, wie sehr hatte er damals darunter gelitten, dass sie ihn nicht zum Gatten nehmen wollte! Er erinnerte sich an jede Einzelheit des fatalen Gesprächs, so gut, als wäre es erst gestern gewesen.

Mit stolzgeschwellter Brust und ohne jeden Zweifel darüber, dass sein Vorhaben zu einem guten Ende führen würde, hatte er vor knapp vier Jahren das Haus ihres Vaters am Londoner Bruton Place betreten. Am Vorabend hatte sie am Ball von Lady Darlington dreimal mit ihm getanzt, und jedes Mitglied der Gesellschaft wusste, dass das nur die bevorstehende Verlobung bedeuten konnte. Die Blicke, die sie ihm dabei zugeworfen hatte, waren so verheißungsvoll gewesen, dass es nichts misszuverstehen gab. Sie hatte sich von ihm sogar zu einer Bank am Rand des Ballsaals führen lassen und mit Freuden das Glas Limonade entgegengenommen, das er ihr reichte. Wenn er sprach, dann schenkte sie ihm ihre volle Aufmerksamkeit, hörte mit leicht geöffneten Lippen zu und fand alles, was er erzählte, bewundernswert. Natürlich war es ihm auch eine diebische Freude gewesen zu sehen, wie der Baron of Glostershire ihr Gespräch vom Rand des Saales aus mit Argusaugen verfolgte und seine Eifersucht kaum zu zügeln wusste. Es war unübersehbar, dass dieser Gentleman ebenfalls ein Auge auf die schöne Lady Babette geworfen hatte. Und immerhin war er ein Baron, ihm also nicht nur im Alter, sondern, da er damals nur der zweite Sohn eines Viscounts war, auch an Stand und Vermögen um vieles voraus. Doch Babette hatte sich ganz offensichtlich für ihn, Justin Rawling, entschieden. Alles sprach dafür, dass sie seinen Antrag annehmen würde, er brauchte ihn ihr nur noch zu stellen. So dachte er damals zumindest, junger Narr, der er war. Als er vorsprach, um bei ihrem Vater und ihr um ihre Hand anzuhalten, erwarteten ihn beide im Salon. Der Blick, den sie einander zuwarfen, hätte ihn vielleicht warnen können, doch er schwebte so sehr in seiner Glückseligkeit und Vorfreude, dass ihm derartige Kleinigkeiten nicht auffielen. Und so gab es nichts, was ihn auf das vorbereitet hätte, was nun in diesem Salon geschah. Kaum hatte er also seinen Heiratsantrag vorgebracht und den beiden seine lauteren Absichten versichert, da waren Vater und Tochter in schallendes Gelächter ausgebrochen.

„Das kann wohl nicht Ihr Ernst sein, junger Freund“, hatte Babettes Papa gemeint und ihm mit der flachen Hand jovial auf den Rücken geschlagen. „Sie sind nichts, Sie haben nichts und Sie werden auch nie jemand sein. Wie vermessen ist es von Ihnen, anzunehmen, dass meine einzige Tochter, das schönste Mädchen dieser Saison, auch nur einen Augenblick in Erwägung ziehen könnte, sich derart wegzuwerfen?“

„Ja, aber …“, hatte sein mutiger Vorstoß gelautet, da er das Gehörte nicht glauben wollte, „Ihre Tochter schien mich zu ermutigen.“ Dann hatte er sich direkt an sie gewandt, in der Hoffnung, dass sie die Worte ihres Vaters korrigieren würde: „Meine liebe Lady Babette. Unsere Gespräche, unsere Tänze. Sie müssen doch gewusst haben, wie sehr ich Sie verehre. Ich habe aus meinen tiefen Gefühlen für Sie niemals einen Hehl gemacht…“

„Mr Rawling, mich dünkt, zu meinem großen Bedauern, dass ich Ihre Intelligenz überschätzt habe“, lautete ihre kühle Abfuhr. „Unsere Tänze dienten allein dem Zweck, den Baron dazu zu bewegen, sich mir zu erklären. Und ich kann zu meiner großen

Freude verkünden, dass dies vor zwei Stunden der Fall gewesen ist. Sie dürfen mir gratulieren, Mr Rawling, ich werde in Kürze die Baronesse of Glostershire werden."

„Aber ...", mit dem Mut des Verzweifelten hatte er einen neuen Vorstoß versuchen wollen, doch eine energische Handbewegung hieß ihn schweigen: „Verstehen Sie doch endlich, Mr Rawling, jedes weitere Wort ist überflüssig. Ich werde eine Baronesse. Glostershire macht mich zu einer der führenden Ladys des Landes. Sie hingegen haben nichts, was mich auch nur im Geringsten an Sie zu fesseln vermag."

Die letzten Worte hatten sich für immer und ewig in seine Seele eingebrannt. Er hatte sich verbeugt, mit knappen Worten verabschiedet und, so rasch er konnte, das Weite gesucht, nicht sicher, ob er diese Schmach und das tiefe Unglück überleben würde. Nach drei durchwachten Nächten, in denen er vergeblich versucht hatte, seinen Kummer in Alkohol zu ertränken, und die schrecklichsten Rachepläne geschmiedet und wieder verworfen hatte, hatte er einen stattlichen Betrag jenes Vermögens, das ihm seine Mutter hinterlassen hatte, von der Bank abgehoben und sich ein Offizierspatent gekauft. Dass sein Vater den Plan, auf dem Kontinent für König und Vaterland zu kämpfen, nicht im Geringsten gutgeheißen hatte und wütete und tobte, hatte ihm den Abschied noch um einiges leichter gemacht.

„Sie sind schon wach?“ Eine verschlafene Stimme vom Bett her holte ihn in die Gegenwart zurück.

Badwell presste die Lippen aufeinander. *Verdammt,* dachte er, *warum musste ich mir auch diese alte Geschichte wieder in Erinnerung rufen? Ich hätte das Zimmer längst verlassen können, wenn ich nicht so lange getrödelt hätte.*

Mit energischem Griff zog er den ersten Stiefel über seine muskulöse Wade. Dann den zweiten. Er schwieg. Was sagte man denn auch am besten in so einer Situation?

„Wollen Sie mich denn schon verlassen, Geliebter?“, hörte er sie fragen.

Jetzt konnte sich Badwell ein lautes Aufstöhnen nicht verkneifen. Wie hatte sie ihn genannt? Geliebter? Wie um alles in der Welt kam sie bloß auf die Idee, ihn so zu bezeichnen? Das klang in seinen Ohren viel zu intim, völlig unangebracht nach dem kurzen, lieblosen Beisammensein. Er wandte sich zu ihr um, noch immer zögernd, wie er sich am besten aus der Affäre ziehen sollte. Warum bloß kamen ihm die Worte, die er ihr eigentlich hatte entgegenschleudern wollen, nicht über die Lippen? Warum bloß hatte er plötzlich Skrupel?

Babette hatte sich aufgesetzt und blickte ihm, in großen, bestickten Kissen lehnend, erwartungsvoll entgegen.

Badwell seufzte erneut. *Hatte sie den verbitterten Zug um den Mund immer schon gehabt?*, fragte er sich im Stillen. Was nur hatte er an diesem Gesicht einst so anziehend gefunden? Wie hatte er nur glauben können, ohne diese Frau nicht leben zu können? Ganz in Gedanken versunken, beugte er sich vor, um ihr eine blonde Locke aus dem Gesicht zu streichen.

Sie fing die Hand ab und zog sie an ihre Lippen.

„Oh, mein Geliebter“, flüsterte sie abermals, ließ ein gurrendes Lachen hören und begann dann seinen Handrücken mit kleinen, schmatzenden Küssen zu bedecken.

Er riss die Hand weg und beeilte sich, sie hinter seinem Rücken am Reitrock abzuwischen und sie dort dann zur Sicherheit auch zu belassen. Ihre Liebesbezeugungen waren ihm in höchstem Maße unangenehm. Sie war eine fremde Frau. Eine fremde Frau, die er nicht mehr im Geringsten begehrenswert fand. Ja, im Gegenteil, sie interessierte ihn so wenig, dass sogar die Rachegelüste, die in den letzten Jahren seine ständigen Begleiter gewesen waren, vollkommen verschwunden waren.

Er stand auf und bewegte sich langsam auf die Zimmertür zu, ohne sie auch nur einen Moment aus den Augen zu lassen. Wie er gefürchtet hatte, kam nun Leben in Ihre Ladyschaft. Der schmeichelnde, gurrende Tonfall verschwand und machte der Stimmlage einer Frau Platz, die es gewöhnt war, zu befehlen und das zu bekommen, was ihren Wünschen entsprach.

„Sie bleiben sofort stehen, Sir, und sagen endlich etwas. Ihr feiges Schweigen ist fehl am Platze. Sie werden doch nicht annehmen, dass ich Sie so einfach davonschleichen lasse. Ich werde meinem Gemahl erst in ein paar Tage nach London folgen. Es gibt nichts, was uns beide daran hindern sollte, diese Zeit miteinander zu verbringen. Meine Dienerschaft ist diskret und mir sehr gewogen, wie ich Ihnen versichern möchte."

„Wie angenehm für Sie, Mylady", lautete seine Erwiderung, und er merkte selbst, wie sarkastisch sie klang. Rasch schlüpfte er in seinen Reitrock und steckte die Halsbinde in die Brusttasche. Er wollte keine Zeit damit verschwenden, sie stilgerecht zu binden.

Ihre Rechte schlug mit der Faust auf die Bettdecke, sodass einige Federn in alle Richtungen stoben: „Ich verbiete Ihnen, zu gehen!" Ihre Wangen hatten einen gefährlichen Rotton angenommen.

„Und dennoch gedenke ich genau dies zu tun", antwortete er kühl, ging zur Zimmertür und ergriff die Klinke. Dann drehte er sich noch einmal um und sagte doch den Satz, dessentwegen er das Wagnis des

Ehebruchs überhaupt auf sich genommen hatte: „Sie haben nichts, was mich auch nur im Geringsten an Sie zu fesseln vermag."

Dann öffnete er die Tür.

„Sie sind ein … ein … Teufel!", schrie sie ihm nach.

Er hörte die Worte, doch sie interessierten ihn nicht mehr. Seine Mission war erfüllt. Und die Bezeichnung *Teufel*? Die hörte er heute nicht zum ersten Mal. Wahrlich nicht.

Kapitel 2

Mrs Cliffords Institut für Höhere Töchter,
östlich von Bath, in der Grafschaft Somerset
Ende März 1814

„Was soll denn das heißen, Freddy kommt nicht? Sie hatte doch geschrieben, sie würde mich abholen, damit wir gemeinsam zur Hochzeit unserer Schwester Penelope nach Lancroft Abbey reisen können."

Vivian Barnett, die junge Lady, die diese empörten Worte ausstieß, war vor wenigen Tagen achtzehn Jahre alt geworden. Sie trug ihre rotbraunen Haare zu einem festen Knoten gedreht und am Hinterkopf aufgesteckt, so wie es die Schulordnung vorschrieb. Doch sie war viel zu temperamentvoll, als dass sich nicht längst ein paar Locken gelöst hätten und sich an den Schläfen und im Nacken kringelten. Das schlichte dunkelblaue Kleid ohne jede Spitze oder Verzierung wies sie als Schülerin des Instituts aus. Die Tatsache, dass sie eine Geige in der Linken hielt, zeigte, dass man sie aus dem Musikunterricht geholt hatte, als die Schulleiterin nach ihr rufen ließ. Das Instrument hielt sie jedoch nicht davon ab, lebhaft zu gestikulieren.

Mrs Clifford thronte hinter ihrem wuchtigen Schreibtisch, eine große, korpulente Gestalt mit einer riesigen blassblauen Haube auf den grau-weiß melierten Haaren. Neben ihr wirkte Miss Goodhew, die Kunstlehrerin, die in ihrem Schatten Aufstellung genommen hatte, noch um einiges schmaler als sonst. Sie knetete ihre Finger und kicherte nervös. Dem schenkte keine der beiden anderen auch nur die geringste Beachtung, denn Miss Goodhew kicherte stets nervös. Wenn sie nicht gerade sprach. Und sie sprach gern und viel. Doch in diesem Augenblick schwieg sie und überließ ihrer Vorgesetzten das Wort.

„Lady Panswick, also Ihre verehrte Frau Mama, hat uns mitgeteilt, dass Ihre Schwester Frederica, die Countess of Derryhill, unpässlich sei. Es besteht kein Grund, darüber in Empörung auszubrechen, denn …“ Weiter kam sie nicht.

„Unpässlich?“, unterbrach Vivian sie mit sichtlichem Unglauben. „Unpässlich? Was soll denn das schon wieder heißen? Freddy hat doch eine Rossnatur. Die ist nie unpässlich, es sei denn, sie wäre mit dem Gesicht voran ins Efeu gestürzt. Sie ist doch nicht etwa wirklich ins Efeu gefallen, oder, Mrs Clifford?“

„Davon ist mir nichts bekannt“, erwiderte die Schulleiterin indigniert und warf einen tadelnden Blick zu der hochgewachsenen, dürren Gestalt neben sich, die noch stärker zu kichern begonnen hatte.

Dann wies sie ihre Schülerin zurecht: „Es ist völlig fehl am Platze, bei einer Dame von einer Rossnatur zu sprechen, Lady Vivian“, sagte sie streng. „Diener haben Rossnaturen. Bauern sicherlich auch. Aber eine Lady, und mehr noch eine Countess, ist von jener zarten Konstitution, die ihr ihrem Rang nach zusteht.“

Vivian staunte nicht schlecht. Es war ihr noch nie aufgefallen, dass man den Schülerinnen hier im Institut eine zarte Konstitution zugebilligt hätte. Dabei waren sie doch allesamt Töchter aus den besten Häusern.

„Tatsache ist“, fuhr Mrs Clifford fort, „dass die Kutsche heute leer eingetroffen ist und die Viscountess gebeten hat, Ihnen eine Lehrerin als Duenna für die Heimreise zur Verfügung zu stellen. Miss Goodhew hat sich freundlicherweise bereit erklärt, Sie zu begleiten. Ich hoffe, Sie wissen dieses Entgegenkommen zu schätzen“, fügte sie noch hinzu, als der fassungslose Gesichtsausdruck ihres Gegenübers Widerspruch erahnen ließ.

Die Kunstlehrerin wiederum nickte begeistert und hörte zu kichern auf. Denn nun sprach sie: „Ist das nicht ein Abenteuer, meine teure Lady Vivian? Vier Tage in einer Kutsche. Was sage ich: in einer Kutsche? Nein, das ist keine gewöhnliche Kutsche. Ich habe das Gefährt von meinem Zimmer aus gesehen. Ihre verehrte Mutter war so überaus großzügig, uns ihren Reiselandauer zur Verfügung zu stellen. Sicher ist er mit allem Komfort ausgestattet und die Federung butterweich, nicht so wie die derben Holzkarren, die wir hier in unserem … äh … ich will damit sagen, es wird eine wunderbare Reise werden. Wir werden jede Menge Spaß haben, wir beide, nicht wahr?“

Sie sah Vivian erwartungsvoll und gleichzeitig flehentlich an.

Vier Tage mit dieser Schnatterliese eingesperrt auf engstem Raum?, dachte diese jedoch entsetzt. *Das überlebe ich nicht.* Es musste eine andere Lösung geben, und sie brauchte auch nur einige Augenblicke, um zu wissen, welche.

„Was ist mit Miss Fellows?“, dämpfte sie die Vorfreude der vorgesehenen Anstandsdame, indem sie stattdessen ihre Lieblingslehrerin ins Spiel brachte. Nämlich die Frau, der sie nicht nur geschichtliches Wissen, sondern eine breite Palette an Lebensweisheiten verdankte. Mit der es sich so vortrefflich diskutieren ließ. Die, die sie gelehrt hatte, eine Meinung zu haben. Und sie auch immer und immer wieder ermutigte, diese auch zu vertreten. In Begleitung von Miss Fellows würden die vier Reisetage nicht nur wie im Flug vergehen, sie würden auch äußerst angenehm und unterhaltsam sein.

„Also, ich muss doch sehr bitten …“ Mrs Clifford kniff ihre dünnen Lippen zusammen und mahlte mit den Backenzähnen.

„Ich habe noch einige Fragen zur Geschichte unseres Königreichs, müssen Sie wissen, Mrs Clifford“, setzte Vivian rasch hinzu, in der Hoffnung, die Schulleiterin mit Wissbegierde zu überzeugen. „Miss Fellows könnte den Unterricht auf der Reise fortsetzen …“

Miss Goodhew war blass geworden und hatte so stark zu kichern begonnen, dass sie davon Schluckauf bekam. Der Blick, den ihr ihre Vorgesetzte zuwarf, hätte vernichtender nicht sein können.

„Es ist entschieden, Lady Vivian“, fuhr sie stattdessen ihre Schülerin an. „Die Geschichtslehrerin ist unabkömmlich.“ Sie hob energisch die Hand. „Ich will keine Widerworte hören. Und nun hinauf mit Ihnen in Ihre Kemenate! Packen Sie Ihre Koffer. Morgen nach dem Frühstück geht die Reise los. Nutzen Sie den heutigen Abend, um sich von Ihren Mitschülerinnen zu verabschieden.“

Kapitel 3

„Dabei hatte ich mich so gefreut, Freddy wiederzusehen“, schloss Vivian Barnett den Bericht über die Geschehnisse in Mrs Cliffords Büro ab und warf ihrer Freundin Kate einen Blick zu, der ihre Enttäuschung klar zum Ausdruck brachte. „Ich habe doch ohnehin selten die Gelegenheit, mit einer meiner Schwestern allein zu sein. Freddy ist so klug. Sie würde sicher wissen, wie ich meine Zukunftspläne am besten in die Tat umsetzen kann. Doch stattdessen muss ich nun die lästige Goodhew aushalten. Vier Tage lang!“ Mit einer dramatischen Geste hob sie ihre Hände zum Himmel. „Kannst du dir das vorstellen, meine Liebe? Diese vier Tage werden mir wie fünf Jahre vorkommen.“

Kate hatte sich neben den großen Schrankkoffer gesetzt, den der Hausdiener auf das gemeinsame Bett gewuchtet hatte, und seufzte. Ob sie dies tat, weil sie mit ihrer Freundin mitlitt, oder ob sie damit ausdrücken wollte, wie wenig sie von deren Zukunftsplänen hielt, wusste sie selbst nicht so genau.

Vivian hatte sich in der Zwischenzeit zu ihrem Schrank umgewandt und entnahm ihm die ersten Kleider. Viele waren es nicht, denn Mrs Clifford verlangte Bescheidenheit. Die Garderobe war ohne Ausnahme dunkelblau, schlicht und ohne jeden Zierrat. Es wurde großer Wert darauf gelegt, dass sie einfach zu reinigen war, damit das Personal der Schule keinen unnötigen Aufwand damit hatte. Eigene Zofen für die Schülerinnen, wie sie, dem Vernehmen nach, in manch anderen Anstalten erlaubt waren, waren Mrs Clifford keinen zweiten Gedanken wert. *Wie sollen junge Frauen künftig einen großen Haushalt leiten, wenn sie sich nicht einmal um sich selbst kümmern können?*, war ihre Devise. Wenn ihre Schützlinge erst einmal verheiratet waren, dann konnten sie sich von vorne und hinten bedienen lassen. Aber nicht vorher. Und schon gar nicht in ihrem Haus.

Kate stand auf und half, Vivians Schuhe in kleinen Baumwollsäckchen zu verstauen.

„Ich weiß, du willst es nicht mehr hören“, begann sie zögerlich, „ich muss es dennoch wiederholen. Mir wird angst und bang, wenn ich an die Pläne für deine Zukunft denke. Gibt es denn nicht doch etwas, womit ich dich umstimmen könnte? Willst du sie wirklich immer noch umsetzen?“

Ihrem Blick war unschwer zu entnehmen, dass sie inständig auf ein *Nein* hoffte, es aber nicht wirklich erwartete. Sie kannte Vivian. Wenn die sich einmal etwas in den Kopf gesetzt hatte, dann brauchte es schon schwerwiegende Argumente, um sie davon abzubringen. Und diese Argumente hatte sie nicht.

Vivian stopfte das Kleid, das sie eben in der Hand gehalten hatte, achtlos in den wuchtigen Koffer und ließ sich nun ihrerseits auf das Bett fallen.

„Und ob ich das will!“, rief sie aus, und es klang trotzig. Dann sprang sie wieder auf und ergriff die Hand ihrer Freundin. „Ach, Kate, kannst du dich denn nicht in meine Lage versetzen? Ich mache das doch nicht für mich. Ich mache es für uns. Für alle adeligen Mädchen Englands.“ Sie holte weit aus, um auch diese Worte mit einer dramatischen Geste zu unterstreichen. „Wir haben keine Rechte, Kate. Müssen immer still, brav und gehorsam sein. Wenn wir Vermögen haben, dann bestimmt zuerst unser Vormund und dann unser Ehegatte, was damit zu geschehen hat. Man muss uns nicht einmal nach unserer Meinung fragen. Und beim Erbe werden wir auch übergangen. Das kannst du doch nicht gutheißen, Kate.“

Ihre Freundin zuckte mit den Schultern. „Es geht nicht darum, was ich gutheiße, Vivi. Und es geht - und nun spring mir bitte nicht gleich an die Kehle - auch nicht darum, ob du das gutheißt. Es sind die Regeln unserer Gesellschaft, denen wir uns zu unterwerfen haben, ob wir wollen oder nicht.“

„Unsinn!“, fuhr Lady Vivian auf. „Memmengeschwätz!“

Sie griff nach ihrer Haarbürste aus Schildpatt, die vor dem runden Frisierspiegel auf der Kommode lag, und schleuderte sie in den Koffer.

Kate schnappte nach Luft. „Wie ungerecht du doch manchmal bist! Dein Eifer in Ehren, aber er ist noch lange kein Grund, mich zu beleidigen."

Natürlich bedauerte Vivian die unbedachten Worte umgehend, und sie eilte zu ihrer Freundin, um sie herzlich zu umarmen. „Ich wollte damit nicht sagen, dass du ein Feigling bist, Kate. Nichts läge mir ferner. Ich wollte damit nur sagen, dass wir mutiger sein müssen, wenn wir etwas verändern wollen. Und dass wir die richtigen Männer an unserer Seite brauchen, damit so eine Veränderung gelingt. Das ist alles."

„Die richtigen Männer", wiederholte Kate. „Ich kann es gar nicht erwarten, den Richtigen für mich zu finden. Wie ärgerlich, dass meine erste Saison erst nächstes Jahr stattfinden wird. Du kommst in wenigen Tagen nach London. Ach, wie sehr ich dich beneide! Und wie sehr ich dich vermissen werde, Vivi! Ich werde sehr allein sein ohne dich."

Sie umarmte ihre Freundin und drückte sie fest an sich. Diese ließ sich das gern gefallen. Als sie sich wieder freigemacht hatte, wies sie mit der Rechten auf das Ölgemälde über dem Bett: „Aber du bist doch gar nicht allein, du hast doch Raphael."

Kate folgte ihrem Blick und lachte: „Wie recht du doch hast, meine Liebe. Raphael wird mir ein wunderbarer Gesprächspartner sein. Er hört gut zu, ohne dazwischenzureden. Vor allem aber hat er keine Zukunftspläne, die mich erschrecken."

Nun lachten sie beide.

Ein Gönner von Mrs Cliffords Institut war vor Jahren nicht nur nach Rom gereist, er hatte dort auch die Gemälde in Kirchen, Villen und Museen studiert. Und schließlich in einem Anfall von Selbstüberschätzung einige davon mit Ölfarben nachgemalt. Diese *Kunstwerke* zierten nun die Schlafräume der Mädchen. So bekam Mrs Clifford sie nur selten zu Gesicht und konnte dem Gönner trotzdem ehrlich versichern, sie habe alle seine Werke im Haus aufgehängt. Womit es ihr auch noch gelang, diesen zu jährlich wiederkehrenden finanziellen Zuwendungen zu bewegen. Über dem Bett, das Kate und Vivian sich teilten, hing eine Kopie von *Tobias und der Erzengel Raphael* des Malers Giovanni Girolamo Savoldo. Eine wahrlich wenig gelungene Interpretation allerdings. Mit einem ernst dreinblickenden Erzengel mit dunklem Haar, schwarzen Augen und buschigen Augenbrauen.

„Du wirst sehen, das Jahr geht schneller vorüber, als du denkst", versuchte Vivian Kate noch weiter aufzumuntern. „Und dann kommst auch du nach London. Vielleicht bin ich da ja dann schon verheiratet, führe ein großes Haus und kann dir helfen, deinen Traumprinzen zu finden."

„Das wäre schön“, antwortete ihre Freundin sehnsuchtsvoll. „Wobei ich mir nicht sicher bin, ob wir uns je darauf einigen werden, wer der passende Gatte für mich sein könnte. Ich werde nämlich vor allem nach einem Gentleman Ausschau halten, der mich liebt und der mir Geborgenheit und Schutz bietet, und nicht nach einem, der mit mir die Weltordnung auf den Kopf stellen möchte.“

„Ach, vergiss doch die Liebe!“, rief Vivian gerade so, als hätte sie diese schon tausendmal erfahren und ihr gesamtes bisheriges Leben nicht unter den strengen Augen zuerst ihrer Mutter und dann ihrer Lehrerinnen verbracht. „Miss Fellows sagt, Liebe wird überbewertet und ist einer klugen Frau nicht würdig. Gegenseitiger Respekt ist das, worauf man eine gute Ehe aufbaut.“

„Respekt und Liebe müssen sich doch nicht ausschließen“, begehrte Kate auf und bewies damit ihren wachen Verstand. „Beides kannst du auch von einem Mann bekommen, der uns im Alter näher steht. Dazu brauchst du dir keinen Greis zu suchen, der …“

„Ich suche keinen Greis“, unterbrach sie Vivian, „sondern einen Gentleman mit Lebenserfahrung. Miss Fellows sagt, dass junge Männer nur auf den eigenen Vorteil bedacht sind, ausschließlich Pferde, Saufgelage und den Spieltisch im Kopf haben und sich keinen Deut um die Wünsche und Pläne ihrer Gattinnen scheren.“

„Sicher gibt es auch andere ...", warf Kate ein, die das nicht glauben wollte.

Vivian war viel zu begeistert von Miss Fellows, als dass sie irgendeinen Widerspruch zulassen konnte.

„Ich werde mir einen Gatten um die fünfzig oder sechzig suchen", sagte sie daher, „der sich die Hörner bereits abgestoßen hat, wie Miss Fellows es nennt. Einen Gatten, mit dem ich über wichtige Dinge des Lebens diskutieren kann, der meine Meinung neben seiner gelten lässt. Der nicht annimmt, um vieles klüger zu sein, nur weil ich eine Frau bin. Natürlich kommt ausschließlich der Träger eines Titels infrage, denn ich möchte, dass er meinen Anliegen im Oberhaus Gehör verschafft ..."

„Die Hörner abgestoßen?" Kate hielt in der Aufgabe inne, Vivians Strümpfe ordentlich zusammenzulegen. „Was mag das wohl bedeuten? Ich habe noch nie einen Mann mit Hörnern gesehen, du etwa?"

Vivian musste zugeben, dass sie auch keine Ahnung hatte, was Miss Fellows genau damit gemeint haben könnte.

„Außerdem sucht ein wahrer Gentleman keine kluge Ehefrau", ergänzte Kate und fischte die Bürste aus dem Koffer, um sie wieder auf die Kommode zu legen. Schließlich würde Vivian sie vor ihrer Abreise noch mehrfach brauchen.

„Der, den ich finden werde, schon“, erwiderte Vivian mit derselben Sicherheit. „Das ist ein weiterer Grund, warum für mich kein junger Mann infrage kommt. Miss Fellows meint nämlich, dass junge Männer sich dadurch sicherer und selbstbewusster fühlen, dass sie uns Frauen kleinmachen und uns keine Rechte zugestehen wollen. Miss Fellows meint, solche Dandys würden eine Gemahlin nur als Schmuckstück auswählen, um sie ihren Freunden als Trophäe zu präsentieren. Und dann schicken sie sie auf ihre Landsitze und kümmern sich nicht weiter um sie, während sie sich selbst in London oder bei Jagdgesellschaften vergnügen. Ihre Angetrauten fristen auf dem Land ein ödes Dasein, inmitten einer immer größer werdenden Schar von Kindern. Miss Fellows meint …“

„Ja, ich weiß, was Miss Fellows meint“, fuhr Kate dazwischen. Bemüht, das Thema zu wechseln, hob sie ein Paar Reitstiefel hoch: „Möchtest du die tatsächlich mitnehmen? Sie sind so abgetragen, dass es an der Zeit ist, sie durch neue zu ersetzen. Bestimmt gibt es in London einen Schuster, der …“

Vivian war mit einem Satz auf den Beinen und riss ihr die Schuhe aus der Hand: „Das sind meine Glücksstiefel“, rief sie aus und drückte sie an ihre Brust. „Die gebe ich nie und nimmer her. Wenn du wüsstest, auf welch fabelhaften Ausritten die mich schon begleitet haben!“

Kate hatte eine unüberwindbare Angst vor Pferden. Sie war daher bei all diesen fabelhaften Ausritten nicht mit von der Partie gewesen, aber sie kannte die begeisterten Schilderungen darüber.

„Mir sind Äußerlichkeiten so etwas von egal", setzte Vivian da auch schon fort und erzählte ihr damit nichts Neues. „Sind Lebenserfahrung, ein wacher Verstand, ein gutes Herz und eine umfassende Bildung nicht tausendmal mehr wert als eine hübsche Fassade? Ich jedenfalls interessiere mich dafür, was auf der Welt vor sich geht. Ich will den Dingen nicht nur auf den Grund gehen, ich will sie auch verändern. Glaubst du, dabei würde mir ein hübsches Gesicht helfen ...?"

„Aber du hast doch ein hübsches Gesicht", widersprach ihre Freundin etwas ratlos. „Deine Haut ist makellos weiß, du hast eine hübsche, kleine Nase, und um deine großen blauen Augen beneiden dich die meisten hier."

„Ich bin rothaarig und damit völlig aus der Mode", widersprach nun Vivian ihrerseits, und es hatte nicht den Anschein, als würde ihr das etwas ausmachen. „Falls Rothaarig überhaupt je in Mode war, woran ich mich nicht erinnern kann. Und ich habe Sommersprossen."

„Du bist nicht rothaarig, deine Locken haben einen Schimmer wie frische Kastanien im Herbst", stellte Kate richtig und bewies damit unverkennbar ihr Faible für Poesie. „Aber lenke nicht ab. Deine Reitstiefel sind abgetragen und unbrauchbar geworden, da kannst du mir erzählen, was du willst."

„Reden wir doch nicht stundenlang über Stiefel." Vivian drückte die schmutzigen Schuhe noch enger an ihre Brust. „Reden wir darüber, wie ungerecht es ist, dass wir Frauen keinen Sitz im House of Lords einnehmen können. Wir sind schließlich auch adelig."

Sittenstrenge Personen, die Lady Vivian Barnett nicht kannten, hätten ob dieser unglaublichen Worte wohl die Nase gerümpft, doch Kate waren die Ansichten ihrer Freundin nur zu vertraut.

„Das liegt wohl daran, dass wir keine Lords sind. Sobald es ein House of Ladies gibt, kannst du dich ja um einen Sitz bewerben."

Dann lachten sie beide. Ein House of Ladies? So etwas würde es wohl nie geben. Was sollte es auch bewirken?

„Wie dem auch sei, in jedem Fall empfahl mir Miss Fellows, nach einem freundlichen, klugen, älteren Mann Ausschau zu halten. Sie meinte, so einen würde ich am besten an den Augen erkennen. An gütigen Augen mit kleinen Fältchen drum herum."

„Iiiih!", rief Kate und schüttelte sich, als wäre ihr eine Spinne zu nahe gekommen oder, in ihrem Fall, wohl eher ein Pferd. „Falten um die Augen hat der

Vater meiner Mama auch. Planst du allen Ernstes, dich mit einem Großvater zu vermählen, Vivi?“

„Warum denn nicht?“, fragte Vivian, die sich das insgeheim ebenso wenig vorstellen konnte. Allerdings konnte sie sich überhaupt nicht vorstellen, verheiratet zu sein. Und einem Mann zu gestatten, so nahe an sie heranzutreten, dass sie sich küssen konnten, das konnte sie sich am allerwenigsten vorstellen. Wenn sie das Küssen doch bloß vorher mit irgendjemandem üben könnte! Um sicherzustellen, dass nicht alles in einer Blamage endete, wenn es mit dem richtigen Verehrer tatsächlich ernst wurde. Doch das waren so intime Gedanken, die wollte sie nicht einmal mit ihrer Freundin teilen.

„Das, was ich plane, scheint mir ein fairer Tausch zu sein“, sagte sie daher. „Ich schenke dem Gentleman einen Erben und er schenkt mir die Meinungsfreiheit, die mir als unverheiratete Frau nicht zusteht. Und kämpft mit mir Seite an Seite, um mehr Rechte für junge adelige Frauen und um deren Ausbildung. Weißt du …“

„Um deren Ausbildung?“ Kate war von ihrer Freundin so manches gewöhnt, aber jetzt war sie wirklich sprachlos. „Was soll denn nun schon wieder an der Ausbildung bei Mrs Clifford auszusetzen sein?“

„Gar nichts“, beeilte sich Vivian zu versichern. „Wir bekommen hier sicher die beste Unterweisung, die es für junge Ladys geben kann. Doch dieses Institut ist kostspielig. Was ist mit all den adeligen Mädchen, deren Eltern sich keine so teure Ausbildungsstätte leisten können? Vergiss nicht, beinahe hätte mich das Schicksal ereilt. Hätte Frederica nicht den Earl of Derryhill geheiratet … Mama hätte nach Papas Tod das Schulgeld niemals aufbringen können."

Die Erwähnung ihrer Schwester brachte sie zum Anfang des Gesprächs zurück. Zu Mutmaßungen, was diese davon abgehalten haben mochte, ihr Versprechen, sie persönlich abzuholen, einzuhalten, und zu innigen Verwünschungen darüber, dass ausgerechnet Miss Goodhew als Ersatz ausgewählt worden war.

„Wurde schon festgelegt, wo ihr die erste Nacht auf eurer Reise verbringen werdet?", wollte Kate wissen.

„Derryhill hat an vielen wichtigen Poststationen Pferde eingestellt. So auch im *Crown and Feathers* in Marlborough. Ich denke, dort werden wir die erste Etappe beenden."

Vivian stand auf, um ihrer Freundin zu helfen. Kate war auf einen Stuhl gestiegen, um die beiden Hutschachteln zu holen, die auf dem breiten Schrank gelagert worden waren. Sie nahm die zartrosa Boxen entgegen und blies den Staub von den Deckeln. Kate, die gegen so ein Vorgehen normalerweise lautstark protestiert hätte, war abgelenkt. „Marlborough?", wiederholte sie. „Ist das nicht viel zu weit entfernt für eine Tagesreise?“

„Aber nein, mein Bruder Bertram und ich sind die Strecke hin- und zurückgeritten, als er mich letzten Herbst besuchte. An einem einzigen Tag.“

Bertram, der Viscount of Panswick, war der drittälteste der Geschwister Barnett und knappe drei Jahre älter als Vivian. Im letzten Herbst war er aus heiterem Himmel hier aufgekreuzt, um eine Woche in ihrer Nähe zu verbringen. Er litt an Liebeskummer, über den er nicht sprechen wollte, und er wusste, dass sie nicht in ihn dringen würde. Ihm tat Vivians heitere Art gut und sie genoss die waghalsigen Ausritte an seiner Seite. Wann bekam man als unverheiratetes Mädchen dazu schon die Gelegenheit?

„Ein Ritt querfeldein geht natürlich schneller, doch mit der Kutsche seid ihr an die Poststraße gebunden“, wandte Kate ein und zuckte zusammen, als Vivian die Stiefel achtlos auf den Holzboden fallen ließ, wo sie mit einem lauten Knall landeten. Dann wurde sie stürmisch von hinten umarmt und ihre Freundin rief: „Du bist die Beste!“

Kate war alarmiert. Dieses versonnene Lächeln auf Vivians Gesicht kannte sie. Es bedeutete selten etwas Gutes.

„Was ist denn los?“, fragte sie und es klang beunruhigt. „Was führst du denn nun schon wieder im Schilde?“

„Ach, ich führe doch nie etwas im Schilde“, antwortete Vivian, bemüht, ihrer Stimme einen harmlosen Klang zu geben. „Den hohen Reithut brauchst du nicht zu verstauen, den werde ich auf meiner Reise brauchen.“

Mit diesen Worten drehte sie sich um und warf ihrem Spiegelbild einen verschwörerischen Blick zu. Sie hatte soeben einen abenteuerlichen Plan gefasst. Zu abenteuerlich, um ihn ihrer vernünftigen Freundin zu enthüllen. Hoffentlich würde Kate nicht weiter darauf bestehen. Zu ihrem Glück steckten in diesem Augenblick zwei Mitschülerinnen den Kopf zur Tür herein: „Wir haben gehört, dass du abreist, Vivian, und sind gekommen, um uns von dir zu verabschieden.“

Kapitel 4

Landsitz des Viscounts of Badwell
Avebury, in der Grafschaft Wiltshire
Ende März 1814

Im Kamin prasselte ein loderndes Feuer und tauchte die ledernen Buchrücken in den hohen Regalen in ein warmes, einladendes Licht. Zahlreiche Kerzen erhellten den Spieltisch, an dem sich vier junge Männer bereits zu ihrer zweiten Partie Whist niedergelassen hatten. Der Viscount of Badwell, seit Tagen der Gastgeber dieser feuchtfröhlichen Runde, beugte sich zum Beistelltisch hinüber, auf dem der Butler diverse Karaffen bereitgestellt hatte, und schenkte dann seinen Freunden großzügig nach. Das Kerzenlicht brach sich tausendfach im Schliff der edlen Kristallgläser.

„Herz ist Trumpf", verkündete sein Gegenüber und drehte die letzte Karte des Stapels um.

Badwell stellte die Karaffe zurück und nahm seine Karten wieder auf. Bis auf eine Acht hatte er kein Herz in der Hand, doch das bekümmerte ihn wenig. Zum einen war Hugh, mit dem er diese Partie spielte, ein wahrer Könner, und zum zweiten hieß es doch immer: Pech im Spiel – Glück in der Liebe. Und er schien derzeit geradezu unverschämtes Glück in der Liebe zu haben.

„Ach übrigens“, begann er und legte alle Karten offen auf den Tisch, da das Lizitieren ergeben hatte, dass sein Partner diese Partie spielen würde. „Für morgen Abend müsst ihr eine andere Beschäftigung finden, denn es wird euch der vierte Mann zum Kartenspielen fehlen. Morgen bin ich nämlich ... verhindert.“

Er grinste zufrieden, nahm einen Schluck und lehnte sich in seinem Sessel zurück, gespannt auf die neugierigen Fragen der anderen. Diese ließen nicht lange auf sich warten. Schon schnappte Gregory, sein Freund zur Linken, hörbar nach Luft.

„Nein! Heißt das ... du hast doch erst kürzlich die schöne Babette ... und jetzt ... also, nein!“, war alles, was er herausbrachte. Badwell liebte es, seine Freunde sprachlos zu machen. Das zufriedene Grinsen vertiefte sich.

Lester zu seiner Rechten war weit davon entfernt, beeindruckt zu sein. Badwell hörte ihn zuerst unwillig schnaufen, bevor er, ohne von seinen Karten aufzublicken, sagte: „Beabsichtigen wir hier ernsthaft Whist zu spielen, oder ziehen Eure Lordschaft es vor, eine Plauderstunde einzulegen, um mit Euren amourösen Abenteuern zu prahlen?“

Badwell lachte auf. Er mochte Lester. Sein Freund aus Kindertagen hatte sich zu einem ernsthaften

Mann entwickelt, der sich mit Geschichte und Philosophie beschäftigte. Seine Ausführungen darüber interessierten Badwell mehr, als er zuzugeben bereit war. Schließlich galt er gemeinhin als jemand, der in den Tag hineinlebte und sich über nichts und niemanden Gedanken machte außer über sich selbst. Man nannte ihn nicht umsonst den *Teufel*, da hatte er einen Ruf zu verlieren. Kein Mensch wäre je auf die Idee gekommen, Lester mit einem solch diabolischen Beinamen zu bedenken. Er war ein Musterbeispiel an Tugend, bekannt dafür, dass er sich an Regeln und gesellschaftliche Konventionen hielt. Und die Regel bei diesem Kartenspiel lautete: Es war verboten zu sprechen.

„Ach, Les, so sei doch nicht so steif! Wir spielen hier weder ein Turnier, noch geht es um große Summen. Also schieß los, Justin. Was ahnt Gregory bereits, was wir nicht wissen?“, meldete sich nun Hugh, der Vierte im Bunde, zu Wort und spielte die erste Karte aus.

Lester stach sie und warf ihm einen Blick zu, der *Habe ich dich nicht gewarnt? Du sollst konzentriert spielen und nicht reden!* besagte. Zu Hughs Überraschung war es dann aber auch er, der seine Frage beantwortete: „Die schöne Daphne ist offensichtlich bereit, sich auf ein Stelldichein mit dem Teufel einzulassen.“

Es klang nicht so, als würde ihn diese Tatsache überraschen, und auch nicht so, als würde sie ihn interessieren. Hugh MacMillan spielte die nächste Karte aus und ärgerte sich über seine Wahl, noch bevor sie auf der Tischplatte gelandet war. Ihm war das Privatleben seines Gastgebers alles andere als egal. Er selbst war seit zwei Jahren glücklich verheiratet und vermisste Rose, die nach Reading gefahren war, um ihre Schwester zu besuchen, jeden Tag mehr. Die Ehe war ihm heilig. War es da ein Wunder, dass er mit den verheirateten Liebschaften seines Freundes nicht einverstanden war? Mit einem schnellen Blick sah er zu Badwell hinüber, der in seinem Sessel lümmelte, an seinem Portwein nippte und das Geschehen am Spieltisch mit trägem Blick verfolgte. Anscheinend wollte er die Spannung erhöhen, bevor er die Katze vollständig aus dem Sack ließ.

Was war Justin Rawling, der jetzige Viscount of Badwell, mit Anfang zwanzig doch für ein fröhlicher junger Mann gewesen!, dachte Hugh, während er weiterspielte. Voller Pläne, wie er seine Zukunft gestalten wollte. Bei Männern und Frauen gleichermaßen beliebt und als Gesprächspartner geschätzt, ein aufgehender Stern der Londoner Gesellschaft. Nichts, womit er seinem sittenstrengen, ja bigotten Vater eine Freude hätte machen können. Dazu kam, dass der junge Gentleman aufgrund des Erbes seiner früh verstorbenen Mama seit seiner Großjährigkeit über ausreichend finanzielle Mittel verfügt hatte, sich in der Hauptstadt eine Wohnung zu mieten. Der alte

Viscount hatte die Unabhängigkeit seines zweiten Sohnes ebenso gehasst wie den Mangel an Sparsamkeit, den er ihm immer wieder vorwarf. Hugh versuchte sich aufs Spiel zu konzentrieren. Sollte er den Karo-Buben ausspielen? Eine höhere Karte, um ihn zu stechen, war doch nicht mehr im Spiel, oder etwa doch? Er beschloss es zu riskieren, und schnapp, schon machte Lester mit der Karo-Dame den nächsten Stich.

Gregory lachte laut auf. Badwell zog eine Augenbraue nach oben: „Unkonzentriert, mein Guter?“, wollte er wissen.

Lester spielte die nächsten Karten und Hugh brauchte sich nicht länger zu konzentrieren, weil er keine Chance mehr hatte, zum Stich zu kommen. Er sah zu Badwell hinüber, der mit Gleichmut hinnahm, dass sie verloren. Früher hatte er viel mehr Gefühle an den Tag gelegt. Früher konnte er sich noch freuen, aus reinem Herzen lachen, aber auch toben und lieben. Heute war er eine Mischung aus Resignation, Verantwortungslosigkeit und Sarkasmus. Hugh warf die letzte Karte auf den Tisch.

„Ich brauche eine Pause“, sagte er, stand auf und ging zum Fenster hinüber. Badwell hatte mit Lady Glostershire geschlafen, um sich an ihr zu rächen. Hugh wusste nicht, was er davon halten sollte. Ja, gut, sie hatte ihm das Herz gebrochen. Aber das war doch schon Jahre her! Und Justin war schließlich nicht nur ihretwegen auf den Kontinent gereist, um für König und Vaterland zu kämpfen. Daran trug wohl sein sittenstrenger Vater die Hauptschuld. Jener Vater, den alle gefürchtet hatten und dem es sein Zweitältester nie hatte recht machen können. Zum Unterschied von seinem Ältesten, der immer bevorzugt behandelt worden war. Und der die Kutsche lenkte, die vor einem knappen Jahr in die Hochwasser führende Wylye gestürzt war und die beiden Männer und die Pferde in den Tod gerissen hatte. Justin war mit einem Schlag der Viscount of Badwell geworden. Er kehrte dem Militär den Rücken, kam nach England zurück und begann ein wildes Leben, das zuerst so gar nicht zu ihm zu passen schien. Was hatte ihn bloß so verändert? War es der Krieg, der ihn genusssüchtig, ja geradezu verantwortungslos gemacht hatte? Oder konnte er doch, trotz all seiner gegenteiligen Beteuerungen, den Tod von Vater und Bruder nicht überwinden? Der Justin Rawling, den Hugh von früher kannte, hätte ohne zu zögern die Pflichten übernommen, die seine neue Rolle mit sich brachte, mochten sie ihm noch so überraschend zugekommen sein. Er hätte sich nicht mit Alkohol, Kartenspiel und riskanten amourösen Abenteuern die wertvolle Zeit vertrieben. Wie oft hatten Lester und er an sein Pflichtgefühl appelliert! Doch Justin hatte nur gelacht und etwas, das wie „Mein Vater soll sich im Grab umdrehen“ klang, gemurmelt. Darum hielt er, Hugh, sich inzwischen mit guten Ratschlägen zurück, wenn er auch fand, dass Justin ein denkbar schlechtes Vorbild für seinen um sechs Jahre jüngeren Freund Gregory Saville darstellte. Dieser bewunderte ihn für alles, was er tat. So anscheinend auch für das amouröse Abenteuer, das unmittelbar bevorzustehen schien und das ein noch bedeutend größeres Risiko barg als sein letztes. Hugh MacMillan beschloss, nicht länger zu schweigen.

„Daphne?“, unterbrach er das heitere Zwiegespräch, das die beiden Freunde soeben begonnen hatten, während Lester schweigend die Münzen vor sich zählte. „Wir sprechen doch hoffentlich nicht von Ihrer Ladyschaft, der Countess of Mildenhall.“

„Oh, seht nur, unser tugendsamer schottischer Freund hat Einwände“, bemerkte Badwell spöttisch.

„Und ob ich die habe“, fuhr Hugh auf, „die Countess ist schließlich verheiratet.“

„Da erzählst du mir nichts, was ich nicht schon wüsste.“ Badwell grinste über den Rand seines Glases hinweg.

„Wie hat sie denn Kontakt zu dir aufgenommen? Ist ihr Gatte verreist?“, wollte Gregory wissen. Er hatte sich im Stuhl vorgebeugt und konnte es gar nicht erwarten, nähere Einzelheiten zu erfahren.

Bevor Badwell noch antworten konnte, verlieh Hugh seinen Bedenken noch mehr Nachdruck: „Der

Earl ist ein verdammt guter Schütze. Man sagt, er habe bereits drei Männer im Duell erschossen."

„Ich würde es vorziehen, wenn du dich wieder setzen würdest, damit wir weiterspielen können", lautete Lesters trockene Reaktion, „anstatt uns Dinge zu erzählen, die den von uns, den es betrifft, ohnehin nicht interessieren."

„Schön gesprochen, mein Teuerster." Badwell war sichtlich amüsiert.

Mit einem lauten Knall landete Hughs Faust auf der Tischplatte.

„Mir ist die Lust auf dieses Spiel vergangen! Justin Rawling, ich muss ernsthaft an deinem Verstand zweifeln. Du bist jetzt, wenn ich daran erinnern darf, der Viscount of Badwell. Benimm dich entsprechend! Du bist fast dreißig Jahre alt. Du hast Verantwortung. Es liegt an dir, deine Familie zu repräsentieren ..."

„Meine Worte", warf Lester ein und nickte, während er das gewonnene Geld einstrich und in der Tasche seines Rocks verstaute.

„Stattdessen benimmst du dich immer noch wie ein ... wie ein ... unreifer ..." Der passende Ausdruck schien ihm nicht einzufallen. „Mildenhall war ein Freund deines Vaters", trumpfte er stattdessen auf.

„Was denkst du denn, was das Ganze für mich so besonders vergnüglich macht?", fragte Badwell mit einem Lachen, das Hugh nicht gefiel. „Mein Vater wird schäumen, wenn er das von oben sieht. Doch

Pech für ihn, dass er nichts mehr dagegen unternehmen kann.“

Gregory lachte auf.

Hugh versuchte es auf eine andere Weise: „Mildenhall ist dein nächster Nachbar. Wenn euer … euer Getändel herauskommt, dann kannst du dich in Avebury nicht mehr blicken lassen! Zumindest nicht in den nächsten Jahren, bis Gras über die Sache gewachsen ist.“

„Hat er wirklich schon drei Männer im Duell getötet?“, wollte Gregory wissen, der sich, bei aller Verehrung, auch Sorgen um seinen Freund machte. Doch diesem war das nur eine wegwerfende Handbewegung wert.

„Das erzählt man von mir auch und wir alle wissen, dass es nicht der Wahrheit entspricht. Und selbst wenn es so wäre: Der Mann ist über siebzig. Der kann keine Pistole mehr halten, ohne zu zittern. Denkt ihr, damit könnte er mich erschrecken?“

„Du sollst nicht begehren deines Nächsten Weib“, hielt es Hugh für angebracht, nun aus den zehn Geboten zu zitieren. „Ist dir denn nicht bewusst, dass du dabei bist, eine Sünde zu begehen?“

„Die einzige Sünde, die ich sehe“, entgegnete Badwell, der nie um eine Antwort verlegen war, „ist die, eine Frau in der Blüte ihrer Jugend mit einem Greis zu vermählen, dessen Alter dem meines Vaters entspricht. Da ist es doch kein Wunder, dass sie sich anderweitig nach Vergnügungen umsieht."

„Aber doch nicht drei Monate nach der Hochzeit!", entrüstete sich Hugh. Gerade so, als wären drei Jahrzehnte nach der Hochzeit weniger Sünde gewesen.

„Worauf soll sie denn warten, mein Lieber? Bis sie selbst alt und grau geworden ist?"

„Wie hast du das bloß geschafft, du Teufelskerl?" Gregorys Augen glänzten vor Anerkennung. Und wohl auch vom Alkohol, dem er großzügig zugesprochen hatte. „Du hast sie doch erst kürzlich auf dem Ball auf Mildenhall kennengelernt. Gut, es brauchte nicht viel Beobachtungsgabe, um zu erkennen, dass du sie beeindruckt hast. Sie erwies dir zweimal die Ehre, sie zum Tanz zu führen, aber …"

„Sie erwies mir am nächsten Tag auch noch die Ehre eines Spaziergangs", setzte sein Freund fort. „Irgendjemand musste ihr doch ihre neue Heimat zeigen, nicht wahr?"

Lester lachte auf. Er war zum Kamin getreten, um sich seine Hände am Feuer zu wärmen. „Und dieser Jemand warst natürlich du. Ein wahrer Gentleman, ein hilfsbereiter Nachbar."

Badwells Lächeln vertiefte sich: „Ganz genau, mein Lieber. Und da unsere Umgebung besonders malerisch ist, haben wir uns gestern auch noch zu einer Ausfahrt getroffen. Ein umfassender Eindruck über Avebury wäre nicht vollkommen ohne den berühmten Steinkreis. Er ist doch schließlich das Heiligtum der britischen Druiden."

„Das Heiligtum ..." Hughs Backen wurden vor Entrüstung immer größer. „Als wenn dich das Heiligtum der Druiden auch nur im Entferntesten interessierte! Uns hast du weisgemacht, du würdest die Zeit mit deinem Vermögenverwalter verbringen. Schließlich geht das Trauerjahr um deinen Vater in wenigen Tagen zu Ende. Du hast doch versprochen, dass du dich dann um deine Pflichten kümmern wirst."

„Ich habe lediglich versprochen, es in Erwägung zu ziehen ...", lautete Badwells Kommentar, und er hörte selbst, wie halbherzig, ja geradezu erbärmlich das klang. Seine gute Laune verflog und machte jener Art von Ärger Platz, die ihn immer dann erfasste, wenn er wusste, dass einer seiner Freunde recht hatte, er dies aber nicht zugeben wollte. Nicht einmal vor sich selbst.

„Ich stimme Hugh zu", sagte Lester. „Kümmere dich lieber um deine Pflichten, statt anderen Männern ihre Frauen abspenstig zu machen!"

„Hör nicht auf die beiden Alten", forderte Gregory alles andere als taktvoll. „Erzähl mir lieber endlich: Wie kam euer Stelldichein zustande? Hat sie dir eine Nachricht geschickt? Wo möchte sie dich treffen? Du sollst doch nicht etwa nach Mildenhall kommen?“

Die Ermahnungen seiner Freunde waren nicht spurlos an Badwell vorübergegangen, und die vielen Körnchen Wahrheit, die in ihnen steckten, trübten den Glanz des bevorstehenden Abenteuers. Da kam ihm Gregorys Begeisterung gerade recht. Er lachte amüsierter auf, als ihm tatsächlich zumute war.

„Wo denkst du hin, du kleiner Narr!“, rief er aus. „Ich setze doch keinem Mann in seinem eigenen Haus Hörner auf. Nicht einmal einem Greis wie Mildenhall.“

„Äußerst nobel“, konnte es sich Hugh nicht verkneifen, voll Sarkasmus einzuwerfen. „Nur schade, dass dir dieser edle Grundsatz im Anwesen des Barons of Glostershire entfallen war.“

Badwell beschloss, ihn nicht mehr zu beachten.

„Ihre Ladyschaft hat mir die Kammerfrau vorbeigeschickt, mit der sie wohl auf besonders vertrautem Fuß steht. Sie möchte mich unten am Weiher, in unserer alten Fischerhütte, treffen.“

„In der alten Fischerhütte? Das scheint mir ein wenig komfortabler Ort für ein Stelldichein zu sein.“ Gregory war offensichtlich enttäuscht. Das konnte sein älterer Freund natürlich nicht so stehen lassen.

„Ich habe selbstverständlich den Auftrag erteilt, die Hütte in Ordnung zu bringen und mit den nötigen Möbeln auszustatten. Außerdem wird alles für ein Picknick bereitstehen. Ihre Ladyschaft liebt offensichtlich das einfache Landleben. Sie wird sich als Schäferin verkleiden und möchte mich in der Originalkleidung eines Schäfers sehen. Rokley hat daher die Aufgabe, einen Schäfer ausfindig zu machen, der in etwa meine Größe trägt und nichts dagegen hat, mir seine Kleidung für den einen oder anderen Abend gegen bare Münze zu leihen."

Hugh stand auf, wünschte eine gute Nacht und verließ den Raum. Er hatte nicht die geringste Lust, sich noch mehr von dem anzuhören, was er für einen ausgemachten unmoralischen Schwachsinn hielt.

Kapitel 5

„Auf Wiedersehen, meine Liebe!“ Kate umarmte ihre Freundin und drückte sie ganz fest an sich. „Ich wünsche dir eine gute Heimreise. Möge es euch auf den Landstraßen nicht über die Maße durchschütteln, und hoffentlich strapaziert Miss Goodhew deine Nerven nicht allzu sehr.“

„Ich werde es schon überleben“, sagte Vivian überraschend gelassen.

Kate fiel das jedoch nicht auf, denn sie war bereits beim nächsten Thema: „Richte bitte deiner Schwester unbekannterweise alles Gute zur Vermählung aus. Wie aufregend, dass du ihre Trauzeugin sein darfst. Ich war noch nie bei einer Hochzeit eingeladen und stelle mir das sehr romantisch vor.“

„Wenn ich heirate, dann wirst du meine Trauzeugin sein“, versprach Vivian, ohne lange nachzudenken. „Diese Rolle steht ja traditionellerweise einer jüngeren Schwester zu. Ich habe bekanntlich keine, wer könnte also passender sein als meine beste Freundin?“

Da schloss Kate sie ein weiteres Mal in die Arme. Als sie sich losmachte, hatte sie Tränen in den Augen.

Vivian war so gerührt, dass auch ihre Augen feucht wurden.

„Ich wünsche Lady Penelope, dass sie mit ihrem Ehemann das Glück findet, das wir uns auch für unsere Zukunft erhoffen", setzte Kate fort. „Ach, ich beginne dich bereits jetzt zu vermissen, Vivi. Mögen die Tage, bis wir uns in London wiedersehen, nur so dahinfliegen."

Obwohl Vivian ebenfalls traurig war, ihre Freundin zu verlassen, versank sie weit weniger tief im Abschiedsschmerz. Dafür hatte sie viel zu viele Gründe, sich zu freuen. Endlich kam sie wieder nach Hause. Endlich waren die Jahre des strengen Unterrichts vorbei. Sie freute sich auch darauf, den Mann besser kennenzulernen, mit dem Penelope vor den Altar treten würde und von dem sie in ihren Briefen stets in den höchsten Tönen schwärmte. So sehr sie Penelope ihr Glück gönnte, Mr Markfield, ihr Zukünftiger, schien genau das Gegenteil von dem Ehemann zu sein, den sie selbst sich an ihrer Seite wünschte: Er war jung, ungestüm und anscheinend voller verrückter Ideen. Und denen ging er nach, anstatt sich den Pflichten zu widmen, die ihm als Mitglied der Oberschicht zukamen, und stets danach zu trachten, die Welt ein Stück besser zu machen. Nein, da hatte Miss Fellows ganz andere Vorstellungen von ihrer Zukunft. Vivian freute sich darauf, nach London zu kommen, um den passenden Gemahl zu finden. Aber zunächst einmal freute sie sich auf all ihre Geschwister, auf Lancroft Abbey und ja, sogar ein wenig auf ihre Mutter. Mochte sie noch so streng sein, Vivian konnte viel von ihr lernen. Mama hatte nach Vaters Tod die Leitung des Familiensitzes selbst übernommen und auch nicht vollständig aus der Hand gegeben, als Fredericas Gatte einen fähigen Verwalter zu ihrer Unterstützung einstellte. Miss Fellows meinte, jede Frau müsste über alle Belange eines großen Hauses Bescheid wissen. Also hatte Vivian vor, möglichst stark von Mamas Wissen zu profitieren, bevor endlich, endlich ihre eigene Zukunft beginnen würde.

„Warum trägst du eigentlich das schlichte blaue Reitkleid?", unterbrach Kate ihre Gedanken. „Du bist doch jetzt kein Schulmädchen mehr. Denkst du nicht, dass dein vornehmes Reisekostüm geeigneter wäre, einen guten Eindruck auf die Wirtsleute am Weg zu machen? Dass man dich mit größerem Respekt behandeln würde?"

Vivian zeigte lachend auf die glänzende weinrote Kutsche mit dem Wappen des Viscount of Panswick am Schlag und auf den Kutscher, der in ebensolcher Uniform hoch erhobenen Hauptes neben einem Paar exzellenter Grauer stand.

„Ich glaube nicht, dass mein Reitkostüm nötig ist, um den gebührenden Eindruck zu erwecken, meinst du nicht?"

Kate lachte und umarmte ihre Freundin noch einmal. „Ach, Vivi, du wirst mir so sehr fehlen!"

In diesem Augenblick trat Miss Goodhew trippelnden Schrittes aus dem Schulgebäude und klatschte in die Hände: „Nun denn, das Gepäck ist verstaut, die Pferde sind angespannt. Auf, auf, wir wollen uns auf den Weg machen. Haben Sie sich angemessen von Mrs Clifford verabschiedet und sich für die Jahre hier im Haus bedankt, Lady Vivian?" Sie wartete die Antwort nicht ab. „Aber gewiss haben Sie das. Denn das muss man einer wohlerzogenen Lady nicht extra ans Herz legen. Hopp, hopp, einsteigen, die Fahrt kann losgehen. Ach, ist das nicht aufregend?"

„Einen Augenblick!", rief da eine energische Stimme. „Ich möchte mich auch noch einmal verabschieden."

Vivian fuhr herum und sah Miss Fellows, die mit beherzten Schritten um die Ecke des Schulgebäudes geeilt kam. Sofort war sie an ihrer Seite. Sie hätte ihre Lieblingslehrerin gerne ebenso innig umarmt wie ihre Freundin zuvor, aber das erschien ihr unter den neugierigen Augen von Miss Goodhew nicht angebracht zu sein.

„Leben Sie wohl, Miss Fellows", sagte sie daher und versank in einen tiefen Knicks. „Haben Sie vielen Dank für alles."

Die Lehrerin ergriff ihre beiden Hände: „Die Freude war ganz auf meiner Seite, Lady Vivian. Und jetzt habe ich nur noch diesen einen Wunsch an Sie: Vergessen Sie nie, was wir besprochen haben! Vergessen Sie nie, was wir erträumen."

„Erträumen?" Miss Goodhew trippelte ein paar Schritte näher: „Was erträumen Sie denn?"

„Ach, so dies und das", antwortete die Geschichtslehrerin leichthin und zwinkerte Vivian verschwörerisch zu. Dann zeigte sie auf die wartende Kutsche. „Ich denke, Sie sollten einsteigen, meine Gute, die Pferde werden bereits unruhig."

Miss Goodhew machte umgehend wieder kehrt. „Die armen Pferde, unruhig werden sie? Nein, das wollen wir nicht. Ganz und gar nicht. Kommen Sie, Lady Vivian, wir müssen uns sputen!"

Eine energische Handbewegung folgte diesen Worten. Dann eilte sie davon, um ihnen auch Taten folgen zu lassen.

Miss Fellows beugte sich zu Vivian hinüber: „Sobald Sie den geeigneten Ehegatten gefunden haben, lassen Sie es mich umgehend wissen. Ich werde alles stehen und liegen lassen, um Ihnen beim Aufbau Ihres Internats zu helfen, das verspreche ich Ihnen."

Da Miss Goodhew außer Sichtweite war, wagte Vivian es nun doch, ihre Lehrerin kurz in die Arme zu schließen. „Ich werde Sie nicht enttäuschen!", versprach sie.

Miss Goodhews Gesicht erschien im offenen Kutschenschlag: „Nicht trödeln, meine Liebe! Kommen Sie, hopp, hopp!"

In diesem Augenblick kam der Reitknecht aus den Stallungen, um Vivians Reitpferd *Blue Moon* hinten an der Kutsche anzubinden. Das war auch für sie das Zeichen, dass die Reise losging. Sie versank noch einmal in einen Knicks, diesmal zum Zeichen des Abschieds, und eilte dann ein letztes Mal zu Kate hinüber, die schweigend einige Meter weiter weg gewartet hatte. Diese war zwar selbst keine Reiterin, und doch war ihr bei Vivians Stute etwas aufgefallen.

„Warum ist denn dein Pferd gesattelt?", fragte sie stirnrunzelnd. „Ist das nicht …" Sie riss überrascht die Augen auf, als sich Vivians Zeigefinger an ihre Lippen legte, um sie zum Schweigen zu bringen. Dann hörte sie ihre Freundin laut und vernehmlich: „Ich komme schon, Miss Goodhew!", rufen, sah, wie sie ihr eine Kusshand zuwarf, von einem Ohr zum anderen grinste, zum Landauer eilte und dem zweiten Stallknecht ihre behandschuhte Rechte entgegenhielt, um sich hineinhelfen zu lassen. Kate überkam ein ungutes Gefühl.

Der Schlag schloss sich, die Kutsche setzte sich in Bewegung. Sie sah, wie Vivian ihre Nase an der Scheibe platt drückte und ihr zum Abschied zuwinkte.

Kate winkte zurück, doch ihr Gesicht blieb ernst. Sie ahnte, dass ihre stürmische Freundin dabei war, wieder einmal etwas höchst Unbedachtes zu tun. Und diesmal würde sie nicht in der Nähe sein, um sie davon abzuhalten oder sie vor den Folgen ihres Tuns zu beschützen.

Kapitel 6

Als Badwell eine halbe Stunde vor der vereinbarten Zeit bei der Fischerhütte ankam, fiel ihm zuallererst der große Heuhaufen neben dem Weg auf, den ihm sein Kammerdiener bereits angekündigt hatte.

„Der Stallmeister lässt sich dafür entschuldigen“, hatte Rokley gemeint, während er ihm in das grobe Leinenhemd des Schäfers half. „In der Fischerhütte wird ein Teil des Heus gelagert, das man im Winter für die Pferde braucht, das musste nun ins Freie gebracht werden. Man versicherte mir jedoch, dass Sie sich keine Sorgen machen müssen, was das Innere der Hütte betrifft. Sie wurde feinsäuberlich gereinigt und mit Möbeln ausgestattet, genauso, wie Sie es gewünscht haben. Der Schornsteinfeger hat den alten Kamin durchgeputzt, also sollte Sie bereits ein lebhaftes Feuer erwarten, wenn Sie an der Hütte ankommen, Major … Mylord.“

John Rokley war bereits Badwells Kammerdiener gewesen, als dieser das Haus seines Vaters im Streit verließ, und hatte dann als sein Bursche beim Militär gedient. Die gemeinsamen Erlebnisse hatten die beiden zusammengeschweißt und eine tiefe Vertrautheit entstehen lassen. Sein Diener war so sehr daran gewöhnt, seinen Herrn mit *Major* anzusprechen, dass er auch nach einem knappen Jahr noch manchmal vergaß, dass für den nunmehrigen Viscount die Anrede *Mylord* angebracht war. Nicht dass Badwell darauf gesteigerten Wert gelegt hätte. Rokley selbst war es, der das tat. Er war stolz darauf, es so weit gebracht zu haben. Kammerdiener eines Viscounts! So hoch war noch kein Mitglied der weitläufigen Rokley-Familie in der Hierarchie einer Dienerschaft geklettert.

„Mach dir keine Gedanken. Ich nehme nicht an, dass das Heu irgendjemanden stören wird", meinte Badwell. „Im Gegenteil, es unterstreicht doch das Ambiente eines Schäfers, nicht wahr?"

Die beiden hatten sich angegrinst.

„Und außerdem kann ich Heu für mein Pferd gut gebrauchen. Obwohl …" Er war zum Fenster getreten und hatte einen kritischen Blick gegen den Himmel geworfen. „Ich wünschte, es wäre nicht so stürmisch und kalt. Was soll ich bloß mit *Thunderbird* anfangen? Ich kann ihn bei diesen Temperaturen unmöglich im Freien stehen lassen."

Doch auch hier wusste der gute Rokley die Lösung: „Die Fischerhütte ist zum Glück geräumig genug, Mylord. Ich habe die Stallburschen angewiesen, einen Verschlag zu errichten, hinter dem Sie die beiden Pferde einstellen können. Ich nehme an, Ihr …

Freund wird ebenfalls nicht zu Fuß an Ihrem Treffpunkt erscheinen."

Badwells Grinsen hatte sich vertieft: „Nein, das wird … *er* wohl nicht."

Gut zu wissen, dass er sich auf Rokleys Diskretion immer und überall verlassen konnte, auch wenn sie in den eigenen vier Wänden des Schlafzimmers manchmal etwas lächerlich anmutete. „Großartig gemacht, Rokley!"

Jetzt, bei seinem Eintreffen an der Hütte, konnte sich der Viscount gleich davon überzeugen, dass wirklich alles großartig vorbereitet war. Der große Heuhaufen wurde zwar vom Wind zerfleddert und die Halme flogen in alle Richtungen, doch es war, wie er es vorausgesehen hatte. Gerade dadurch konnte man sich vorstellen, dass tatsächlich ein Schäfer hier wohnte.

Der Viscount ging rund um die Hütte und rieb die kalten Hände aneinander. Wie gut, dass der Rauch, der aus dem Schornstein kam, einladende Wärme im Inneren versprach. Er trat an eine der kleinen, blank geputzten Fensterscheiben heran und lugte in den Raum. Ein kleiner Tisch war für zwei Personen üppig gedeckt, doch man hatte auf Damast verzichtet und ein grobes Leinentuch über die Tischplatte gebreitet. Das derbe Geschirr hatte er im Haus noch nie gesehen und die klobigen Gläser erst recht nicht. Hoffentlich hatte man das Stilechte nicht so weit getrieben, auf billige Talgkerzen zurückzugreifen, ging es ihm durch den Kopf. Der Ruß und vor allem auch der Gestank würden die Freuden des Abends doch allzu sehr schmälern. Apropos Freuden des Abends: Badwell grinste zufrieden, als er die ausladende Chaiselongue an der gegenüberliegenden Seite des Raumes wahrnahm. Sie war mit Kissen, weichen Decken und Fellen belegt und würde zwei Personen ausreichend Platz bieten. Allerdings nur, wenn sich die beiden körperlich sehr nahe kamen. Und davon ging er aus. Ein Windstoß fuhr durch sein dunkles Haar und wehte ihm den breiten Schäferhut vom Kopf. Mit ein paar eiligen Schritten hatte er ihn eingeholt. Nun hielt ihn aber nichts mehr in der kalten, freien Natur. In den letzten Tagen war es schon mild und sonnig gewesen, heute jedoch bewies der Winter eindringlich, dass er noch nicht bereit war, dem Frühling kampflos Platz zu machen.

Die Tür quietschte in den Angeln, als er den Raum betrat. Als Erstes kam er in den Verschlag, von dem Rokley gesprochen hatte. Er führte sein Pferd hinein und rieb es mit Heu, das noch dort lagerte, trocken. Dann ging er in die eigentliche Fischerstube weiter. Die Diener hatten sogar einen großen, alten Spiegel aufgehängt. Er war zwar an manchen Stellen blind, aber es war doch ein kluger Schachzug, um den kleinen Raum etwas größer erscheinen zu lassen. Badwell blieb stehen, um seine Kleidung zu überprüfen, und wieder trat ein zufriedenes Grinsen in sein Gesicht. Er fühlte sich für das bevorstehende Abenteuer bestens gerüstet. Wenn er nicht wie ein wahrer Schäfer aussah, wer sonst? Die Kleidung war genau im richtigen Ausmaß unperfekt, sodass alles echt wirkte. Was die braune Kniebundhose aus grobem Tweed in der Taille zu weit war, war sie in der Länge zu kurz. Das Hemd war grob, die derbe braune Jacke mit den drei großen Knöpfen praktisch. Da er sich nicht dazu hatte durchringen können, in die löchrigen Schuhe zu steigen, die man vom wirklichen Schäfer ausgeliehen hatte, trug er seine ältesten Reitstiefel. Er konnte nur hoffen, dass dies der schönen Lady Daphne nicht auffiel und sie dennoch seine Verkleidung für stilecht hielt.

Wie ihr Schäferinnenkleid wohl aussehen mochte? Tief dekolletiert oder eher züchtig hochgeschlossen? Er spürte, wie nun doch seine Aufregung wuchs. Er fuhr mit dem Zeigefinger in seinen Kragen, um ihn zu lockern. Ihm war warm geworden, geradezu heiß. Und das lag nicht allein an dem Feuer, das im gemauerten Kamin der Hütte loderte.

Er hatte noch nie eine Mätresse gehabt, die eine Vorliebe für Kostüme und Rollenspiele besaß. Was für eine willkommene Abwechslung im trägen Fluss seines Alltags! Eines Alltags, der seit Monaten aus nichts als Müßiggang, Kartenspiel, wilden Ausritten, diversen amourösen Abenteuern und Alkohol bestand - also aus all dem, was sein Vater gehasst hatte. Und aus den immer wiederkehrenden, nervtötenden Ermahnungen seiner Freunde. Er spürte, wie das zufriedene Lächeln aus seinem Gesicht zu verschwinden drohte, und beeilte sich, sich wieder auf die kommenden Freuden zu konzentrieren. Lady Mildenhall war ausgesprochen schön. Und sie verstand es zu flirten. Allein die Blicke, die sie ihm bei der Soiree vor drei Tagen zugeworfen hatte! Oh ja, die Erinnerung daran brachte das Lächeln der Vorfreude in seine Gesichtszüge zurück. Daphne hätte er wohl auch begehrt, wäre sie nicht die neue Gattin des besten Freundes seines verstorbenen Vaters gewesen. Dass sie es jedoch war, setzte seinem Vorhaben die Krone auf. *Oh ja, Vater, sieh nur, du hast keine Macht mehr über mich!*, dachte er und ballte die Fäuste. *Ich bin jetzt mein eigener Herr. Ich kann tun und lassen, was mir beliebt. Und das ist genau das Gegenteil dessen, was du von mir verlangen würdest.*

Doch halt, was war das? Hörte er Pferdegetrappel? Mit einem Satz war er bei der Tür, um seine Geliebte willkommen zu heißen.

Als er ins Freie trat, empfing ihn ein Windstoß, der so stark war, dass er ihm die Holztür aus der Hand riss, die krachend an den Türrahmen schlug, um sich gleich darauf wieder sperrangelweit zu öffnen. Es hatte leicht zu schneien begonnen und der eisige Wind fuhr ihm durch die Haare und fegte ihm abermals den Schäferhut vom Kopf. Von Ferne war ein Donnergrollen zu vernehmen, das das Herannahen eines Gewitters verkündete.

„Brr, ist das kalt hier“, sagte er mehr zu sich als zu dem Fremden, der hoch aufgerichtet auf einem edlen Rappen saß. Er schlug die Arme vor der Brust zusammen – einerseits froh über die derbe Tweedjacke, die den eisigen Wind von seinem Oberkörper abhielt, andererseits beschämt, da der Fremde in seinem tannengrünen Samtjackett um so vieles eleganter aussah als er. Und das, obwohl das Emblem der Mildenhalls auf seiner Brusttasche ihn als einen Bediensteten des Earls auswies.

„Hallo, du da, Bursche“, hörte er ihn nun auch schon ausrufen. „Hör auf, Maulaffen feilzuhalten, und tritt näher!“

Ohne nachzudenken, tat Badwell wie ihm geheißen, hin- und hergerissen zwischen der diebischen Freude, dass seine Verkleidung so echt war, dass sie den Diener in die Irre geführt hatte, und dem Ärger über den Tonfall, mit dem dieser ihn ansprach.

„Man hat mir diese Nachricht für dich mitgegeben. Bist du des Lesens mächtig, oder möchtest du, dass ich dir den Inhalt zu Gehör bringe?“

Ein Schreiben? In Badwells Kopf überschlugen sich die Gedanken. Hieß das, dass ihn die schöne

Countess informierte, dass sie sich verspätete? Hieß das gar, dass sie ihn versetzte? Was war geschehen? War Mildenhall überraschend nach Hause gekommen? Was auch immer es war, es war nicht für die Augen und Ohren des Dieners bestimmt.

„Gib mir das Schreiben, ich lese selbst!", forderte er daher und hob seine Rechte, um den Brief in Empfang zu nehmen.

Das Büttenpapier fühlte sich in seinen vor Kälte erstarrten Fingern glatt und seidig an. Ihm war, als würde ihn ein Hauch von Veilchenduft umwehen. Badwell brach das Siegel, wandte sich ab und ging zur Hütte zurück. Zum einen hoffte er, dass dort der Wind etwas schwächer wehen würde, zum anderen wollte er dem Diener keine Möglichkeit geben, ihm über die Schulter zu blicken. Das hatte dieser aber offensichtlich ohnehin nicht vor. Ohne auf Badwells Reaktion zu warten, wendete er das Pferd und galoppierte dorthin zurück, von wo er gekommen war.

Überrascht drehte sich der Viscount um und schüttelte den Kopf. Was war denn das für ein seltsames Benehmen? Er war es nicht gewöhnt, dass man ihm einfach den Rücken kehrte, ohne auf seine Anweisungen zu warten. Mit klammen Fingern faltete er den Briefbogen auf.

Wer mit dem Herzen einer Frau ein böses Spiel treibt, dem sind Spott und Häme gewiss!, stand darauf zu lesen. Sonst nichts. Keine Erklärung, keine Unterschrift.

Badwell ließ den Bogen sinken und runzelte die Stirn. Dass das Schreiben von Lady Daphne stammte, schien ihm sicher. Der Diener, der es ihm überreicht hatte, hatte schließlich eine Livree mit dem Wappen der Mildenhalls getragen. Doch er verstand den Sinn der Worte nicht. Wie kam Ihre Ladyschaft bloß auf den Gedanken, er hätte mit ihrem Herzen ein böses Spiel getrieben? Sie war es doch gewesen, die ihm schöne Augen gemacht hatte. Ihre Blicke waren doch eine stete Ermutigung gewesen. Er begehrte sie tatsächlich und hatte keinen Augenblick vor, ihrem Herzen Schaden zuzufügen. Badwell schüttelte abermals den Kopf und ging dann, ganz in Gedanken, einige Schritte, um den Hut des Schäfers wieder aufzuheben. Dabei erfasste ihn plötzlich ein ungutes Gefühl. Daphnes Worte konnten nur eines bedeuten: Sie hatte nicht nur sein Begehren gespürt, sondern erkannt, dass es für ihn besonders reizvoll war, die Frau des allerbesten Freundes seines Vaters zu verführen. Ganz in Gedanken schüttelte er den Kopf. Das konnte doch nicht sein. Sie kannten sich doch erst seit wenigen Tagen. Nicht lange genug, als dass sie seine Motive hätte durchschauen können. Hatte ihr am Ende jemand einen Hinweis gegeben? Was, wenn dieser Jemand auch Daphnes Gemahl einen Hinweis gegeben hatte? Im Grunde seines Herzens hatte er keine Lust auf einen Streit unter Nachbarn. Und auf ein Duell im Morgengrauen schon einmal gar nicht. Er erinnerte sich daran, dass der alte Mildenhall ein Meister mit den Pistolen sein sollte. Egal, was Badwell seinen Freunden gegenüber auch gesagt hatte, das waren keine beruhigenden Aussichten.

Na, wenn schon, dachte er trotzig. *Ich bin jung, ich bin reaktionsschnell, ich bin kriegserfahren. Gegen den alten Knacker gewinne ich allemal jeden Zweikampf.*

Er verbat sich jeden Zweifel darüber und las, wohl auch um sich von diesen Gedanken abzulenken, das Schreiben noch einmal durch. Was meinte sie bloß mit Spott und Häme? Er blickte an sich hinunter. Meinte sie, dass er sich hier an einem eisig kalten Frühlingsnachmittag in der Kleidung eines Schäfers lächerlich machte? Dass er dastand, in der abgetragenen Hose, die ihm zu kurz, und einer Jacke, die ihm vorne und hinten zu klein war? Vor einer Hütte, die aufwendig für ein Stelldichein vorbereitet worden war, das offensichtlich nie stattfinden würde? Oder hatte sie Schlimmeres im Sinn?

So sehr er sich auch das Hirn zermarterte, er konnte sich Lady Daphnes Verhalten nicht erklären. Sie hatte doch nicht den geringsten Grund, ihm zu zürnen. Was hatte er ihr getan, dass sie ihn so rüde abblitzen ließ? Er spürte, wie sich seine Unsicherheit in Ärger verwandelte, Ärger in Wut. Wie kam sie dazu, ihn für solch undurchschaubare Spielchen zu missbrauchen? Warum traf er nur immer wieder auf Frauen, die ihn für irgendwelche Schachzüge ausnutzten? Badwell ballte seine Hände zu Fäusten. *Das wird mir nie wieder passieren,* schwor er sich. *Nie wieder!*

Das Einzige, was er tun konnte, war zu versuchen, das Feuer im Kamin zum Erlöschen zu bringen und nach Hause zu reiten, bevor sich die Dunkelheit ganz über das Land gelegt haben würde. Gebe Gott, dass ihn niemand in diesem Aufzug zu Gesicht bekam, der ihm mit einem Mal nur noch kindisch und lächerlich erschien. Wütend riss er Lady Daphnes Schreiben in viele kleine Stücke und übergab sie dem Wind. Mit Genugtuung sah er zu, wie die kleinen Schnipsel in alle Richtungen davongetragen wurden.

Da, was war das? Hörte er etwa wieder Hufgetrappel? Kam der Diener zurück, um ihm eine weitere unangenehme Botschaft zu übermitteln? Hatte es sich Lady Daphne anders überlegt und würde doch zum vereinbarten Treffen erscheinen? Hatte gar ihr Gatte Wind davon bekommen und war nun mit einer Jagdflinte bewaffnet auf dem Weg, um sich grausam an ihm zu rächen? Badwell spürte, wie ihm die Kälte nun auch über den Rücken kroch. Wenn er nicht bald ins Warme kam, dann würde ihn eine starke Erkältung heimsuchen, die ihn in den nächsten Tagen ans Bett fesselte. Und doch war er zu neugierig, wer sich da in so hohem Tempo der Fischerhütte näherte, dass er stehen blieb, anstatt sich schleunigst in diese zurückzuziehen. Er zuckte zusammen, als es direkt über ihm laut zu donnern begann. Ein markerschütternder Schrei war zu hören. Schon kam eine braune Stute in sein Blickfeld. Sie galoppierte, als sei der Teufel hinter ihr her. Das Mädchen in einem einfachen dunkelblauen Samtumhang hielt sich nur mit Mühe im Sattel. Der Reithut, den sie mit Sicherheit aufgehabt haben mochte, war nirgends mehr zu sehen. Ihre kastanienbraunen Locken wehten im eisigen Wind. Dann scheute das Pferd, blieb abrupt stehen und warf seine Reiterin in hohem Bogen ab. Mitten hinein in den riesigen Heuhaufen.

Kapitel 7

Die Kutsche hatte das weitläufige Gelände des Schulgebäudes verlassen und war auf die breite Poststraße eingebogen. Lady Vivian Barnett vergewisserte sich zum wiederholten Male, dass ihr samtener Umhang zusammengelegt neben ihr auf der Bank lag. Es war ein kalter Tag, er würde ihr wichtige Dienste erweisen. Das Herz klopfte ihr bis zum Hals. Ihr Vorhaben war gewagt. Doch hatte nicht Miss Fellows immer wieder gepredigt, dass man nicht gewinnen konnte, wenn man nicht bereit war, etwas zu wagen? Vivian musste sich allerdings eingestehen, dass ihre Lehrerin das, was sie in Kürze vorhatte, damit wohl nicht gemeint haben konnte. Ja, dass sie vielmehr selbst darüber schockiert sein würde. Entschlossen straffte sie die Schultern. Sie war jetzt erwachsen, hatte das Institut von Mrs Clifford für immer verlassen. Es war Zeit, dass sie ihre eigenen Entscheidungen traf. Gedankenverloren spielte sie mit dem Reithut, der auf ihrem Schoß lag, blickte aus dem Seitenfenster und starrte auf die Landschaft, die an ihr vorbeizog. Ihre Rechte umklammerte die Reitgerte, die sie in Kürze zum Einsatz bringen wollte, um den Wagen anzuhalten.

In der Zwischenzeit plauderte Miss Goodhew nichts ahnend in einem fort und Vivian war froh, dass von ihr offensichtlich weder erwartet wurde, dass sie zuhörte, noch dass sie die einzelnen Bemerkungen mit einer passenden Antwort würdigte.

„Heißer Ziegelstein …“, hörte sie ihre Begleiterin begeistert ausrufen, gefolgt von Lobeshymnen auf ihre Mutter, die Kutsche, die englische Aristokratie, den armen König, die grünen Felder, die fleißigen, braven Leute auf dem Land … Der Mund stand nie still.

Vivian lehnte sich nach vorne und schob ihr Gesicht nahe an das Kutschenfenster heran. Waren das etwa schon die Maisfelder? Ja, da war das steinerne Wegkreuz, an dem sie mit Bertram im letzten Herbst haltgemacht hatte. Obwohl die Felder jetzt im ungewöhnlich kalten Frühling noch brachlagen, wusste Vivian genau, wo sie waren. Gleich würden sie ein schmales Wäldchen passieren, hinter dem der Weg abbog, der sie abseits der Poststraße nach Marlborough bringen würde. Sie zögerte keine Minute, nahm ihre Reitgerte und klopfte mit deren Griff laut und vernehmlich an die Wand, die sie vom Kutschbock trennte.

„Anhalten!“, forderte sie ebenso lautstark.

Der Kutscher kam diesem Befehl ohne zu zögern nach. Vivian griff zu ihrem dicken Reitumhang.

Miss Goodhew war so verdattert, dass sie für einen Moment zu keinem Redeschwall fähig war und nur einige Male: „Aber … aber …“, stotterte, worauf ein ratloses „Lady Vivian, wie … was … also, das ist doch …“ folgte.

Ihr Schützling wartete nicht, bis der Bedienstete den Schlag geöffnet hatte, sondern tat dies selbst und sprang aus dem Wagen.

„Es tut mir leid, Miss Goodhew“, sagte sie, sich zur Lehrerin umwendend, „in der Kutsche ist es so eng und stickig, dass ich fürchte, Kopfschmerzen zu bekommen. Ich brauche dringend frischen Wind um meine Ohren.“

„Binden Sie mir bitte mein Pferd los“, forderte sie dann, an den Kutscher gewandt, der vom Bock gestiegen war. „Ich beabsichtige, diese Etappe reitend zu absolvieren.“

Während der Dienstbote, ohne Fragen zu stellen, diesem Wunsch nachkam, war Miss Goodhew nicht nur ebenfalls aus dem Fahrzeug geklettert, sondern hatte auch ihre Sprache wiedergefunden. So ergoss sich der nächste Wortschwall in Vivians Ohren. Oder, um der Wahrheit die Ehre zu geben, er ergoss sich wieder an ihren Ohren vorbei. Diesmal waren es keine Lobeshymnen. Es war eine Mischung aus Entrüstung, Ermahnungen, Befehlen und, als sie merkte, dass sie damit nicht zu ihrem Schützling durchdrang, flehentlichen Bitten. Doch Vivian hatte sich bereits in den Sattel geschwungen.

„Ich wünsche Ihnen weiterhin eine gute Fahrt, Miss Goodhew“, rief sie und war höchst zufrieden darüber, wie leicht ihr Plan gelungen war. „Jetzt haben Sie die wunderbare Kutsche ganz für sich allein. Wir treffen uns im *Crown and Feathers* in Marlborough. Keine Sorge, ich finde den Weg. Ich bin ihn schließlich im letzten Jahr mehrmals geritten. Mit dem Viscount höchstpersönlich“, warf sie noch hinterher, in der Hoffnung, dass die Erwähnung ihres hochwohlgeborenen Bruders die Bedenken der Lehrerin ein wenig zu zerstreuen vermochte.

Dass das nicht gelungen war, erkannte sie an Miss Goodhews erneutem Wortschwall. Sie beschloss, auch diesen nicht zu beachten, wendete ihr Pferd und ließ es die ersten Schritte gehen. Wenn sie jetzt noch länger blieb, dann würde sie sich umstimmen lassen, das wusste sie nur zu genau. Schließlich war sie sich selbst nicht ganz sicher, ob sie das Richtige tat. Allerdings wollte sie um nichts in der Welt länger mit dieser Schnatterliese auf engem Raum eingesperrt sein. Die nächsten Etappen zwischen Marlborough und Lancroft Abbey würde noch schlimm genug werden.

„Das kann doch nicht Ihr Ernst sein, Lady Vivian!“, rief die Lehrerin ihr nach. „Wenn Sie jemand sieht! Eine unverheiratete Adelige allein auf einem

Pferd. Die Leute werden Sie für immer und ewig verurteilen und mich gleich dazu. Oh, nicht auszudenken! Wie schrecklich, wie überaus schrecklich!"

„Ach, wer soll mich denn sehen?", fragte Vivian scheinbar leichthin über die Schulter zurück. „Ich reite doch die meiste Zeit durch den Wald. Da werde ich keiner Menschenseele begegnen. Also, beruhigen Sie sich, Miss Goodhew!" Vivian seufzte insgeheim und hoffte, dass ihre Worte der Wahrheit entsprechen würden.

„Ja, aber das Wetter", startete die verzweifelte Lehrerin einen nächsten Versuch. „Was ist, wenn es regnet? Oder gar zu schneien beginnt? Was ist, wenn Sie bis auf die Haut durchnässt werden, die Kleider an Ihrer Haut kleben …?"

Sie fing den interessierten Blick auf, den ihr der junge Kutscher zuwarf. Es war offensichtlich, dass er sich soeben eine von ihnen durchnässt bis auf die Haut vorstellte. In allen schamlosen Einzelheiten. Also legte sie sich erschrocken die behandschuhte Rechte an die Lippen, schwieg abrupt, errötete zutiefst und stieg in die Kutsche, bevor er ihren Arm hätte ergreifen können, um ihr dabei zu helfen.

Die ersten Stunden vergingen ohne Probleme. Der Weg war so, wie Vivian ihn in Erinnerung hatte. Hier im Wald war der Boden weder gefroren noch so tief, dass er galoppierenden Hufen hätte gefährlich werden können. Also stand einem flotten Weiterkommen nichts im Wege. Immer wieder gratulierte sie sich zu ihrem mutigen Schritt. Miss Fellows hatte ja so recht. Auch als junge Frau war man berechtigt, ja geradezu verpflichtet, sein Schicksal selbst in die Hand zu nehmen. Wie sehr genoss sie die Freiheit, die ihr dieser Ritt bot. Immer wieder jubelte sie laut auf. Was für ein Gefühl des Glücks! So und nicht anders stellte sie sich auch ihr weiteres Leben vor. Frei und selbstbestimmt. Sie war jetzt achtzehn Jahre alt und damit kein junges Ding mehr, das sich von einer Lehrerin in die Schranken weisen lassen musste. Sie würde ihr Leben nach ihren eigenen Wünschen und Vorstellungen gestalten. Und, oh nein, das würde sie sich auch von einem Ehemann nicht verbieten lassen. Im Gegenteil! Darum kam ja nur ein Gatte infrage, der sie in ihren Plänen unterstützte. Ein erfahrener, gütiger, weiser Mann. Miss Fellows hatte ihr solche Männer in den wärmsten Tönen empfohlen. Sie konnte gar nicht erwarten, ihrem Gemahl endlich zu begegnen.

Etwa zur Mittagszeit erreichte Vivian eine Quelle und beschloss, Rast zu machen. Durch die kalte Witterung hatte sie nicht allzu viel Durst, und doch war sie froh, ihn nun endlich stillen und auch das Pferd tränken zu können. Das Wasser rieselte eher zaghaft zwischen den Steinen hervor, aber sie konnte von

Glück sagen, dass die Quelle überhaupt nicht eingefroren war. Auch ihr Magen machte sich durch lautes Knurren bemerkbar. Wie dumm, dass sie nicht daran gedacht hatte, Proviant mitzunehmen. Mit Bertram an ihrer Seite hätte sie jetzt in die nächste Ortschaft reiten können, und der örtliche Wirt wäre nur zu gern bereit gewesen, seine hohen Gäste mit den besten Gerichten zu verwöhnen. Als Frau allein hatte sie diese Möglichkeit nicht. Sie hatte sich zwar vorsorglich einige Münzen in die im Reitkleid eingenähte Tasche gesteckt, aber kein Gasthaus, das etwas auf sich hielt, würde eine allein reitende Dame verköstigen. Und ein anderes wollte sie erst gar nicht betreten. Zum ersten Mal begann Vivian ihren Entschluss zu bereuen. In Miss Goodhews Begleitung wäre sie längst in einer respektablen Poststation eingekehrt und man hätte sich die Wartezeit während des Pferdewechsels mit einem köstlichen Imbiss verkürzt. Nun blieb ihr jedoch nichts anderes übrig, als noch einige Stunden durchzuhalten und das Pferd zu beneiden, das auch in der kargen Märzlandschaft genug Gras fand, um sich zu stärken.

Vivian zog ihren Reitumhang am Kragen enger und schlug dann die Arme vor der Brust zusammen, um die Kälte zu vertreiben. Ein Blick zum Himmel und ihre Stirn legte sich in Falten. Die fahle Sonne, die am späten Vormittag ihren Weg begleitet und ihr zumindest das Gefühl von Wärme gegeben hatte, war verschwunden und hatte dunklen Wolken Platz gemacht. Anscheinend hatte Miss Goodhew doch recht gehabt: Es stand ein Regenschauer bevor. Vivian spürte Tränen in sich aufsteigen. Sie war müde und fühlte sich hilflos und allein. Streng rief sie sich zur Ordnung. Dass sie in dieser Lage war, hatte sie sich ganz allein zuzuschreiben. Also war es auch an ihr, die Lage zu verbessern. Mit geübtem Griff schwang sie sich wieder in den Sattel, straffte die Zügel und hatte nur ein Ziel vor Augen: Sie musste unbedingt in Marlborough angelangt sein, bevor es mit dem Regen so richtig losging.

Die nächsten Stunden schien es so, als wäre sie vom Glück begünstigt. Ab und zu streifte ein kalter Tropfen ihr Gesicht, doch der Himmel schien durchzuhalten. Dann hatte es jedoch leicht zu regnen begonnen. Als sie am späteren Nachmittag im Schutz hoher Bäume eine zweite Pause einlegte, schneite es bereits.

Sie war nun lange nicht mehr so zuversichtlich wie am Beginn ihres Ritts. Der Wind, der ihr auf den freien Feldern entgegengeweht hatte, war so eisig gewesen, dass ihre Wangen zu erfrieren schienen. Sie streifte die ledernen Handschuhe ab und rieb zuerst die Handflächen aneinander, um die klammen Finger zu wärmen, und schließlich auch über die Wangen, um diese aus der schmerzhaften Erstarrung zu erwecken. Ihre Zweifel waren in Selbstbeschimpfung übergegangen. Wie hatte sie nur auf diese ganz und gar unverzeihlich dumme Idee kommen können, allein zu reiten, ohne Begleitschutz ihres Bruders oder sonst eines menschlichen Wesens? Noch dazu in so einer unwirtlichen Jahreszeit?

Passend zum eigenen Groll war nun das Grollen eines gewaltigen Donners zu hören. Auch das noch! *Bitte, lieber Gott,* flehte sie inständig, *bitte verschone mich vor einem Gewitter.*

Sie ging ein paar Schritte auf dem Weg zurück, aufs freie Feld hinaus, von dem sie gekommen war. Sofort wurde der Wind wieder um einiges stärker und sie hatte Mühe, ihren hohen Reithut mit beiden Händen am Kopf zu halten. Wo sie wohl war? Vergeblich versuchte sie sich zu orientieren. Ihre eiskalten Finger holten die silberne Uhr aus der Tasche ihres Kleides. Sie war ihr Talisman, das Letzte, was ihr von ihrem verstorbenen Vater geblieben war. Halb fünf. Vivian atmete auf. Nun konnte sie vom Ziel ihres Rittes nicht mehr weit entfernt sein. Sicher war die nächste Stadt, in die sie kommen würde, bereits Marlborough. Es musste einfach Marlborough sein!

Also kehrte sie zu ihrer Stute zurück und trieb sie, unter Aufbringung ihrer letzten Kräfte, noch einmal zu Höchstleistungen an. Doch auch *Blue Moon* war müde und erschöpft und nicht mehr in der Lage, in schnellen Galopp zu verfallen. Sie erreichten einige verstreute Steinhäuser rund um einen Weiler, bevor es wieder in einen Wald hineinging. Weit und breit war kein Dorf zu sehen, geschweige denn eine Stadt. Es kam ihr nun alles völlig fremd vor. Schweren Herzens musste sie sich eingestehen, dass sie ganz offensichtlich vom richtigen Weg abgekommen war. Sie spürte, wie ihre Hilflosigkeit in Panik überging. Sie hatte sich verirrt! Was sollte sie tun? Wen sollte sie um Hilfe bitten, ohne Gefahr zu laufen, dadurch ihre Lage noch dramatisch zu verschlimmern?

Das Grollen des Donners wurde lauter.

Erschrocken fuhr Vivian aus ihren düsteren Gedanken auf. Sie schien geradewegs in das Zentrum des Gewitters hineinzureiten! Nun kam auch wieder Leben in ihr Pferd. Erstaunlich viel Leben sogar. Es vergaß all seine Müdigkeit und begann aus Leibeskräften zu galoppieren. Vivian riss an den Zügeln, doch *Blue Moon* gehorchte ihr nicht. Vom Donnergrollen erschreckt, war sie durchgegangen und ihre junge Herrin hatte jede Mühe, sich im Sattel zu halten. Mit unvermindertem Tempo ging es in den nächsten Wald hinein. Die Bäume standen nun dicht an dicht. Vivian spürte, wie sich der Reithut löste, aber sie wagte es nicht, die Zügel loszulassen, um ihn am Kopf festzuhalten. Schon war der Hut davongeflogen und die Haare wehten ihr nun ungehindert ins Gesicht. Da vorne, eine Lichtung! Eine Hütte! Ob sie um Hilfe rufen sollte? Sie überlegte noch, ob die Hütte bewohnt war und wer sie wohl bewohnen könnte, da sah sie Rauch, der aus dem Kamin aufstieg. Und dann sah sie gar nichts mehr.

Es war ganz ruhig um sie herum. Bis auf das eilige Herannahen von Schritten, die sie aber nicht gleich als solche wahrnahm. Sie hielt die Augen geschlossen und spürte stechende Schmerzen im linken Arm und linken Bein. Es dauerte einige Augenblicke, bis sie verstand, was geschehen war. Sie, die geübte Reiterin, die allerorts stolz mit ihren Reitkünsten prahlte, war vom Pferd gefallen. Geradeso als wäre sie eine blutige Anfängerin. Im ersten Impuls war sie viel zu streng mit sich selbst, um die Ausnahmesituation, in der sie sich befunden hatte, als Entschuldigung gelten zu lassen. Doch während sie weiter mit geschlossenen Augen am Boden lag, erkannte sie nach und nach, dass der Sturz viele gute Gründe gehabt hatte: Sie war noch nie zuvor allein so weit geritten. Sie hatte Hunger und Durst und war müde. Kein Wunder, dass ihre Kräfte sie verlassen hatten. Und außerdem war ihr Pferd durchgegangen. *Blue Moon!* Wo war ihre Stute jetzt? Vorsichtig drehte sie sich auf den Rücken. War sie verletzt? Sie bemerkte, dass sie zum Glück relativ weich gefallen war. Das hätte auch viel schlimmer ausgehen können. Einige Grashalme stachen sie in den Nacken. Mit einem Stöhnen versuchte sie sich aufzusetzen. Obwohl jeder Knochen schmerzte, schien sie sich nichts gebrochen zu haben. Gott sei Dank! Allen Mut zusammennehmend und noch immer etwas benommen schlug sie die Lider auf, bereit, ihre Umgebung in Augenschein zu nehmen. Sie war auf vieles vorbereitet, allerdings nicht auf den Anblick, der sich ihr bot.

Ein Mann beugte sich zu ihr hinab. Er hatte schwarze Locken, die kein Meister der Frisierkunst, sondern der Sturm selbst zu einer Windstoßfrisur hatte werden lassen, dunkle Augen und dichte schwarze Augenbrauen.

„Raphael“, murmelte sie und lächelte entzückt, bevor sie wieder die Augen schloss.

Kapitel 8

Badwells Gefühle fuhren Karussell. Eben noch war er sich wie ein kompletter Hanswurst vorgekommen und hatte sich mit zusammengebissenen Zähnen geschworen, sich nie wieder derart zum Narren halten zu lassen, und schon wenige Augenblicke später war Lady Daphne nicht mehr wichtig. Stattdessen war ihm der Schreck in alle Glieder gefahren, als die junge Reiterin im einfachen dunkelblauen Reitmantel zuerst in ungeheurem Tempo auf ihn zugaloppiert war, um dann vor seinen Augen in hohem Bogen vom Pferd zu stürzen. Als Nächstes hatte er befreit aufgeatmet, als er erkannte, dass der Heuhaufen ihren Sturz abgemildert hatte, und schließlich mit gerunzelter Stirn gespannt darauf gewartet, dass sie die Augen aufschlug und das erste Lebenszeichen von sich gab. Er hatte mit Schmerzensschreien gerechnet oder zumindest mit einem lauten Aufstöhnen. Darum war er keinesfalls auf das vorbereitet gewesen, was tatsächlich geschah. Auf diesen seligen Blick, mit dem sie ihn nach dem ersten Augenaufschlagen bedachte, während sie einen fremden Namen murmelte. Zu seinem eigenen Erstaunen war er für einen Moment lang eifersüchtig auf diesen Raphael. Darum verstärkte sich sein Stirnrunzeln.

„Mein Name ist nicht Raphael", sagte er mit einer Stimme, die unfreundlicher klang, als ihm zumute war. „Vor Ihnen steht vielmehr der …" Er unterbrach sich, weil ihm bewusst wurde, dass es besser war, ihr nicht zu enthüllen, wer er in Wirklichkeit war. Er hatte nicht die geringste Lust, ihr zu erklären, was ihn in die Kleidung eines Schäfers gebracht hatte. Und noch weniger Lust, vor einer weiteren Frau wie ein Narr dazustehen. Also folgte eine wegwerfende Handbewegung. „… das tut nichts zur Sache. Wer ist Raphael?" Er dachte an ihren beseelten Blick. „Ihr Geliebter, Miss?"

Vivian war mit einem Schlag hellwach. Wie kam der fremde Mann dazu, so etwas Schamloses von ihr zu denken? Sie setzte sich so ruckartig auf, dass sie gleich darauf wieder stöhnend ins Heu zurücksank und sich mit der Hand an die Stirn griff: „Au weh, mein Kopf. Ich habe ihn wohl ärger angeschlagen, als ich dachte."

Dann versuchte sie es noch einmal langsamer und sagte, als sie endlich saß, mit all der Würde, die sie in ihrer Situation aufbringen konnte: „Raphael ist keinesfalls mein Geliebter. Was für eine lächerliche Unterstellung! Raphael ist natürlich ein Erzengel."

Sie warf ihm einen strengen Blick zu, dessen Wirkung dadurch gemildert wurde, dass sie sich abermals aufstöhnend an die Stirn griff, bevor sie fortsetzte: „Aber das können Sie natürlich nicht wissen, Sie … Sie …"

Ihr Blick glitt von seinen dunklen Locken über sein Gesicht, das sie nun entgeistert anstarrte, bis hinunter zu seinen derben Hosenbeinen, die in erstaunlich feinem Schuhwerk steckten. Ja, was war er eigentlich? Ein Knecht? Ein Stallbursche? Ein Bauer? Das waren alles ehrbare Berufe. Jedenfalls nichts, was sie ihm hätte vorwerfen können.

„Ein Erzengel?", wiederholte er in der Zwischenzeit, und ihr war, als könne er tatsächlich seinen Ohren nicht trauen. „Man vergleicht mich sonst gerne mit … jemandem anderen. Mit einem Erzengel bin ich noch nie verglichen worden."

Er war so fassungslos, dass sie grinsen musste.

„Der Vergleich stimmt sicher nur äußerlich", sagte sie fröhlich. Und während er sich noch fragte, ob diese Worte als Kompliment gemeint waren, sprach sie auch schon weiter: „Wenn Sie sich bei mir vorstellen, so wie es sich gehört, werde ich Sie künftig mit Ihrem richtigen Namen ansprechen. Obwohl unsere Bekanntschaft nicht von langer Dauer sein wird, da ich meinen Ritt dringend fortsetzen muss."

Ein eisiger Windstoß ließ das Heu rund um sie aufwirbeln. Sie strich sich die Haare aus dem Gesicht und zupfte sich dabei ein paar Gräser aus den Locken. „Und jetzt wäre ich Ihnen sehr verbunden, wenn Sie mir aufhelfen würden.“

Sie streckte ihm die Hände entgegen.

Er tat wie ihm geheißen und zog sie mit beiden Armen in die Höhe. Da er nicht damit gerechnet hatte, dass sie so leicht war, war sein Schwung etwas zu stark ausgefallen und sie landete mit einem Satz an seiner breiten Brust. Darüber erschrak er wohl selbst am meisten, denn er ließ sie abrupt los. Sie begann zu taumeln, er hielt sie an den Schultern fest.

„Ist Ihnen nicht gut, Miss?“

Sie sah ihm offen ins Gesicht, so als wollte sie seine Züge genauestens studieren.

„Sie sehen wirklich aus wie Raphael“, sagte sie schließlich fasziniert. „Egal, welchen Namen Ihnen Ihre Eltern tatsächlich gegeben haben, ich werde Sie weiterhin Raphael nennen.“

Dann befreite sie sich aus seinem Griff und begann vorsichtig damit, ihre Arme zu bewegen. Sie ließ die Handgelenke kreisen, wackelte mit den Fingern und hob die Schultern. Dann begann sie die Beine nach vorne und hinten zu schwingen. Er sah ihr amüsiert zu, sagte jedoch keinen Ton. Ihr Aufseufzen kam aus vollem Herzen: „Ich scheine zum Glück tatsächlich unverletzt geblieben zu sein. Deine Anwesenheit hat mir ganz offensichtlich Glück gebracht, Erzengel Raphael.“

„Erzengel Raphael", hörte sie ihn wiederholen, und es klang wieder so, als könnte er seinen Ohren nicht trauen. Das Lächeln auf seinen Lippen vertiefte sich.

Sie spürte, wie Tränen der Erleichterung in ihre Augen schossen. Rasch wischte sie sie weg und war sich selbst nicht sicher, ob sie das tat, weil sie sich vor dem Burschen keine Blöße geben wollte, oder ob sie fürchtete, die Tränen könnten an ihren Wangen festfrieren. Schnell ging sie ein paar Schritte zur Seite und stöhnte nun doch wieder schmerzerfüllt auf.

„Können Sie mein Pferd zu mir bringen?", fragte sie und deutete auf ihre Stute, die zurückgetrottet war und begonnen hatte, sich am anderen Ende des großen Heuhaufens zu verköstigen. „Mir tut jede Bewegung weh, und doch muss ich mich beeilen, von hier wegzukommen."

Sie sah den Mann bittend an, er sah prüfend zurück.

„Ich muss wirklich unbedingt das *Crown and Feathers* erreichen, und zwar so schnell wie möglich", gab sie ihren Worten den nötigen Nachdruck. „Ich werde dort erwartet und außerdem sterbe ich sonst vor Hunger."

Sie zuckte zusammen, als eine Windböe sie erfasste und ihr abermals das Haar wie Peitschenhiebe ins Gesicht wehte. Badwell, der sich eben überlegt hatte, wie er die junge Frau, die ihn Raphael nannte, wohl selbst am liebsten nennen würde, hielt in seinen Gedanken inne. „Das *Crown and Feathers*?“, wiederholte er ungläubig. „Sie meinen doch wohl nicht etwa die Poststation in Marlborough?“

Sie versuchte, ihr Haar hinter die Ohren zu schieben. Vergeblich, der Wind war stärker.

„Genau die“, bestätigte sie etwas ungeduldig. „Sie sind sicher ortskundig. Wie weit ist es noch bis dorthin? Wenn ich mich beeile, dann erreiche ich mein Ziel doch in weniger als einer halben Stunde?“

Die letzten Worte klangen hoffnungsvoll, und sie wünschte sich so sehr, er würde sie bestätigen. Doch er holte sie umgehend auf den Boden der Tatsachen zurück.

„Wir sind hier in Avebury, Miss. Da brauchen Sie sicher noch gute zwei Stunden. Was wollen Sie denn überhaupt im *Crown and Feathers*? Das ist mit Sicherheit nicht der richtige Ort für eine alleinreisende …“

Er unterbrach sich abrupt. Doch das fiel ihr nicht auf, denn sie war zu sehr damit beschäftigt, die unerfreuliche Nachricht zu verdauen. Seine Gesichtszüge erhellten sich, so als habe ihn eine plötzliche Erkenntnis getroffen.

„Ich habe mich die ganze Zeit gefragt, wie es wohl kommt, dass Sie allein unterwegs sind, denn das ist wahrlich nichts, was ein junges Ding in Ihrem Alter tun sollte. Doch nun ist es mir klar geworden. Sie suchen eine neue Stelle, habe ich recht, Miss? Was sind Sie denn? Schankmädchen?“ Er warf ihr einen prüfenden Blick zu und schüttelte dann den Kopf. „Nein, das glaube ich nicht. Dafür sind Sie zu wenig … also … nun, ich glaube es nicht. Sie haben auch zu viel Selbstbewusstsein und Bildung, um eine Küchenmagd zu sein. Also können Sie nur ein Hausmädchen sein, stimmt's? Oder vielleicht doch eher eine Gouvernante?“

Er sah an ihr hinunter, musterte ihren einfachen Reitmantel und nickte, als er seinen Eindruck offensichtlich bestätigt sah.

„Wie kommen Sie denn …“, wollte Vivian im ersten Impuls widersprechen. Dann fiel ihr wieder ein, dass es besser war, ihre wahre Identität zu verschweigen. Der Mann sah zwar vertrauenerweckend aus. Aber wer wusste denn, was er tun würde, wenn er erst begriff, dass ihm die Schwester eines wahrhaftigen Viscounts gegenüberstand? Er war jung, und wenn sie seine Kleidung betrachtete, dann hatte er offensichtlich wenig Geld. Miss Fellows hatte sie vor jungen Männern gewarnt, denn sie waren nur auf den eigenen Vorteil bedacht. Das galt sicher nicht nur für adelige Kreise. Was, wenn der Stallbursche hier Mama zu erpressen versuchte, indem er drohte, den Skandal, dass sie allein durch die Gegend ritt, publik zu machen? Oder wenn er sich gar an ihren Vormund und Schwager, den reichen Earl of Derryhill, wandte? Vivian spürte, wie sie errötete. Das durfte nie und nimmer geschehen.

„Wie sind Sie mir nur auf die Schliche gekommen?“, erkundigte sie sich daher, so als hätte er mit seiner Vermutung ins Schwarze getroffen.

Badwell war nicht entgangen, dass sie errötet war und ihre Stimme für einen Moment jedes Selbstbewusstsein verloren hatte. Ein kleines, zufriedenes Lächeln schlich sich auf seine Lippen.

„Ich wusste doch, dass ich recht habe. Doch nun bin ich tatsächlich neugierig geworden. Was ist denn das für eine Stelle, für die Sie vorsprechen wollen?“

Er schien ernsthaft an ihrer Antwort interessiert zu sein und strich ihr dabei mit einer schnellen Bewegung das Haar hinter die Ohren, das ihr der Wind wieder ins Gesicht geweht hatte. Diese Geste kam so unerwartet und war so rasch vorüber, dass Vivian sie nicht als unangenehm oder gar die Grenzen verletzend empfand. Was war das bloß für ein seltsamer Stallbursche? So ganz anders als die Stallburschen, die sie bisher kennengelernt hatte. Eigentlich, wenn sie es recht bedachte, war er anders als alle Männer, die sie bisher kennengelernt hatte. Das waren allerdings nicht viele gewesen.

Sie sah ihn lächeln, als er weitersprach. „Ich nehme an, Sie sind tatsächlich eine Gouvernante. Ihre schlichte, dunkle Kleidung weist darauf hin. Will Sie der Wirt für den eigenen Nachwuchs in den Dienst stellen? Oder macht eine feine Lady in der Poststation halt, um Sie zu begutachten?“

Vivian lächelte zurück. Es machte ihr zunehmend Spaß, sich so frei mit einem Fremden zu unterhalten. Doch ihre Füße in den dünnen Lederstiefeln drohten einzufrieren und der Magen begann heftig zu revoltieren. Sie musste dringend in eine wärmende Stube und sehnte sich nach nichts mehr als einem Teller heißer Suppe, bevor sie erschöpft in ein Federbett fallen wollte. Um das zu erreichen, gab es allerdings zwei Fragen zu klären. Nämlich die, wo sie sie sich befand, und die, wie sie auf schnellstem Wege zur ersehnten Poststation kommen konnte.

„Avebury?“, wiederholte sie daher, ohne auf seine letzte Frage einzugehen. „Wieso sind wir denn hier in Avebury?“ Es war ihr, als würde ihr das volle Ausmaß seiner Worte erst jetzt klar werden. Sie fröstelte und blickte erwartungsvoll zu ihm auf. „Sagen Sie schon“, forderte sie, als er nicht sofort antwortete, „wieso bin ich in Avebury? Das liegt doch gar nicht auf meinem Weg von Bath nach Marlborough.“

„Keine Antwort ist auch eine Antwort“, sagte er, grinste wissend und fuhr dann gleich fort: „Ich nehme an, Sie sind in Beckhampton in nördliche Richtung abgebogen, anstatt weiter in Richtung Osten zu reiten. Damit haben Sie einen ziemlichen Umweg gemacht. Von hier sind es, wie gesagt, noch etwa zwei Stunden bis Marlborough.“ Er warf einen skeptischen Blick zum Himmel. „Ich halte es für ausgeschlossen, dass Sie da heute noch hinkommen. Sie sehen ja selbst, die Dunkelheit bricht bereits herein, und das scheußliche Wetter lässt zudem keinen schnellen Ritt zu."

Sie sah ihn erschrocken an: „Ich muss aber dorthin! Unbedingt!"

Um dann, als er langsam den Kopf schüttelte, darauf zu bestehen: „Sie haben kein Recht, mich aufzuhalten! Ich muss nach Marlborough. Heute noch! Ich muss! Ich muss!"

Er sah sie zuerst durchdringend an und wandte sich dann, ohne auch nur ein weiteres Wort zu sagen, um, ging zu ihrem Pferd hinüber und ergriff die Zügel. Sie hatte mit Widerspruch gerechnet. Ja, wenn sie ehrlich war, hatte sie auf Widerspruch *gehofft*. Es dämmerte bereits stark, ihr war kalt, sie war hungrig und müde. Sie wollte nichts weniger, als bei diesem Schneeregen weiterzureiten. Doch sie hätte gern jemanden gehabt, der ihr die Entscheidung abgenommen hätte. Dem sie die Schuld in die Schuhe schieben konnte, wenn sie nicht wie vereinbart am selben Abend im *Crown and Feathers* eintreffen würde. Es war ein Wahnsinn, dies auch nur zu versuchen, das wusste sie selbst nur zu gut.

Inzwischen war er mit dem Pferd an ihrer Seite, bereit, ihr in den Sattel zu helfen.

„Sie haben nicht zufällig einen Bissen zu essen für mich?“, erkundigte sie sich kleinlaut.

Kapitel 9

„Unter einer Bedingung“, sagte er und führte die Stute zum Eingang der Hütte, wo er stehen blieb und sich zu ihr umdrehte. „Sie vergessen die Idee, Ihren Ritt heute noch fortsetzen zu wollen.“

Nichts hätte sie lieber getan, als ihm dies ohne weitere Widerrede zu versprechen. Doch dann schob sich Miss Goodhews besorgtes Gesicht vor ihr geistiges Auge und sie hörte eine Litanei an Vorwürfen, die alles übertreffen würde, was sie je gehört hatte.

„Ja, aber, ich könnte doch …“ Der Einwand klang selbst in ihren eigenen Ohren nicht überzeugend. Kein Wunder, dass er sie sofort unterbrach: „Es widerspricht dem gesunden Menschenverstand, sich nach Einbruch der Dämmerung auf unbekanntem Gelände fortbewegen zu wollen. Ich hätte Ihnen genügend Intelligenz zugetraut, dies selbst realistisch einschätzen zu können.“

„Diese Intelligenz habe ich sicherlich!“, fuhr sie ihn empört an.

Er grinste und riss die Tür auf, die in den Angeln quietschte: „Dann ist ja alles geklärt.“ Eine großartige Geste folgte. „Wenn ich Sie in meine bescheidene Hütte bitten dürfte. Das Essen steht bereit.“

Vivians nächster Impuls war, erleichtert aufzuatmen und ihm freudig ins Innere zu folgen. Ihr übernächster jedoch dämpfte diesen Impuls im Keim. Er hatte von gesundem Menschenverstand gesprochen. Es entsprach diesem noch viel weniger, sich als unverheiratetes Mädchen mit einem Fremden hinter verschlossene Türen zu begeben. Allein, ohne Begleitung, ohne jeden Schutz. Vivian hatte noch selten ihr impulsives Handeln so sehr bereut wie in diesem Augenblick. Wäre Miss Goodhew hier gewesen, so hätte ihr die zwar auch nicht den besten Schutz bieten können, aber sie hätte sich doch um einiges sicherer gefühlt. Andererseits wäre sie in Begleitung ihrer Lehrerin nie und nimmer in diese Situation geraten. Und sie hätte auch nie und nimmer diesen ungewöhnlichen Stallburschen kennengelernt, und das wäre, wie sie freimütig vor sich selbst zugab, doch ein wenig schade gewesen.

„Also?", fragte er sichtlich irritiert. Sie hatte ihn nachdenklich angestarrt, war ihm aber keinen Schritt näher gekommen. „Wollen Sie noch weiter in der Kälte stehen oder sind Sie bereit, mir zu vertrauen und in das warme Innere der Hütte zu kommen? Ich verspreche hoch und heilig, die Situation in keiner Weise auszunutzen."

Wie zum Beweis legte er seine Linke ans Herz, während das Pferd an seiner Rechten nervös zu tänzeln begann. Sie zögerte immer noch.

„Im Kamin prasselt ein wärmendes Feuer und es ist auch genug zu essen da, um Ihren Hunger zu stillen. Außerdem muss Ihr Pferd schleunigst abgerieben werden, damit es nicht Gefahr läuft, ernsthaften Schaden zu nehmen."

Ohne eine weitere Antwort abzuwarten, führte er die Stute in die Hütte hinein.

Nun denn, dachte Vivian, *nun bleibt mir gar nichts anderes übrig, als ihm zu folgen. Ohne* Blue Moon *könnte ich nicht weiterreiten, selbst wenn ich wollte.* Sie atmete tief durch und schlüpfte ins Innere, stemmte sich gegen die Tür, die der Wind immer wieder aufzureißen drohte, und schob den Riegel vor. Als sie sich umdrehte, entdeckte sie den Rappen, neben den der Stallbursche ihre Stute führte.

„Was für ein edles Tier!", rief sie aus und ging nach vorne, um seinen Hals zu tätscheln. „Dieser Hengst gehört bestimmt Ihrem Herrn. Ist er damit einverstanden, dass Sie ihn hierhergebracht haben?"

„Aber gewiss doch", lautete die Antwort, während der Mann mit einem Schwung Vivians Tier vom Sattel befreite. „Wenn Sie mir helfen, Ihr Pferd abzureiben, sind wir schneller fertig und können uns zu Tisch begeben."

Sie griff zu einem Büschel Heu.

„Zu Tisch begeben", wiederholte sie. „Wie vornehm das klingt. Und wie unpassend angesichts dieser einfachen Umgebung."

Sie begann den Hals ihres Pferdes zu trocknen, das nun neben dem Rappen stand und das Heu in Augenschein nahm. „Sie befleißigen sich überhaupt einer ungewöhnlichen Sprache und sind ein ungewöhnlicher Stallbursche. Wem dienen Sie denn? Einem Mitglied der königlichen Familie?“

Sie musste über ihre eigene Vermutung lachen, und er stimmte in dieses Lachen ein.

„Also erstens“, sagte er schließlich, „bin ich kein Stallbursche, sondern ein Schäfer. Und zweitens werde ich dir auch sonst nichts über mich verraten. Lass mich weiterhin Raphael bleiben.“

Nun war sie wahrhaft erstaunt.

„Ein Schäfer“, rief sie aus. „Darauf wäre ich nie und nimmer gekommen.“ Sie beschloss, bei der informellen Anrede zu bleiben: „Du siehst gar nicht aus wie ein Schäfer.“

Sie dachte an die Burschen auf Lancroft Abbey, die die Tiere hüteten. Ihre zweitälteste Schwester Penelope liebte Schafe, und so gab es sowohl auf Lancroft Abbey als auch auf dem Nachbargut von Lady Stonesdale jede Menge davon. Vivian hielt in ihren Gedanken inne. Das Gut würde in Kürze nicht mehr Lady Stonesdale, sondern Penelope gehören. Daran musste sie sich erst einmal gewöhnen. Ach, sie freute sich so auf zu Hause! Sie konnte es gar nicht erwarten, Ihre Schwestern in die Arme zu schließen und all das zu erfahren, was sich in den letzten Monaten ereignet hatte.

„Ich denke, ich werde dich Rosalind nennen“, hörte sie ihren Begleiter sagen, der sich an den Hufen zu schaffen machte.

„Rosalind? Wie kommst du denn auf diesen Namen?“ Vivian überlegte nur kurz und fuhr fort: „*Rosalind*? Wegen Rosa wahrscheinlich. Rosa, wie rot.“ Jetzt schnaubte sie empört. „Du machst dich über meine roten Haare lustig? Wie kannst du es nur wagen?“

Er war ganz offensichtlich fassungslos, was sie wiederum einigermaßen beruhigte.

„Wie kommst du denn zu dieser unberechtigten Vermutung?“, lauteten auch schon seine nächsten Worte. „Erstens hast du gar keine roten Haare, ich würde sie eher kastanienbraun nennen. Und zweitens …“

„Aha“, trumpfte sie auf, „dir ist die Farbe meiner Haare also aufgefallen!“

„Selbstverständlich“, sagte er. „Sie wurden dir doch ständig ins Gesicht geweht. Wie hätte ich sie da übersehen können?“

„Und wie kommst du dann auf den Namen Rosalind, wenn nicht wegen meiner Haare?“

„Na, wegen Shakespeare natürlich“, sagte er, geradeso als wäre es das Selbstverständlichste auf der Welt, dass ein Schäfer sich mit hoher Literatur auseinandersetzte. „*Wie es euch gefällt*. Kennst du dieses Stück?“

Vivian versuchte sich an ihren Schulunterricht zu erinnern und nickte etwas zögerlich.

„In dieser Komödie spielt eine Rosalind die Hauptrolle“, beeilte er ihr zu erklären. „Eine besonders hübsche, mutige junge Frau, die sich nicht scheut, vorzugeben, jemand anderes zu sein, als sie in Wirklichkeit ist.“

Vorzugeben, jemand anderes zu sein, als sie in Wirklichkeit ist, wiederholte Vivian in Gedanken. Der Mann war klüger, als sie angenommen hatte. Aber da war noch etwas anderes, was sie viel mehr interessierte: „Hübsch?“, fragte sie. „Findest du mich etwa auch hübsch?“

Er hielt nicht dabei inne, das Pferd zu striegeln: „Sicherlich.“

„Und mutig?“, fragte sie nach. Ihre Stimme klang etwas außer Atem. Hätte sie gewagt, ihm ins Gesicht zu sehen, hätte sie bemerkt, dass ihn ihr Eifer amüsierte. Sie hatte sich jedoch umgedreht, um das Zaumzeug aufzuhängen.

„Übermütig ist wohl der bessere Ausdruck“, hörte sie ihn sagen.

Dann lachten sie beide.

„Ich weiß immer noch nicht, warum du allein unterwegs bist, Rosalind“, sagte er dann. „Das halte ich für äußerst gefährlich, weißt du? Was ist geschehen, dass du keine andere Wahl gehabt hast?“

Sie wagte es wieder nicht, ihm ins Gesicht zu sehen. Er schien ernsthaft besorgt zu sein, und sie wollte ihn nicht stärker anlügen als unbedingt nötig. Außerdem hatte er sie hübsch genannt. In ihrer Familie hatte nie jemand sie mit diesem Prädikat versehen. Wenn man die Schwester von Penelope Barnett war, die als eine wahre Schönheit galt, dann blieben für einen selbst andere Attribute übrig. Frederica, die Älteste, galt als klug, praktisch veranlagt und als jemand, der für jedes Problem eine Lösung fand. Sie selbst dagegen galt als stürmisch, unbezähmbar und bisweilen tapfer genug, sogar ihrer Mutter zu widersprechen, vor der alle Welt gehörigen Respekt hatte.

„Man hat dich ohne Gepäck losgeschickt, Rosalind. Und dir anscheinend auch nichts zu essen mitgegeben. Hast du dich bei deiner letzten Arbeitsstelle so schlecht benommen, dass du es verdient hast?“

Sie schwieg. Was hätte sie auch antworten sollen?

„Das Einzige, was mich noch mehr irritiert, ist dein Pferd“, setzte er fort. „Das ist ein wunderbares Tier, das im Tattersall eine schöne Stange Geld einbringen würde. Wie bist du an diese Stute gekommen, Rosalind? Hast du sie etwa aus dem Stall mitgehen lassen?“

Der Gedanke schien ihn zu amüsieren.

Vivian amüsierte er weniger. Andererseits: Wenn sie schon wollte, dass er sie für eine Bedienstete hielt, dann brauchte sie sich nicht zu wundern, dass er auf diesen Verdacht kam. Keine Gouvernante ritt so ein Vollblut. Und ein Hausmädchen schon mal gar nicht. Für einen Augenblick war sie nahe daran, ihm ihre wahre Identität zu enthüllen. Er erschien ihr vertrauenerweckend zu sein. Vielleicht würde er ihre Lage nicht ausnutzen, um Kapital aus einem angedrohten Skandal zu ziehen. Andererseits, er hatte sie hübsch und mutig genannt, dabei war ihr Vorgehen nur eines gewesen: undamenhaft, unüberlegt und dumm. Zu ihrem eigenen Erstaunen wollte sie vor diesem seltsamen Schäfer nicht als Dummkopf dastehen. Da schon lieber wie eine Dienerin. Allerdings nicht wie eine diebische Elster.

„Ich habe gar nichts mitgehen lassen", war daher das Einzige, was sie richtigstellte.

Diese Worte nahm er widerspruchslos zur Kenntnis.

„Was ist denn an deinem bisherigen Arbeitsplatz geschehen?", fragte er noch einmal. „Warum hat man dich fortgejagt?"

Sein Lächeln war einem besorgten Blick gewichen. Sofort bekam Vivian ein schlechtes Gewissen. Zum Glück knurrte ihr Magen in diesem Augenblick derart laut, dass er lachen musste und sich mit einem wahrheitsgemäßen: „Nichts Besonderes ist geschehen, glaube mir, die Zeit ist einfach zu Ende gewesen", zufriedengab.

„Ich denke, wir sind hier fertig", sagte er nur. „Darf ich dich also nun zu Tisch geleiten?"

Das klang so höflich und formell, als würden sie sich bei einer offiziellen Abendeinladung befinden. Vivian kicherte und ergriff seinen dargebotenen Arm.

Kapitel 10

Er führte sie rund um den provisorisch angebrachten Bretterverschlag und Vivians Augen weiteten sich vor Staunen. Sie hatte sich gefreut, in der Wärme zu sein, und sich gewundert, dass die einfache Hütte offensichtlich einen gemauerten Kamin mit einem guten Abzug besaß, da es im Inneren kaum rußte. Sie hatte sich gefreut, *Blue Moon* gut untergebracht zu wissen und in Kürze endlich etwas Essbares in den Magen zu bekommen. Doch nichts hatte sie auf das vorbereitet, was sie jetzt sah.

Der Raum, in den Raphael sie führte, war großzügiger, als sie von außen angenommen hatte. Noch fiel das letzte Licht des Tages durch die kleinen Fensterscheiben ins Innere, doch ihr Begleiter ließ ihren Arm los und machte sich daran, die Leuchter aus Zinn zu entzünden, die an den Wänden angebracht waren. Dann kamen die drei Kerzen an die Reihe, die auf dem Tisch standen, der für zwei Personen geradezu festlich gedeckt war. Auf tönernen Platten war ein großes Stück Braten angerichtet, daneben lagen verschiedene Sorten Käse. Neben einer kunstvoll verzierten Pastete stand eine Schüssel mit kaltem Gemüse. In einem Weidenkorb war etwas mit einer weißen

Serviette zugedeckt, auf die ein aufwendiges Monogramm gestickt war. Vivian vermutete, dass sie Brot verbarg.

„Was ist das hier?“, fragte sie irritiert.

Sie spürte, wie die Aufregung, die sich längst gelegt und der Freude darüber Platz gemacht hatte, etwas zu essen und ein, wenn auch sehr ungewöhnliches, Nachtlager gefunden zu haben, wieder in ihr hochstieg. Gänsehaut kroch über ihren Rücken bis in den Nacken hinauf. Hier stimmte etwas ganz und gar nicht, da war sie sich sicher. Kein Schäfer konnte es sich leisten, derart vornehm zu tafeln. Wo war die zweite Person, die hier ganz offensichtlich erwartet worden war? Panik ergriff sie, vereint mit dem unguten Gefühl, in eine Falle getappt zu sein. War ihr der Schäfer nicht von Anfang an seltsam vorgekommen? Von wegen Erzengel …

„Ich denke, ich gehe doch lieber wieder!“

Mit einem Satz hatte sie sich umgedreht, war zur Eingangstür geeilt und machte sich am schweren Riegel zu schaffen. Der Schäfer griff in den Brotkorb und war mit wenigen Schritten an ihrer Seite.

„Ich werde dich nicht zurückhalten, wenn es wirklich das ist, was du willst“, sagte er und sie spürte, wie diese gelassen ausgesprochenen Worte sie wieder etwas beruhigten. „Aber dann nimm wenigstens zuerst dieses Stück Brot für den ärgsten Hunger und lass mich dir etwas erklären.“ Er hielt ihr eine

Schnitte entgegen, die sie ohne zu zögern ergriff. Mit Heißhunger biss sie hinein. Sie sagte nichts, sondern kaute und sah ihn erwartungsvoll an.

„Mein … äh … Herr, der Viscount of …“, er überlegte kurz und schüttelte dann den Kopf, „ich denke, sein Name tut nichts zur Sache. Das ist ein Mann, den manche einen Frauenhelden nennen würden. Verstehst du, was ich meine?“

Vivian verstand, was er meinte, schließlich hatte Miss Fellows sie wiederholt vor dieser Sorte Gentleman gewarnt.

„Ist dein Herr noch jung?“, wollte sie wissen, bevor sie den nächsten Bissen nahm.

Ihr Gegenüber war sichtlich aus dem Konzept gebracht und nickte langsam. „Achtundzwanzig“, sagte er schließlich. „Was hat denn sein Alter mit der Bezeichnung *Frauenheld* zu tun?“

„Alles“, lautete Vivians Antwort, froh, Bestätigung gefunden zu haben. „Und weiter?“

Es war offensichtlich, dass ihm eine Frage auf der Zunge lag, er sich aber dann doch entschied, sie nicht zu stellen.

„Wie dem auch sei“, sagte er stattdessen. „Mein Herr hatte ein Stelldichein mit einer jungen Lady geplant, doch …“

„Mit der er nicht verheiratet ist, nehme ich an“, ergänzte sie wissend. Miss Fellows hatte recht gehabt. Junge adelige Männer waren ja so schrecklich verantwortungslos!

„Nein, natürlich nicht", bestätigte er da auch schon. „Sonst hätte man doch nicht von einem Stelldichein mit dieser Lady sprechen können."

„Wenn eine Frau sich auf ein derartig unschickliches Unterfangen mit einem Mann einlässt, der nicht ihr Gatte ist, dann ist sie keine wahre Lady", lautete ihr strenges Urteil, das nicht nur Miss Fellows' Weisheiten, sondern auch ihrer eigenen Jugend geschuldet war.

In seinen Augen blitzte es amüsiert auf: „Und was ist das, was wir hier machen?", wollte er wissen. „Du bist unverheiratet, ich bin unverheiratet …"

Ihre Augen funkelten ihn böse an.

„Ich bitte um Verzeihung", sagte er da auch schon reumütig. „Ich vergaß, dass unsere Situation eine ganz andere ist. Wir haben natürlich kein Stelldichein."

Sie nickte ernst. „Sehr richtig!"

„Du bist ein Hausmädchen und ich bin ein … einfacher Schäfer", setzte er fort. „Wir sind allein aus dem Grund hier gemeinsam in diesem Raum, weil die Wetterbedingungen dein Weiterreiten nicht zulassen."

Sie nickte abermals. „Und weil du mir versprochen hast, dich, obwohl du ein einfacher Schäfer bist, mir gegenüber wie ein Gentleman zu benehmen", ergänzte sie mit der ihr eigenen Würde.

Es überraschte sie, dass er laut auflachte: „Besser als jeder Gentleman, glaube mir, Rosalind. Viel besser als jeder Gentleman. Und nun lass uns zu Tisch gehen, bevor du vor Hunger aus den Stiefeln kippst."

Das ließ sie sich nun doch nicht zweimal sagen. Die Aussicht, sich an den Köstlichkeiten satt zu essen, die eine fleißige Köchin für seinen Herrn, den unbekannten Viscount, zubereitet hatte, war nur allzu verlockend.

So vergingen die nächsten Minuten in schweigendem Einvernehmen. Er hatte ihr den Stuhl zurechtgerückt und sich gewundert, mit welchem Selbstverständnis sie ihn gewähren ließ und Platz nahm. Dann hatte sie die Serviette auf ihrem Schoß ausgebreitet. Ihre guten Tischmanieren bestätigten ihn in der Ansicht, eine Gouvernante vor sich zu haben, wenn auch ihr jugendliches Alter eigentlich dagegensprach.

„Wie kommt es, dass das Stelldichein deines Herrn offensichtlich doch nicht stattgefunden hat?", hörte er sie fragen. Ihr Blick ruhte interessiert auf seinem Gesicht. „Und wie kommt es, dass er dir gestattete, diese Köstlichkeiten an seiner Stelle zu verspeisen?" Ihr Gesichtsausdruck wurde prüfend: „Er hat es dir doch gestattet, oder etwa nicht?"

Mit einem schnellen Blick sah sie zum Verschlag hin, so als fürchtete sie, jeden Augenblick könnte jemand kommen und sie von diesem gastlichen Ort vertreiben.

Badwell fand sie entzückend. Wäre sie kein Dienstbote gewesen und hätte er es sich nicht schon in jungen Jahren zur Regel gemacht, seine Finger von Bediensteten zu lassen, er hätte gute Lust verspürt, mit ihr zu flirten. Andererseits hatte er ihr ausdrücklich versprochen, ihr nicht nachzustellen. Sie war so jung, so erfrischend unerfahren, ganz anders als die Damen der Gesellschaft, mit denen er es sonst zu tun hatte. Bei Rosalind, oder wie immer sie auch in Wirklichkeit hieß, gab es keine verheißungsvollen Augenaufschläge, keine erotisch hingehauchten Versprechungen. Sie schien ihn nicht einmal besonders zu mögen. Obwohl sie ihn mit einem Erzengel verglichen hatte; der Himmel wusste warum. Ihn, den Teufel, mit einem Engel zu vergleichen – das war eine völlig neue Erfahrung.

„Nun?“, fragte sie und riss ihn aus seinen Gedanken.

„Was nun?“

„Wie kommt es, dass wir beide das Mahl deines Herren verzehren? Reichst du mir bitte den Brotkorb herüber? Und kann ich noch etwas von dem zischenden Wein haben?“

Er erfüllte ihre beiden Bitten und dachte nach, welche Ausrede er ihr präsentieren sollte, und auch, ob es wirklich klug war, ihr noch mehr von dem

Champagner einzuschenken. Er konnte sich nicht vorstellen, dass sie viel davon vertrug. Andererseits war es das einzige Getränk, das sein Diener vorbereitet hatte. Champagner war eine Seltenheit in diesen Tagen, da England im Krieg gegen die Franzosen lag. Er konnte nur deshalb seine Gespielinnen mit diesem edlen Getränk erfreuen, weil Rokley, sein unvergleichlicher Kammerdiener, Kontakte zu Schmugglern hergestellt hatte, die in der Nähe von Boscombe ein verstecktes Lager unterhielten. Lady Daphne hätte das Getränk mit Sicherheit zu schätzen gewusst. Rosalind nannte es *zischenden Wein*. Lady Daphne! Jetzt hatte er doch in den letzten beiden Stunden kein einziges Mal an sie gedacht.

„Er weiß gar nicht, dass du dich hier statt ihm eingenistet hast und dir den Bauch vollschlägst, habe ich recht?“, hörte er seine tatsächliche Tischgefährtin fragen. Sie sah ihn über den Rand des Glases erwartungsvoll an. Der Champagner dürfte ihr zu Kopf gestiegen sein, denn sie hickste und lachte schließlich laut auf. „Du siehst so lustig aus, wenn man dich bei etwas Verbotenem ertappt, Raphael.“

Er stimmte in ihr Lachen ein und dachte überrascht, um wie viel amüsanter es war, mit einem so erfrischenden, natürlichen Mädchen zu dinieren als mit einer verwöhnten, gelangweilten jungen Frau. Warum war er nicht schon früher auf so eine Idee gekommen? Wohl, weil es kein junges adeliges Mädchen im ganzen Königreich gab, das sich auf einen solchen Abend eingelassen hätte. Rosalind war anders als alle weiblichen Wesen, die er kannte. Und er kannte viele, wie er mit stolzgeschwellter Brust anerkennend vor sich selbst zugab. Außerdem, mit Rosalind erwartete ihn kein amouröses Abenteuer, worauf er sonst für gewöhnlich aus war. Es verwunderte ihn, wie wenig ihn das störte. Badwell bemerkte, dass er den Abend tatsächlich aus vollem Herzen genoss.

„Gestatte, dass ich dir widerspreche", sagte er nun und nippte an seinem Glas. „Es ist ganz und gar nichts Verbotenes, was wir hier tun. Im Gegenteil, ich bin beauftragt worden, hierzubleiben, bis das Feuer heruntergebrannt ist, um die Hütte vor Schaden zu bewahren. Was mich auf die Idee bringt …" Er stand auf, ergriff zwei der Buchenscheite, die in einiger Entfernung vom Kamin gestapelt waren, und legte sie vorsichtig ins Feuer.

Vivian lachte abermals: „So hat sich dein Herr deine Dienste aber nicht vorgestellt", sagte sie. „Und sicher weiß er auch nicht, dass du dich über sein Essen hermachst."

„Aber natürlich weiß er das", widersprach Badwell. „Das Mahl könnte keinem besseren Zweck dienen als uns beiden. Noch etwas Braten, meine … Rosalind?"

Er wunderte sich über sich selbst. Beinahe hätte er sie *meine Liebe* genannt. Er musste aufpassen, dass ihn die romantische Stimmung, die das lodernde Kaminfeuer verbreitete, nicht wegtrug und die Vernunft und das Versprechen, das er ihr gegeben hatte, vergessen ließ.

Sie bediente sich von der Platte, die er ihr gereicht hatte, und dann aßen sie einige Zeit lang schweigend, bis sie die Stille mit einer Frage unterbrach, die ihn ernsthaft überraschte.

„Du hast gesagt, dass du nicht verheiratet bist. Warum ist das so?“ Sie legte den Kopf schräg, als Zeichen, dass sie ernsthaft überlegte. „Ist dir die Richtige noch nicht über den Weg gelaufen?“

„Es gab einmal eine Frau – sie hieß Babette –, in die glaubte ich tatsächlich unsterblich verliebt zu sein“, hörte er sich, sehr zu seinem eigenen Erstaunen, die Wahrheit verkünden.

„Babette“, wiederholte sie, „das ist ein hübscher Name. Was ist geschehen? Warst du nicht mutig genug, um ihre Hand anzuhalten?“ Sie nippte am Champagner. Ihre Wangen hatten sich durch den ungewohnten Genuss von Alkohol gerötet. Dann verschwand das Lächeln und sie fragte ernst: „Hat dir etwa dein Dienstherr die Erlaubnis verweigert? Oh, wie ungerecht! Ich kann einfach nicht verstehen …“

Bevor sie sich überlegen konnte, ob sie sich künftig, zusätzlich zu ihrem Einsatz für die Rechte adeliger Mädchen, auch für die Rechte von Dienstboten starkmachen sollte, hatte er schon vehement den Kopf geschüttelt.

„Darum ging es nicht. Und einen Antrag habe ich ihr sehr wohl gemacht", war es ihm wichtig, die Dinge richtigzustellen.

„Ja, aber …"

„Babette hat meinen Antrag abgelehnt", sagte er. „Ihr Vater meinte, ich hätte ihr nichts zu bieten, und Babette sagte, es gäbe nichts an mir, was sie fesseln könnte."

Es hätte die Bitterkeit, die aus seinen Worten herausklang, nicht gebraucht – sie schlug sich sofort auf seine Seite: „Also, das ist ja allerhand! So etwas Gemeines habe ich noch nie im Leben gehört. Wer dachte sie denn, die sie ist, dass sie so mit dir reden darf? Ich wünsche mir, dass sie ihre Worte eines Tages bitter bereut."

Er lächelte über ihren Eifer und dann erzählte er ihr auch noch den Rest der Geschichte, auf den er eigentlich gar nicht mehr so stolz war. „Oh, ich denke, das tut sie bereits." Er tupfte sich die Lippen mit der Serviette ab, bevor er zum Glas griff. „Vor Kurzem ist es mir gelungen, mich an ihr zu rächen. Ich habe sie in eine verfängliche Situation gebracht und …"

Siedend heiß fiel ihm ein, dass es keiner seiner männlichen Freunde war, der ihm da gegenübersaß, sondern ein junges, unerfahrenes Mädchen, das jedes seiner Worte in sich aufsaugte. Darum schloss er rasch: „Aber natürlich bin ich über diese Angelegenheit längst hinweg.“

Er nahm einen Schluck und begann dann an seinem Braten herumzusäbeln, der anscheinend seine volle Aufmerksamkeit verlangte.

Vivian war nicht schockiert. Raphael war jung, also war von ihm nichts anderes zu erwarten als unüberlegte Handlungen. Ob Miss Fellows eigentlich wusste, was für eine weise Frau sie war? Nach einigen Minuten, in denen sie sich still ihrer Mahlzeit gewidmet hatten, stellte sie die nächste Frage: „Bist du Schäfer geworden, weil dein Vater auch bereits Schäfer war?“

Sofort schob sich das strenge Gesicht des verstorbenen Viscounts vor sein geistiges Auge. Es war kein Bild, an das er gern erinnert wurde. Dennoch stimmte er ihr zu. „Wenn du es so nennen willst, ja, ich bin das geworden, was mein Vater auch schon war. Wie der Vater, so der Sohn, wenn du so willst.“

„Also ist das in allen Kreisen üblich: Der Sohn wird, was der Vater war“, sagte sie. „Mein Bruder hat auch … ist auch … also, er ist auch in Vaters Fußstapfen getreten.“

„Du hast einen Bruder?“ Nun war er tatsächlich überrascht. „Ich hatte angenommen, du seist alleinstehend. Wenn du einen Bruder hast, stellt sich mir doch die Frage: Kann er nicht für dich sorgen? Musst du dich wirklich in einer Poststation verdingen? Das ist doch nicht der richtige Ort für ein junges Mädchen, das …“ Er hielt inne. Was redete er denn da? Wie kam er denn dazu, ihr ihre Beschäftigung madig zu machen? Das ging ihn doch überhaupt nicht das Geringste an. „Ich habe meinen Vater nicht gemocht“, sagte er daher einfach, um das Thema zu wechseln und weil ihm auf die Schnelle nichts anderes einfiel. „Er war ein eiskalter Despot, dem jede menschliche Regung fremd war. Ich habe ihn gehasst.“ Er erschrak selbst, wie unbarmherzig diese Worte klangen. „Er hat meinen älteren Bruder immer bevorzugt“, setzte er hinzu, weil er ihr diese Rechenschaft schuldig zu sein glaubte. „Ich hingegen konnte ihm nie etwas recht machen.“

„Ist dein älterer Bruder ebenfalls Schäfer geworden?“, fragte sie interessiert, ohne das Gehörte zu kommentieren, und griff zu einem Stück Käse.

Die Ruhe, die sie ausstrahlte, übertrug sich auch auf ihn.

„Es war vorgesehen, dass er in Vaters Fußstapfen tritt, und ich bin sicher, er hätte alles viel besser gemacht, als ich es je können werde. Aber Leonard starb bei demselben Kutschenunfall, der auch unseren Vater das Leben kostete."

„Oh, das tut mir leid." Sie griff über die Tischplatte und legte für einen kurzen Augenblick ihre rechte Hand auf seinen Unterarm. „Postkutschen können höchst gefährlich sein, davon habe ich bereits gehört. Man sagt, viele Kutscher seien so betrunken, dass sie kaum die Zügel halten können, und dennoch lenken sie die Gefährte in Windeseile über unsere Straßen."

Badwell verzichtete darauf, ihr zu erklären, dass in diesem Fall sein Bruder selbst der betrunkene Kutscher gewesen war.

„Dein Mitleid ist verschwendet", sagte er nur und es klang selbst in seinen Ohren bitter. „Ich habe den guten Leonard ebenso wenig gemocht wie meinen Vater. Doch nun, da sie tot sind, zahle ich ihnen heim, dass sie mich stets von oben herab und ungerecht behandelt haben."

Er nahm einen großen Schluck aus seinem Glas und hätte beinahe mit der Faust auf den Tisch geschlagen, weil ihn allein der Gedanke an die beiden schon wieder wütend machte. Wütend und enttäuscht.

Sie hob überrascht beide Augenbrauen. „Du zahlst es ihnen heim? Wie ist so etwas möglich? Wie kann man denn einem Toten etwas heimzahlen?"

„Indem man genau das Gegenteil von dem macht, was dem strengen Herrn Papa wichtig war", antwortete er. „Er hat mich als Tunichtgut beschimpft, gut, jetzt bin ich ein Tunichtgut. Er hat mir vorgeworfen, meine Pflichten nicht zu erfüllen, also erfülle ich meine Pflichten nicht. Er hat mir vorgeworfen, ich würde mein Erbe verschleudern, gut, jetzt verschleudere ich mein Erbe."

„Das heißt also, du erfüllst alle Erwartungen deines toten Vaters? Wenn du mich fragst, dann hat das nichts mit Heimzahlen zu tun", sagte sie und begann seelenruhig einen Apfel zu schälen, während er sie nur entgeistert anstarren konnte. So hatte er das überhaupt noch nicht gesehen.

„War denn das Erbe deines Vaters so groß, dass es etwas zu verschleudern gibt?", fuhr sie fort. „Ich kann mir nicht vorstellen, dass ein Schäfer …"

„Aber darum geht es doch gar nicht!", fuhr er sie an. „Es geht hier nicht um die Höhe der Summe, es geht ums Prinzip."

Sie legte kurz das Besteck weg und sah ihn mit großen Augen an. „Aha", lautete ihr einziger Kommentar.

Damit nahm sie ihm vollkommen den Wind aus den Segeln.

„Was bitte soll *aha* bedeuten?", fragte er ratlos.

„Miss Fellows meint, ich solle nie mit einem Mann streiten, wenn er die Worte *Prinzip* oder *Ehre* in den Mund nimmt. Und seien seine Ansichten noch so dumm."

Auch diese Worte musste er erst einmal verdauen.

„Wer ist Miss Fellows? Ist das die Frau, vor der du auf der Flucht bist?“, fragte er, um dann gleich darauf klarzustellen: „Außerdem sind meine Ansichten nicht dumm!“

„Dann sind sie zumindest unreif“, war sie scheinbar bereit nachzugeben und griff wieder zu ihrem Apfel.

„Unreif? Na hör mal, wie kommst du …?“, fuhr er auf, doch sie, froh, dass er nicht darauf beharrte, Näheres über Miss Fellows zu erfahren, unterbrach ihn.

„Du bist Schäfer, aber erfüllst deine Pflichten nicht. Ich nehme an, das heißt, du lässt die Zäune und Ställe verwahrlosen und was alles noch dazugehört, und kümmerst dich nicht um deine Schafe.“ Sie dachte daran, mit welcher Hingabe Penelope ihre Tiere betreute, und redete sich schnell in Rage: „Das ist unverantwortlich. Und nichts, was dir das Recht gibt, selbstzufrieden und stolz darauf zu sein. Dein Vater mag ein Ungeheuer gewesen sein und dich ungerecht behandelt haben, das kann ich nicht beurteilen. Aber das gibt dir noch lange nicht das Recht, dich selbst wie ein Ungeheuer aufzuführen. Außerdem, er ist tot. Aber du lebst. Und die Tiere, die dir anvertraut wurden, auch. Also reiß dich zusammen und erfülle die Pflichten, die dir aufgrund deines Standes zukommen.“

Während er zu keinem Kommentar fähig war, griff sie selbst zur Champagnerflasche: „Mmmh, das Getränk ist gut. Daran könnte ich mich gewöhnen."

Sie nahm einen großen Schluck direkt aus der Flasche, sah zu ihm hinüber und kicherte: „Hat dich meine Rede erschreckt? Ich klang fast schon so wie Mrs Clifford, nicht wahr?" Sie nahm einen weiteren Schluck und war offensichtlich zufrieden mit sich. „Ich kann so streng wie eine alte Lehrerin klingen. Faszinierend, findest du nicht?"

Sie gähnte herzhaft und sah sehnsüchtig zur breiten Chaiselongue hinüber. „Hast du etwas dagegen, wenn ich mich ein paar Minuten da drüben niederlege?"

Er zeigte ihr mit einer stummen Geste, dass er nichts dagegen hatte.

Kapitel 11

Kaum hatte Vivian sich mit einem wohligen Aufseufzen niedergelegt, da war sie auch schon eingeschlafen. Badwell ging zur Chaiselongue hinüber und breitete eine Wolldecke über sie, die sie instinktiv ergriff und sich einkuschelte.

Wie jung sie ist, ging es ihm durch den Kopf. Jetzt, da sich das Gesicht im Schlaf entspannt hatte, sah sie kaum älter aus als fünfzehn. Auch wenn er nicht wusste, warum, so hoffte er doch, dass sie älter war. Sie musste älter sein! Wie würde ihr Alter sonst mit ihren Worten übereinstimmen, die mehr Lebensweisheit und gefestigte Ansichten erahnen ließen, als man ihr aufgrund ihres Aussehens und ihres Standes zugetraut hätte?

Auf dem Weg zurück zu seinem Stuhl entdeckte er einen Portwein, der, vom Vorhang versteckt, auf der Fensterbank stand. Selten hatte er eine Flasche freudiger ergriffen. Noch im Stehen trank er sein Champagnerglas in einem Zug leer und goss es mit der dunkelroten Flüssigkeit voll. Es setzte sich auf seinen Stuhl zurück und nahm einen großen Schluck. Ah, jetzt fühlte er sich besser. Nachdenklich sah er zum schlafenden Mädchen hinüber. Sie hatte ihm ordentlich die Leviten gelesen! Das allein war schon bemerkenswert. Noch bemerkenswerter fand er allerdings, dass er geneigt war, ihr recht zu geben. Warum sollte den Lebenden in seinem Umfeld dadurch ein weiterer Nachteil entstehen, dass sein Vater so gewesen war, wie er eben gewesen war? Hatten sie darunter nicht schon genug gelitten? Hatten seine Pächter und seine Dienerschaft nicht einen Herrn verdient, der sich ihrer Angelegenheiten annahm und ihr Wohl im Auge hatte, wie es sich für einen ordentlichen Dienstherrn gehörte? Und, er nahm einen weiteren tiefen Schluck, hatte nicht zuletzt er es verdient, in die Zukunft zu blicken, statt sich ständig mit grollenden Gedanken über die Vergangenheit selbst das Leben schwerzumachen? Gab es wirklich nichts, womit er seine Tage lieber füllte, als mit belanglosen Techtelmechteln mit ebenso belanglosen Frauen? Ständig in der Furcht, sich den berechtigten Zorn ihrer Gatten zuzuziehen? Wenn er es sich recht überlegte, so hatte sich der anfängliche Nervenkitzel längst verflüchtigt und war gelangweilter Routine gewichen. Und die Kartenrunden mit immer denselben Freunden fast jeden Abend? Der viele Alkohol, der ab der Mittagszeit in Strömen floss? Nur um seinen Vater zu ärgern? Abrupt stellte Badwell das Glas ab. Was war das überhaupt für eine seltsame Idee, seinen Vater damit ärgern zu wollen, dass er genau dessen schlimmsten Erwartungen entsprach? Es war ihm ein Jahr lang logisch erschienen. Jetzt, mit einem Mal, dank Rosalinds Worten, erschien es ihm geradezu absurd. Er war Offizier gewesen, ein ernsthaftes, wertvolles Mitglied der Gesellschaft. Und was war aus ihm geworden? Ein Ausbund an Lasterhaftigkeit.

Badwell sank in seinen Stuhl zurück und seufzte tief.

Versunken in Selbstvorwürfen und Selbstzweifeln griff er doch wieder zu seinem Glas und trank es in einem Zug leer. Dann wusste er genau, was er zu tun hatte. Er musste zu seinem alten Selbst zurückkehren. Er würde gleich morgen mit dem Verwalter sprechen und sich von ihm über die Ländereien führen lassen. Er würde sich einen Überblick über seine Finanzen verschaffen und die notwendigen Reparaturarbeiten in Auftrag geben. Er würde sein Haus in London aufsperren und am Gesellschaftsleben teilnehmen, wie man es von ihm erwartete. Er würde sich in seinem Klub sehen lassen. Seine Freunde würden immer seine Freunde bleiben, doch er würde auch wieder Kontakt zu anderen Männern suchen, um Gespräche zu führen, bei denen es um mehr ging als um Pferde, Portwein und Kartenspiel. Auch wenn er im Augenblick noch nicht wusste, worüber er sich sonst unterhalten wollte. Ein weiterer Schluck aus dem Glas und noch ein Vorhaben war geboren: Er würde sich eine Frau mit tadellosem Ruf aus bestem

Haus suchen und einen Erben zeugen. Ja, Justin Rawling, der fünfte Viscount of Badwell, war bereit, der Welt als solcher gegenüberzutreten. Darauf musste er unbedingt noch einen heben. Er prostete sich selbst zu und trank auch dieses Glas mit einem Zug leer.

Sein Blick fiel wieder auf die junge Frau auf der Chaiselongue. Rosalind! Wie friedlich sie aussah. Wie vertrauensselig sie war. Wie konnte sie bloß so ruhig schlafen? Wie konnte sie nur in Gegenwart eines Fremden eine ganze Nacht verbringen?

Badwell erschrak über diesen Gedanken. Um Himmels willen, wieso hatte er bisher nicht an die Folgen gedacht? Wenn das auch nur eine einzige Menschenseele herausfand, würde sie dieses Verhalten für immer und ewig kompromittieren. Rosalind würde nie wieder eine Stelle als Gouvernante bekommen, ja nicht einmal als Hausmädchen. Zumindest nicht in einem anständigen Haus.

Badwell, wieder in den Kreis dieser Anständigen zurückgekehrt, wusste mit einem Schlag, was er zu tun hatte. Er musste gehen! Auf der Stelle. Wohin auch immer. Er durfte auf keinen Fall die Nacht in Gegenwart dieser jungen Frau verbringen, oder, um es klarer auszudrücken, sie durfte das nicht in seiner Gegenwart.

Er stand ruckartig auf und musste sich mit beiden Händen an der Tischplatte festhalten. Oha, er hatte die Wirkung des Alkohols unterschätzt. Sein Stuhl kippte nach hinten und landete krachend auf dem einfachen Holzboden.

Das Mädchen auf der Chaiselongue war mit einem Schlag wach. „Was ist denn … wo bin ich denn …? Ah, Raphael!“

Sie hatte sich im ersten Schreck aufgesetzt, nun ließ sie sich wieder zurückfallen und rieb sich die Augen. Sein Anblick schien sie beruhigt zu haben. Badwell war alles andere als beruhigt. Er hätte nicht so viel trinken sollen. Und vor allem nicht so schnell. Die Aussicht, in die Kälte hinauszumüssen, trug auch nicht dazu bei, seine Lebensgeister zu stärken. Dennoch, er hatte keine andere Wahl.

„Habe ich geschlafen?“, fragte sie, setzte sich wieder auf und rückte zurück, um gegen die Lehne sinken zu können. „Das tut mir leid. Ich sollte deine Gastfreundschaft damit vergelten, dass ich dir eine bessere Gesellschafterin bin, ich weiß. Aber ich war so müde und vom langen Ritt wohl auch erschöpft. Doch nun bin ich wieder wach und …“

„Du kannst gleich weiterschlafen“, beruhigte er sie und freute sich, weil es ihm in der Zwischenzeit gelang, kerzengerade zu stehen. „Ich werde dich jetzt verlassen und …“

Weiter kam er nicht.

„Mich verlassen!“, rief sie aus und es klang höchst alarmiert. „Mich verlassen? Das kann doch nicht dein

Ernst sein, Raphael. Willst du, dass ich in dieser fremden Hütte zurückbleibe? Ganz allein? Mitten im Wald?“

„Ich muss das wollen“, erwiderte er ernst und hätte gern genickt, wenn sein benebeltes Hirn dies zugelassen hätte. „Dein Ruf könnte anderenfalls ernsthaften Schaden erleiden.“

Er ging ein paar Schritte auf sie zu, merkte, dass er taumelte, sank neben sie auf die Chaiselongue und sah ihr direkt ins Gesicht.

„Mein Ruf!“, fuhr sie auch schon auf. „Mein Ruf ist mir im Augenblick viel weniger wichtig als meine Angst.“ Sie erfasste seine Hand, als würde sie sie nie wieder loslassen wollen. „Glaub mir, Raphael, wenn du mich jetzt verlässt, dann werde ich mich zu Tode fürchten. Das kannst du doch nicht zulassen, oder?“ Sie bemerkte, dass er sie noch immer regungslos anstarrte, drückte seine Hand abermals und schaute ihm fest in die Augen: „Oder?“, fragte sie noch einmal.

Es war offensichtlich, dass er keine Ahnung hatte, was sie von ihm wollte.

„Oder?“, wiederholte er.

Er hatte sich zu ihr vorgebeugt. Fast wären sie mit der Nasenspitze aneinandergestoßen. Sicher roch er nach Alkohol, aber das schien sie nicht zu stören.

„Du lässt mich nicht allein, nicht wahr, Raphael? Schließlich bist du ein Erzengel. Da ist es deine Pflicht, auf mich aufzupassen."

„Pflicht, aufzupassen. Erzengel", wiederholte er lallend. Dann kippte er zur Seite und kam neben ihr zum Liegen. Ein lautes Schnarchen bewies ihr, dass nun er eingeschlafen war. Jetzt war es an ihr, eine Wolldecke über ihn zu breiten, bevor sie sich an seine Seite legte und zufrieden einschlummerte.

Kapitel 12

Vivian erwachte, als die ersten Sonnenstrahlen flach durch die kleinen Fenster fielen. Sie hatte schon seit einiger Zeit fremden Atem auf ihrem Hals gespürt und war im Halbschlaf ganz von selbst davon ausgegangen, dass sich Kate im Schlaf ihr zugewandt hatte. Mit ihrer Freundin teilte sie nun schon seit zwei Jahren Zimmer und Bett, da gewöhnte man sich aneinander. Und es störte auch den eigenen Schlaf nicht, wenn sich die andere bewegte oder Geräusche von sich gab. Und doch, irgendetwas war an diesem Morgen anders. Vivian schlug die Augen auf, zuckte kurz überrascht zurück und blies dann erleichtert die Luft aus. Ja richtig, sie war in einer Hütte und neben ihr lag Raphael, der Mann, der ihr das sichere Nachtlager ermöglicht hatte. Noch nie war sie einem männlichen Wesen so nahe gekommen. Sie hörte in sich hinein. Es fühlte sich ungewohnt an, aber nicht unangenehm. Und obwohl sie wusste, dass sie schnellstmöglich aufbrechen sollte, um die arme Miss Goodhew von der Sorge um sie zu befreien, hätte sie in diesem Augenblick nichts dazu gebracht, ihr Nachtlager zu verlassen.

Raphael hatte sich ihr zugewandt und schien noch tief und fest zu schlafen. Seine Gesichtszüge wirkten entspannt, ja fast so, als würde er im Traum lächeln. Er sah dem Engel auf dem Gemälde tatsächlich ähnlich. Wenn er auch bei Weitem weniger grimmige Gesichtszüge hatte. Wie es wohl war, wenn sie erst einmal verheiratet sein würde? Würde sie sich da auch mit ihrem Gatten das Schlafgemach teilen? Miss Fellows meinte, das wäre sehr ungewöhnlich in adeligen Kreisen und nur dann der Fall, wenn sich die Eheleute aufrichtig liebten. Vivian überlegte. Ihre Eltern hatten ein gemeinsames Schlafzimmer gehabt, bis Papa starb. Hieß das also, dass sie sich aufrichtig geliebt hatten? Sie waren sich stets mit großer Wertschätzung begegnet, daran konnte sie sich noch gut erinnern. Sie hatten eine Partnerschaft auf Augenhöhe geführt, in der jeder genau wusste, wofür er zuständig war und wie man einander perfekt ergänzen konnte. Wie sehr wünschte sie sich, ebenfalls das große Glück zu haben, so eine Ehe zu führen. Wie ihr Mann wohl einmal sein würde? Älter als der junge Schäfer jedenfalls, der hier neben ihr lag und dessen Lider zu flattern begannen. Und verantwortungsbewusster, natürlich. Viel reifer, weniger egoistisch. Obwohl sie gerechterweise zugeben musste, dass sich Raphael ihr gegenüber ganz und gar nicht egoistisch benommen hatte. Etwas anderes war es allerdings, wenn sie an seine armen Schafe dachte. Ihr Ehegatte würde nie seine Pflichten verletzen, da war sie sich ganz sicher. Ach, wenn sie sich nur auch sicher sein könnte, dass sie von Anfang an alles richtig machte! Dass sie ihn mit ihrer jugendlichen Unerfahrenheit nicht langweilte oder gar vor den Kopf stieß. Wenn sie nur, um ein Beispiel zu nennen, wüsste, wie man …

„Guten Morgen", hörte sie eine männliche Stimme, die vom Schlaf noch leicht belegt klang. Sie sah, dass er sie lächelnd beobachtete, und wünschte ihm ebenso lächelnd einen guten Morgen.

„Du wirkst so nachdenklich", sagte er und traf damit den Nagel auf den Kopf. „Was ist es, das dir durch den Kopf geht? Kann ich dir bei irgendetwas helfen, bevor du weiterreitest?"

Sie riss kurz überrascht die Augen auf. Das war es! Das war die Lösung für ihr größtes Problem. Ob sie es tatsächlich wagen sollte? Sie holte tief Luft und sagte dann, bevor sie es sich anders überlegen konnte: „Du könntest mir tatsächlichen einen großen Dienst erweisen, Raphael."

Er war ganz offensichtlich überrascht und auch ein wenig irritiert über ihren Eifer: „Also, sag, was möchtest du …"

„Könntest du … würde es dir wohl etwas ausmachen … könntest du mich bitte küssen?"

Aus seinem Gesichtsausdruck entnahm sie, dass er dachte, sich verhört zu haben.

„Küssen?“, vergewisserte er sich auch schon. Dann beugte er sich vor und drückte ihr einen kleinen Schmatz auf die Wange. „Bitte sehr.“

Natürlich war das nicht das, was sich Vivian gewünscht hatte.

„Nein, doch nicht so“, rief sie ungeduldig aus. „Ich möchte einen echten Kuss. Einen richtigen. Einen, wie ihn Eheleute miteinander tauschen. Eheleute, die sich lieben, wohlgemerkt. Die sich mit Wertschätzung und Respekt begegnen. So einen Kuss meine ich.“

Nach diesem leidenschaftlichen Wortschwall blickte sie ihn erwartungsvoll an. Er sah mit einem Gesichtsausdruck zurück, den sie nicht deuten konnte, und sie hatte plötzlich das Gefühl, ihm eine Erklärung zu schulden.

„Ich werde heiraten, weißt du, bald schon, so hoffe ich. Und da möchte ich von Anfang an alles richtig machen, damit mein Gemahl zufrieden ist und mich als gleichwertige Partnerin sieht. Nicht als ein Kind, das keine Ahnung hat, wie man sich als Frau zu verhalten hat. Verstehst du, was ich meine?“

„Ich denke schon“, sagte er langsam.

„Dann lass mich dich doch nicht länger anflehen. Weißt du, wie viel Mut es mich gekostet hat, dich darum zu bitten?“

Auch das konnte er sich denken.

„Du machst dir zu viele Sorgen“, sagte er und schwang seine Beine aus der Horizontalen. Er stand auf und stopfte sein Hemd in die Hose zurück. „Dein Ehemann wird nur zu gern bereit sein, dich all das zu lehren, was du als Ehefrau wissen musst.“

Dann drehte er sich zu ihr um, während er mit geübten Griffen das einfache Halstuch in eine halbwegs ansprechende Form brachte. „Glückwunsch zur Verlobung übrigens. Ich hatte nicht angenommen … Ich meine, was ich sagen will … du scheinst mir noch viel zu jung für eine ernsthafte Beziehung zu sein.“

„Siehst du!“

Sie war aufgesprungen und stand ihm nun direkt gegenüber. „Jetzt sagst du es selbst. Auch mein Mann wird denken, ich sei jung und unerfahren, dabei bin ich schon achtzehn!“

„Unglaublich alt“, kommentierte er trocken.

Damit brachte er sie zum Kichern.

„Das auch wieder nicht. Aber ich bin eine Frau, kein Kind, Raphael. Und ich weiß nicht, wie man küsst. Als Frau sollte man das aber wissen.“

Vivian drehte ihm das Gesicht zu, kniff die Augen zusammen und spitzte erwartungsvoll die Lippen. Sie bemerkte, dass er dicht an sie herantrat und ihr Gesicht in beide Hände nahm. Sein Atem streifte ihre Wange. Er schien ihr seltsam vertraut. Vivian hielt die Luft an. Aufgeregt und voller Vorfreude auf das, was jetzt kommen würde.

„Bist du dir sicher, dass du das wirklich möchtest?“, hörte sie ihn fragen. Es klang unsicher und auch überraschend liebevoll.

Sie wagte nicht, die Augen aufzuschlagen, und nickte nur.

Da spürte sie seine Lippen auf den ihren. Er küsste sie sanft und ganz zart. Und doch fand sie das alles so aufregend, dass sich ein kleines Stöhnen ihrer Kehle entrang. Da zog er sie mit beiden Armen stürmisch an sich und der Druck auf ihren Lippen verstärkte sich. Sie spürte, dass seine Zunge Einlass begehrte, und öffnete, ohne lange nachzudenken, die Lippen. Das war alles so neu, so schön, so aufregend, so ganz anders, als sie sich das vorgestellt hatte. Ob adelige Männer wohl auch so küssten? Ob adelige Frauen so innig zurückküssten wie sie in diesem Augenblick? Sie hatte überhaupt keine Ahnung, was eine adelige Frau einem Mann gegenüber zu tun hatte, wenn sie mit ihm allein war. Aber wenn es so war wie in diesem Augenblick, dann waren das verheißungsvolle Aussichten. Und dann dachte sie gar nichts mehr und gab sich seinem Kuss hin. Sie spürte, wie seine Hände ihren Rücken entlang nach unten wanderten, und drückte sich noch näher an ihn heran. Die Hände hielten inne und ließen sie dann abrupt los.

„Ich denke, du gehst jetzt besser!“, hörte sie Raphael sagen und er klang außer Atem. „Dein Verlobter wird sich bereits Sorgen machen.“

„Aber ich …“ Sie war viel zu aufgewühlt, um sich jetzt gleich auf den Weg machen zu wollen. Obwohl er natürlich recht hatte. Auch wenn es nicht ihr Verlobter, sondern ihre Lehrerin war, die sie inständig erwartete. Wie schon am Vortag ging er auch jetzt zum Brotkorb hinüber und reichte ihr eine Schnitte, die in der Nacht trocken und hart geworden war.

„Da, das ist besser als nichts. Es ist nicht gut, wenn du mit leerem Magen losreitest. In wenigen Minuten wirst du eine Quelle erreichen. Da kannst du deinen Durst löschen und dich etwas frisch machen. Komm mit mir, ich zeige dir den Weg.“

Kapitel 13

Als der Viscount of Badwell zwei Stunden später frisch gewaschen und rasiert am Frühstückstisch seines Landsitzes eintraf, versetzte er seinen Freund Hugh, der ein einsames Mahl zu sich nahm, in nicht gelindes Erstaunen.

„Was machst du denn zu so früher Stunde hier in den unteren Räumen? Die beiden anderen schlafen noch ihren Rausch aus, wie wir es von ihnen gewöhnt sind. Hat dich die schöne Daphne schon so bald aus ihren Fängen gelassen?"

„Ich wünsche dir auch einen guten Morgen, lieber Freund", sagte sein Gastgeber anstelle einer Antwort. Er klang dabei so gut gelaunt, dass Hugh überrascht eine Augenbraue hob.

„Ich denke, du wirst dich an meinen Anblick beim Frühstückstisch gewöhnen müssen", setzte Badwell fort. „Ich habe vor, einiges in meinem Leben umzustellen, um nicht zu sagen, ich kehre zu dem Leben zurück, das ich vor dem überraschenden Tod meines Vaters zu führen pflegte."

Hugh ließ das Besteck sinken: „Du planst, zu deiner Truppe zurückzukehren?"

„Nein, da kann ich dich beruhigen“, sagte Badwell, nahm Platz und schaufelte sich eine große Portion Ham und Eggs auf den Teller. Er hatte wirklich unglaublichen Hunger. „Meine Pflicht gegenüber König und Vaterland ist erfüllt, zumindest, was meinen Dienst in diesem vermaledeiten Krieg anbelangt. Ich werde mich stattdessen pflichtgemäß um all das kümmern, was von mir als Viscount erwartet wird.“

Das war der Zeitpunkt, an dem sich Hugh MacMillan an seinem kalten Braten verschluckte, und Badwell wartete grinsend, bis er nach dem Hustenanfall wieder ausreichend Luft bekam. Es machte ihm diebisches Vergnügen, seinen Freund so fassungslos zu sehen. Natürlich war ihm nur zu gut bewusst, wie wenig dieser die Lebensweise schätzte, die er im letzten Jahr an den Tag gelegt hatte, und wie ihn die Tatsache zermürbte, dass all seine gut gemeinten Ratschläge mit einem Handstreich vom Tisch gewischt worden waren.

„Meiner Seel“, hörte er ihn jetzt stammeln. „Was ist denn mit dir passiert? Der schönen Lady Daphne ist in einer Nacht mehr geglückt als Lester und mir in einem Jahr. Sie hat ein wahres Wunder vollbracht, man sollte sie heiligsprechen.“

Lady Daphne? Badwell stellte zu seinem eigenen Erstaunen fest, dass er die Dame völlig vergessen hatte.

„Es liegt nicht an ihr“, sagte er deshalb und es klang leicht gelangweilt, „denn sie ist gar nicht aufgetaucht.“

Hugh konnte es nicht glauben.

„Sie hat dich versetzt?“ Er lachte laut auf. „Tatsächlich? Heißt das, du bist völlig umsonst in diesem unpassenden Gewand herumgesessen und hast gewartet?“

„Ja, ja, mach dich nur lustig! Du bist mir ein schöner Freund“, entgegnete der Viscount, musste aber selbst mitlachen, was seinen Worten jede Schärfe nahm.

„Hat sie wenigstens einen triftigen Grund genannt?“, wollte Hugh wissen.

Der Viscount schüttelte den Kopf.

„Werdet ihr eurer Stelldichein nachholen?“

Der Viscount schüttelte abermals den Kopf.

„Es gibt nichts, was mich weniger interessieren könnte“, sagte er und war mindestens so erstaunt über diese Aussage wie sein Gegenüber. „Mir ist dieses Leben zu dumm und zu langweilig, Hugh. Ich werde mich in Zukunft lieber um Wichtigeres kümmern.“

„Um Wichtigeres kümmern?“, wiederholte sein Freund. „Was genau meinst du denn damit?“

Badwell lachte auf, doch nun schwang auch ein Hauch von Bitterkeit mit: „Alle Pflichten, die ich im letzten Jahr vernachlässigt habe, wie du nicht müde wurdest, mir vorzuwerfen. Ich werde mich um meinen Landsitz kümmern, mit dem Verwalter sprechen, die Pächter besuchen. Und dann das Ende der Saison in London verbringen. Dort suche ich mir eine vernünftige Mätresse. Diesmal eine unverheiratete, keine Sorge!"

Gegen diese Pläne hatte sein Freund nicht das Geringste einzuwenden. Im Gegenteil. „Das klingt vernünftig. Für einen kurzen Augenblick hegte ich schon die Befürchtung, du würdest dich auf die Suche nach einer geeigneten Gemahlin begeben. Nicht dass ich als glücklich verheirateter Mann ein solches Vorhaben nicht gutheißen würde, aber es käme doch arg plötzlich."

Der Viscount of Badwell stimmte in sein Lachen ein. Es gelang ihm etwas zu laut und er konnte nur hoffen, dass sein Freund nicht merkte, wie gezwungen dieses Lachen war. Warum sollte er denn nicht heiraten? Rosalind heiratete schließlich auch. Wer wohl der Glückliche war? Etwa gar der Wirt der Poststation selbst? Er musste in den nächsten Tagen unbedingt dorthin reiten und den Mann in Augenschein nehmen. Schließlich konnte er nicht zulassen, dass sie in ihr Unglück lief. Nicht nach dem Vertrauen, das sie ihm geschenkt hatte. Sie hatte ihn geküsst. Ganz in Gedanken fuhren seine Fingerspitzen an seine Lippen. So einen Kuss hatte er noch nie bekommen. So innig, so … Er bemerkte, dass sein

Freund weitergesprochen hatte, und zwang sich, ihm wieder seine Aufmerksamkeit zu widmen.

Hugh überlegte gerade, was seinen Sinneswandel bewirkt haben mochte, und da er nicht antworten wollte, stand er etwas unvermittelt auf und ging zum kleinen Beistelltisch am Fenster hinüber. Dort stapelte sich auf einem ausladenden Tablett die Post der letzten Monate. Ungeöffnet und ungelesen. Da der Klingelstrang direkt daneben hing, kam er auf die Idee, auch noch nach dem Butler zu läuten. Er hatte einen Entschluss gefasst, warum also sollte er mit der Umsetzung warten? Es würde ihm doch ohnehin keine Ruhe lassen, bis er Gewissheit hatte.

Dann nahm er das Tablett und balancierte es mitsamt den Karten und Briefen zum Esstisch, wo er es so schwungvoll abstellte, dass der Stapel umkippte und sich die Schreiben über den halben Tisch verteilten. Hugh sah es mit Erstaunen, sagte jedoch kein Wort.

Badwell hatte eben wieder Platz genommen, da trat der Butler ein, um nach seinen Wünschen zu fragen, gefolgt vom Hausdiener, bereit abzuservieren. Nur die Gedecke für die beiden anderen Gäste, die noch immer nicht erschienen waren, blieben auf dem Tisch.

Der Butler war ein strenger, hagerer Mann, der bereits in Diensten gestanden hatte, als der jetzige Viscount noch kurze Hosen trug. Badwell hatte sich immer ein wenig vor ihm gefürchtet und ihm im letzten Jahr, trotz dessen stets undurchdringlicher Miene, angemerkt, wie wenig er von ihm als neuem Herrn hielt. Zu seinem eigenen Erstaunen verspürte er den Impuls, in dessen Achtung steigen zu wollen.

„Hollister, ich brauche Ihren Rat“, begann er daher und setzte wohl nicht nur den guten Mann, sondern auch seinen Freund in Erstaunen. „Ich plane mein Haus am Piccadilly wieder aufzusperren, um am Londoner Gesellschaftsleben während der Saison teilzunehmen. Wie lange, denken Sie, werden die Diener dort benötigen, um alles für mein Kommen vorzubereiten?“

So wurden in den nächsten Minuten die wichtigsten Einzelheiten geklärt, Hollister versprach das Ehepaar Simmons zu informieren, das Badwell House als Butler und Haushälterin betreute, und ihnen freie Hand bei der Auswahl eines Kochs zu überlassen. Als er sich schließlich zurückzog, um sich mit Umsicht an die neuen Aufgaben zu machen und Diener zu beauftragen, schon einmal vorsorglich die Koffer vom Speicher zu holen, ging er auch mit dem Auftrag, in einer halben Stunde das Pferd seines Herrn satteln zu lassen, da dieser auszureiten gedachte.

„Du fackelst nicht lange, nicht wahr, mein Freund?“, sagte Hugh anerkennend. „Gestern hast du von deinen Plänen noch nichts gewusst und heute gehst du mit Feuereifer daran, sie umzusetzen. Respekt, mein Lieber, Respekt!"

„Worauf soll ich warten?", fragte Badwell, dem die Wendung, die sein Leben genommen hatte, von Minute zu Minute besser gefiel. Er fühlte sich mit einem Mal wieder so jung, wie er war, vital, ja geradezu fröhlich. „Ich habe die Dinge ohnehin ein ganzes Jahr lang schleifen lassen. Jetzt wird es Zeit, der Zukunft ins Auge zu blicken."

„Bravo!" Hugh klatschte aus Bewunderung und wohl auch ein wenig aus Belustigung. „Und was willst du mit dem Tablett? Du hast doch nicht etwa vor, all diese Briefe und Karten zu beantworten?"

„So weit geht mein Eifer auch wieder nicht", bestätigte Badwell und stimmte ins Lachen seines Freundes ein. „Ich denke, ich beginne einfach damit, wahllos drei Schreiben aus dem Stapel zu ziehen. Diese Dinge werde ich als Erstes in Angriff nehmen, dann sehe ich weiter."

Hugh sprang auf und ehe es sich Badwell versah, hatte er ihm mit seinen großen, schmalen Händen die Augen zugehalten.

„Nun denn, auf geht's! Zieh drei Schriftstücke heraus. Ich kann es kaum erwarten zu sehen, welche Pflichten du jetzt zu erfüllen haben wirst."

Badwell zögerte keine Sekunde und nahm ein Schreiben von ganz unten, eines von der Mitte und eines vom oberen Teil heraus und legte sie vor sich auf den Tisch. Hugh zog seine Hände zurück und setzte sich so, dass er seinem Freund über die Schulter blicken konnte. Das erste Schreiben war vom Pfarrer der Gemeinde, der Badwell persönlich zur Christmette einlud. Das fanden beide gleichermaßen amüsant.

„Nun, dafür ist es wohl zu spät", lautete der nüchterne Kommentar, während Badwell den Brief weglegte. „Vielleicht besuche ich die Mette ja in diesem Jahr, wer weiß?"

Inzwischen hatte Hugh das Siegel des nächsten Briefes gebrochen.

„Er ist von Mr Thomas Grittleton, einem Vermögensverwalter", las er vor. „Hast du gewusst, dass du einen Vermögensverwalter in London hast?"

Badwell zuckte mit den Schultern. „Irgendjemand muss sich im letzten Jahr um meinen Besitz gekümmert haben. Hoffe ich zumindest. Was will er denn? Geld?"

„Nein, er fragt, was mit dem Landsitz deiner verstorbenen Großmutter in Kingsbury geschehen soll. Anscheinend sind die Mieter bereits vor Monaten ausgezogen und das Haus steht leer. Das sogenannte *Hyacinth Manor*. Was hast du damit vor? Ist es ein hübsches Anwesen?"

Badwell überlegte nicht lang: „Nein, *Hyacinth Manor* ist ein riesengroßer Kasten, in dem man sich verlaufen kann. Mit einem verwilderten Grundstück drum herum. Als Kind waren wir manchmal bei Großmutter zu Besuch. Sie war eine furchteinflößende Frau, und genauso furchterregend habe ich das Haus in Erinnerung. Keine Ahnung, was ich damit anfangen soll. Es wird sich schon irgendein Verwendungszweck ergeben. Was habe ich noch aus dem Stapel gezogen?"

Das dritte Schreiben war aus feinem Büttenpapier und trug ein Wappen, das sie nicht kannten.

„‚Bertram Barnett, der achte Viscount of Panswick'", las Hugh mit feierlicher Stimme vor, „‚erlaubt sich in seinem Namen und im Namen seiner Mutter, der verwitweten Viscountess of Panswick, die Vermählung seiner Schwester Penelope Clara Sophie mit dem ehrenwerten Mr Henry Bernard Markfield, dem Cousin zweiten Grades des Viscounts of …'", er stockte kurz und sagte dann mit besonderer Betonung: „‚… des Viscounts of *Badwell* bekannt zu geben.' Hast du gewusst, dass du einen Cousin namens Markfield hast?"

Dieser musste auch diesmal nicht lange nachdenken.

„Unsere Großväter waren Brüder, soweit ich mich erinnere. Mein Vater konnte die Familie nicht leiden und hat jeden Kontakt abgebrochen, weiß der Himmel warum." Er dachte kurz nach: „Das ist eigentlich ein guter Grund dafür, dem Brautpaar die Ehre meiner Anwesenheit zu erweisen, findest du nicht?"

Hugh zuckte etwas ratlos mit den Schultern.

„Wo findet denn das freudige Ereignis statt, und vor allem: wann? Sag nicht, dass ich auch das bereits verpasst habe."

„Keine Sorge. Das Fest findet im Kreise der Familie, wie hier steht, am Samstag kommender Woche statt. Als Ort, von dem dieses Schreiben abgesandt wurde, wird ein Landsitz namens *White Rose Hill* in Kent genannt. Wahrscheinlich gehört er diesem Panswick." Er drehte das Schreiben um. „Ach, wie aufmerksam. Sieh nur, hier ist eine Skizze. Das Anwesen liegt nördlich von Tunbridge Wells. Das ist also, meiner Schätzung nach, eine Reise von mindestens drei Tagen. Willst du dir das wirklich antun?"

„Aber natürlich will ich das", antwortete Badwell mit Nachdruck. „Schließlich bin ich doch jetzt das Familienoberhaupt. Da kann und will ich meinen Cousin nicht vor den Kopf stoßen."

Während Hugh seinen Ohren noch immer nicht trauen konnte, setzte sein Freund auch schon fort: „Ich denke, ich werde ihm sogar die Freude und Ehre zuteilwerden lassen, der Trauzeuge zu sein. Was hältst du davon?"

„Das wäre eine noble Geste", gab Hugh zu. „Allerdings solltest du eines bedenken: Du kennst die Leute nicht. Vielleicht sind sie schrecklich oder sie betteln dich um Geld an. Überleg es dir gut, ob du den Schritt nicht bereuen könntest."

„Bereuen oder nicht, das werde ich in Kürze herausfinden. Ich denke, eine Hochzeit ist die beste Gelegenheit, um unbekannte Verwandte kennenzulernen“, sagte der Viscount und bewies, dass er die Worte ernst meinte, indem er zum Sekretär hinüberging, einen Bogen aus der schweren Ledermappe entnahm und seine Antwort umgehend zu Papier brachte. Es war das erste Mal seit dem Tod seines Vaters, dass er dessen Schreibtisch als den eigenen betrachtete. Während Hugh darüber staunte, war er so in seine neuen Aufgaben vertieft, dass es ihm nicht einmal auffiel. Die Antwort war höflich, aber auch kurz und bündig. Schon griff er zum Siegelwachs, um den Bogen zu verschließen. Dann erhob er sich.

„Nun entschuldige mich bitte, ich habe noch einen anderen dringenden Termin und muss mich in meine Reitkleidung werfen.“

Den Brief in der Hand, ging er in Richtung Tür, die sich soeben öffnete, um seine anderen beiden Freunde einzulassen.

„Was denn nun schon wieder für einen Termin?“, wollte Hugh wissen.

„Badwell hat einen Termin? “, wiederholte Lester. „Steht die nächste Lady auf seinem Eroberungsplan?“ Er drehte sich zu Gregory um, der jedoch nur ratlos mit den Schultern zuckte.

„Nirgendwo steht eine Lady. Alles andere wird euch Hugh erklären“, lautete die gut gelaunte Antwort, und dann verließ der Viscount of Badwell das Frühstückszimmer.

Die gute Laune sollte bald darauf einen entscheidenden Dämpfer erhalten. Als Badwell die Poststation von Marlborough nach einem flotten Ritt von knapp zwei Stunden erreichte, kam ihm auch schon der Wirt entgegen, um sein Pferd in Empfang zu nehmen. Es war ein kleiner, untersetzter Mann in mittleren Jahren mit einem pockennarbigen Gesicht, der nicht aufhörte, sich untertänig zu verbeugen und immer wieder auszurufen, wie sehr er sich freue, so einen noblen Gast bewirten zu dürfen. Badwell fragte sich entsetzt, ob Rosalind tatsächlich gezwungen war, sich mit einem dermaßen unpassenden Mann zu verloben. Da kam, zum Glück für sein Selenheil, die Wirtin auf den Vorplatz, um ihn in ihren besten Nebenraum zu geleiten und Erfrischungen anzubieten. Badwell atmete auf. Den Wirt konnte er also als Verlobten ausschließen. Schon viel bereitwilliger folgte er dessen Frau ins Innere des ausladenden Steinbaus.

„Ist Rosalind …" *… noch da?,* hatte er fragen wollen, unterbrach sich aber selbst, als ihm bewusst wurde, dass er keine Ahnung hatte, wie seine nächtliche Bekanntschaft in Wirklichkeit hieß. Also versuchte er es mit anderen Worten: „Vor etwa drei Stunden hat eine junge Gouvernante Ihre Poststation aufgesucht. Ist diese Dame noch hier oder ist sie schon weitergereist?“

Er streifte seine Handschuhe ab, nahm Platz und schaute sich im Raum um, so als würde ihn die Antwort nicht sonderlich interessieren.

„Eine Gouvernante?“, wiederholte die Wirtin und ließ das Geschirrtuch über die Tischplatte schnalzen, um diese vom Staub zu befreien. „Eine Gouvernante hab ich hier keine gesehen.“

„Man könnte sie auch für ein Hausmädchen halten“, versuchte er ihr auf die Sprünge zu helfen. „Sie trägt einen schlichten blauen Reitmantel und hat kastanienbraunes Haar. Und sie war allein auf einem Pferd unterwegs.“

„Allein auf einem Pferd? Ein junges Ding? Soweit kommt’s noch, dass wir so einer Quartier gegeben hätten. Gouvernante hin oder her, wir sind ein anständiges Haus, das versichere ich Ihnen, Eure Lordschaft. Unbegleitete Frauenzimmer kommen mir nicht über die Schwelle. Und jetzt hole ich Ihnen erst einmal etwas zu trinken.“

Mit diesen Worten verließ sie den Raum und ließ Badwell beunruhigt und mit der traurigen Gewissheit zurück, dass er Rosalind wohl nie wiedersehen würde.

Kapitel 14

Noch nie waren Vivian Barnett drei Tage so endlos lang vorgekommen wie die, die sie für ihre weitere Reise nach Lancroft Abbey benötigte. Miss Goodhew war vor Sorge außer sich gewesen und hatte sie mit Vorwürfen und Weinkrämpfen empfangen, kaum dass sie in den Vorhof der Poststation von Marlborough eingeritten war. Der Kutscher hatte sofort ihr Pferd in Empfang genommen und die Lehrerin, die nach einer unruhigen Nacht am Fenster stehend nach ihr Ausschau gehalten hatte, schleuste sie durch einen Hintereingang ins Innere.

„Versprechen Sie mir, dass nie, nie, nie jemand von Ihrer Eskapade erfährt“, hatte sie immer wieder gefordert. „Wenn Mrs Clifford davon Wind bekommt … oh, ich darf gar nicht daran denken. Sie würde mich mit Schimpf und Schande davonjagen. Ohne Zeugnis natürlich, und dann würde ich nie wieder eine passende Stelle finden. Versprechen Sie mir, dass Sie mir das nicht auch noch antun werden!“ Und dann war sie wieder in Tränen ausgebrochen.

Vivian hatte es ihr nur zu gern versprochen, denn auch für sie war es besser, niemand erfuhr von ihrem eigenmächtigen Ritt. Wenn sie ihn auch nicht bereute, denn sonst hätte sie Raphael nie kennengelernt. Und sie hätte noch länger auf ihren ersten Kuss warten müssen. Ihren ersten Kuss! Während die Kutsche durch die nun immer frühlingshafter werdende Landschaft rumpelte und Vivian aus dem Fenster starrte, ohne wirklich etwas wahrzunehmen, zog es ihre Hand immer und immer wieder zu ihren Lippen. Sie hatte sich das Küssen früher als unangenehm vorgestellt und sich davor gefürchtet, dass ein Kuss sie ekeln, ja ihr vielleicht sogar Brechreiz verursachen könnte. Darum war sie nicht darauf vorbereitet gewesen, dass sich das Zusammentreffen zweier Paar Lippen so gut anfühlte. Dass es ihr Herz zum Rasen bringen und ihr den Atem rauben würde. Noch nie hatte sie solche Intimität gespürt, solche Lebensfreude. Und da war auch noch ein anderes Gefühl, das sie nicht benennen konnte und das von ihrem ganzen Körper Besitz ergriffen hatte.

„Wir wollen über Ihre Eskapade kein Wort mehr verlieren", forderte Miss Goodhew und sprach dann doch drei Tage ununterbrochen über nichts anderes. Nur das Kichern, das sonst zu ihrem ständigen Repertoire zählte, war verschwunden.

Und dann endlich, nach vielen qualvollen Stunden, kamen die vier markanten Ecktürme von Lancroft Abbey in Sichtweite, und zum ersten Mal seit Marlborough stiegen nun auch Vivian Tränen in die

Augen. Es waren Tränen der Erleichterung und der überwältigenden Freude. Kaum waren die Pferde zum Stehen gekommen, da eilten auch schon Diener herbei, um ihr aus der Kutsche zu helfen und sie herzlich zu Hause willkommen zu heißen. Shipton, der Butler, ließ es sich nicht nehmen, sie persönlich ins Haus zu führen, und dort kam ihr auch schon Penelope entgegen, um sie herzlich in die Arme zu schließen.

„Wir sind so glücklich, dass du gut zu Hause angekommen bist, Vivi", waren die ersten Worte ihrer Schwester, bevor sie sich umarmten und gegenseitig einen Kuss auf die Wangen drückten.

„Wir alle haben dich vermisst. Lass dich ansehen …" Sie schob die Jüngere eine Armlänge weg. „Du siehst müde aus. Kein Wunder nach der anstrengenden Reise. Ich könnte verstehen, wenn du dich am liebsten zurückziehen würdest, doch ich musste Mama versprechen, dich umgehend zu ihr zu bringen." Sie hakte sich bei ihrer Schwester unter, gemeinsam gingen sie zur Wohnzimmertür. „Ach, Vivian, ich bin so aufgeregt! Am Samstag werde ich heiraten. Ich kann es gar nicht erwarten, dir alles zu erzählen, was …"

Sie ließ ihre Schwester abrupt los, als ein nervöses Kichern ihr deutlich machte, dass sie nicht alleine in der Halle waren, und fuhr herum. Da entdeckte sie die große, hagere Gestalt, die wie angewurzelt neben dem Eingang stand, das Retikül mit beiden Händen umklammernd. Mit schnellen Schritten war Penelope an ihrer Seite, um ihr die Hand zu reichen: „Entschuldigen Sie bitte, ich war so darin vertieft, meine kleine Schwester zu begrüßen, dass ich Ihre Anwesenheit gar nicht bemerkt habe. Mein Name ist Lady Penelope Barnett. Sie müssen die Lehrerin sein, die so freundlich war, Vivian Gesellschaft zu leisten. Herzlich willkommen auf Lancroft Abbey, Miss …"

„Goodhew, Abigail Goodhew." Die Lehrerin versank in einen tiefen Knicks. „Sie sind zu gütig, Mylady. Jetzt würde … ich würde gerne … ich, also, wenn das …"

Es war offensichtlich, dass sie es nicht wagte, das, was sie aussprechen wollte, auch tatsächlich zu sagen. Penelope verstand den Wink auch so und übergab sie der Haushälterin, die eben herbeigeeilt war, um Vivian zu begrüßen. Diese führte die Lehrerin in einen Raum, in dem sie sich die Hände waschen konnte.

„Ich würde mich eigentlich auch gerne frisch machen", meinte Vivian und machte sich daran, den beiden zu folgen. „Gib bitte Mama Bescheid, dass …"

„Frisch machen kannst du dich später", meldete sich die strenge Stimme ihrer Mutter von der inzwischen geöffneten Wohnzimmertür her. „Wir hatten dein Kommen eigentlich schon gestern erwartet und uns Sorgen gemacht."

Ohne zu zögern, eilte Vivian nun ihrer Mutter entgegen und freute sich, als diese die Arme öffnete, um sie kurz, aber herzhaft an den Busen zu drücken. Dieses Privileg wurde kaum je einem ihrer Kinder zuteil und war für Vivian ein deutlicher Beweis, dass Mama tatsächlich beunruhigt gewesen war.

„Warum hat denn deine Reise diesmal so lange gedauert?“, hörte sie sie fragen.

„Wir wurden in der Poststation von Marlborough aufgehalten“, sagte Vivian. Das war die Antwort, auf die sie sich mit Miss Goodhew verständigt hatte, und zum Glück gab sich ihre Mutter mit dieser vagen Erklärung zufrieden.

„Nun gut, Hauptsache, du bist wohlbehalten zurück. Wir haben noch eine ganze Menge für die Hochzeit vorzubereiten, da wird jede helfende Hand gebraucht. Wir müssen außerdem umgehend nach Tunbridge, um dich für deine Rolle als Trauzeugin einzukleiden.“

Ein Kleid aus Tunbridge Wells? Von Mamas altbackener Schneiderin, deren Kreationen für praktisch veranlagte Damen auf dem Land geeignet sein mochten, in London jedoch als hoffnungslos unmodisch gelten würden? Das war das Letzte, was sich Vivian erträumte.

„Kann ich nicht …“, begann sie ihren Widerspruch, wurde aber sofort unterbrochen.

„In diesem blauen Ding zum Altar schreiten?“ Mutter zeigte auf ihr Reisekleid und verzog die Mundwinkel. „Das wird dir künftig bei diversen Tätigkeiten in Haus und Hof nützlich sein können, aber für die Hochzeit brauchst du ohne Zweifel etwas Eleganteres.“

„Das weiß ich doch!“, rief Vivian aus, verärgert, dass Mama sie offensichtlich für ein unreifes Schulmädchen hielt, dem man solche Banalitäten erklären musste. „Ich dachte nur, Penelope könnte mir eines ihrer Kleider leihen. Man müsste es nur etwas kürzen.“

Mama schien den Einwand zu überlegen.

„Damit können wir Geld sparen“, setzte Vivian eifrig hinzu, „Geld, das ich für Fredericas Schneiderin in London gut gebrauchen kann.“

Ihre Mutter war aus dem Konzept gebracht: „In London? Was, in Gottes Namen, willst du in London?“ Sie sah in das entgeisterte Gesicht ihrer Jüngsten. „Ach, du lieber Himmel, du weißt es ja noch gar nicht!“, war alles, was sie dann hervorbrachte.

Vivian überkam ein unangenehmes Gefühl: „Was weiß ich noch nicht, Mama?“

Da meldete sich eine ganz andere Stimme zu Wort. Sie kam aus den Tiefen des ausladenden Sofas, das am Rand des Zimmers stand und dem Vivian bisher keinerlei Beachtung geschenkt hatte.

„Einen wunderschönen Tag, meine liebe kleine Schwester. Bekomme ich keinen Begrüßungskuss?“

Vivian fuhr herum. Auf dem Sofa lag, ein großes, besticktes Kissen unter dem Kopf, niemand anderes als ihre älteste Schwester Frederica, die Countess of Derryhill.

„Freddy!“ Mit einem Satz war sie bei ihr, ging in die Knie und drückte ihr zwei schmatzende Küsse auf beide Wangen. „Du bist auch schon auf Lancroft Abbey? Wie schön, dich wiederzusehen! Aber sag, warum liegst du denn auf dem Sofa? Bist du krank?“

Als sie sich wieder aufrichtete, fielen ihr Mrs Cliffords Worte ein. „Ach ja, richtig“, setzte sie deshalb fort. „Man sagte mir, du seist unpässlich.“ Sie nahm ihre älteste Schwester genau in Augenschein: „Ich fürchtete schon, du seist mit Efeu in Berührung gekommen, aber zum Glück sehe ich keine Anzeichen von einem Ausschlag.“

Frederica schüttelte lächelnd den Kopf: „Nein, es liegt nicht am Efeu …“

„Aber was hast du denn dann? Ich hatte mich so gefreut, dass du mich abholen kommst, und dann …“

Ihr fiel ein, dass sie Raphael nie kennengelernt hätte, wäre Frederica an ihrer Seite gewesen. Raphael! Wie es ihm wohl ging? Ob auch er noch an sie dachte?

„Mein Gott, Mädchen, du hast doch Augen im Kopf!“, holte sie der strenge Kommentar ihrer Mutter ins Wohnzimmer von Lancroft Abbey zurück. „Deine Schwester ist in einem delikaten Zustand. Die Hebamme hat von Aufregung und jeder Art Bewegung abgeraten."

Vivian fuhr wieder herum und umarmte ihre Schwester gleich noch einmal.

„Ich werde Tante", rief sie begeistert. „Was für eine wundervolle Nachricht! Wie schön, Freddy, ich freue mich so mit dir."

Jetzt, da sie es wusste, konnte sie sich nur wundern, dass sie den gerundeten Bauch nicht sofort gesehen hatte. „Wann ist es denn so weit?"

„Die Hebamme meint, in vier Monaten. Ich bin so froh, dass ich jetzt in ihren bewährten Händen bin. In London war alles viel zu aufregend für mich und zu hektisch."

Vivian hörte diese Worte und das unangenehme Gefühl kam wieder: „Ja, aber was ist mit meinem Debüt?", stammelte sie.

„Das ist genau das, was ich dir zuerst schon sagen wollte. Dein Knicks vor dem Prinzregenten muss noch ein Jahr warten", sprach ihre Mutter die Antwort, vor der sie sich gefürchtet hatte, ungerührt aus. Sie hatte sich in der Zwischenzeit wieder an ihren üblichen Platz hinter dem Schreibtisch gesetzt und war eben dabei, zu ihrer Brille zu greifen. „Bis auf Weiteres kann man Frederica London nicht zumuten. Und der degenerierten Londoner Stadtbevölkerung wohl den Anblick ihres großen Bauches ebenso wenig. Für das Kind ist es auch besser, es kommt auf dem Land zur Welt und nicht in einem stinkenden Moloch."

Lady Panswicks Abneigung gegen die Hauptstadt war nur allzu gut bekannt, dennoch konnte Vivian diese Worte nicht unwidersprochen hinnehmen.

„Das kann doch nicht dein Ernst sein, Mama. Wie soll ich denn hier in Tunbridge einen passenden Gatten finden? Ich habe mich schon so auf mein Debüt gefreut. Es sind doch noch ganze vier Monate bis zur Geburt. Da könnten wir doch wenigstens zwei Monate davon …"

Frederica ließ ein kleines, belustigtes Auflachen hören.

Der Viscountess war offensichtlich nicht nach Lachen zumute: „Schluss jetzt mit diesem dummen Geschwätz, das zu nichts führt. Nächstes Jahr gibt es London auch wieder passende Gentlemen am Heiratsmarkt."

Da hatte Vivian eine rettende Idee: „Kann mich nicht Penelope in die Gesellschaft einführen? Die ist doch in Kürze eine verheiratete Frau und daher für die Rolle einer Anstandsdame bestens geeignet."

Die so unerwartet ins Spiel Gebrachte ließ einen erschrockenen Aufschrei vernehmen. Das war nicht weiter verwunderlich, denn Penelope hasste London fast ebenso sehr wie ihre Mutter. Vivian beschloss, sich davon nicht beirren zu lassen: „Bitte, sag nicht Nein, Lämmchen. Du wirst sehen, wir beide werden …"

„Es tut mir leid, dich enttäuschen zu müssen", unterbrach ihre Schwester sie und klang ungewohnt resolut. „Aber ich nenne künftig ein Landgut mein Eigen, das zahlreiche Verpflichtungen mit sich bringt. Die Schafe …"

„Pah, Schafe!", rief Vivian patzig. „Wen interessieren denn Schafe?" Es fiel ihr selbst auf, dass sie den Schäfer vor wenigen Tagen genau deswegen gerügt hatte. Sie hatte ihm vorgeworfen, an den ihm anvertrauten Schafen nicht das von ihm zu erwartende Interesse zu zeigen. Aber das war ihr in diesem Augenblick egal: „Das Wohlergehen von Schafen kann dir doch nicht wichtiger sein als das Wohlergehen deiner Schwester!"

„Dein Wohlergehen ist mir natürlich wichtiger", antwortete Penelope ruhig. „Aber wie ich sehe, geht es dir gut. Und dein Wohlergehen wird auch nicht leiden, wenn du nicht sofort nach London reisen kannst, um dich dort in allerlei zweifelhafte Vergnügungen zu stürzen. Nächstes Jahr …"

„Ich will aber dieses Jahr!" Es hätte nicht viel gefehlt, und Vivian hätte mit dem Fuß aufgestampft. „Ich kann doch nichts dafür, dass dein Debüt eine Katastrophe war. Und ich will mich auch nicht in zweifelhafte Vergnügungen stürzen, sondern den passenden Mann suchen, um mit ihm die Welt zu verändern und …“

Die letzten Worte klangen selbst in ihren Ohren etwas gar zu hochtrabend. Dabei wollte sie doch nur, dass man sie endlich ernst nahm.

„Die Welt verändern“, wiederholte Ihre Ladyschaft da auch schon und ließ ein tiefes, spöttisches Lachen hören. „Was man euch in diesen Instituten doch für Flausen in den Kopf setzt! Umso wichtiger ist es, dass du erst mal bei mir bleibst, damit du mit deinen Ideen in die Wirklichkeit zurückkehrst. Ich werde dir in Haus und Hof genügend Möglichkeiten geben, die Welt zu verändern. Indem du dich um arme Pächterfamilien kümmerst, zum Beispiel.“ Sie hob abwehrend die Hand: „Und jetzt will ich kein Wort mehr über diese Angelegenheit hören. Du kannst dich zurückziehen und dich frisch machen. Ich erwarte dich dann zum Tee wieder.“

Kapitel 15

Die nächsten Tage bis zur Trauung vergingen schnell wie der Wind, der über die Fischerhütte von Avebury gefegt hatte. Lancroft Abbey war voller Leben, emsigem Treiben und fröhlichem Gelächter. Miss Goodhew war wieder abgereist, dafür fuhr eine Kutsche nach der anderen vor, um auch die männlichen Familienmitglieder nach Hause zu bringen. Als Erstes kam der Earl of Derryhill an, gefolgt von zwei weiteren Wagen; in einem reiste sein Kammerdiener mit einem Teil des Gepäcks; der andere war voll mit Koffern und Hutschachteln. Da seine Gattin auf Anraten der Hebamme darauf bestanden hatte, das Kind auf Lancroft Abbey zur Welt zu bringen, hatte seine Lordschaft ohne zu zögern entschieden, ihr dort Gesellschaft zu leisten. Was hätte denn das Londoner Gesellschaftsleben auch für einen Reiz ohne die Gegenwart seiner geliebten Frederica? Er freute sich auf ruhige Tage an ihrer Seite und auf lange Ausritte mit Panswick, dem Hausherrn, der nicht nur immer noch sein Mündel, sondern auch ein wahrer Freund geworden war. Und den er dafür bewunderte, mit welcher Umsicht und mit welchem Durchsetzungsvermögen es ihm zunehmend gelang, eine Familie mit so unterschiedlichen Frauen in den Griff zu bekommen. Dabei wurde der junge Viscount doch erst in Kürze einundzwanzig Jahre alt. Von diesem Schwager gingen die Gedanken seiner Lordschaft zum nächsten Schwager und er musste grinsen. Wenn ihm vor ein paar Jahren jemand gesagt hätte, er würde sich auf ein längeres Zusammensein mit Henry Bernard Markfield freuen, er hätte ihn glatt für verrückt erklärt. Und doch war das jetzt der Fall. Penelopes zukünftiger Ehemann hatte sich nicht nur zu einem patenten Gefährten entwickelt, auf den man sich verlassen konnte, sondern sich auch als ein äußerst amüsanter Gesprächspartner entpuppt. Als jemand, in dessen Gegenwart einem nie langweilig wurde. Was für ein Unterschied zu der blasierten Londoner Gesellschaft, wo man ihm im Allgemeinen nach dem Mund redete, nur weil er reich und von hohem Stand war. So sah der Earl of Derryhill keinen Grund, seine monatelange Abwesenheit von der Hauptstadt zu bedauern. Ja, nicht einmal die Aussicht, diese lange Zeit in der steten Gesellschaft seiner gestrengen Schwiegermutter verbringen zu müssen, jagte ihm Angst ein. Sie genoss seinen höchsten Respekt dafür, wie sie die Leitung von Lancroft Abbey nach dem Tod ihres Gatten selbst in ihre tatkräftigen Hände genommen hatte, um ihren Kindern ein sicheres Heim zu bewahren. Die finanzielle Lage war fatal gewesen, bis er gekommen war und das Anwesen mit seinen finanziellen Mitteln vor dem Untergang gerettet hatte. So dankbar ihm Lady Panswick dafür mit Sicherheit auch war, so war sie doch noch immer nicht bereit, die Zügel vollständig in fremde Hände zu geben. Und da er ihr Wissen und ihre Erfahrung zu schätzen wusste, hatte er das auch nicht zur Bedingung gemacht. Nach längerem Hin und Her war ein tüchtiger Verwalter gefunden worden, auf den sie sich beide einigen konnten und der nun die Geschicke von Lancroft Abbey lenkte. Aber es gab weiterhin so manche Aufgabe, die sich die Viscountess selbst vorbehalten hatte.

„Manchmal fühle ich mich, wenn Eure Lordschaft mir diesen Vergleich gestatten", hatte ihm der Verwalter bei seinem letzten Besuch anvertraut, „wie unser Premierminister. Der wird auch jede Woche zu einer Audienz beim König oder neuerdings beim Prinzregenten gerufen, um Bericht zu erstatten und Anweisungen entgegenzunehmen. Mein König ist eben eine Königin."

Dann hatten sie beide in stillem Einvernehmen gelacht, und er, Derryhill, hatte keine Veranlassung gesehen, etwas an diesem Vorgehen zu ändern. Sollte Ihre Ladyschaft jedoch der Ansicht sein, sich nun in derselben dominanten Art auch in sein Leben und in das von Frederica einmischen zu können, so machte ihm das auch keine ernsthaften Sorgen. Er war alt genug und, wie er sich mit selbstbewusstem Grinsen eingestand, auch arrogant genug, sie in ihre Schranken zu weisen.

Während sein Kammerdiener im unteren Geschoss die Bekanntschaft mit der Dienerschaft von Lancroft Abbey erneuerte und sich dann daranmachte, die wuchtigen Schrankkoffer seines Herrn auszupacken, wurde Derryhill im Wohnzimmer von allen anwesenden Damen auf das Herzlichste begrüßt. Vor allem Frederica konnte nicht mehr aufhören zu lächeln. Derryhill war da. Alles war gut. Und die Sorgen, die sie sich über ihre Niederkunft machte, wurden durch Zuversicht und ein warmes Gefühl im Herzen ersetzt.

Die nächsten Stunden vergingen höchst vergnüglich damit, dass Frederica ihren Gatten mit Fragen über die jüngsten Ereignisse in London löcherte und er einige Anekdoten zum Besten gab, die nicht nur sie, sondern auch die drei anderen Damen zum Lachen brachten. Lady Panswick, die wieder an ihrem Schreibtisch saß, hatte ihre Brille weggelegt und die Schreibarbeit zur Seite geschoben, um ihm ihre volle Aufmerksamkeit zu widmen. Penelope und Vivian saßen an einem kleinen Tisch beim Fenster und verzierten die Tischkarten für die Hochzeitstafel mit Wiesenblumen. Diese hatte die Braut im Sommer selbst gepflückt. Die schweren Bücher ihres verstorbenen Vaters hatten ihr gute Dienste dabei geleistet, sie zu trocknen.

„Am Samstag war Pucklechurchs Hochzeit“, erzählte der Earl und lachte auf. „Ihr könnt euch sicher noch an ihn erinnern …“

„Und ob wir das können“, bestätigte Frederica. „Was für ein schrecklicher Mensch! Er war schließlich schuld daran, dass mein Debüt eine so unerfreuliche Wendung nahm.“

„Wen hat er denn geheiratet?“, fragte Penelope schnell. Sie wollte unbedingt verhindern, dass diese alte Geschichte wieder aufgewärmt wurde, schließlich hatte sie darin keine allzu heldenhafte Rolle gespielt. „Und hat er immer noch diesen schrecklichen Hund, diesen King-Charles-Dackel?“

„Es ist ein Cavalier King Charles Spaniel“, korrigierte sie der Earl gut gelaunt, „und ja, er hat ihn noch. Sehr zum Leidwesen der blassen jungen Lady, die ihm die Hand zum Bunde reichte. Eine Miss Dover oder war es eine Miss Hastings oder Miss Southampton? Ich habe mir ihren Namen nicht gemerkt. Ich weiß nur, er erinnerte mich an einen Küstenort am Ärmelkanal.“

Da brach selbst die verwitwete Viscountess in ihr bellendes Lachen aus und nannte ihn unverbesserlich.

„Wie dem auch sei“, setzte der Earl fort, „Pucklechurch wollte, dass sein geliebter Hund den Ring der Braut in die Kirche brachte. Anscheinend war es ihm gelungen, den Pfarrer zu bestechen, jedenfalls hat der das Tier wirklich in die heiligen Hallen von St. George am Hanover Square eingelassen. Dort hat sich der Spaniel allerdings nicht so benommen, wie es sich sein Herr vorgestellt hatte, sondern ist in einem Höllentempo auf die Braut zugestürzt und an ihr hochgesprungen. Wie ihr euch denken könnt, hat diese vor Schreck laut aufgeschrien und die Blumen, die sie in der Hand hielt, in hohem Bogen in die Reihen der Hochzeitsgäste geworfen. Damit hat sie der armen Lady Darlington den Hut vom Kopf geschossen."

Als seine Zuhörerinnen wieder in Lachen ausbrachen und begeistert in die Hände klatschten, setzte er noch eins drauf: „Ich fürchtete schon, die arme Braut würde beim Hundeangriff nach hinten kippen. Pucklechurch stand mit offenem Mund vor dem Altar und war zu keiner Hilfe fähig."

„Ich denke, der wäre wohl auch eher seinem Hund zu Hilfe geeilt als seiner Braut", lautete Penelopes trockener Kommentar. „Mich würde es nicht wundern, wenn er das Tier mehr lieben würde als seine Zukünftige."

Als die anderen diese Vermutung bestätigten, lachte auch sie. Und die Schatten der Vergangenheit begannen sich ein für alle Mal aufzulösen. In wenigen Tagen würde sie ihren Henry heiraten und sie würden gemeinsam auf White Rose Hill leben, dem Landsitz, den ihr die liebe Lady Stonesdale am Hochzeitstag überschreiben würde. Was kümmerte sie da ein affektierter Stutzer aus London?

„Zum Glück ist weiter nichts Schlimmes passiert“, kam Derryhill zum Ende seiner Geschichte, „und die Trauung konnte wie geplant durchgeführt werden. Nur das Kleid der Braut zeigte deutliche Spuren von Pfoten auf dem weißen Stoff.“

„Oh, die Arme“, bekam sie von Frederica nun doch Mitleid.

Lady Panswick ließ wieder ihr dunkles Lachen hören: „Wie gut, dass wir hier keine Hunde haben. Unserer Penelope wäre es zuzutrauen, dass sie auf eine ähnlich absurde Idee kommen könnte.“

Ihre mittlere Tochter wollte schon empört widersprechen, als ihr bewusst wurde, dass Mama nicht ganz unrecht hatte. Tiere gingen ihr über alles. Nun gut, über fast alles. Ihre Familie war ihr noch wichtiger. Und natürlich ihr geliebter Henry.

„Ich fürchte nicht so sehr, dass ein Hund zum Ringträger auserkoren werden könnte“, meldete sich Vivian zu Wort. „Aber wir sollten die Schafe im Auge behalten.“

Während der nächsten allgemeinen Heiterkeit öffnete sich die Zimmertür und eine nicht minder fröhliche Stimme fragte: „Kann es für einen müden

Heimkehrer etwas Schöneres geben als fröhliches Gelächter? Darf ich mitlachen, meine Lieben?"

Im Türrahmen stand niemand Geringerer als der Hausherr persönlich.

„Bertram!"

Sofort waren Penelope und Vivian an seiner Seite, um ihn herzlich willkommen zu heißen. Ihr Bruder ließ den Reithut in den nächsten Stuhl segeln und drückte eine nach der anderen an sich. Dann sagte er noch einige Worte, die keiner verstand, und vollführte einen gekonnten Kratzbuckel.

„Wie bitte?", fragte Vivian irritiert.

„Das ist Deutsch", erklärte Bertram, der zu seiner Mutter getreten war, um sie zu begrüßen. „Es heißt so viel wie: *Welche Ehre, Eure Bekanntschaft zu machen!* Ich weiß, dass der Ausspruch nicht zu hundert Prozent passend ist, aber es ist einer der wenigen Sätze, die ich bereits gelernt habe."

„Du lernst Deutsch?", fragte seine Mutter skeptisch. „Wozu soll das gut sein? Hast du als englischer Viscount nicht Wichtigeres, womit du dich beschäftigen könntest?"

„Würden Sie wohl zur Seite treten, Eure Lordschaft?", meldete sich nun eine andere männliche Stimme von der Halle her, bevor Bertram hätte antworten können. „Die versammelten Damen brennen ohne Zweifel darauf, den König der Mode wiederzusehen, und - *voilà*! - hier bin ich!"

Während Bertram, nicht unglücklich über die Unterbrechung, mit einem gutmütigen Lächeln den Weg freimachte, stand auch schon sein jüngerer Bruder Nicolas im Zimmer.

Sein Reitrock war eine gewagte Kreation aus dunkelrotem Samt, die mit zwei Reihen zu je fünf Perlmuttknöpfen geschlossen wurde. Die Quasten, die die blank polierten schwarzen Hessenstiefel zierten, waren im selben Rotton gehalten. Ebenso die rehledernen Handschuhe, die er, wie seinen Zylinder, in der Rechten hielt.

„Niki!“ Frederica hatte sich nun auch in ihrem Lager aufgesetzt. „Lass dich ansehen. Wie gut du aussiehst und wie groß du geworden bist!“

Das Grinsen im Gesicht des jüngsten Barnetts vertiefte sich: „Ich freue mich auch, dich zu sehen, Freddy. Du klingst schon verteufelt nach der Mutter, die du doch erst zu werden im Begriff bist.“

„Frecher Kerl!“ Frederica tat, als wäre sie empört, und gab ihm einen Klaps auf die Hand.

Die nächsten Minuten vergingen mit vielen Umarmungen, heftigem Schulterklopfen zur Begrüßung und ebenso vielen liebevollen, aber auch spöttischen Bemerkungen.

„Dass du mir ja nicht in die Nähe von meinen Schafen kommst“, lauteten Penelopes Worte, als sie ihren jüngeren Bruder in die Arme zog. „Ich kann nicht dafür garantieren, dass dich der Widder nicht gleich auf seine Hörner nimmt. Rot macht ihn immer so aggressiv."

„Ach, so einem von sich eingenommenen Stutzer täte eine Abreibung gar nicht schlecht", lautete der trockene Kommentar Derryhills. „Mir scheint, ich muss deine Apanage kürzen, die dir diese Modetorheiten ermöglicht, junger Freund."

Der Protest, der diesen nicht ernst gemeinten Worten folgte, kam von mehreren Seiten.

„Außerdem, wenn ich dir einen guten Rat geben darf", setzte der Earl fort, „denk nicht einmal im Traum daran, diesen Rock bei einem Duell im Morgengrauen anzuziehen, sollte man dich je fordern, was bei deinem lockeren Mundwerk nicht überraschend wäre. Mit deinen affektierten Knöpfen bötest du zehn perfekte Zielscheiben."

„Ich will doch hoffen, Niki denkt nicht im Traum daran, so ein schändliches Duell auch nur in Erwägung zu ziehen!", lautete der umgehende Protest seiner Gattin.

„Keine Sorge, Freddy, ich lasse mich nicht fordern. Dabei würde ich doch Gefahr laufen, diese schöne Jacke zu ruinieren", erklärte ihr Bruder fröhlich. Dann sah er sich um: „Wo ist denn Markfield? Ich möchte ihm unbedingt diesen neuesten Schrei der Mode vorführen. Ich bin mir sicher, wenigstens er weiß ihn zu würdigen."

Vivian hatte sich bisher mit Kommentaren zurückgehalten. Sie liebte alle ihre Geschwister. Doch Niki, der nur um weniges jünger und daher viele Jahre ihr Spielgefährte gewesen war, hatte ihrem Herzen immer am nächsten gestanden. Seinen Auftritt hatte sie jedoch mit kritischen Blicken zur Kenntnis genommen. Er war offensichtlich dabei, sich zu einem oberflächlichen jungen Gentleman genau jener Art zu entwickeln, vor der Miss Fellows sie stets gewarnt hatte.

„Wenn du ein wenig nachdenken würdest, statt dich nur um dein Äußeres zu kümmern, wüsstest du, dass der Bräutigam die Braut vor der Hochzeit nicht zu Gesicht bekommen soll", sagte sie und es klang so streng, dass sich alle Köpfe überrascht in ihre Richtung wandten und der Earl eine Augenbraue hob.

„Ich meine ja nur …", stammelte sie kleinlaut, als ihr bewusst wurde, dass sie über das Ziel hinausgeschossen war.

„Die liebe Vivi." Nicolas schien alles andere als beleidigt zu sein. Im Gegenteil, er umarmte sie stürmisch und wirbelte sie im Kreis herum. „Bist du immer noch dabei, die Welt zu retten?"

„Mehr denn je!", rief diese ebenso fröhlich und ließ es sich lachend gefallen. Die Unbeschwertheit ihres kleinen Bruders war ja auch wirklich ansteckend.

Lady Panswick betrachtete das bunte Treiben im Wohnzimmer mit einer Mischung aus Stolz, Zufriedenheit und mütterlicher Liebe. Wie ähnlich sich Bertram und Frederica sahen! Beide hatten die dunklen Haare und die braunen Augen von ihr geerbt, und wohl auch etwas von ihrem praktischen Verstand. Doch die gewinnende Art hatten sie eher von ihrem Gatten übernommen, Gott habe ihn selig. Sie waren gut aussehende junge Menschen, die es schafften, in kürzester Zeit die Sympathien der Menschen um sie herum zu gewinnen. Frederica war es ja sogar gelungen, das Herz eines Earls zu erobern, wofür sie ihr nicht genug danken konnte. Derryhill war in allen Facetten ein absoluter Glücksfall. Auch wenn er bisweilen meinte, er könnte sich auf Lancroft Abbey wie der Hausherr persönlich aufspielen. Nun gut, sie wusste dem einen Riegel vorzuschieben. Wenn es sein musste, mit eiserner Hand. Da machte sie sich keine Sorgen. Weniger sicher war sie sich allerdings, ob sie sich nicht Sorgen um Nicolas machen musste. Er war schon immer ein fröhlicher, unbeschwerter Junge gewesen und war es, wenn sie in sein lachendes Gesicht blickte, das er zeigte, während er sich mit seinen Schwestern unterhielt, immer noch. Doch er hatte sich überdies zu einer wahren Schönheit entwickelt, die der seiner Schwester Penelope in nichts nachstand. Dichtes blondes Haar, strahlende blaue Augen. Obwohl er erst, sie musste nachrechnen, sechzehn Jahre alt war, begannen sich schon markante, männliche Gesichtszüge auszuprägen. Ob sie Derryhill bitten sollte, ein strengeres Auge auf ihn zu haben? Oder war es heutzutage gar üblich, dass sich junge Männer, die im ersten Jahr in Cambridge studierten, so prächtig wie ein Pfau herausputzten? Hier auf dem Land bekam man wenig von den modernen Sitten mit. Ihr Blick glitt weiter zu Vivian, die mit Bertram in ein lebhaftes Gespräch verwickelt war. Wortfetzen wie „Können wir uns doch nicht gefallen lassen!“ und „Wir müssen doch zumindest versuchen, etwas zu ändern!“ drangen durch das Gelächter der anderen zu ihr herüber. Woher hatte ihre jüngste Tochter bloß diesen Hang zur Revolution? Stürmisch, stets bereit, Widerspruch einzulegen und für ihre Ideale zu kämpfen. Sie selbst hatte bereits in jungen Jahren viel zu viel damit zu tun gehabt, sich um ihre eigene Familie und den ausgedehnten Landbesitz zu kümmern. Da hatte die Welt da draußen keinen Platz in ihren Überlegungen gehabt. Im Gegenteil, sie war froh gewesen, je weniger sie sich um die Welt dort draußen kümmern musste. So tatkräftig und bestimmend sie auch war – und Ihre Ladyschaft hatte keine Probleme damit, sich diese Eigenschaften zuzuschreiben –, so war sie doch gern in ihrem eigenen Reich, in dem alles seinen gewohnten Gang ging und sie die Geschicke bestimmen konnte. Den Hang zur Weltverbesserung musste Vivian von jemand anderem haben. Den Rotstich in ihren Haaren hatte sie jedenfalls von ihrer Schwiegermutter. Der bisher einzigen Frau in ihrem Leben, der sie nicht Herr geworden war. Und an die sie eigentlich auch nicht mehr denken wollte.

„Warum hast du begonnen, Deutsch zu lernen?“, fragte sie daher etwas unvermittelt.

Sofort herrschte Schweigen in der Runde und alle blickten Bertram erwartungsvoll entgegen. Dieser hatte sich die richtigen Worte bei der Heimfahrt in der Kutsche überlegt, und darum hatte er jetzt keine Mühe, sie zu finden.

„Wir haben uns doch darauf geeinigt, dass ich Lancroft Abbey frühestens an meinem fünfundzwanzigsten Geburtstag übernehmen werde, nicht wahr, Mama?“

Diese nickte. Und Derryhill, der dazu sein Einverständnis gegeben hatte, nickte ebenfalls.

„Ihr habt mir gestattet, die Zeit bis dahin in London zu verbringen. In den Tag hineinzuleben ist meine Sache nicht, also habe ich mich um eine Stelle im diplomatischen Dienst beworben. Der Duke of Landmark war so freundlich, mich als seinen persönlichen Adjutanten in den Dienst zu stellen.“

„Ach, sieh mal an.“ Derryhill war offensichtlich beeindruckt.

Auch von der Seite seiner Mutter kam kein weiterer Einwand.

„Der Duke pflegt regen Kontakt zum Königreich Preußen und zur Habsburger Monarchie in Wien“, setzte Bertram fort, „und darum möchte er, dass ich die Sprache dieser Länder lerne.“

Bevor ihn die anderen noch mit weiteren Fragen löchern konnten, schnappte er Nicolas am Unterarm: „Am besten zeige ich euch meine Bücher. Komm mit, Niki, wir machen uns frisch und dann hilfst du mir beim Tragen.“

Kapitel 16

Als die beiden Brüder das Wohnzimmer verlassen hatten, herrschte ein kurzes Schweigen, das Vivian mit den Worten unterbrach: „Wann trifft eigentlich Cousine Agatha ein? Sie wird doch bei deiner Hochzeit anwesend sein, nicht wahr, Penelope?"

Lady Agatha Alverston war die älteste Tochter von Lady Panswicks verstorbener Schwester. Eine tüchtige, mutige Frau, die ihren Gatten Edward zu Ausgrabungen in Ägypten begleitet hatte, die der siebte Viscount of Panswick, der Vater der anwesenden Barnett-Geschwister, finanziell unterstützt hatte. Und zwar so großzügig, dass seine Erben beinahe Lancroft Abbey verloren und vor dem Nichts gestanden hätten. Lady Panswick und ihre Nichte hatten stets ein besonders enges Verhältnis gehabt, und obwohl Agatha elf Jahre älter war als Frederica, hatte sie sich auch mit ihren Cousins und Cousinen bestens verstanden. Nachdem der Viscount und Edward von demselben Fieber dahingerafft worden waren, war Agatha für einige Zeit nach Lancroft Abbey gezogen.

„Ich habe sie selbstverständlich eingeladen", antwortete Penelope und legte die Schere zur Seite, mit der sie die Karten zurechtgeschnitten hatte, „aber ich fürchte, sie wird nicht kommen."

„Cousine Agatha?", wiederholte der Earl of Derryhill und überlegte. „Ist das nicht die Dame, die sich den Fuß gebrochen hatte, als du von ihr in die Gesellschaft eingeführt werden solltest, Frederica? Ich erinnere mich noch gut an meinen ersten Besuch hier auf Lancroft Abbey. Da lag sie auf genau demselben Sofa, auf dem du dich nun niedergelassen hast."

„Penelope sollte in die Gesellschaft eingeführt werden, nicht ich", korrigierte ihn Frederica und setzte, als sie bemerkte, wie bitter diese Worte klangen, betont fröhlich hinzu: „Aber sonst hast du vollkommen recht. Unser Papa hatte die Ausgrabungen ihres Gatten finanziell unterstützt …"

„Ach, der war das …", murmelte seine Lordschaft mit wenig Begeisterung. Niemand konnte es ihm verübeln. Schließlich war er es gewesen, der für die Schulden des verstorbenen Lord Panswick hatte aufkommen müssen.

„Nachdem sie Witwe geworden war, hat Agatha einige Zeit bei uns gewohnt, bevor sie nach Florenz aufbrach, um ihre Schwester Cecilia zu besuchen, die dort bei Verwandten ihres verstorbenen Gatten lebt. Du hast ihr doch an deren Adresse geschrieben, nicht wahr, Lämmchen?"

„Gewiss habe ich das", bestätigte Penelope. „Ich habe den Brief noch am selben Tag abgeschickt, an dem das Datum der Vermählung feststand. Vor wenigen Tagen erreichte uns dann die Antwort von Agathas Verwandten. Agatha sei bereits vor Monaten abgereist. Sie meinten, unsere Cousine müsste längst zurück in England sein. Ist das nicht seltsam?“

„Nun, sie ist offensichtlich nicht zurück“, bemerkte Vivian trocken. Sie blickte zu ihrer Mutter hinüber, die in das Buch vor sich starrte, als habe sie von der Unterhaltung nichts mitbekommen. „Kannst du dir das erklären, Mama?“

„Agatha ist eine erwachsene Frau und überdies Witwe, sie kann tun und lassen, was ihr beliebt“, sagte Ihre Ladyschaft, stand vom Schreibtisch auf und ging zum Tisch hinüber, an dem ihre jüngeren Töchter saßen: „Zeigt mir doch mal eure Tischkarten. Die sind ja sehr hübsch geworden.“

Frederica und Vivian wechselten einen Blick.

„Mama, was weißt du, was wir nicht wissen?“, fragte die Ältere und setzte sich wieder kerzengerade auf dem Sofa auf.

Ihre Mutter schwieg und sah angestrengt aus dem Fenster.

„Bisher ist Agatha doch immer nach Lancroft Abbey gekommen, wenn sie in England war“, sagte Vivian.

„Das stimmt allerdings“, bestätigte Penelope.

„Nun, diesmal hat sie es eben nicht getan“, sagte ihre Mutter, ohne den Blick zu wenden.

„Aber Mama, verstehst du das denn nicht?“, fuhr Frederica auf. „Wohin hätte sie sich denn wenden können? Agatha hat doch niemanden außer uns. Zudem verfügt sie nur über beschränkte finanzielle Mittel. Und als Frau allein ist das Leben gefährlich, auch wenn man Witwe ist. Ich beginne, mir ernsthafte Sorgen zu machen.“

„Möchtest du, dass ich Nachforschungen anstelle, mein Herz?“, meldete sich ihr Gatte zu Wort.

„Nein, das möchte sie nicht“, kam die schneidende Antwort seiner Schwiegermutter. Sie fuhr herum, ihr Gesicht alles andere als freundlich.

„Mama, du weißt etwas“, stellte Vivian nüchtern fest. „Was ist mit Agatha?“

„Wir hatten eine böse Auseinandersetzung“, fühlte sich Ihre Ladyschaft nun doch zur Wahrheit verpflichtet. „Ich wollte nicht, dass sie nach Florenz aufbricht, nur um einem Phantom hinterherzujagen. Um genau zu sein, ich habe es ihr ausdrücklich verboten.“

„Einem Phantom?“, wiederholte Frederica.

„Ja natürlich, einem Phantom. Agatha wusste doch gar nicht mit Gewissheit, ob ihre Schwester nach all den Jahren immer noch bei diesen Verwandten lebte. Sie hätte genauso gut inzwischen umgezogen sein können.“

„Und?“, ließ Vivian nicht locker.

„Wir haben heftig gestritten und keine von uns beiden war gewillt nachzugeben."

Da die anderen sowohl ihre Mutter als auch ihre Cousine kannten, waren sie nicht verwundert. Beide Damen konnten ungeheure Sturköpfe sein.

„Das ist doch noch lange kein Grund ...", begann Frederica, wurde aber sofort von ihrer Mutter unterbrochen.

„Ich habe ihr gesagt, dass sie nie wieder nach Lancroft Abbey zurückkommen dürfe, wenn sie jetzt gehe. Ich habe gesagt, sie sei hier nicht länger erwünscht."

„Wie bitte? Ist das dein Ernst?" Vivian hoffte noch, sich verhört zu haben.

Penelope starrte Ihre Ladyschaft mit großen Augen an, während Frederica ein entsetztes „Mama, wie konntest du nur!" von sich gab.

„Ja, ich weiß, ich habe überreagiert", gab Lady Panswick unerwartet kleinlaut zu, „und es tut mir inzwischen auch leid. Ich wollte nicht, dass sie abreiste und mich alleine ließ. Ich fand das undankbar und grausam von ihr. Frederica war in London, Vivian im Institut von Mrs Clifford, und bei Penelope war es auch abzusehen, dass sie mich bald verlassen würde. Mir graute vor den Abenden allein hier in diesem riesigen Anwesen."

Darauf wussten ihre Töchter keine Antwort.

„Wenn das so ist, dann wären etwaige Nachforschungen meinerseits doch auch für dich eine große Hilfe“, gab der Earl of Derryhill zu bedenken.

„Nein, das wären sie nicht. Wenn Agatha denkt, dass ich reumütig zu Kreuze krieche, dann hat sie sich geirrt.“

Damit war für Lady Panswick das Thema beendet.

Kapitel 17

Am Hochzeitstag waren alle weiblichen Familienmitglieder der Familie Barnett schon früh auf den Beinen. Die Sonne hatte alle Wolken am Himmel vertrieben, die Vögel schienen ein schwungvolles Konzert zu Ehren der Brautleute zu zwitschern und die Forsythien tauchten den Garten in ein strahlendes Gelb.

Lady Panswick hielt nichts von der vornehmen Sitte, die es verheirateten oder verwitweten Ladys erlaubte, die erste Mahlzeit des Tages im Bett einzunehmen, und so wagte es auch ihre Älteste nicht, sich ein Tablett aufs Zimmer bringen zu lassen. Und dies, obwohl sie nicht nur verheiratet, sondern auch als Countess im Rang über ihrer Mama stand und zudem auch noch guter Hoffnung war. Keines der Barnett-Geschwister wollte sich den Unmut ihrer Mutter zuziehen und als verweichlichter Städter gelten, was das Schlimmste war, was man in ihren Augen sein konnte.

Das Frühstück fiel an diesem Tag bescheiden aus und wurde in Windeseile eingenommen. Schließlich war nach der Trauung ein ausgiebiges Hochzeitsfrühstück geplant. Die Köchin war mit ihrem Küchenmädchen seit Tagen mit kaum etwas anderem beschäftigt gewesen als damit, die delikatesten Köstlichkeiten für diesen besonderen Anlass zuzubereiten. Außerdem mussten sie den Frühstücksraum so schnell wie möglich wieder freigeben, damit die Diener die Tafel vergrößern und das edle Geschirr auftragen konnten, das nur zu festlichen Gelegenheiten Verwendung fand.

Der Gärtner schien das gesamte Glashaus geplündert zu haben, jedenfalls standen in der Halle übervolle Vasen mit duftenden Blumen, und Lady Stonesdale, die Noch-Eigentümerin von White Rose Hill, hatte es sich nicht nehmen lassen, einen Bund von den berühmten gefüllten weißen Rosen vorbeizuschicken, die ihrem Anwesen den Namen gaben. Sie würden in silbernen Vasen den Tischschmuck bezaubernd ergänzen.

Lady Panswick war eben dabei, ihren Töchtern die letzten Anweisungen zu geben, als der Butler eintrat.

„Ein Bote hat soeben diese Nachricht vorbeigebracht, Mylady. Er bestand darauf, dass ich sie Ihnen umgehend gebe. Er meinte, es wäre dringend."

Mit diesen dramatischen Worten überreichte er seiner Herrin ein Schreiben auf einem kleinen Tablett.

Penelope, die zur Linken ihrer Mutter saß, erkannte die Handschrift sofort. Es war die ihrer

Freundin und Gönnerin Lady Stonesdale. Mit einem Satz war sie aufgesprungen und hatte sich hinter ihre Mutter gestellt, um ihr über die Schultern blicken zu können. Das Herz klopfte ihr bis zum Hals. Was war geschehen? Gab es eine Katastrophe, die ihre Hochzeit im allerletzten Augenblick verhinderte? War etwas mit Henry? War er verletzt? Oder etwa abgereist, um sie im Stich zu lassen? Wieder einmal?

„Setz dich hin, Penelope, du machst mich nervös, wenn du hinter mir stehst", lauteten die strengen Worte ihrer Mutter.

Schweren Herzens befolgte sie den Befehl.

„Nun sag schon, was los ist, Mama", forderte Vivian. „Du siehst doch, dass sich Penelope ernsthafte Sorgen macht!"

„Ich bin sicher, es ist nichts Schlimmes", versuchte Frederica ihre Schwester zu beruhigen, deren fahle Gesichtsfarbe ihr natürlich ebenfalls aufgefallen war. „Komm, Lämmchen, trink einen Schluck!" Sie stand auf und goss ihr Tee nach.

Dass ihre Mutter sich die Botschaft zuerst im Stillen durchlesen wollte, brachte die Nerven aller drei Schwestern an den Rand des Erträglichen.

„Nein, es ist nichts Schlimmes. Ganz im Gegenteil", sagte diese endlich und die Schwestern der Braut atmeten hörbar auf. Penelope selbst brach in Tränen der Erleichterung aus.

„Es dürfte euch alle freuen zu erfahren", setzte Ihre Ladyschaft fort, „dass Markfield in die Gnade seiner Familie zurückgefunden hat. Sein Familienoberhaupt, der Viscount of Badwell, ist auf White Rose Manor eingetroffen, um höchstpersönlich die Rolle des Trauzeugen zu übernehmen."

„Na siehst du, Lämmchen, alles ist gut!" Frederica ging zu Penelope hinüber, um ihr ein Taschentuch zu reichen. Dann wandte sie sich wieder an ihre Mutter. „Ich dachte, Seine Lordschaft würde Markfield schneiden, da es einen alten Twist mit seinem Vater gab. Steht in dem Schreiben, wie es zu seinem erfreulichen Sinneswandel kam, Mama?"

Die Viscountess schüttelte den Kopf.

„Wahrscheinlich ist dem alten Geizkragen bewusst geworden, dass er als deren Oberhaupt Pflichten gegenüber seiner Familie hat. Er ist ein höchst unangenehmer Mann, soweit ich mich erinnern kann, denn unsere Begegnung fand vor vielen Jahren statt. Ich fürchte, wir werden nicht umhinkönnen, ihn zum Hochzeitsfrühstück zu uns zu bitten. Das ist nichts, was ich mir gewünscht habe, aber ich freue mich für Markfield, dass er nicht länger als das schwarze Schaf der Sippschaft gilt."

„Ich dachte, Bertram sei Markfields Trauzeuge", meldete sich Vivian zu Wort. „Wie kommt dieser – wie nennst du ihn, Mama? – dieser unangenehme Geizkragen dazu, aus dem Nichts aufzutauchen und so eine wichtige Rolle für sich in Anspruch zu nehmen?“

Lady Panswick bemerkte, dass sie bei ihrer Wortwahl hätte vorsichtiger sein müssen, und antwortete daher besonders streng: „Vivian! Dass du dich ja nicht hinreißen lässt, vor dem Viscount eine derartige Äußerung zu wiederholen. Immerhin ist er Markfields Familienoberhaupt, also steht ihm diese Rolle zu, wenn er sie beansprucht. Im Gegenteil, für deinen künftigen Schwager ist es sogar eine große Ehre. Da mag für mich das Erscheinen des alten … Seiner Lordschaft noch so unerfreulich sein, sein Sinneswandel ist jedenfalls erfreulich.“

Penelope hatte wieder zu ihrer Gelassenheit zurückgefunden. „Henry wird sich tatsächlich freuen“, stimmte sie zu. „Es war ihm ein besonderes Anliegen, den Viscount zu informieren, und er hatte inständig gehofft, dass dieser seiner Einladung Folge leisten würde. Der Sinneswandel dürfte dabei allerdings nicht allzu groß gewesen sein, Mama, denn der Geizkragen, von dem du sprachst, ist …“

Die letzten Worte gingen unter, da ihre Mutter hochsah und ein unwirsches „Was ist denn da draußen los?“ von sich gab.

Wie auf Kommando trat der Butler abermals ein.

„Die Schneiderin ist eingetroffen, Mylady, zusammen mit den Kleidern und einer Schar Näherinnen. Soll ich sie in den rosa Salon führen?“

Kapitel 18

Der Viscount of Badwell starrte aus dem Fenster, ohne den kleinen Küchengarten hinter dem Haus wirklich wahrzunehmen. Nicht zum ersten Mal stellte er sich die Frage, wie er auf die hirnverbrannte Idee hatte kommen können, sich dieser Herausforderung zu stellen.

Er hatte eigentlich vorgehabt, bereits am Vormittag des vorangegangenen Tages bei seinem unbekannten Vetter einzutreffen, doch die Wetterverhältnisse der letzten Wochen hatten die Straßen in einen unzumutbaren Zustand versetzt. Die Räder seiner Kutsche waren im tiefen Schlamm nur langsam vorangekommen, und immer wieder machten liegen gebliebene Fahrzeuge ein Vorankommen unmöglich. Gegen fünfzehn Uhr hatte er dann, erschöpft und missmutig, die Poststation von Hildenborough erreicht und eingesehen, dass es besser war, die Nacht dort zu verbringen. Es wurde noch immer früh finster und er hatte nicht die geringste Lust gehabt, in der Dunkelheit herumzuirren. Außerdem wollte er sich zuerst frisch machen, ausgiebig schlafen und saubere Kleidung anziehen, bevor er seinem neuen

Verwandten und der Familie von dessen Braut unter die Augen trat.

Als er also knappe drei Stunden vor der Zeit, zu der die Trauung angesetzt war, auf White Rose Hill eintraf, fand er nicht, wie er es erwartet hatte, ein Haus voller Gäste vor, sondern nur einen Bräutigam, der wie ein aufgeschrecktes Huhn hin und her lief und vor lauter Aufregung über seine bevorstehende Vermählung kaum einen klaren Satz zu sprechen vermochte. Wie sich schnell herausstellte, hatte der Bote, den er vorausgeschickt hatte, um sein Kommen anzukündigen, sein Ziel bisher noch nicht erreicht, und so fiel sein neuer Vetter aus alles Wolken, als er sich bei ihm vorstellte.

Schließlich erfuhr er auch noch, dass das Hochzeitsfrühstück nicht hier, sondern auf Lancroft Abbey, dem tatsächlichen Landsitz des ihm unbekannten Viscount of Panswick stattfinden sollte, und er hatte darauf bestanden, die Gastgeber zumindest per Lakai von seiner Anwesenheit zu informieren. Der Bräutigam versprach dies zu erledigen und zog sich dann in seine Gemächer zurück, um sich für das freudige Ereignis ankleiden zu lassen.

Ein älterer, schweigsamer Diener hatte ihn dann in einen kleinen Salon geführt und ihm eine Erfrischung angeboten. Wenn er sich nicht irrte, dann war das derselbe Mann gewesen, der auch seine Pferde versorgt hatte, als er am Vorplatz eingetroffen war.

Und da stand er nun und wartete und wusste nicht genau worauf. Ein Gefühl der Langeweile machte sich breit, vermischt mit der Aufregung, sich einer wildfremden Familie vorstellen und so tun zu müssen, als würde er sich mit den Brautleuten freuen.

„Sie sehen ihm nicht ähnlich. Welch ein Glück."

Badwell fuhr herum. Er hatte nicht gehört, dass jemand eingetreten war, und sah sich nun einer älteren Lady gegenüber, die nicht ungewöhnlicher hätte aussehen können. Sie hatte ihre grauen Haare zu einer kunstvollen Hochsteckfrisur drapiert und statt der Haube, die ihrem Alter angemessen gewesen wäre, mit Pfauenfedern und künstlichen Schmetterlingen geschmückt. Ihre Robe aus goldenem Brokat erinnerte an ein Ballkleid aus dem vergangenen Jahrhundert und würde nunmehr auf jedem Kostümfest für Furore sorgen. Am frühen Morgen im Zimmer eines kleinen, ländlichen Anwesens wirkte sie geradezu grotesk. Die Dame ließ das Lorgnon sinken, das sie mit der Linken an einem Perlmuttgriff vor die Augen gehalten hatte, und reichte ihm die Rechte zum Gruß: „Badwell, wie ich vermute."

Er beeilte sich, die dargebotene Hand zu ergreifen und sich formvollendet darüber zu verbeugen. Wer um Himmels willen war diese Dame? Er hatte nicht damit gerechnet, dass sein unbekannter Cousin auch noch eine unbekannte Mutter aufzuweisen hatte. Noch dazu eine so … bemerkenswerte.

„Sie sind klar im Vorteil, da Sie wissen, wer ich bin, Mylady", sagte er und lächelte, von ihrem Aussehen amüsiert. „Oder darf ich hoffen, Sie Tante nennen zu dürfen?"

Ein lautes Lachen war die Folge.

„Keine Sorge, junger Mann, wir sind nicht verwandt. Ich bin Lady Stonesdale, Stainmores Schwester. Mir gehört dieses Anwesen hier. Zumindest so lange, bis die Trauungszeremonie vollzogen ist und die Brautleute ihre Unterschrift in das Trauungsbuch der Pfarre gesetzt haben."

Badwell staunte. Das waren in der Tat überraschende Informationen.

„Stainmore?", wiederholte er. „Sie sind die Schwester des Herzogs?"

Ihre Ladyschaft nickte, die Pfauenfedern wippten. Einer der Papierschmetterlinge löste sich aus ihren Locken und segelte malerisch zu Boden. „Eben diese."

„Habe ich Sie richtig verstanden? Sie schenken meinem Cousin dieses Anwesen zur Hochzeit? Wie kommt das? Gibt es verwandtschaftliche Verbindungen zwischen ihm und Ihnen, von denen ich nichts weiß? Über die Linie seiner Mutter wahrscheinlich."

Und wieder erscholl das Lachen.

„Nein, nein, es ist die Braut, der ich mein Anwesen schenke. Doch nun wollen wir Platz nehmen. Mein Bein ist nach einem Sturz vom Pferd nicht mehr ganz auf der Höhe. Möchten Sie, dass ich Ihnen Tee nachschenke?“

Sie ließ sich in einen breiten Lehnstuhl sinken, wies einladend auf den Platz ihr gegenüber und ergriff die silberne Kanne, die auf einem Stövchen bereitstand. Badwell nickte und tat wie ihm geheißen. Seine Neugierde war geweckt und er begann sich gut zu unterhalten.

„Der Braut? Ist das nicht ungewöhnlich?“, wollte er wissen.

„Oh, ich bin gern ungewöhnlich“, sagte Ihre Ladyschaft leichthin und Badwell glaubte ihr aufs Wort.

„Nicht dass ich mit all unseren Gesetzen firm bin, doch scheint mir die Rechtslage so zu sein, dass das Eigentum der Braut durch ihre Vermählung von selbst auf den Gatten übergeht“, sagte er und nippte an seinem frischen Tee.

„Nicht wenn man einen guten Anwalt hat“, trumpfte sein Gegenüber auf. „White Rose Hill wurde mir von meinem Bruder geschenkt, ich habe keine Nachkommen. Ich bin frei, über mein Eigentum zu verfügen, wie es mir beliebt. Es gibt eine Klausel in dem Vertrag, der Penelope das Eigentum überträgt. Ihr Vetter wird unterschreiben, dass er damit einverstanden ist, dass das auch nach der Hochzeit so bleibt. Verstehen Sie mich nicht falsch, Markfield ist ein netter junger Mann, tüchtig und, wie ich hoffen will, inzwischen auch rechtschaffen. Aber meinen Landbesitz und vor allem meine Schafe vertraue ich lieber jemandem an, der davon Ahnung hat."

Eine Augenbraue schnellte in die Höhe: „Und die … äh … Braut … hat eine Ahnung von Schafen? Ich dachte, sie sei die Schwester eines Viscounts."

Da war es wieder, dieses schallende Lachen: „Das ist sie, weiß Gott, das ist sie. Aber das schließt nicht aus, dass sich Penelope Barnett mit Vierbeinern besser auskennt als so mancher Stallmeister. Wenn jemand ein krankes Tier gesund pflegen kann, dann sie."

„Ach, ist das so?" Badwell war alles andere als überzeugt. Entweder hatte die alte Dame nicht mehr alle Tassen im Schrank oder er war in eine fürwahr seltsame Familie hineingeraten.

„Sie machen sich Sorgen um das Auskommen Ihres Cousins?", fragte Lady Stonesdale, die sein Schweigen falsch interpretierte. „Das müssen Sie nicht. Er hat ja jetzt Sie zu seiner Unterstützung."

Sie lachte wieder und diesmal stimmte er in ihr Lachen ein.

„Oder sind Sie etwa ein ebensolcher Geizkragen wie Ihr verblichener Vater?"

„Sie kannten meinen Vater?“, fragte er und das Lachen verschwand.

„Aber natürlich. Er war einer meiner Verehrer, als ich dereinst mein Debüt in London gab. Zum Glück habe ich ihn rechtzeitig durchschaut. Mit seiner angeborenen Sparsamkeit und der Bigotterie hätte er mich in den Wahnsinn getrieben.“ Erschrocken hob sie zwei Finger zu den Lippen: „Oh Gott, wie unbedacht von mir. Habe ich Sie mit diesen offenen Worten schockiert?“ Der Schalk blitzte aus ihren Augen und strafte ihre Worte Lügen.

Badwell enthielt sich eines Kommentars.

„Als Sie bei Ihrem Eintreten sagten, ich würde *ihm* zum Glück nicht ähnlich sehen, da haben Sie also meinen Vater gemeint. Ich dachte schon, es wäre vom Bräutigam die Rede gewesen, und war etwas verwundert.“

Und dann unterhielten sich die beiden über seinen Cousin, und Lady Stonesdale informierte den Viscount über Markfields Geschichte und darüber, wie es dazu kam, dass sich Penelope in ihn verliebte. Schließlich war es Zeit, zur Kirche aufzubrechen. Sie taten dies in einer geräumigen, bestens gefederten Kutsche. Badwell saß neben einem nervösen Bräutigam, Lady Stonesdale neben einem älteren Mann in einem vornehmen Anzug, den er, hätte er nicht gewusst, dass dies ein Ding der Unmöglichkeit war, für den Butler hätte halten können, der gleichzeitig als Stallmeister fungierte.

Und dann stand Badwell also vor dem Altar, um dem neuen Cousin an seinem großen Tag Beistand zu leisten. Dessen Nervosität hatte sich längst auch auf ihn übertragen.

Die vorderen Reihen der Kirche waren samt und sonders mit Familienmitgliedern der Braut gefüllt. Sie hatten ihm kurz zugenickt und ein Mann mit braunem Haar, der sich als überraschend junger Viscount of Panswick vorgestellt hatte, hatte ihn begrüßt und zum anschließenden Hochzeitsfrühstück eingeladen. Anscheinend hatte der Bräutigam weder Freunde noch andere Verwandte.

Die Orgelmusik setzte ein und Badwell starrte gebannt zum Eingang und konnte es kaum erwarten, die unbekannte Braut zu sehen, von der er schon so ungewöhnliche Wunderdinge erfahren hatte. Da öffnete sich das Kirchenportal mit einem erheblichen Quietschen und eine laute Männerstimme forderte: „Erheben Sie sich für die Braut!"

Ein junger blonder Mann mit auffallend hübschen Gesichtszügen, der in der zweiten Reihe gesessen hatte, war dieser Aufforderung nachgekommen und hatte sich dadurch in Badwells Blickfeld geschoben. Wie von selbst machte der Viscount einige Schritte nach vorne. Und dann sah er sie: die junge Dame, die in einem fließenden zartrosa Kleid langsam den Mittelgang entlangschritt. Sie hatte die Haare aufgesteckt und mit einem kleinen Diadem geschmückt, das im Schein der Sonne, die durch die Kirchenfenster fiel, glitzerte und funkelte. In der Hand trug sie einen Strauß bunter Wiesenblumen.

Für einen Augenblick drohte Badwells Herz stillzustehen. Die junge Lady, die da geradewegs auf ihn zukam, war niemand anderes als Rosalind.

Kapitel 19

Vivians Herz klopfte vor Aufregung. Das Oberteil des Kleides, das die Schneiderin ihrer Mutter im letzten Augenblick fertiggestellt hatte, saß etwas zu eng und drückte ihre Brust nach oben, sodass ihr Dekolleté einen für sie doch sehr ungewohnt offenherzigen Einblick bot. Sie hatte lautstark gegen dieses Kleidungsstück protestiert, doch ihre Mutter hatte gemeint, sie solle sich nicht so anstellen, und darauf bestanden, dass sie es trug und nicht stattdessen in eines ihrer alten Kleider schlüpfte. Also konnte sich Vivian nur mit der Gewissheit trösten, dass ihr das zarte Rosa gut zu Gesicht stand und dass kein Mann sie zu Gesicht bekommen würde außer ihren Brüdern und Schwägern, dem Pfarrer und dem seltsamen Begleiter von Lady Stonesdale. Ach ja, und dem alten Viscount of Badwell, der als Markfields Trauzeuge angekündigt worden war.

Beim Stichwort *alt* hatte Vivian natürlich die Ohren gespitzt gehabt, in der Hoffnung, in Kürze vielleicht dem ersten passenden Heiratskandidaten gegenüberzustehen. Doch dann war das Wort Geizhals gefallen und Seine Lordschaft so schnell von der

Liste der Bewerber gestrichen worden, wie sie ihn darauf gesetzt hatte.

Und nun befand sie sich vor der Kirchentür und drehte sich noch einmal um. In ihren eiskalten Händen hielt sie die Stiele der Wiesenblumen, die der Gärtner für sie zusammengestellt hatte, wie einen Schutzschild umklammert. Hinter ihr stand Penelope am Arm ihres ehemaligen Vormunds und Schwagers Lord Derryhill und schien bei Weitem nicht so aufgeregt zu sein wie sie. Ihre Schwester sah noch schöner aus als sonst. Die Augen strahlten, die Wangen waren von einer zarten Röte der Vorfreude überzogen. Der spitzenbesetzte Schleier, den schon ihre gemeinsame Urgroßmutter getragen hatte, flatterte malerisch im Wind. Zum ersten Mal seit Langem schien die Sonne.

Aufmunternd lächelte Penelope ihrer kleinen Schwester zu: „Wie hübsch du aussiehst, Vivi. Ich freue mich sehr, dich zur Trauzeugin zu haben.“ Dann hielt sie inne, so als würde sie sich auf etwas konzentrieren. „Hörst du das? Die Orgel hat bereits zu spielen begonnen, man erwartet uns …“

Vivian beeilte sich, ihrer Pflicht nachzukommen, drehte sich um und ging eilig die ersten Schritte auf den Diener zu, der die Tür aufhielt.

„Nicht so schnell!“, mahnte Derryhill von hinten. „Du musst langsam und getragen gehen, Vivian. Nur so kannst du Penelope den richtigen Auftritt verschaffen. Stell dir doch einfach vor, du wärst die Braut und vorne beim Altar würde dein Liebster auf dich warten. Dann rennst du doch auch nicht los, sondern genießt deinen Weg."

Vivian nickte und straffte die Schultern. Dann zwang sie sich zu einem Lächeln und betrat das Kirchenschiff. Die hinteren Sitzreihen waren mit den Dienern und Pächtern besetzt, und sie begann, langsam den Mittelgang entlangzuschreiten. Konzentriert setzte sie einen Schritt vor den anderen, bedacht, nicht über die eigenen Füße zu stolpern und damit Penelopes schönsten Tag zu verderben.

Stell dir einfach vor, du bist die Braut, hatte Derryhill gemeint. Wie sie sich wohl bei ihrer eigenen Hochzeit fühlen würde? Würde sie ebenso nervös sein wie heute? Oder noch nervöser? Und dort vorne, da würde er stehen, der Mann ihrer Träume, und würde es kaum erwarten können, dass sie zu ihm trat, um ihm die Hand zum Bunde zu reichen. Vivians zuerst aufgesetztes Lächeln kam nun von ganzem Herzen. Was für eine beglückende Vorstellung!

Sie bemerkte, dass sie nun auch die ersten mit Familienmitgliedern besetzten Kirchenbänke passiert hatte, und kam, so wie es ihr aufgetragen worden war, neben Nicolas zu stehen, der am äußersten Platz der zweiten Reihe saß. Dann sah sie hoch, in Richtung des Bräutigams … und blickte direkt in ein ganz anderes, wohlbekanntes Gesicht. Dunkle Augenbrauen über ebenso dunklen Augen schnellten in die Höhe.

„Raphael?“, murmelte sie entgeistert.

„Rosalind?“, hörte sie ihn stammeln.

Vivian versuchte einen klaren Gedanken zu fassen. Wie kam Raphael, der Schäfer, hierher? Warum hatte ihn niemand aus der Kirche vertrieben? Erst jetzt erkannte sie, wie elegant er gekleidet war. Die schwarze Jacke harmonierte mit seinen dunklen Haaren, die zu einer modischen Windstoßfrisur gebürstet worden waren. Das Weiß des hohen Hemdkragens und des kunstvoll geschlungenen Halstuchs bildete einen eleganten Kontrast dazu. Seine Kleidung hatte so gar nichts von dem Schäfer an sich, den sie kennengelernt hatte. Und doch war es Raphael, daran bestand kein Zweifel. Eine Woge der Freude erfasste sie: Sie hatte nicht damit gerechnet, ihn je wiederzusehen. Wie hatte er sie gefunden? Und warum stand er ausgerechnet hier vorne und hatte sich nicht einen etwas weniger auffälligen Platz für ihr Wiedersehen ausgesucht? Doch eigentlich war das nicht wichtig. Es war einfach schön, dass er da war. Mit einem strahlenden Lächeln sah sie zu ihm empor. Sie stand vor dem Altar, in einem vornehmen Kleid aus Spitze und Seide und einem Strauß Blumen in der Hand. Raphael hatte, ebenso elegant gekleidet, vor dem Altar auf sie gewartet. *Stell dir vor, du wärst die Braut,* hatte Derryhill gemeint. Oh ja, in diesem Augenblick konnte sie sich das ohne Schwierigkeiten vorstellen. Es war so schön, so aufregend, es fühlte sich so richtig an. Ein brüderlicher Stoß mit dem Ellenbogen brachte sie unsanft in die Wirklichkeit zurück.

„Tritt zur Seite, Viv", flüsterte Nicolas ihr zu. „Du musst Penelope vorbeilassen!"

„Oh, ja, entschuldige, natürlich", stammelte Vivian und stellte sich vor einen der vorbereiteten Stühle. Ihre Wangen waren rot angelaufen und glühten vor Scham.

„Das ist der Platz für die Braut", hörte sie die Stimme ihres Bruders. Er sprach nun so laut, dass es nicht nur sie, sondern sicher auch alle anderen Anwesenden gehört hatten. „Du musst dort hinüber!"

Nicolas zeigte auf einen kleinen, mit Seide bezogenen Hocker, schräg hinter dem Brautsessel.

Vivian errötete noch um ein paar Grade mehr und beeilte sich, sich auf den richtigen Platz zu stellen. Dort blieb sie stehen und starrte geradeaus auf das bunte Fenster über dem Altar, ohne es wirklich wahrzunehmen. Was für ein peinlicher Auftritt! Wie hatte sie sich von ihren Tagträumen nur so gefangen nehmen lassen können, dass sie alles um sich vergessen hatte? Sie war doch sonst eine so vernünftige junge Frau, stolz darauf, wie fremd ihr romantische Anwandlungen waren. Aber es war auch alles so verwirrend!

Aus dem Augenwinkel bekam sie mit, dass Derryhill ihre Schwester inzwischen an Markfield übergab, der neben Raphael gestanden hatte. Dann setzten sich alle Anwesenden; die Trauungszeremonie konnte beginnen.

Mit halbem Ohr hörte sie den Pfarrer, der mit salbungsvollen Worten über die Unauflösbarkeit der Ehe predigte. Darüber, dass sich die Ehepartner lieben, achten und ehren sollten und dass die Frau dem Mann zu gehorchen hatte. Normalerweise hätte sich Vivian sicher kritisch gefragt, warum nur die Frau dem Mann, nicht aber der Mann der Frau zu gehorchen hatte, doch nun kreisten ihre Gedanken allein um den Gentleman, der schräg hinter Markfield saß und dabei eine so ernste Miene an den Tag legte, als wäre er auf dessen Beerdigung. Vivian befahl sich, sich auf ihre Rolle als Trauzeugin zu konzentrieren. Die Brautleute waren aufgestanden und wiederholten soeben die Schwüre, die der Pfarrer ihnen vorsagte.

Es konnte nur eine plausible Erklärung geben, wie Raphael hier in diese Kirche gekommen war und wieso er so vornehme Kleidung trug, das war Vivian inzwischen klar. Er musste Markfields Trauzeuge sein, dieser Unbekannte, von dem in der Familie gesprochen worden war. Ein Viscount of irgendwas, der alte Geizkragen. Anscheinend war er doch nicht so alt, wie Mama sich zu erinnern glaubte, und geizig war er wohl auch nicht. Sie dachte an das üppige Picknick, das in der Fischerhütte angerichtet gewesen war. Seiner eigenen Fischerhütte, wie ihr mit einem Schlag bewusst wurde. Sie nahm allen Mut zusammen und schaute wieder zu Raphael hinüber. Diesmal hatte er genau denselben Augenblick gewählt, um sie anzusehen. Ihre Blicke trafen sich. Rasch drehte sie den Kopf wieder in Richtung Altar. Warum sah er sie bloß so finster an? Was hatte ihn verärgert? Sie etwa? Das konnte doch nicht sein. Sie hatte ihm nichts getan. Im Gegenteil, sie war es doch, die guten Grund gehabt hätte, verärgert zu sein. Er hatte sie schließlich angelogen, ihr vorgegaukelt, ein Schäfer zu sein. Sie hingegen hatte nicht vorgegeben, etwas anderes zu sein, als sie war. Warum war der Tisch in der Hütte eigentlich so festlich gedeckt gewesen? Was war das überhaupt für eine ungewöhnlich elegante Einrichtung? Sein Herr habe ein Stelldichein mit einer Dame geplant gehabt, fielen ihr Raphaels Worte ein. Ha, sein Herr! Er selbst hatte wohl diesen unschicklichen Plan gefasst gehabt und, als die besagte Dame nicht erschienen war, da hatte er stattdessen sie geküsst. *Ach, Miss Fellows, wenn Sie wüssten! Junge Männer waren noch viel schlimmer und verderbter, als Sie je angenommen hatten!*

Markfield steckte Penelope den Ehering an. Vivian hörte Frederica gerührt aufschluchzen. Der Pfarrer erklärte Penelope und Markfield zu Mann und Frau. Die Orgel setzte laut und dramatisch ein, der Geistliche bat das Brautpaar, ihm in die Sakristei zu folgen, um sich dort ins Trauungsbuch einzutragen, und setzte hinzu: „Natürlich werden die Trauzeugen gebeten, sich uns anzuschließen, um die Unterschriften ordnungsgemäß zu bezeugen, wie das Gesetz es vorsieht."

Alle anderen erhoben sich und verließen die Kirche, um vor der Tür auf das Brautpaar zu warten. Markfield bot Penelope den Arm an, die frisch angetraute Gattin blickte strahlend zu ihm empor. Zumindest in ihren Herzen war alle Aufregung vergessen und hatte reiner Glückseligkeit Platz gemacht.

Vivian hingegen stand unschlüssig vor ihrem Hocker und wusste nicht so recht, was sie jetzt tun sollte. In ihrem Herzen tobten die unterschiedlichsten Gefühle. Die Trauzeugen sollten folgen, hatte der Pfarrer aufgetragen. Das war leichter gesagt als getan. Sie konnte doch nicht gut zu einem Mann hinübergehen, dem sie nicht ordnungsgemäß vorgestellt worden war. Ja, den sie offiziell nicht einmal kannte. Und auch Raphael machte keine Anstalten, seinen Platz zu verlassen.

Zum Glück war Markfield, nach einem Blick auf die beiden, schnell Herr der Lage: „Cousin Badwell, darf ich Ihnen die Schwester meiner bezaubernden Gattin vorstellen? Lady Vivian Barnett."

Vivian atmete tief durch, beeilte sich, zu den dreien hinzutreten und vor dem Viscount in einen angemessenen Knicks zu versinken. Dabei streifte ihr Blick seine schön geschwungenen Lippen und sofort überkam sie das prickelnde Gefühl, das sie empfunden hatte, als sie in seinen Armen gelegen war und er sie küsste. Und sie ihn küsste. Und sie sich küssten. Sie merkte selbst, wie sich ihre Wangen wieder zutiefst röteten, und hoffte, dass es Penelopes wachen Augen nicht auffallen würde. Und dass vor allem Raphael nichts davon mitbekam.

„Und dies, meine liebe neue Schwägerin“, sprach Markfield gut gelaunt weiter, „ist Justin Rawling, der fünfte Viscount of Badwell, das Oberhaupt meiner Familie. Er erwies mir die große Ehre, heute als mein Trauzeuge zu fungieren.“

„Es freut mich, Ihre Bekanntschaft zu machen, Lady Vivian“, hörte sie Raphael sagen. Er verbeugte sich steif.

„Die Freude ist ganz auf meiner Seite, Eure Lordschaft“, antwortete sie nicht weniger steif. Nicht einmal der Schatten eines höflichen Lächelns trat auf seine Lippen. Vivian war von dieser kalten Begrüßung so enttäuscht, dass sie ihre Lippen zu einem Strich zusammenpresste.

Penelope sah verwundert von einem zur anderen.

„Darf ich Sie nun zu mir bitten?“, unterbrach die ungeduldige Stimme des Pfarrers die eisige Stille, die der Begrüßung gefolgt war. „Ich habe anschließend auch noch eine Beerdigung durchzuführen und würde mich nur ungern verspäten."

Mit unbewegter Miene bot Badwell Vivian den Arm und sie spürte ihr Herz bis zum Hals hinauf klopfen. Hatte sie wirklich gedacht, sie sei aufgeregt gewesen, als sie die Kirche betrat? Das war nichts gegen die Aufregung, die sie nun empfand.

„Ich kann es nicht glauben, dass du hier bist", flüsterte sie ihm zu.

„Später!", war das einzige Wort, das er darauf sagte.

Arm in Arm gingen sie hinter dem Brautpaar in die Sakristei hinein. Vivian war Badwell dabei so nahe, dass sie seine Wärme durch den dünnen Stoff ihres Kleides spürte. Und doch fröstelte sie.

Kapitel 20

Trotz des Sonnenscheins hatte der Wind wieder etwas mehr aufgefrischt, und die anwesende Hochzeitsgesellschaft fühlte sich durchfroren, als das Brautpaar, gefolgt von seinen schweigenden Trauzeugen, endlich die Kirche verließ. Markfield kam seiner Pflicht nach und stellte Badwell den anderen vor. Dann beeilten sich alle Anwesenden, dem Brautpaar auf das Herzlichste zu gratulieren. Die Glückwünsche fielen aufgrund der niederen Temperaturen entsprechend kurz aus und schon verteilte man sich auf die bereitstehenden Kutschen, um nach Lancroft Abbey zurückzufahren.

Badwell, der mit dem Bräutigam gekommen war, überließ seinen Platz in der Kutsche natürlich der Braut und stieg auf Bertrams freundliche Einladung in dessen Landauer ein. So kam er neben Lady Panswick zu sitzen. Bertram und seine jüngste Schwester saßen den beiden gegenüber.

Nach der kalten Abfuhr in der Kirche hatte Vivian weder den Mut noch die Lust, ein Gespräch zu beginnen. Doch das erwies sich auch als unnötig, denn Lady Panswick übernahm die Konversation. Sie verwickelte den Viscount in eine angeregte Plauderei über seine Anreise, die Vegetation im Frühling und schließlich auch über seine Pläne für die Saison. Bertram meldete sich dazwischen mit launigen Kommentaren zu Wort und so verging die Fahrt in freundlicher, angeregter Atmosphäre. Vivian war froh, dass offensichtlich niemand erwartete, dass sie etwas zur Unterhaltung beitrug. Dabei wollte sie so gern etwas Amüsantes sagen. Oder etwas besonders Geistreiches. Nur um Raphael zu zeigen, dass sie über den Dingen stand und dass er sie mit seinem eisigen Verhalten nicht einschüchtern konnte. Allein, es fiel ihr nichts Passendes ein und außerdem fürchtete sie, ihrer Stimme nicht trauen zu können. Also hieß es besser schweigen, als sich piepsend wie ein schüchternes Schulkind zu Wort zu melden.

„Unsere Vivian hier hätte in Kürze zu ihrer ersten Saison nach London aufbrechen sollen", hörte sie ihre Mutter sagen. „Doch daraus wird nun nichts, da meine älteste Tochter als Chaperon für dieses Debüt ausfällt, da sie … da sie indisponiert ist."

„Tatsächlich?" Ihr Gesprächspartner runzelte die Stirn und sah kurz zu Vivian hinüber, bevor er seine Aufmerksamkeit wieder Ihrer Ladyschaft zuwandte.

„Doch das macht nichts", fuhr diese fort. „Ein Jahr ist schnell vorbei und London wird auch 1815 noch stehen." Ein bellendes Lachen folgte diesem Ausspruch.

„Ros… ich meine, Ihre Tochter … plante ein Debüt in London?“, vergewisserte sich Badwell.

„Was finden Sie denn daran so bemerkenswert?“

„Ach nichts“, antwortete er schnell. „Mir war nur nicht bewusst, dass dies auch dann üblich ist, wenn eine junge Dame bereits verlobt ist, das ist alles.“ Der Viscount hatte nun wieder seinen heiteren Plauderton angeschlagen.

„Verlobt? Wovon reden Sie denn da, um Himmels willen?“, fuhr ihn Ihre Ladyschaft an und nahm damit jede Heiterkeit aus seinem Gesicht. Er warf einen schnellen Blick zu Vivian hinüber. Diese zuckte mit den Achseln und wich dann seinem Blick aus, indem sie aus dem Fenster starrte. *Was kann ich denn dafür, dass er meine Worte in der Hütte falsch interpretiert hat?*, dachte sie trotzig.

„Vivian ist nicht verlobt“, stellte da auch schon ihre Mutter richtig. „Wie kommen Sie bloß zu dieser irrigen Annahme?“

„Offensichtlich eine Verwechslung“, lautete seine Antwort, „ich bitte um Vergebung.“

Vivian bemerkte, wie Raphael wieder zu ihr herüberblickte, und die Neugier trieb sie zurückzuschauen. Er sah ernst, ja fast wütend aus, und aus seinen dunklen Augen schienen Pfeile auf sie gerichtet zu sein. Im ersten Reflex wollte sie wieder ihr Gesicht zur Seite drehen, doch dann befahl sie sich, nicht feige zu sein und seinem Blick standzuhalten.

Für kurz schien es ihr, als würden sie die Klingen kreuzen. Dann war er es, der seinen Kopf drehte. Ein kurzes Gefühl des Triumphes stieg in ihr hoch. Ein sehr kurzes Gefühl des Triumphes. Denn da hörte sie ihn sagen:

„Es ist sicher eine weise Entscheidung, Lady Panswick, das Debüt noch um ein Jahr zu verschieben. Ihre Tochter scheint mir doch noch sehr jung zu sein und viel zu unreif für das gefährliche Treiben der Großstadt."

Vivian schnappte nach Luft.

Auch Lady Panswick konnte ihm ganz offensichtlich nicht folgen: „So, meinen Sie?" Es klang nicht besonders erfreut.

„Vivian ist sehr klug und reif für ihr Alter …", meldete sich Bertram entrüstet zu Wort, wurde aber vom Hausdiener unterbrochen, der den Wagenschlag geöffnet hatte und „Willkommen zu Hause, Mylord" sagte, geradeso als wäre er seit Wochen weg gewesen. Sie hatten Lancroft Abbey erreicht.

„Gibt es etwas, was in dieser Familie nur du tust oder kannst?", flüsterte Badwell in Vivians Ohr, während die Diener den beiden anderen beim Aussteigen halfen.

„Was hat denn …?", begann sie.

Er unterbrach sie brüsk: „Schnell! Was kannst nur du? Sonst niemand hier?"

Sie hatte keine Ahnung, worauf er hinauswollte.

„Geige spielen?“ Es war mehr eine Frage als eine Feststellung.

„Gut.“ Der Viscount nickte und drehte sich um, um sich aus dem Wagen helfen zu lassen. Dann bot er der Hausherrin den Arm.

Kapitel 21

Die Atmosphäre am hochzeitlichen Frühstückstisch war so gelöst und heiter, als wären nur Familienmitglieder und vertraute Freunde anwesend. Vivian fühlte sich trotzdem, als säße sie auf Nadeln. Ständig wanderte ihr verstohlener Blick zu jenem Mann, den sie für einen Schäfer gehalten hatte und der nun neben der Braut saß und sie anscheinend mit amüsanten Anekdoten zum Lachen brachte. Ihre Mutter hatte ihren Ehrenplatz an der Stirnseite des Tisches für das Brautpaar freigegeben und saß nun zur Linken des Bräutigams und somit Raphael gegenüber. Vivian konnte es einfach nicht fassen: Wie hatte sie einen Mann des Hochadels bloß für einen Schäfer halten können? Warum war ihr seine vornehme Ausdrucksweise nicht aufgefallen? Die Selbstsicherheit, mit der er sich bei Tisch benahm? Warum hatte sie ihn damals nicht durchschaut? Kein Wunder, dass sie wieder an Miss Fellows denken musste. Junge Männer konnten sich gut verstellen. Und waren anscheinend auch frei von Schuldgefühlen und Skrupeln. Während sie aufgrund der Ungewissheit und der eigenen Selbstvorwürfe kaum still sitzen konnte, plauderte er frei und ungezwungen, als wäre er jeden

Tag bei einer fremden Familie zu Gast. Anscheinend war es ihm nicht nur gelungen, Penelopes Gunst zu gewinnen, auch Mama betrachtete ihn in der Zwischenzeit mit bedeutend mehr Wohlwollen als draußen in der Kutsche. Was sollte denn das geheißen haben, sie sei noch zu jung und unreif für ein Debüt? Das war eine Ungeheuerlichkeit gewesen. Warum bloß hatte sie sich nicht zur Wehr gesetzt? Wie liebenswürdig von Bertram, dass er ihr an die Seite gesprungen war.

„Ich hoffe, du verzeihst, mein lieber neu gewonnener Cousin“, hörte sie Raphael in diesem Augenblick, an den Bräutigam gewandt, sagen, „dass ich dir kein Geschenk zu eurer Hochzeit mitgebracht habe. Um ehrlich zu sein – ich hatte keine Ahnung, was du brauchen könntest, noch kenne ich deine Vorlieben. Ich möchte dir etwas schenken, womit ich dir wirklich eine Freude machen kann. Sag mir, hast du einen Wunsch?“

Alle anderen hatten zu sprechen aufgehört und warteten interessiert auf Markfields Antwort. Diese ließ nicht lange auf sich warten.

„Da gibt es tatsächlich etwas, was ich von Herzen gerne hätte“, sagte er frei heraus. „Ein Gemälde von unserem gemeinsamen Urgroßvater.“

Vivian sah, dass Derryhill, der neben ihr saß und gespannt auf die Antwort gewartet hatte, ungläubig den Kopf schüttelte.

„Ist das dein Ernst?“, wollte auch der Viscount of Badwell wissen. „Ich lasse dir völlig freie Hand, und du wünschst dir bloß ein altes Bild?“

Aus seiner Stimme klang Überraschung, aber auch Respekt. Anscheinend hatte er erwartet, sein Cousin könnte eine unverschämte Forderung stellen.

„Ja“, erwiderte Markfield ungewohnt ernst. „Durch den Bruch zwischen unserem gemeinsamen Großvater und meinem Vater hatte ich auch meine Wurzeln verloren. Mit einem Gemälde meines Urgroßvaters werden sie mir wieder zurückgegeben.“

„Dann soll es so sein. Sobald ich in London angekommen bin, werde ich mein Stadtpalais durchforsten. Dort gibt es sicher einige Gemälde unseres Urahns. Ich werde dir das beste zukommen lassen. Mir scheint, du weißt es mehr zu schätzen als ich.“

Nachdem sich Markfield aus ganzem Herzen bedankt hatte, bediente sich Badwell ein zweites Mal von den dargereichten Speisen. Vivian sah es mit einer Mischung aus Neid und Missvergnügen. Ihm schien ihre gemeinsame Situation nicht den Appetit verdorben zu haben. Sie hingegen war viel zu aufgeregt, um die Köstlichkeiten, die die Köchin hatte auftischen lassen, würdigen zu können. Nur mit Mühe hatte sie ein paar kleine Bissen hinuntergebracht. Die meiste Zeit jedoch schob sie das Rübenfrikassee auf dem Teller hin und her und schnitt den Fasan à la Braise in winzig kleine Stückchen. So hatte es zumindest den Anschein, als würde sie sich am Mahl beteiligen. Zu alledem musste sie auch noch vorgeben, den begeisterten Schilderungen ihres Tischherrn Nicolas über dessen Studium in Cambridge zu lauschen. Anscheinend hatte ihr kleiner Bruder dort eine ganze Schar patenter Freunde gefunden, wobei ihm Marcus, der Erbe von Lord Derryhill, immer noch der liebste war.

„Wenn Frederica einen Sohn zur Welt bringt", hörte sie ihn sagen, „dann ist Marcus natürlich nicht mehr der Erbe. Aber glaube mir, Vivi, er trägt diese Aussicht mit beeindruckender Gelassenheit. Er scheint sogar froh zu sein, die Verantwortung loszuwerden, die der Titel eines Earls mit sich bringt. Doch seine Mutter soll angeblich schäumen. Sie war sich schon so sicher, eines nicht fernen Tages die Mutter eines Earls zu sein. Obwohl Derryhill doch noch gar nicht sooo alt ist ..."

Das Gute an Nicolas als Tischherrn war, dass er in einem fort reden konnte und nur selten eine Antwort erwartete. Sie liebte ihren Bruder sehr und normalerweise fand sie seine Erzählungen auch amüsant, doch heute musste sie sich zum Lächeln zwingen. Was ihr zunehmend schwerer fiel und schließlich unmöglich wurde, als ihr folgender Gedanke kam: Hatte Raphael etwa gewusst, wer sie wirklich war, und mit ihr Katz und Maus gespielt? Hatte er nicht von einer Babette gesprochen, die er in eine verfängliche Situation gebracht hatte, um sich an ihr zu rächen? Diente ihm die Hochzeit seines Cousins als Vorwand für irgendeinen anderen schändlichen Plan? Sie zwang sich, ruhig durchzuatmen, einen Schluck Limonade zu trinken und ihren klaren Kopf zurückzugewinnen. Er konnte sie unmöglich gekannt haben. Niemand hatte gewusst, dass sie allein unterwegs war. Außer Miss Goodhew natürlich, aber die hätte es ihr sicher mitgeteilt, wenn sie mit einem Fremden darüber gesprochen hätte. Die konnte doch nie etwas für sich behalten. Außerdem: Hätte er dann vor dem Altar den Namen *Rosalind* geflüstert? Nein, nein, er war ebenso überrascht gewesen wie sie. Warum hatte er dann nach der Kirche nicht das Gespräch gesucht? Wollte er gar kein Gespräch führen? Sollte sie dazu verdammt sein, den Mann, mit dem sie ihre ersten Küsse getauscht hatte, bei Familienfeiern immer wieder zu treffen und nie mit ihm darüber sprechen zu dürfen? Sie musste einen Weg finden, sich mit ihm unter vier Augen zu unterhalten. Dann würde sie ihn auch fragen, wie er zu der unverschämten Ansicht gekommen war, sie sei zu unreif für ein Debüt.

Vivian blickte von ihrem Teller auf, mitten hinein in die wachsamen Augen von Lady Stonesdale, die ihr gegenübersaß. Dieser Dame schien aber auch rein gar nichts zu entgehen. Dabei kannte sie sie doch kaum. Ihre Ladyschaft war Penelopes Gönnerin, nicht die ihre. Vivian bemühte sich, ein glockenhelles Lachen erklingen zu lassen, so als hätte Nicolas eben etwas Amüsantes gesagt. Sie war nicht zu unerfahren für London! Sie war achtzehn, da war es doch höchste Zeit, dass sie ihren Knicks vor dem Prinzregenten und seiner königlichen Mutter machte.

Endlich wurde das Geschirr abserviert, um Platz für kleine glasierte Kuchen, Ratafiatörtchen und andere süße Köstlichkeiten zu machen. Lady Stonesdale hatte etwas Obst aus ihrem Glashaus beigesteuert, das, mit weichen Tüchern zum Glänzen gebracht, eine Silberschale in der Tischmitte zierte. Vivian betupfte die Lippen mit der Serviette. Sie hatte sich schweren Herzens damit abgefunden gehabt, auf ihr Debüt noch ein Jahr warten zu müssen. Aber nun war sie nicht mehr dazu bereit. Sie ließ sich doch von … einem dahergelaufenen Schäfer nicht sagen, dass sie zu unreif dafür war, und mochte er noch so oft ein Viscount sein. Es musste einen Weg geben, wie sie in die Gesellschaft eingeführt werden konnte, ohne dass sie Fredericas Hilfe bedurfte. Ihre Mama hasste London und würde sich nie dazu bereit erklären, und Penelope würde man nicht einmal mit Gewalt von ihren geliebten Schafen und ihrem hoffentlich genauso stark geliebten Ehemann wegbringen. Sie hatte ihr Debüt, das sie unter der Ägide von Lady Derryhill absolvierte, alles andere als genossen. Einen Augenblick! Vivians Lippen verzogen sich zu einem Lächeln. Das war die rettende Idee!

Ohne sich wieder zu Nicolas umzuwenden, der ihr und Bertram bereits das nächste Erlebnis schilderte, wandte sie sich an Lord Derryhill zu ihrer Linken: „Ich möchte heute einen Brief schreiben. Wärst du wohl so freundlich, ihn für mich freizumachen?"

Der Earl wandte sich ihr zu und lächelte: „Selbstverständlich. Wem möchtest du denn schreiben?"

„Deiner Mutter, der lieben Lady Derryhill", lautete die für ihn doch etwas überraschende Antwort. Er hob eine Augenbraue.

Vivian war nichts anderes übrig geblieben, als die Wahrheit zu sagen, zumindest was die Adressatin betraf. Er hätte sie ohnehin erfahren, sobald er die Anschrift auf dem Schreiben gesehen hätte.

„Ich möchte ihr meine Eindrücke von der Hochzeit schildern", ergänzte sie schnell und nun nicht ganz wahrheitsgemäß. „Ich bin sicher, es wird sie interessieren. Schließlich hat sie doch Frederica und Penelope in die Gesellschaft eingeführt."

Der Earl warf einen schnellen Blick zum Brautpaar hinüber, bevor er sich wieder ihr zuwandte. Offensichtlich war er beeindruckt. „Was für eine glänzende Idee, meine Liebe. Sicher wird sie sich sehr darüber freuen. Und Penelope hat wohl in den nächsten Tagen anderes im Kopf, als an meine Mama zu denken. Wie überaus aufmerksam von dir."

Vivian spürte, wie sie errötete, wurde jedoch der Notwendigkeit einer Antwort enthoben, da ein seltsames Stöhnen die Aufmerksamkeit aller auf sich zog. Der Viscount of Badwell hatte sich in seinem Stuhl zurückgelehnt und griff sich nun mit dramatischer Geste an die Schläfen. Vivian riss die Augen auf. Sie hätte sich nach ihrer kurzen, aber doch intensiven Bekanntschaft nicht vorstellen können, dass er sich jemals so affektiert verhalten würde. Dafür war er ihr zu bodenständig und auch zu … männlich erschienen. Aber es war ja nicht das erste Mal, dass sie sich in ihm getäuscht hatte. Dennoch war ihr, als würde sie einem Schauspiel beiwohnen. Die anderen, die ihn heute erst kennengelernt hatten, sahen offensichtlich keine Veranlassung, irgendetwas an Badwells Verhalten anzuzweifeln.

Penelope war sofort besorgt: „Geht es Ihnen nicht gut? Kann ich Ihnen helfen, Lord … Cousin Badwell?“

„Meine Migräne, meine schlimme Migräne!“ Er stöhnte abermals.

„Soso, Männer haben also auch Migräne? Das ist mir neu“, kommentierte die Hausherrin und schälte ungerührt eine Birne aus Lady Stonesdales Glashaus. „Ich dachte, dieses Leiden sei zartbesaiteten Damen der Londoner Gesellschaft vorbehalten. Sollen wir etwa gar das Riechsalz holen lassen?“

Vivian sah, dass der Viscount erschrocken die Augen aufriss, bevor er sich abermals mit gequälten Lauten an die Stirn griff. Mama war wirklich nicht nett zu ihm gewesen. Allerdings hasste es Ihre Ladyschaft, wenn sich jemand durch Leidensbekundung in den Mittelpunkt allgemeinen Interesses stellte. Das wussten ihre Kinder nur zu gut. Lady Panswick hielt viel von Selbstdisziplin und lebte nicht nur selbst nach der Devise: *Zähne zusammenbeißen!* Sie verlangte dies auch von anderen.

Der Viscount stöhnte abermals. Vivian sah, dass ihre Brüder befremdete Blicke tauschten. Was führte dieser Mann im Schilde? Sie konnte sich nicht vorstellen, dass er tatsächlich so schwer erkrankt war. Von einer Minute auf die andere?

„Penelope hat sicher ein Wässerchen, das in diesem Fall hilfreich ist, nicht wahr, meine Liebe?", meldete sich da Lady Stonesdale zu Wort und entschärfte die Situation.

Die so Angesprochene sprang sofort von ihrem Stuhl auf. „Aber natürlich habe ich das. Wenn du erlaubst, Mama, und wenn Sie sich einen Augenblick gedulden wollen, Cousin Badwell, ich muss nur schnell auf mein Zimmer eilen, um die entsprechenden Kräuter zu holen. Aus denen werde ich Ihnen umgehend einen Tee zubereiten lassen. Melissenkraut und Lavendelblüten sollten Ihnen gute Dienste leisten." Sie überlegte kurz und ergänzte dann, mehr zu sich selbst: „Vielleicht auch etwas Waldmeisterkraut dazu."

„Kein Tee!" Der Viscount hatte sich kurz kerzengerade aufgesetzt, bevor er wieder zur Stuhllehne zurücksank. „Was ich sagen will: Bitte machen Sie sich meinetwegen keine Mühe, Cousine Markfield. Ich weiß aus Erfahrung, dass mich kein Getränk dieser Welt heilen kann. Das Einzige, was mir tatsächlich helfen kann, ist …"

Er hat sie Cousine Markfield genannt, schoss es Vivian durch den Kopf. Das war richtig, und doch noch sehr ungewohnt. Penelope war nun eine Mrs Markfield. Sie sah zu ihrer Schwester hinüber und merkte, dass sie es ebenfalls gehört hatte und von einem Ohr zum anderen strahlte. Die Brautleute liebten sich wirklich. Sie freute sich so für Penelope. Warum starrten sie denn auf einmal alle an?

„Vivian Clara Gabriele", hörte sie da auch schon die gereizte Stimme ihrer Mutter, „wo bist du denn mit deinen Gedanken? Seine Lordschaft meint, dass allein Geigenmusik ihn von seinem Leiden erlösen kann. Nun denn, du bist die Einzige, die dieses Instrument zu spielen versteht. Also wirst du dein Glück versuchen."

Geige spielen? Vivian konnte es nicht fassen. Er wollte, dass sie Geige spielte? Da erinnerte sie sich an die Frage, die er ihr in der Kutsche gestellt hatte. Wie klug von ihm, musste sie wider Willen beeindruckt zugeben. Wie überaus klug. Außerdem freute es sie, dass er nun doch mit ihr reden wollte.

Lady Panswick hatte das Silberbesteck auf den Teller gelegt und sich erhoben. Die anderen beeilten sich, es ihr gleichzutun. Fast alle. Nur der Viscount of Badwell saß weiter leidend auf seinem Stuhl.

„Ich nehme an, unsere Frischvermählten möchten sich auf den Weg in ihr neues Zuhause machen, und Lady Stonesdale hat noch eine weite Reise vor sich."

Ihre Ladyschaft ging zum Klingelstrang hinüber.

„Ah, Shipton", sagte sie zum Butler, der umgehend eingetreten war, da er in der Halle auf den nächsten Befehl gewartet hatte, „man möge die Reste von diesem köstlichen Mahl zu den Pächterfamilien bringen. Sie sollen an unserem freudigen Ereignis Anteil haben."

„Sehr wohl, Mylady. Ich habe mir bereits erlaubt, alles entsprechend zu veranlassen."

„Und geben Sie der Köchin Bescheid, dass ich in Kürze nach unten kommen werde, um mich für diese außergewöhnlich delikaten Gerichte zu bedanken."

Der Butler nahm dies sichtlich erfreut zur Kenntnis und zog sich zurück. Die nächsten Minuten vergingen mit herzlichen Verabschiedungen, Knicksen, Verbeugungen, vielen Küssen auf viele Wangen und jede Menge guter Wünsche.

„Ich werde mich nun meinen Arbeiten widmen", sagte die Hausherrin schließlich, als sie mit ihren

Söhnen, Vivian und dem stöhnenden Viscount allein war. Derryhill hatte seine erschöpfte Gemahlin auf ihr Zimmer begleitet, wo sie sich von den Strapazen des Vormittags erholen wollte.

„Badwell, ich würde gern vor Ihrer Abreise einige wichtige Worte mit Ihnen wechseln. Unter vier Augen“, hatte er gesagt, bevor er, mit Frederica am Arm, den Raum verlassen hatte.

„Hochzeit hin oder her, die Bücher müssen auf den letzten Stand gebracht werden. Darum geht ihr am besten hinüber ins Musikzimmer“, befahl Lady Panswick. „Badwell, Sie können sich dort auf das Sofa legen, wenn Sie meinen, dass Ihnen das hilft. Meine Tochter Vivian wird Ihnen etwas auf der Geige vorspielen. Sie ist die Einzige, die das kann. Und du, Nicolas, wirst den beiden Gesellschaft leisten.“

Es war für alle offensichtlich, dass Nicolas Protest einlegen wollte, doch eine energische Handbewegung seiner Mutter ließ ihn den Mund wieder schließen.

„So und nicht anders werden wir vorgehen, Nicolas. Sie sind selbstverständlich unser Gast, Badwell, falls Ihnen eine Weiterreise aus gesundheitlichen Gründen nicht ratsam erscheint. Geben Sie einfach Vivian Bescheid, sie wird die nötigen Vorkehrungen treffen.“

Mit einem gnädigen Nicken waren alle entlassen. Bertram ging grinsend an den anderen vorbei, froh, dass ihn kein mütterlicher Befehl getroffen hatte.

Kapitel 22

Nicolas trottete ins Musikzimmer voraus. Er hatte nicht die geringste Lust auf ein schwesterliches Geigenkonzert und genauso wenig Lust, dieses Gefühl zu verbergen. Als Einziger seiner Geschwister spielte er kein Instrument, doch er hatte eine passable Stimme, die allgemein gelobt wurde. Und er brachte diese Stimme gern zum Vortrag.

„Möchten Sie, dass ich Ihnen etwas vorsinge?“, erkundigte er sich deshalb über die Schulter zurück. „Vielleicht hilft Ihnen das ja bei Ihrer, Ihrer … Ihrem Zustand.“

Der geplagte Gast beeilte sich zu versichern, dass er das Angebot sehr zu schätzen wisse, dass jedoch Gesang das Schlimmste in seiner Situation wäre. „Ich brauche absolute Ruhe, junger Freund. Vom Geigenklang abgesehen.“

Nicolas schnaufte unwillig und setzte den Gang ins Musikzimmer fort. Um wie viel lieber hätte er den Nachmittag mit Bertram verbracht.

„Können wir deinen Bruder nicht irgendwie loswerden?“, hörte Vivian die flüsternde Stimme des Viscounts neben sich. Sosehr sie sich das selbst gewünscht hatte, so wenig sah sie dazu die Möglichkeit. Mama hätte nie und nimmer gestattet, dass sich ihre unverheiratete Tochter mit einem Mann, der nicht mit ihr verwandt war, allein in einen Raum zurückzog. Ihre Mutter durfte deshalb auch nie erfahren, dass sie und der Viscount sich bereits in einer verfänglicheren Situation befunden hatten. In einer viel verfänglicheren Situation.

„Ich muss mit dir alleine reden", hörte sie seine drängende Stimme von der Seite her. „Unbedingt!"

„So, bitte sehr, da wären wir. Hier ist das Sofa, von dem Mama gesprochen hat, hier ist Vivians Geige. Ich setze mich wohl am besten dort drüben in den Lehnsessel …" Nicolas deutete auf die einzelnen Gegenstände, als wäre er ein Museumswärter.

Der Viscount tat wie ihm geheißen und legte sich aufstöhnend auf das ausladende Sofa, allerdings nicht ohne vorher Vivian noch einen auffordernden Blick zuzuwerfen. Sie zuckte mit den Schultern. Was stellte er sich denn vor, das sie machen konnte? Sie hatte die Regeln und Konventionen, die für junge Mädchen aus gutem Hause galten, schließlich nicht erfunden. In Gedanken fragte sie sich, ob sie dieses Thema auch auf die Liste all dessen setzen sollte, wofür ihr Gemahl im Oberhaus eintreten würde. Oder war diese Forderung allzu unverschämt?

„Irgendwelche besonderen Wünsche, die Liedauswahl betreffend, Mylord?", fragte sie und legte besondere Betonung auf das letzte Wort. Dann griff sie zu ihrer Geige und brachte sie in die richtige Position am Kinn. „Lieber etwas Fröhliches oder bevorzugen Sie etwas Getragenes?“

„Nichts Getragenes, Viv, das ist langweilig“, meldete sich Nicolas vom Lehnsessel her. „Spiel etwas Lebhaftes. Wie wäre es mit der Wassermusik von Händel oder …“

„Lieber etwas Getragenes“, kam es zwischen zwei Aufstöhnen vom Sofa her.

Während Vivian die Geige stimmte, rollte ihr Bruder mit den Augen, stand auf und begann gelangweilt aus dem Fenster zu starren. Das erste Musikstück erklang. Badwell lag mit geschlossenen Augen auf dem Sofa und rührte sich nicht. Unten ging Bertram vorbei, eine Angelrute in der Rechten. Mit einem Satz war Nicolas an Vivians Seite.

„Spiel weiter, Viv“, flüsterte er. „Der Mann ist eingeschlafen. Jetzt muss ich doch nicht mehr länger hierbleiben, oder? Von einem Schlafenden droht doch keine Gefahr. Spiel das Lied fertig und dann schleich dich aus dem Raum. Bertram ist zum See unterwegs.“ Er wartete ihre Antwort nicht ab, sondern eilte nach einem flehentlichen „Kein Wort zu Mama!“ von dannen.

Die Zimmertür ließ er einen Spaltbreit offen. So weit, sie zu schließen, ging seine jugendliche Verantwortungslosigkeit nun auch wieder nicht.

Badwell schlug die Augen auf: „Ist er weg?“

Vivian ließ die Geige sinken: „Sieht wohl so aus“, bestätigte sie und überlegte, was sie ihn als Erstes fragen sollte. Es gab so viel, was sie von ihm wissen wollte. Doch der Viscount kam ihr zuvor.

„Was hast du Derryhill erzählt?“, fuhr er sie an. Er hatte sich inzwischen aufgesetzt, und von seiner Leidensmiene war nichts mehr zu erkennen.

„Wie bitte?“ Sie hatte keine Ahnung, worauf er hinauswollte.

„Tu doch nicht so scheinheilig. Denkst du, ich habe keine Augen im Kopf? Du hast dich bei Tisch zu dem Earl hinübergebeugt, um ihm etwas ins Ohr zu flüstern. Denkst du, ich habe nicht bemerkt, dass sich sein Kopf ruckartig mir zuwandte? Was hast du zu ihm gesagt, was mich in das Zentrum seines Interesses rückte?“

Vivian war, als könnte sie ihren Ohren nicht trauen. Wovon sprach er denn da?

„Du hast ihm von unserem … äh … Erlebnis in der Fischerhütte erzählt, gib es zu! Du hast ihm gesagt, dass wir eine gemeinsame Nacht verbracht haben, habe ich recht? Du hattest nichts Besseres zu tun, als …“

„Wenn du weiter so schreist, dann weiß das in Kürze das ganze Haus“, lautete ihr kühler Kommentar.

Wenn Lady Vivian Barnett eines nicht ausstehen konnte, dann war das Ungerechtigkeit. Mochte sie noch so jung und noch unsicher auf dem gesellschaftlichen Parkett sein, mochte sie eine noch so gute Erziehung erhalten haben, die sie gelehrt hatte, höfliche Konversation zu machen und auch in den schwierigsten Situationen die Contenance zu behalten, so war sie nicht bereit, sich falsche Vorwürfe widerspruchslos gefallen zu lassen. Und dann kam auch das Erbe ihrer Mutter bei ihr durch und sie neigte zu trockenem Humor und bisweilen sogar völlig unmädchenhaftem, schneidendem Sarkasmus.

Seine Lordschaft schnaufte unwillig: „Ich werde dir jetzt sagen, wie es war, und tisch mir keine Lügengeschichten auf, die ich ohnehin nicht glauben werde."

Sie legte die Geige weg, hob beide Augenbrauen und sagte kein Wort.

„Kannst du dich nicht endlich hinsetzen?", fauchte er sie an. „Ich verdrehe mir noch glatt den Hals, wenn ich dauernd zu dir aufschauen muss."

Vivian nahm auf der äußersten Kante des Stuhls, seinem Sofa gegenüber, Platz und legte brav die Hände in den Schoß. Dass sie sich innerlich wappnete und ihre Ungehaltenheit von Sekunde zu Sekunde stieg, merkte man ihr von außen nicht an. Sie wartete gespannt, welche Vorwürfe er ihr zu machen gedachte. Wenn man sich keiner Schuld bewusst ist, sagte sie sich, dann gibt es auch keinen Grund zur Panik.

„Also“, begann er, „ich werde dir jetzt erklären, wie es war …“

„Das sagtest du bereits“, antwortete sie sachlich.

Ihre Ruhe brachte ihn völlig aus dem Konzept: „Wer glaubst du, dass du bist?“, fuhr er auf. „Was glaubst du, was du mit mir machen kannst? Ja, ich bin ein Viscount, auch wenn ich das oftmals selbst noch nicht glauben kann. Ja, ich bin gut situiert. Aber es gibt bestimmt reichere, die du hättest einfangen können. Warum musste es denn ausgerechnet ich sein?“

Darauf wusste Vivian keine Antwort. Was meinte er denn mit *einfangen*?

„Ah, du schweigst!“, trumpfte er auf und reckte seinen rechten Zeigefinger zum Triumph in die Höhe. „Qui tacet, consentire videtur. Wer schweigt, stimmt zu, das wussten schon die alten Römer.“

„Und wussten die alten Römer auch, was genau du mir hier vorwirfst? Ich muss gestehen, ich verstehe es nicht.“

„Ach, stell dich doch nicht dümmer, als du bist. Du hast mit Daphne einen Plan ausgeheckt, um mich in deine Fänge zu bekommen. Sie hat mich dazu gebracht, dieses … dieses … unwürdige Schäferspiel zu veranstalten, und dann hat sie dich an ihrer Stelle geschickt. Warum bin ich euch bloß nicht schon damals auf die Schliche gekommen? Mich mit einem Erzengel zu vergleichen war eine gute Strategie. Das hat mir gefallen. Es war so anders, als … In Wirklichkeit wusstest du natürlich, wie man mich sonst nennt. Man sagt, ich sei der Teufel."

„Ha, der Teufel, das ist ja ein lächerlicher Vergleich", antwortete Vivian und wunderte sich selbst, wie ruhig sie war. Die Unterstellung, die er ihr an den Kopf geworfen hatte, war unglaublich. Wer war Daphne und warum sollte sie mit ihr gemeinsam ein so schändliches Spiel treiben?

Er sah sie mit großen Augen an. „Was bitte ist daran lächerlich?"

„Welcher Teufel bekommt Migräneanfälle und sinkt ermattet aufs Sofa?", fragte sie, und der Spott war unüberhörbar.

„Ich habe mich vor deiner ganzen Familie und meinem Cousin lächerlich gemacht, das brauchst du nicht extra zu betonen. Ich habe noch selten einen Blick von so tief empfundener Verachtung zugeworfen bekommen wie den von deiner Mutter bei Tisch. Aber ich tat es einzig und allein, um mit dir unter vier Augen sprechen zu können. Also wäre es angebracht, du würdest mir zu diesem klugen Schachzug gratulieren."

„Ich gratuliere Ihnen zu diesem klugen Schachzug, Mylord", sagte sie scheinbar folgsam.

War es da ein Wunder, dass ihn das noch mehr in Rage versetzte?

„Du hast genau gewusst, wen du vor dir hattest, als du vor meiner Hütte so malerisch in den Heuhaufen gefallen bist, habe ich recht? Hat Daphne meine Diener bestochen, dass sie ihn für dich aufbauten? Und du wusstest natürlich, dass wir uns heute, bei dieser Hochzeit, wiedersehen würden. Also hast du dafür gesorgt, dass es so aussieht, als hätte ich dich kompromittiert, und Derryhill alles brühwarm erzählt. Der Earl erwartet mich heute noch zu einem Vier-Augen-Gespräch. Oh, ich weiß genau, was er mir da sagen und was er von mir erwarten wird."

„Ach, tatsächlich?"

„Tu doch nicht so scheinheilig. Er wird verlangen, dass ich dich auf der Stelle heirate, um deine Tugend zu verteidigen. Deine Tugend, die du selbst aufs Spiel gesetzt hast, wie du nur zu genau weißt. Mich um einen Kuss zu bitten! Also wirklich. Um deinen angeblichen Verlobten zu beeindrucken, den es nie gab. Und ich Narr bin darauf hereingefallen ..."

„Wenn dem so ist, wie du sagst, dann frage ich mich allerdings", erwiderte sie, „warum dich der Earl nicht bereits vor der Trauung mit diesem Vorwurf konfrontiert hat. Wieso hat er zugelassen, dass du an unserem Familientisch Platz nimmst? Wie kommt es, dass ..."

„Weil er die Hochzeit deiner Schwester nicht ruinieren wollte, das liegt doch auf der Hand", unterbrach er sie unwillig. „Aber eines sage ich dir, wenn er mich zwingt, dich zu heiraten, dann werde ich das natürlich tun. Schließlich bin ich ein Ehrenmann. Doch du kannst dir alle romantischen Ideen abschminken, die du dir vielleicht in deinem hübschen Köpfchen ausgedacht hast. Ja, du wirst eine Viscountess werden. Und du wirst mir einen Erben gebären. Doch du wirst auf meinem Landsitz bleiben und von meinem Vermögen und all den gesellschaftlichen Vergnügungen nichts mitbekommen. Ich werde in London sein, meine Nächte mit Mätressen und am Kartentisch zubringen und vergessen, dass es dich gibt."

Vivian nickte mit ernster Miene.

„Das dachte ich mir", sagte sie schlicht.

Alles, was er ihr an den Kopf geworfen hatte, war genau das, was ihr Miss Fellows vorausgesagt hatte. So waren junge Männer eben. Sie fand es zwar bedauerlich, dass Raphael nicht besser und anders war als die anderen Stutzer, aber überrascht war sie nicht. Wie gut, dass seine Verdächtigungen nicht stimmten. Und sie nicht ihn, sondern einen Mann mit mehr Lebensjahren, mehr Erfahrung, mehr Weisheit und weniger Egoismus heiraten würde.

Waren das Schritte, draußen in der Vorhalle? Schritte, die sich eilig dem Musikzimmer näherten? Vivian sprang auf und griff zur Geige.

„Schnell", befahl sie flüsternd, „hinlegen und Augen schließen! Da kommt jemand."

Als der Earl of Derryhill kurz darauf den Raum betrat, erklangen die ersten Töne der kleinen Nachtmusik, und der Viscount of Badwell fragte sich, mit geschlossenen Augen auf dem Sofa ausgestreckt, verwirrt, warum sie ihn gewarnt hatte, wo sie es doch offensichtlich darauf angelegt hatte, von ihm kompromittiert zu werden.

Kapitel 23

„Das war es? Das war es, worüber Sie mit mir sprechen wollten, Derryhill?“, fragte Badwell kurze Zeit später.

Vivian hatte sich mit ihrer Geige zurückgezogen, er war mit ihrem Schwager allein im Musikzimmer zurückgeblieben.

Der Earl, erstaunt über die Fassungslosigkeit, mit der diese Frage geäußert wurde, dachte, er hätte noch nicht genügend Argumente in die Waagschale geworfen.

„Markfield braucht unbedingt eine monatliche Apanage, Badwell. Glauben Sie mir, eine Ehe steht unter keinem guten Stern, wenn Grundbesitz und Geld so ungleich gewichtet sind. Zumal es in diesem Fall die Frau ist, die all das Vermögen besitzt.“ Er kratzte sich nachdenklich am Hinterkopf. „Was kann ich noch sagen, um Sie zu überzeugen?“

„Sie haben mich bereits überzeugt“, lautete die schnelle Antwort. „Ich werde mit meinem Cousin sprechen und ihm einen angemessenen Betrag zur Verfügung stellen. Als neues Familienoberhaupt ist das wohl nun meine Pflicht.“

Derryhill klopfte Badwell anerkennend auf die Schulter. „Sehr gut, das freut mich. Damit ist alles gesagt. In der Zwischenzeit ist wohl auch Ihre Kutsche bereit, die Sie vor unserem Gespräch geordert haben. Sind Sie sicher, dass es Ihnen gesundheitlich wieder besser geht? Und dass Sie nicht doch noch einige Tage auf Lancroft Abbey bleiben wollen?"

Der Viscount of Badwell war sich ganz sicher. Und er war sich auch sicher, dass er Lady Vivian Barnett gegenüber einen riesengroßen Fehler begangen hatte. Wie um Himmels willen war er bloß auf die Idee gekommen, sie mit all den ungerechten Verdächtigungen zu konfrontieren? Sie war anders als Babette und Daphne. Sie war offen, ehrlich und hatte einen ausgeprägten Sinn für Gerechtigkeit. Er wusste, dass sie ihm seine völlig aus der Luft gegriffenen Vorwürfe nie verzeihen würde. Mit einem schnellen Griff fuhr sein Zeigefinger unter den Hemdkragen, um ihn etwas zu lockern. Er musste dringend weg von hier! In London würde es genug Abwechslung geben, um ihn von seinem schlechten Gewissen abzulenken. Wie gut, dass er nicht befürchten musste, Vivian in der Hauptstadt zu treffen. Wie gut, dass ihr Debüt verschoben worden war.

Kapitel 24

London, Mayfair
Anfang Mai 1814

Als die beiden Damen gegen sechzehn Uhr in das vornehme Stadthaus in der Brook Street zurückkehrten, war die verwitwete Countess of Derryhill höchst zufrieden mit dem Ergebnis eines langen Einkaufstages. In ihrem jungen Gast, Lady Vivian Barnett, hingegen hielten sich die verschiedensten Gefühle die Waage. Einerseits war sie so erschöpft, dass sie sich am liebsten auf ihr Zimmer zurückgezogen hätte, um bis zum nächsten Morgen durchzuschlafen. Andererseits war sie viel zu aufgekratzt, um an Schlafen überhaupt zu denken. London war so groß! London war so laut! London war so schmutzig! London war so überfüllt! London war so aufregend! London war so vielversprechend! London war so verheißungsvoll!

In ihren kühnsten Träumen hatte sie sich nicht ausgemalt gehabt, wie aufregend es sein würde, durch die belebten Straßen zu promenieren. Dass es so viele imposante Gebäude geben würde, an denen sie sich nicht sattsehen konnte. So viele verlockende

Geschäfte. Und dann erst die vielen Menschen, deren Tageskleider eleganter waren als all das, was man in Tunbridge Wells zu Abendveranstaltungen trug. Lady Derryhill schien Gott und die Welt zu kennen, und auf dem kurzen Wegstück, das sie auf der Bond Street zwischen der Hutmacherin und dem Schuhladen zu Fuß zurücklegten, waren viele stehen geblieben, um mit ihr ein paar Worte zu wechseln. Hauptgesprächsthema war natürlich der grandiose Sieg, den die königliche Armee unter Lord Wellington gemeinsam mit ihren Verbündeten am 30. März in der Schlacht von Paris errungen hatte.

„Unsere glorreichen Soldaten haben die Hauptstadt des französischen Kaiserreichs besetzt, und wie mein Gemahl in seinem Klub erfahren hat, hat dieser Napoleon bereits ein Dokument unterfertigt, das seine Abdankung bestätigt“, hörte sie eine dicke Dame sagen.

„Endlich ist dieser schreckliche Napoleon besiegt, unsere Söhne können nach Hause kommen und wir alle wieder befreit aufatmen“, eine andere.

„Mein Gatte versteht nicht, warum man dem Ungeheuer gestattet, seinen Wohnsitz auf dieser Insel namens Elba aufzuschlagen. Er findet, man sollte ihn nach London bringen und vor ein königliches Gericht stellen“, eine dritte.

Vivian hatte sich die Namen all derer nicht merken können, denen sie vorgestellt worden war. Mit

Ausnahme von Lady Prudence Hickleton natürlich, einem Mädchen in etwa ihrem Alter, das von ihrer Schwester, einer Baroness, in die Gesellschaft eingeführt wurde. Während sich die beiden Anstandsdamen über vergangene Ereignisse ausgetauscht hatten, war sie mit Prudence ins Gespräch gekommen. Sie war erfrischend und natürlich und teilte ihre Meinung, dass die Saison in London sich ebenso aufregend wie furchterregend anfühlte. Als sie sich schließlich trennten, taten sie es mit dem guten Gefühl, eine Freundin gefunden zu haben.

Kaum hatte sich Miss Hickleton mit ihrer Begleiterin abgewandt, da war auch schon eine Kutsche am Straßenrand zum Stehen gekommen und Lady Darlington, eine von Lady Derryhills besten Freundinnen, beugte sich vor, um die Einladung zu einem Picknick auszusprechen.

„Es ist zwar noch ein wenig Zeit bis zu diesem Termin, aber ich wollte sichergehen, dass du ihn nicht anderweitig vergibst, liebe Cassandra. Schließlich handelt es sich um meinen Geburtstag, und den möchte ich keinesfalls ohne dich feiern."

Da die beiden Damen auch noch etwas Vertrauliches zu besprechen hatten, stellte sich Vivian abseits und bewunderte in der Zwischenzeit die Vielzahl der Dinge, die ein Kolonialwarenhändler in seinem Schaufenster ausgestellt hatte. So große Fensterscheiben hatte sie in Tunbridge Wells noch nie gesehen.

Sie waren, wie ihr ihre Duenna erklärt hatte, der neueste Schrei in der Hauptstadt. Was es da nicht alles zu sehen gab! Tontöpfe mit bunten Mustern, eine schwere Ladenkommode, deren Schilder aus Messing die Namen der verlockendsten Gewürze aus aller Herren Länder anzeigten, Körbe und dickbauchige Flaschen.

Während sie so dastand und das vielfältige Angebot bewunderte, hatte Vivian mit einem Mal das ungute Gefühl, beobachtet zu werden. Es war so, als würden sich scharfe Blicke in ihren Rücken bohren. Und richtig, im Glas des Fensters spiegelte sich eine alte Dame im Rollstuhl, die mit ihrer Begleiterin auf der anderen Seite der Straße stehen geblieben war. Sie hatte eine Wolldecke über den Beinen und das Gesicht regungslos zu ihr herüber gerichtet.

Wie kam die Alte dazu, sie so ungebührlich anzustarren? Vivian fuhr herum, bereit, diesem Blick standzuhalten. Doch da hatte die Dienerin den Rollstuhl schon wieder in Fahrtrichtung gedreht und war die ersten Schritte davongegangen. Keine von beiden drehte sich zu ihr um.

„Wer ist das?“, erkundigte sie sich atemlos bei Lady Derryhill, die sich zum Glück soeben von ihrer Freundin verabschiedet hatte. „Dort vorne, die alte Lady im Rollstuhl. Sie hat mich ganz unverblümt angestarrt.“

Die verwitwete Countess folgte ihrem Blick und lachte auf. „Das ist die höchstbetagte Duchess of Hopestone, meine Liebe. Und keine Sorge, sie hat dich mit Sicherheit nicht angestarrt, denn sie ist seit vielen Jahren blind. Und nun komm, wir müssen zurück zu unserer Kutsche."

Der Wagen brachte sie schließlich zu Madame Lisette, Lady Derryhills französischer Schneiderin. Er tat dies mit so großer Geschwindigkeit, dass Vivian immer wieder die Luft anhielt. Sie fürchtete, dass sie die entgegenkommenden Fahrzeuge streifen würden, die in einem Abstand von wenigen Inches an ihnen vorbeisausten. Als sie ins Kutscheninnere stieg, war sich Vivian immer noch sicher, dass sie angestarrt worden war, aber durch diese aufregende Fahrt vergaß sie das Erlebnis wieder. Außerdem war der Salon von Madame Lisette die nächste große Ablenkung, denn er war das reinste Paradies. Es gab Tausende feiner Stoffe in allen Farben zu bewundern, und sie musste in ebenso viele halb fertige Kleider schlüpfen, um die Passform für die eigene Garderobe festzulegen. Lady Derryhill war in ihrem Element gewesen und die Schneiderin war aufgeregt um sie herumscharwenzelt und hatte „Merveilleuse!" und andere schrille Ausrufe der Bewunderung von sich gegeben. Sie hatte versprochen, die ersten Kleider bereits am kommenden Tag in die Brook Street zu liefern, und auch wenn Vivian mit einem Anflug von schlechtem Gewissen an die vielen fleißigen Näherinnen dachte, die das Wunder über Nacht vollbringen mussten, so freute sie sich doch aus ganzem Herzen auf ihre neue Garderobe.

„Bowles, wir hätten gerne eine schöne Tasse Tee", sagte Ihre Ladyschaft nun, als sie ihren Umhang und den ihres Gastes in die Obhut des Butlers gegeben hatte und dann beschwingten Schrittes in den Blauen Salon vorauseilte.

„Komm, meine Liebe, wir haben noch so viel zu besprechen. Um vier erwarte ich den Tanzlehrer, der dich in die Kunst des Walzers einweihen wird. Ich nehme nicht an, dass man dich diesen modernen Tanz in dem Institut gelehrt hat, in dem du unterrichtet wurdest."

Vivian beeilte sich, ihr zu folgen.

„Ist das denn tatsächlich notwendig?", erkundigte sie sich zweifelnd. „Mrs Clifford ist der Meinung, dieser neue Tanz wäre ein gar zu frivoles Vergnügen für junge Damen von Stand."

Und Miss Fellows hatte sie davor gewarnt, dass sich junge Männer unerwünschte Freiheiten herausnahmen, wenn man ihnen gestattete, so nahe an sie heranzutreten. Vivian errötete und wagte nicht, auch diese Weisheit ihrer Duenna zu offenbaren.

„Die Moralvorstellungen deiner Schulleiterin in Ehren", sagte ihre Gastgeberin auch schon, „aber in London ticken die Uhren anders. Hier sind wir modern und am Puls der Zeit. Wenn eine Gastgeberin den Walzer in ihrem Haus gestattet, dann wird er getanzt. Und dann musst du ihn auch ausführen können. Wenn ich es mir recht überlege, dann habe ich gute Lust, ihn ebenfalls zu lernen."

Sie betraten den Blauen Salon. Vivian war nun schon seit zwei Tagen bei Lady Derryhill zu Gast und noch immer begeisterte sie die elegante Einrichtung ihres Stadtpalais. Ja, sicher, Lancroft Abbey war bei Weitem imposanter und geräumiger. Und dort war alles so, wie sie es seit ihrer Kindheit liebte, aber auch nicht anders kannte. Ihre Mutter bevorzugte es bequem und praktisch und jede Art von Zierrat nannte sie *unnötigen Firlefanz.*

Hier jedoch gab es jede Menge von diesem *Firlefanz.* Das Sofa, auf dem sich Ihre Ladyschaft soeben niederließ, war blau-golden gestreift und hatte geschwungene Füße in Form von Löwentatzen. Es harmonierte perfekt mit den blau-golden geblümten Seidenvorhängen. Die Tapete, im selben matten Blauton gehalten, war ein stilvoller Untergrund für zarte Blumenbilder in goldenen Rahmen. Auf dem kunstvoll geschnitzten Sims über dem Kamin standen chinesische Vasen in verschiedenen Größen. Und mitten in all dieser eleganten Harmonie saß die Hausherrin persönlich wie ein olivgrün gekleidetes Schmuckstück.

Lady Derryhill war eine kleine, zierliche Dame mit feuerroten Haaren, in die sich, da sie kürzlich die fünfzig überschritten hatte, vereinzelte weiße Strähnen mischten. Sie zählte zu den tonangebenden Ladys der Londoner Gesellschaft und wurde für ihren guten Geschmack bewundert und für die natürliche Art, die sie von der gezierten, snobistisch zur Schau getragenen Langweile anderer Damen unterschied, geschätzt.

„Komm, setz dich zu mir, meine Liebe." Ihre Ladyschaft wies auf den dunkelblau bezogenen Sessel neben sich. „Ich kann gar nicht oft genug wiederholen, was für eine gute Idee es war, mich zu bitten, dich in die Gesellschaft einzuführen. Ich habe es bei deinen Schwestern schon sehr genossen, obwohl Penelopes Debüt mir mehr Aufregungen bescherte, als ich für möglich gehalten hätte. Dabei liebe ich Aufregungen. Aber das, was sich damals abspielte, das war doch allzu arg. Aber einerlei, nun sind deine beiden Schwestern glücklich verheiratet und wir können uns ganz auf dich konzentrieren. Ich hoffe, da habe ich keine Schwierigkeiten zu erwarten. Ah, da kommt der Tee …"

Zu Vivians Freude hatte der Butler neben der großen Silberkanne, aus der Mylady soeben die dampfende goldgelbe Flüssigkeit in zwei feine Porzellantassen goss, auch eine Etagere mit süßen Köstlichkeiten bereitgestellt. Das dichte Tagesprogramm hatte sie hungrig gemacht und sie griff mit Appetit zu einem neapolitanischen Plätzchen.

„So, nun haben wir endlich Zeit, alles in Ruhe zu besprechen“, begann Lady Derryhill, als sich der Butler zurückgezogen hatte, und sah ihren Gast erwartungsvoll an. „Wie hast du dir deinen Aufenthalt in London vorgestellt? Sprich frei von der Leber weg, und dann werden wir sehen, wie wir deine Wünsche am besten erfüllen können.“

Von solch überaus freundlichen Worten ermutigt, hatte Vivian keine Scheu, ihre wahren Pläne zu enthüllen. „Ich bin auf der Suche nach einem Ehemann.“

Bevor sie ihre Beweggründe weiter hätte ausführen können, ließ Ihre Ladyschaft auch schon ein amüsiertes Lachen hören: „Das, meine Liebe, dachte ich mir. Was anderes könnte eine junge Dame aus unseren Kreisen auch wollen, die zur Saison in die Hauptstadt kommt?“

„Ja, aber ich suche keinen gewöhnlichen Mann“, beeilte sich Vivian klarzustellen. „Ich suche einen reifen, weisen, großzügigen Mann mit beträchtlichem Vermögen, der …“

„Um Himmels willen“, rief Lady Derryhill dazwischen. „Haben wir dieses Problem denn immer noch? Ich dachte, Lancroft Abbey sei gerettet. Antony war doch bereit, eine große Summe zu investieren, damit eure Heimat erhalten bleibt. Braucht ihr jetzt noch einen weiteren reichen Ehemann, um den Landsitz aus der Gefahrenzone zu bringen?"

„Nein, nein", beeilte sich Vivian richtigzustellen. „Ihr Sohn hat alles Nötige für Lancroft Abbey getan, Lady Derryhill. Da brauchen Sie sich keine Sorgen zu machen. Doch das meinte ich nicht."

„Was meinst du dann?" Ihre Ladyschaft war ganz offensichtlich verwirrt. „Ich habe dich doch in den letzten Tagen erlebt. Du scheinst mir nicht so sehr auf Kleider, Putz und teuren Tand versessen zu sein, als dass es eines nennenswerten Vermögens bedürfte, deine persönlichen Wünsche zu erfüllen."

Und dann offenbarte ihr Vivian all ihre Pläne. Von der Schule für mittellose adelige Mädchen, die sie zu gründen beabsichtigte, bis hin zu ihrem Plan, für die Rechte von jungen Frauen zu kämpfen. Sie vergaß auch nicht, Miss Fellows mehrmals zu erwähnen und ihre strengen Ansichten über junge Männer immer wieder in die Erzählung einzuflechten.

„... und darum", schloss sie schließlich, „brauche ich einen reifen, älteren Gatten, der die Torheit junger Männer, ausschließlich auf sich selbst und den eigenen Vorteil bedacht zu sein, hinter sich gelassen hat und bereit ist, sich für meine Anliegen zu engagieren. Natürlich muss es jemand sein, dessen Stimme im Oberhaus etwas gilt."

„Natürlich“, sagte Lady Derryhill und Vivian entging der Sarkasmus in ihrer Stimme. Dann sagte sie einige Zeit lang nichts mehr und nippte gedankenvoll an ihrem Tee.

Vivian aß in der Zwischenzeit noch einige Plätzchen und wartete gespannt auf Myladys nächste Worte. Als sie schließlich ausgesprochen wurden, waren es nicht die, die sie zu hören gehofft hatte.

„Ich nehme nicht an, dass diese Miss Fellows viel Erfahrung mit Männern aus dem Hochadel hat“, meinte Lady Derryhill. „Natürlich ist es gut und höchst lobenswert, dass du dir die Worte deiner Lehrerinnen zu Herzen nimmst. Doch in diesem besonderen Fall, denke ich, solltest du eine Ausnahme machen. Glaube besser nicht alles, was dir diese Miss über Männer gesagt hat. Unabhängig davon, ob sie jung oder alt sind.“

Vivian meinte, ihren Ohren nicht zu trauen. Miss Fellows nicht zu glauben? Das war ein Ding der Unmöglichkeit. Alles, was sie vom Leben wusste, wusste sie von Miss Fellows. Ihre Lehrerin war ein Ausbund umfassenden Wissens und hatte sie noch nie enttäuscht. Genauso gut hätte Lady Derryhill von ihr verlangen können, den Worten des Pfarrers nicht zu vertrauen oder denen ihrer Mutter. Sie überlegte, was sie am besten antworten sollte, ohne taktlos zu wirken, aber Ihre Ladyschaft erwartete anscheinend ohnehin keine Reaktion, sondern setzte fort: „Ich danke dir sehr für deine Offenheit, meine Liebe, und ich bitte dich, nein, ich fordere dich geradezu auf, mir weiterhin mit dieser Offenheit zu begegnen."

Sie wartete, bis Vivian nickte.

„Gut", meinte sie dann zufrieden. „Offenheit mir gegenüber -jederzeit! Doch bitte enthülle deine Ansinnen und kämpferischen Gedanken keiner anderen Menschenseele hier in London. Niemandem. Versprichst du mir das?"

Vivian verstand den Sinn dieser Bitte nicht. „Aber es ist mir doch wichtig, dass …"

Eine strikte Handbewegung ließ sie innehalten: „Ein Wort von dir zu den Rechten der Frauen und man hält dich für einen unverbesserlichen Blaustrumpf. Damit wären deine Chancen, überhaupt einen Ehemann zu finden, gleich null. Und zwar unabhängig davon, ob dieser an Jahren reif ist oder nicht."

Vivian war alles andere als überzeugt.

„Vertrau mir, ich kenne die Gesellschaft", sagte Ihre Ladyschaft eindringlich. „Wenn du erst einmal verheiratet bist, kannst du deine Gedanken mit deinem Ehemann immer noch besprechen. Aber keinen Augenblick früher. Gib mir dein Wort darauf!"

Der Blick, der sie traf, war nun so durchdringend geworden, dass Vivian nicht zu widersprechen wagte und ihr Kopf wie von selbst nickte.

„Gut.“ Lady Derryhill war sichtlich zufrieden. „Und nun wollen wir uns den Gentlemen zuwenden, die tatsächlich als passende Gatten infrage kommen. Du möchtest einen ernsthaften Mann, der nicht nur auf Vergnügungen aus ist? Dagegen ist nichts einzuwenden. Wie wäre es mit einem Kriegshelden? Erst letzte Woche sind mir zwei von ihnen auf einem Ball begegnet. Der eine war ein gewisser Mr Edward Angram, ein überaus ernster junger Mann, allerdings auch etwas selbstgerecht und eher langweilig, wenn du mich fragst. Und der zweite war der neue Viscount of Badwell“, sie lachte auf, „aber den kann man beim besten Willen nicht als ernsthaft bezeichnen.“

Vivians Herz machte einen kleinen Sprung.

„Warum denn nicht?“, fragte sie und griff, um die Beiläufigkeit ihrer Worte zu unterstreichen, zum nächsten Plätzchen. Sie hatte gar nicht gewusst, dass Raphael ein Kriegsheld war, und es passte auch nicht im Geringsten zu dem Bild, das sie sich von ihm gemacht hatte.

„Weil er vom Bett einer verheirateten Dame in das der nächsten hüpft“, erklärte Ihre Ladyschaft und hielt sofort erschrocken inne. „Oh, entschuldige bitte, ich vergaß, dass Badwell ja der Cousin von Penelopes neuem Gatten ist und du ihn auf ihrer Hochzeit kennengelernt hast. Ich hoffe, ich habe dich nicht allzu sehr schockiert. Manche Männer sind so, weißt du.

Wahrscheinlich nennt man ihn nicht ohne Grund den *Teufel.*“

„Den *Teufel?*“, wiederholte Vivian und erinnerte sich daran, dass Raphael diese Bezeichnung im Musikzimmer erwähnt hatte.

„Den Beinamen dürfte ihm eine verschmähte Geliebte gegeben haben“, erklärte Lady Derryhill heiter und Vivian konnte es nicht glauben, mit welcher Leichtigkeit man in der Großstadt über moralische Grundsätze hinwegsah.

„Obwohl …“, sagte Ihre Ladyschaft nach kurzem Nachdenken, „er sich vielleicht geändert hat. In den letzten Wochen bin ich ihm doch tatsächlich bei mehreren Veranstaltungen begegnet, auf denen sich auch junge, unverheiratete Mädchen tummelten. Mir scheint fast, der Teufel wandelt neuerdings auf Freiersfüßen.“

Sie lachte herzhaft über diese für sie belustigende Vorstellung und Vivian griff zum nächsten Plätzchen. Die letzte Aussage hatte sie stärker schockiert als die mit den verheirateten Frauen. Denn von dieser Tatsache hatte sie ja bereits gewusst.

Vivian war sehr enttäuscht gewesen, als Badwell nach dem Vieraugengespräch mit Derryhill von Lancroft Abbey abgereist war, ohne sich von ihr zu verabschieden. Er musste doch gemerkt haben, dass sie kein Wort über die Nacht in der Hütte verloren hatte.

Warum hatte er sich nicht für seinen gänzlich absurden Verdacht entschuldigt? Sie wäre sofort bereit gewesen, ihm zu verzeihen, und hätte sich darauf gefreut, einen Freund in London zu haben. Einen Vertrauten, an den sie sich hätte wenden können, wenn sie Rat und Hilfe brauchte. *Der* Raphael, den sie vor der Hütte kennengelernt hatte, wäre so ein Freund gewesen. Der Viscount, der sie auf Lancroft Abbey angeschnauzt hatte und dann wegfuhr, ohne sich zu entschuldigen, war es nicht.

Und jetzt besuchte er also Veranstaltungen, auf denen sich junge Mädchen tummelten? Sie wusste nicht, ob in ihrem Inneren der Ärger über diese neue Tatsache überwog oder doch die Angst vor dem Wiedersehen, das nicht lange auf sich warten lassen würde. So groß London auch war, so eng waren die gesellschaftlichen Kreise. Ein leises Lachen ließ sie aus den Gedanken auffahren.

„Du weißt aber schon, dass heute auch noch ein Dinner serviert wird?“, gab Ihre Ladyschaft amüsiert zu bedenken.

Vivian ließ die Hand, die wie von selbst zu einem weiteren Plätzchen hatte greifen wollen, wieder sinken. Während ihre Gastgeberin damit begann, die nächsten Namen potenzieller Heiratskandidaten aufzuzählen und die Pros und Kontras abwog, konnte sie an nichts anderes denken als an Raphael. Wie würde er sich verhalten, wenn sie sich hier in London gegenüberstanden? Würde er sie ignorieren? Würde er ihren Streit fortsetzen? Und, was noch viel schwieriger war, wie sollte sie am besten vorgehen? Ihm gnädig zu verstehen geben, dass sie ihm verzieh? Ihn mit Vorwürfen überhäufen? Ihn schneiden?

Ach, was für ein Triumph wäre es, ihm beim nächsten Zusammentreffen bereits ihren Verlobten vorstellen zu können!, ging es ihr durch den Kopf. Da würde er große Augen machen! Wie sehr würde er bereuen, sie auf Lancroft Abbey so ungerecht behandelt zu haben. Vivian gefiel dieser Gedanke gut. Ja, geradezu außerordentlich gut.

„Ist einer der genannten Gentlemen über fünfzig, Lady Derryhill?", erkundigte sie sich daher.

Ihre Ladyschaft, die mitten im Satz gewesen war, stutzte und schüttelte den Kopf. „Nein, meine Liebe, und das ist auch gut so."

Kapitel 25

„Du ahnst ja gar nicht, welch großes Glück wir haben, dass uns Sally Jersey die Eintrittskarten noch rechtzeitig vor dem heutigen Ball hat vorbeibringen lassen“, sagte Lady Derryhill, als sie in ihrer gut gefederten Kutsche durch das abendliche London fuhren. Vor dem Fenster zogen dicht bebaute Häuserzeilen an ihnen vorbei. Vivian hatte sich noch immer nicht daran gewöhnt, dass es in der Stadt so wenig Grün gab. Am Vortag hatten sie ihre erste Ausfahrt im Hyde Park unternommen und sie hatte sich gefreut, endlich wieder Wiesen und Bäume zu sehen. Die Fliederbüsche hatten in voller Blüte gestanden und sie an zu Hause erinnert. Doch das Heimweh währte nur kurz. In London gab es einfach viel zu viel Aufregendes, um lange traurig zu sein.

Ihren ersten Ball bei Almacks zum Beispiel, zu dem sie soeben unterwegs waren. Die wöchentlichen Veranstaltungen dort waren der wichtigste Heiratsmarkt für adelige Mädchen, wie sie bereits von ihren Schwestern wusste.

„Nur wer hier Einlass findet und vor den strengen Augen der Patronessen bestehen kann“, hatte auch Lady Derryhill erklärt, „hat Aussicht darauf, in die höchsten Kreise einzuheiraten. Und welches junge Mädchen möchte das nicht?“

Vivian hatte genickt. Das wollte sie unbedingt. Je eher, desto besser. Sie konnte es gar nicht erwarten, endlich den älteren Gentlemen gegenüberzustehen, die als passende Heiratskandidaten infrage kamen. Ob Raphael wohl auch diesen Heiratsmarkt besuchen würde? Das hätte sie schon sehr gerne gewusst. Schade, dass es ganz und gar nicht comme il faut war, diese Frage laut auszusprechen. Sie würde ihre Duenna bloß auf falsche Gedanken bringen.

„Wird Badwell ebenfalls anwesend sein?“, hörte sie sich zu ihrem eigenen Erstaunen in diesem Augenblick fragen. „Ich meine … der Cousin meines Schwagers“, beeilte sie sich zu ergänzen. „Also … mein neuer Verwandter sozusagen …“

Zum Glück fand Lady Derryhill an ihrem Gestammel nichts Verdächtiges. „Vor nicht allzu langer Zeit hätte ich diese Frage mit einem klaren Nein beantwortet. Tanzspiele mit Debütantinnen in weißen Kleidchen waren mit Sicherheit nicht das, was sich der *Teufel* als amüsanten Zeitvertreib vorstellte. Aufgrund meiner letzten Beobachtungen muss ich jedoch gestehen, dass ich es nicht weiß. Vielleicht ist er tatsächlich auf der Suche nach einer passenden Braut. Vielleicht hat er seine Wahl aber auch bereits getroffen. Letzte Woche sah ich ihn verdächtig lange in der Nähe der schönen Miss Finch-Bottom.“

Vivian wunderte sich selbst, wie stark dieser letzte Satz ihre gute Laune beeinträchtigte.

„So, da wären wir", hörte sie Ihre Ladyschaft kurz darauf sagen. „Wir haben Glück, die Schlange vor dem Eingang ist noch nicht allzu lang."

Als sie eine Viertelstunde später in die warme Vorhalle eintraten, war Vivian wieder allerbester Laune und Lady Derryhill in ihrem Element. Sie genoss das Aufsehen, das ihr neuer Schützling allgemein hervorrief, grüßte nach allen Seiten, nahm Verbeugungen entgegen und wechselte einige freundliche Sätze. Vivian beeilte sich, es ihr gleichzutun, versank in tiefe Knickse und lächelte dabei anmutig und wusste so natürlich zu plaudern, dass es Lady Derryhills Herz mit Freude und Stolz erfüllte.

„Du machst das großartig!", flüsterte sie Vivian zu und freute sich, als sich deren Lächeln in ein Strahlen verwandelte. „Ich bin sicher, dass du ab morgen das Gesprächsthema der Stadt sein wirst. Die Saison ist schon weit fortgeschritten, da kennt man bereits jedes Gesicht. Du bist eine willkommene Abwechslung, meine Liebe. So, hier ist also der Ballsaal."

Lady Derryhill vollführte eine weit ausholende Geste. Sie war vorausgegangen und gab nun Vivian den Blick frei. In einem so großen Saal war sie noch nie zuvor gewesen! Und auch an Pracht übertraf er alles, was sie bisher gesehen hatte. Die Decke wurde von vergoldeten Säulen getragen, zwischen ebenfalls goldfarbenen Lisenen hingen opulente Spiegel und Bilder mit klassischen Motiven. In den Lüstern aus geschliffenem Glas brannten unzählige Kerzen. Das Orchester, das bereits auf einem Balkon Platz genommen hatte, begann mit dem Stimmen der Instrumente. Eine Geige erklang. Vivian lächelte und nahm dies als gutes Zeichen.

„Nun komm, meine Liebe." Lady Derryhill ergriff ihre Hand. „Die Löwinnen warten auf uns."

An diesem Abend gaben gleich vier der Patronessen den Anwesenden die Ehre. Sie thronten auf einem Podium und erinnerten an Königinnen, die sich ihrer Macht nur zu gut bewusst waren. Als Lady Derryhill und Vivian in tiefe Knickse versanken, waren alle vier so gnädig, ihnen zum Zeichen des Grußes huldvoll zuzunicken.

„Das ist also dein neuester Schützling, liebste Cassandra", sagte Lady Jersey und lächelte wohlwollend.

„Nicht so schön wie ihre Schwester, aber fürwahr bezaubernd", bemerkte die hagere Patronesse neben ihr.

Vivian nahm es ihr nicht übel. Niemand war so schön wie Penelope. Ihre Ladyschaft dankte sowohl für die Eintrittskarten als auch für die freundlichen Worte und bewegte sich mit ihrem Schützling weiter, um den nächsten Gästen vor dem Podium Platz zu machen.

„Das Schwierigste ist überstanden“, flüsterte sie Vivian gut gelaunt zu, „jetzt kannst du den Abend genießen und das Tanzbein schwingen.“

Wie auf Kommando traten die ersten Herren an sie heran, baten, vorgestellt zu werden, und trugen sich in Vivians Tanzkarte ein. Alle trugen ihren Frack in Schwarz oder Dunkelblau, so wie es Beau Brummell zur modischen Pflicht erklärt hatte, und waren, sehr zu Vivians Leidwesen, deutlich unter dreißig Jahre alt.

„Darf ich Ihnen eine Erfrischung anbieten? Es ist doch ungewöhnlich warm und die Luft trocken“, machte sich ein junger Leutnant erbötig. Er schnappte sich zwei Gläser vom Tablett, das der livrierte Diener herumreichte, und drückte sie den beiden Damen in die Hand.

„Sie selbst nehmen nichts?“, wollte Vivian wissen.

Der Offizier riss die Augen auf, als habe sie etwas Ungewöhnliches gesagt, und schüttelte dann energisch den Kopf. Während sie sich noch wunderte, nahm Vivian einen großen Schluck aus ihrem Glas und hätte diesen beinahe in hohem Bogen wieder ausgespuckt. „Puh, was ist denn das?“

Lady Derryhill und der junge Mann wechselten einen verstehenden Blick.

„Die Limonade schmeckt dünn und scheußlich, nicht wahr?“, vermutete Ihre Ladyschaft offenbar zu Recht, und der Leutnant ergänzte: „Das ist hier so üblich. Und Alkohol ist gänzlich verboten. In diesen vornehmen Hallen sieht man das wohl als Beweis für Understatement an. Ich sehe es eher als Beweis der Langeweile. Wenn nicht so viele hübsche Mädchen hier wären, würde kein schneidiger Mann, der etwas auf sich hält, einen Fuß über die Schwelle setzen.“ Er sah Vivians entgeisterten Blick und beeilte sich hinzuzufügen: „Sie sind natürlich die Allerhübscheste, bei meiner Ehre.“

Er fasste sich ans Herz.

Vivian fand seinen treuherzigen Blick so amüsant, dass sie, sehr zum Entzücken des jungen Mannes, lachen musste. Ihre Anstandsdame sah es mit Freuden und beeilte sich zu ergänzen: „Wenn dir die Getränke schon armselig erscheinen, dann warte erst das Supper ab. Du wirst feststellen, dass es nicht nur karg, sondern beinahe ungenießbar ist.“

Bevor Vivian ihrem Erstaunen Ausdruck verleihen konnte, setzte die Musik ein, und der Leutnant führte sie auf die Tanzfläche, wo sie sich zu anderen Paaren gesellten, die sich zu einer Quadrille aufstellten. Die Patronessen hatten sich erst kürzlich dazu durchgerungen, diesen Tanz in ihren heiligen Hallen zu gestatten, und Vivian war nur zu froh, dass sie ihn bei Mrs Clifford gelernt hatte. Die armen Mädchen, die das nicht von sich sagen konnten, mussten am Rand des Raumes im Kreis ihrer Anstandsdamen warten und tatenlos zusehen.

Ab dem ersten Tanz wurde Vivians Hand von einem Tanzpartner zum nächsten gereicht. Eine ländliche Tanzfolge folgte einem Reel, dann kam wiederum eine Polka an die Reihe. Vivian war außer Atem, aber glücklich und beschwingt wie schon lange nicht mehr. Als die Musik eine Pause machte, entdeckte sie ihre neue Freundin Prudence in der Menge und sie setzten sich plaudernd auf eine kleine Bank in einer der Mauernischen, während ihre Verehrer Erfrischungen für sie heranschafften. Aus *Lady Prudence* und *Lady Vivian* wurden *Prue* und *Vivi,* und Vivian bekam von ihrer neuen Freundin, die bereits seit zwei Monaten bei ihrer Schwester in der Hauptstadt wohnte, den Tipp, unbedingt bei der Buchhandlung Hatchards am Piccadilly vorbeizusehen. Dort würde es die Romane jener Autorin geben, die sich *eine Lady* nannte und deren Geschichten an Romantik und Wortwitz nicht zu übertreffen waren.

Verstohlen sah sich Vivian um. Raphael beehrte den Abend offensichtlich nicht mit seiner Anwesenheit. Es war bereits kurz vor elf Uhr. Ab diesem Zeitpunkt würden sich die Tore unwiderruflich schließen und keinen späten Gast mehr einlassen. Vivian sagte sich, dass sie sich nun entspannen und den Abend reinen Herzens genießen könnte. Wenn auch ein

Wermutstropfen das unbeschwerte Vergnügen trübte: Es waren kaum Männer über vierzig anwesend und die wenigen, die es doch waren, hatten sich in die angrenzende Bibliothek zurückgezogen, um sich dem Kartenspiel zu widmen. Es handelte sich zudem meist um Väter der anwesenden Debütantinnen.

Als die Musik wieder einsetzte, kam ein hagerer junger Mann auf Vivian zu, der so aufgeregt war, dass er kaum ein Wort hervorbrachte, und so stark schwitzte, dass seine vormals gestärkten Hemdkrägen wie verwelkte Blumen um seinen Hals hingen. Während sie sich in einem Anflug von Panik fragte, ob sie sich etwa von diesem Gentleman zum Supper würde führen lassen müssen, ging die große Eingangstür zum Ballsaal auf, und ein später Gast erschien im Türrahmen.

Vivian sah ihn, und ein Strahlen glitt über ihr Gesicht.

Der Gentleman blieb stehen, blickte sich interessiert um und zupfte sich dabei, anscheinend gelassen, so als wäre ihm jede Aufregung fremd, die blütenweißen Manschetten zurecht. Ihr Herz füllte sich mit Stolz und Freude. Der junge Mann sah unglaublich gut aus, und sie war so froh, ihn zu sehen.

„Bertram!", rief sie aus, entschuldigte sich rasch bei ihrem völlig verdatterten Tanzpartner und eilte quer durch den Saal, um ihren Bruder zu begrüßen.

Und so kam es, dass Lady Derryhill aus dem Spielzimmer trat und mit den Augen den Ballsaal absuchte, begierig zu erfahren, welchem hoffnungsfrohen jungen Mann es gelungen war, ihren Schützling an ihrem ersten Ball zu Tisch zu führen, und mit gerunzelter Stirn mit ansehen musste, dass dies ihr eigener Bruder war.

Aufgrund der einfachen Speisen, die geboten wurden, hatte niemand Lust, das Supper in die Länge zu ziehen, und so wurde eine knappe Stunde später die Tafel bereits wieder aufgehoben. Die Gäste strömten in den Ballsaal zurück. Eigentlich hatte Vivian vor, den jungen Mann, der sich für den nächsten Tanz in ihre Karte eingetragen hatte, zu vertrösten und sich von Bertram aufs Parkett führen zu lassen, aber diesem Ansinnen schob Lady Derryhill einen eisernen Riegel vor: „Geschwisterliebe in allen Ehren, mein guter Panswick“, sagte sie, während sie ihm die Hand zum Gruß reichte, „aber Vivian ist nicht hier, um die kostbare Zeit, die die restliche Saison bietet, mit ihrem Bruder zu vergeuden. Wir werden eine andere Tanzpartnerin für Sie finden …“

Mit diesen Worten machte sie kehrt, und es blieb dem armen Bertram nichts anderes übrig, als ihr zu folgen.

„Vergiss nicht, was du mir versprochen hast“, rief ihm Vivian nach.

Er drehte sich noch einmal um. „Natürlich nicht. Ich werde mein Bestes versuchen. Wundere dich aber bitte nicht, wenn es einige Tage dauert, bis ich wieder etwas von mir hören lasse." Er verbeugte sich knapp und beeilte sich, wieder zu Ihrer Ladyschaft aufzuschließen.

Als sich kurz darauf der nächste, in ihren Augen viel zu junge Tanzpartner vor ihr verbeugte, begrüßte ihn Vivian bester Laune. Bertram hatte ihr versprochen, sie seinem neuen Arbeitgeber, dem Duke of Landmark, vorzustellen. Seine Gnaden war nicht nur von allerhöchstem Einfluss, sondern auch für seine Mildtätigkeit bekannt. Er war zudem vor zwei Jahren Witwer geworden, suchte eine neue Mutter für seine dreizehnjährige Tochter und sollte, wenn man der Einschätzung ihres Bruders folgen konnte, von ganz einnehmendem Äußeren sein. Er war noch keine fünfzig Jahre alt, aber laut Bertram sehr ernsthaft und gesetzt. Alles in allem klang die Beschreibung äußerst verheißungsvoll. Sollte sich Seine Gnaden, wider Erwarten, nicht als passender Ehemann herausstellen, dann hatte Bertram versprochen, sich in seinem Klub nach anderen geeigneten Kandidaten umzusehen. Sie konnte ihm gar nicht genug dankbar sein. Bei den Veranstaltungen, die sie als Debütantin besuchte, waren reife Männer Mangelware, das wusste sie inzwischen. Sie bedurfte unbedingt Bertrams Hilfe, um ihrem Ziel näherzukommen.

Als Vivian an diesem Abend mit einem seligen Lächeln unter die Decke des Himmelbetts in ihrem Gästezimmer schlüpfte, da war sie rundherum glücklich. Sie hatte getanzt, sie hatte gelacht, sie hatte sich mit Bertram beim Abendessen prächtig amüsiert. Sie hatte so viele interessante und weniger interessante Menschen kennengelernt, dass ihr die verschiedenen Namen durch den Kopf schwirrten. Sie hatte ihre neue Freundin wiedergetroffen und durfte sie Prue nennen und sich auf viele gemeinsame Unternehmungen freuen. Eine Sache jedoch überstrahlte all diese erfreulichen Tatsachen: Sie hatte *ihn* gesehen, den Gentleman ihrer Träume.

Kapitel 26

Die Musik hatte eben eine Pause eingelegt und Vivian war am Arm eines Landadeligen aus Yorkshire im Kreis promeniert, der ihr, soweit sie das mitbekam, von seinen weitläufigen Besitzungen nahe Ripon vorschwärmte. Sein Dialekt war so stark, dass sie bei seinen ersten Sätzen wiederholt nachfragen musste und schließlich die Versuche, ihn zu verstehen, überhaupt aufgab. Ihr Blick war immer wieder zur Tür geglitten, hinter der sich das Spielzimmer befand, in der Hoffnung, Lady Derryhill würde kommen und sie erlösen.

Und dann war die Tür tatsächlich aufgegangen, doch jemand ganz anderes trat in den Ballsaal: Es war der bestaussehende und eleganteste Gentleman, den sie je gesehen hatte. Er war groß gewachsen und von jener eleganten Souveränität, die nur Männer mit Erfahrung auszeichnete. Seine dichten Haare waren grau, an den Schläfen von weißen Strähnen durchzogen. Sein schwarzer Frack saß hauteng an den Schultern. Das Halstuch zeigte einen besonders kunstvollen Faltenwurf. Er blieb am Rand des Ballsaals stehen und ließ unter halb geschlossenen Lidern seinen Blick langsam über die anwesenden Gäste schweifen.

Dann zog er eine emaillierte Schnupftabakdose aus der Jackentasche, öffnete sie gekonnt mit dem Daumennagel der linken Hand und entnahm eine Prise. Der Siegelring am kleinen Finger glänzte im Schein der Kerzen. Vivian war so fasziniert, dass sie völlig vergaß weiterzugehen und der Mann aus Yorkshire sie regelrecht mitschleifen musste.

„Was ist denn mit Ihnen los, Miss?“, fragte er und es klang nicht eben freundlich. „Ist nicht richtig, einfach innezuhalten und den anderen im Weg zu stehen, regungslos wie ein alter Esel, Sie müssen schon verzeihen.“

Vivian hatte ihm wieder nicht zugehört, darum hatte sie auch nichts zu verzeihen.

„Dieser Gentleman“, begann sie stattdessen, „dort drüben an der Wand. Wissen Sie, um wen es sich handelt?“

„Sie meinen den Stutzer, der wo die bestickte Weste anhat?“ Er zeigte ungeniert auf einen jungen Mann in einer besonders gewagten Kreation unter dem Jackett.

„Aber nein!“, widersprach Vivian ungeduldig. „Ich meine natürlich den Herrn daneben!“

Ihr Begleiter verzog abschätzig das Gesicht. „Der alte Knacker, der wo schnupft? Nein, bedaure, da habe ich nicht die geringste Ahnung. Könnte vom Alter her mein Großvater sein, ist es aber nicht. Warum wollen Sie denn das wissen?“

Großvater, wiederholte Vivian in Gedanken nun ihrerseits abschätzig und dachte gar nicht daran, ihm die Wahrheit zu enthüllen. So ein dummer Mensch! Dieser faszinierende Gentleman könnte doch nie und nimmer sein Großvater sein. Er war höchstens fünfzig, vielleicht fünfundfünfzig Jahre alt. Also genau im richtigen Alter für ihre Pläne.

Die Musik setzte in dem Augenblick ein, als sich Vivian und ihr Tanzpartner in der Nähe des Unbekannten befanden. Als sie sich zur Quadrille aufstellten, standen sie so, dass sie genau in seine Richtung schauten. Der Gentleman blickte zu ihr herüber und sah ihr für einen kurzen Augenblick direkt in die Augen. Was hatte der Mann bloß für faszinierende graue Augen hinter ebenso faszinierenden dichten Wimpern? Zahlreiche Fältchen rundherum zeigten, wie sie von Miss Fellows wusste, dass er ein humorvoller Mensch war. Da hob er, offensichtlich überrascht darüber, dass er so genau in Augenschein genommen wurde, eine Augenbraue. Vivian beeilte sich, den Blick abzuwenden und sich auf den Tanz zu konzentrieren. Doch immer wieder schaute sie zu dem Gentleman hinüber, der immer noch an der Seitenwand stand und den Raum scheinbar gelangweilt überblickte. Nicht mehr lange, und er würde den Ball verlassen, da war sich Vivian sicher. Warum kam bloß niemand, um sie einander vorzustellen? Um wie vieles lieber hätte sie mit diesem aufregenden Gentleman getanzt als mit dem ungehobelten Kerl aus Yorkshire, der ihr nun schon zum dritten Mal auf die Zehen gestiegen war. Sie vollführte eine Drehung und stand dann wieder in Richtung des Fremden. Und da geschah es: Seine Lippen verzogen sich zu einem kaum merklichen Lächeln und dann - Vivian hoffte, dass sie ihre Sinne nicht getäuscht hatten - deutete er eine Verbeugung an. Knapp und kaum merklich und doch tief genug, um sie jetzt, einige Stunden später, mit einem seligen Seufzer auf den Lippen einschlafen zu lassen.

Kapitel 27

An den folgenden Vormittagen schien der Türklopfer von Lady Derryhills Stadthaus keine Minute stillzustehen. Damen aller Altersstufen kamen, um der Hausherrin zu ihrem Schützling zu gratulieren und über andere, abwesende Ladys und deren Kleidungsstil zu tratschen, vergangene Ereignisse im Detail durchzusprechen und sich über so manchen bemerkenswerten Zeitgenossen zu alterieren. In ihrem Schlepptau hatten viele ihre eigene Tochter, Schwester oder Nichte mitgebracht, die unter ihrer Ägide in die Gesellschaft eingeführt wurde. So war Vivian stets umringt von Mädchen, die in ihrer Tratscherei den Anstandsdamen um nichts nachstanden. Manche waren amüsant, manche langweilig und manche noch zu kindlich für Vivians Geschmack. Einige fanden stets einen Grund, um albern zu kichern, und viele musterten sie von der Seite, um festzustellen, wer von ihnen beiden wohl der hübschere Fang am Heiratsmarkt war. Zu Vivians Freude kam auch Lady Prudence Hickleton in Begleitung ihrer älteren Schwester zweimal zu einem Vormittagsbesuch. Natürlich gaben sich auch junge Männer die Klinke in die Hand, um den neuesten Stern der Saison näher zu begutachten und sich angenehm zu machen. So war das Wohnzimmer von Lady Derryhill schnell zum Mittelpunkt der Londoner Gesellschaft geworden. Die Einzigen, die sich nie die Ehre gaben, bei diesem munteren Treiben Gast zu sein, waren der Viscount of Badwell und der elegante Unbekannte mit der Schnupftabakdose.

Dafür kam Bertram am fünften Tag nach dem Ball bei Almacks vorbei und brachte neben einer Einladungskarte aus goldgerändertem, schwerem Büttenpapier auch mündlich die freudige Nachricht, dass der Duke of Landmark sich sehr freue, die Schwester seines Adjutanten kennenzulernen. Lady Derryhill, die von der Abmachung der Geschwister nichts wusste, fand an diesen Worten nichts Verdächtiges und stimmte gerne zu, die Einladung zu einem Abendessen anzunehmen.

Seitdem Vivian den Gentleman mit der Schnupftabakdose gesehen hatte, war ihr Interesse an anderen reifen Herren erheblich abgekühlt. Doch sie wusste, wie unfair es gewesen wäre, Bertram darüber zu informieren. Er hatte sich sicher große Mühe gegeben, das Treffen mit dem Duke einzufädeln. Außerdem: Wusste sie denn, ob der Fremde von hohem Stand und ebenso hohem Vermögen war? Gutes Aussehen und aufregende Blicke unter gesenkten Wimpern allein reichten nicht aus, um ihre hochfliegenden Pläne zu verwirklichen. Obwohl es - Vivian drückte sich selbst alle Daumen - schon sehr erfreulich wäre, wenn der Fremde neben seinen äußerlichen Attributen auch all das andere Gewünschte mitbrächte.

Beim Duke of Landmark schien jedenfalls alles zu stimmen: das Alter, die finanziellen Mittel und die innere Einstellung. Und was dem noch die Krone aufsetzte: Er war ein Herzog. Daher hatte sein Wort im Oberhaus besonderes Gewicht. Das war mehr, als Vivian sich je zu erträumen gewagt hätte.

Ganz tief in ihrem Inneren hoffte sie allerdings auf ein kleines Wunder. Bertram hatte doch gesagt, sein Dienstherr würde von einnehmendem Äußeren sein. Wer sagte denn, dass es sich bei dem faszinierenden Unbekannten nicht um den Duke handeln konnte?

Der Abend im Haus Seiner Gnaden begann vielversprechend. Als die Kutsche auf dem Grosvenor Square einfuhr, fiel Vivian auf, dass die Häuser rund um den Platz noch viel beeindruckender waren als in anderen Straßenzügen. In der Mitte des Squares stand eine Reiterstatue, umgeben von Beeten, die den Hausbewohnern ringsumher vorbehalten und durch kniehohe Zäune von der gepflasterten Fahrbahn abgetrennt waren.

Vor einem dreistöckigen Sandsteinbau mit weißen Erkerfenstern und einem großen Eingangsportal kam das Fahrzeug zum Stillstand und Diener in silbergrauen Livreen standen bereit, um den Damen aus dem Wagen zu helfen.

Sie wurden in eine Eingangshalle gebracht, von der zu beiden Seiten eine geschwungene, kunstvoll verzierte Holztreppe in das obere Geschoss führte. Ein ausladendes Blumengesteck zierte den Tisch in der Raummitte. Gemälde von Herren in goldenen Rahmen schienen den Besucherinnen durchaus wohlwollend entgegenzublicken. Über allem lag, zu Vivians unglaublicher Freude, der zarte Duft von Tabak. Ihr Herzschlag steigerte sich ins Unerträgliche, als der Butler, der ihnen die Umhänge abgenommen hatte, die Tür zum Wohnzimmer öffnete und ihre Namen ankündigte.

Der Gentleman, der ihnen nun entgegenkam, war groß und schlank, ja geradezu hager. Seine Nase glich dem Schnabel eines Adlers, die Lippen waren schmal, die Augen von einem geradezu stechenden Grau. Kurz gesagt, er war sehr männlich und durchaus gut aussehend, hatte jedoch nicht die geringste Ähnlichkeit mit dem verheißungsvollen Unbekannten.

In Vivians Brust kämpften zwei Gefühle: grenzenlose Enttäuschung und befreites Aufatmen. Sie hatte mit einem Abendessen gerechnet, bei dem ihr Gastgeber sie auch in Wirklichkeit so stark faszinieren würde, wie er es in ihren Tagträumen längst tat. Sie hatte befürchtet, ständig zu erröten und es kaum zu wagen, sich bei der Unterhaltung zu Wort zu melden. Jetzt, da der Herzog so weit entfernt von ihrem Traumbild war, bekam sie ihre Sicherheit zurück. Und so konnte Lady Derryhill stolz vermerken, wie natürlich und liebreizend sich ihr Schützling auch an diesem Abend benahm. Wie aufmerksam sie zuhörte und wie klug die Antworten waren, die sie auf Fragen des Gastgebers gab. Der junge Viscount war seiner Schwester ähnlich und so verlief die Plauderei beim Abendessen im imposanten Speisesaal, ohne zu stocken.

Nur die entfernte Cousine des Herzogs, die ihm als Tischherrin zur Seite saß, schwieg die meiste Zeit. Sie war ihnen als Lady Cordula Grove vorgestellt worden, die seit dem Tod der Herzogin dem Haus vorstand und auch für die Erziehung seiner Tochter verantwortlich war. Lady Grove war eine ältere Dame, die ihrem noblen Cousin sicher zehn Jahre voraushatte und die sich in dunkles Wolltuch kleidete, die dünnen mausgrauen Haare am Hinterkopf zu einem kleinen Knoten aufgesteckt. Schmucklos, schweigend und ernst, wie sie war, hätte sie wohl in einem Kloster eine bessere Figur gemacht als hier an der reich gedeckten Tafel, die sich vor Silber und Kristallgläsern nur so bog.

„Von Ihrem Bruder weiß ich, dass er sehr belesen ist“, sagte der Herzog in diesem Augenblick und griff zu einer Handvoll Mandeln, die neben Obst zum Abschluss des Mahls gereicht wurden. „Auch sein Deutsch wird von Tag zu Tag besser. Was sind denn Ihre Steckenpferde, Lady Vivian? Sie sind doch wohl hoffentlich nicht ganz so wissbegierig wie der gute Panswick?“

„Vivian ist eine geübte Reiterin und spielt hervorragend Geige“, beeilte sich Lady Derryhill einzuwerfen, wohl in der Hoffnung, ihren Schützling davon abzuhalten, über ihre wahre Passion zu erzählen. Doch wer Vivian so gut kannte wie ihr älterer Bruder, der wusste, dass diese Hoffnung vergebens war. Schon sprudelte es aus ihr heraus. Über das Institut für arme adelige Mädchen, das sie errichten wollte, bis hin zu den Rechten von Frauen, für die sie einstand. Sie hatte eben vor, mit ihren Ausführungen darüber zu beginnen, wie ungerecht es war, dass Mädchen nicht erben konnten, als sie ihr Gastgeber mit einer strikten Handbewegung unterbrach: „Wir beenden hier die Märchenstunde eines überraschenderweise doch noch sehr unreifen Mädchens. Ich denke, die Damen wollen sich zurückziehen.“

„Aber …“, stammelte Vivian entgeistert.

Der Duke war doch für Mildtätigkeit bekannt! Konnte es sein, dass er sie missverstanden hatte? Sie musste ihm unbedingt erklären, was es mit ihren Plänen auf sich hatte. Ein eiserner Griff um ihren Oberarm brachte sie jedoch dazu, den Mund wieder zu schließen und sich vom Tisch zu erheben. Missmutig folgte sie Lady Derryhill und der mausgrauen Gastgeberin ins angrenzende Wohnzimmer.

„Nehmen Sie doch Platz", sagte die Dame des Hauses und wies auf eine Sitzgruppe, die sich schon beim bloßen Anblick als unbequem darbot. „Ich werde mich zum Flügel begeben und ein wenig zu Ihrer Erbauung beitragen."

Mit diesen ohne jeden Anflug eines Lächelns vorgebrachten Worten durchmaß sie forschen Schrittes den Raum. Schon erklangen die ersten Töne. Laut und dumpf. Ihre Ladyschaft hatte einen beeindruckenden Anschlag und offensichtlich liebte sie Moll.

„Ich hatte dich gewarnt", begann Lady Derryhill mit gesenkter Stimme. „Deine Zukunftsträume sind zu gewagt. Kein Gentleman, egal wie alt er auch sein mag, will sie hören. Und noch viel weniger kann er sie verstehen."

„Aber Miss Fellows sagte ...", wagte Vivian einen Vorstoß, obwohl die Stimme Ihrer Ladyschaft dafür keinerlei Ermunterung enthalten hatte.

„Diese Miss Fellows ist ein naiver Blaustrumpf, der keine Ahnung von der rauen Wirklichkeit gesellschaftlicher Zwänge hat", sagte ihre Anstandsdame da auch schon, und ihre Stimme klang ungewohnt streng. „So, und jetzt will ich nichts mehr von diesem Thema hören." Sie hob die Hand, als ein weiterer

Widerspruch bevorstand. „Das heißt nicht, dass ich deinen Ideen nichts abgewinnen könnte“, setzte sie versöhnlich hinzu, als sie Vivians enttäuschtes Gesicht sah. „Aber ich bin eine Frau. Und es heißt auch nicht, dass du deine Träume ein für alle Mal begraben musst, zumindest nicht den Plan, der die Schule betrifft. Aber dazu musst du einen Mann zuerst für *dich* eingenommen haben. Er muss dich lieben! Dann ist er vielleicht bereit, dich zu unterstützen. Aber rechne besser nicht damit, dann bleibt dir eine Enttäuschung erspart.“

Was hätte Vivian auf diese Worte sagen sollen? Von Liebe war bei Miss Fellows Ausführungen nie die Rede gewesen. Sie fühlte sich mit einem Mal so klein und unreif. Genauso, wie der Duke sie gesehen und behandelt hatte.

Tam, tam ta tam, klang es dramatisch vom Klavier her.

„Wir können nur hoffen, dass deine unbedachten Worte sich nicht negativ auf die Karriere deines Bruders auswirken werden“, hörte sie Lady Derryhill sagen und Vivian versank noch tiefer in den Kissen. Du lieber Himmel, daran hatte sie gar nicht gedacht! Es war bisher noch nicht oft der Fall gewesen, aber in diesem Augenblick wünschte sie sich, sie wäre noch kleiner und völlig unsichtbar. Oder sie könnte aufstehen und nach Hause gehen.

Tam ta ta ta tam tam.

Nein, sie musste hierbleiben und mit anhören, wie diese grauenvolle Frau das Klavier malträtierte, und dabei mit bangem Herzen auf den Augenblick warten, an dem sich die Herren wieder zu ihnen gesellten.

Als das schließlich der Fall war, war das nächste Gesprächsthema überraschend und noch unerfreulicher als alles, womit Vivian gerechnet hatte.

„Es wird Sie freuen zu hören, meine Damen, dass Napoleon am 3. Mai mit der Fregatte *Undaunted* auf Elba angekommen ist. Von diesem Scheusal droht nun keine Gefahr mehr", erklärte der Duke of Landmark, während er das Wohnzimmer betrat. Er ging zu einem kleinen Beistelltisch hinüber und goss sich ein Glas Brandy ein. Lady Derryhill fand, dass das ein seltsames Gesprächsthema Damen gegenüber war, enthielt sich jedoch jeden Kommentars. Vivian war froh, dass er sie nicht direkt ansprach, und blickte zu Bertram hinüber, der verdächtig rote Wangen hatte und die Augen senkte, so als könnte er ihrem Blick nicht standhalten. Lady Grove schlug mit unverminderter Härte in die Tasten.

„Vertreter der alliierten Länder, allen voran natürlich aus unserem geliebten Königreich, dazu der Zar der Russen, die Könige von Preußen, Dänemark, Württemberg und Baiern und noch andere hohe Herren werden sich im Herbst zu einem Kongress nach Wien begeben. Dort soll unter der Ägide des Kaisers von Österreich, oder sollte ich besser sagen, seines Kanzlers Metternich, Europa neu geordnet und der Schaden wiedergutgemacht werden, den der Korse angerichtet hat."

Er setzte sich den Damen gegenüber in einen Lehnstuhl und schlug die Beine übereinander. Da Bertram kein Platz angeboten worden war, blieb er an seiner Seite stehen.

„Mir als hochrangigem Diplomaten wurde die ehrenvolle Aufgabe erteilt, Mitglied unserer Delegation zu sein. Es wird Sie freuen zu hören, dass mich dieser tüchtige Bursche hier", er deutete über die Schulter zu Bertram zurück, „bei meiner Mission begleiten wird. Bereits Mitte Juni wird die große Reise beginnen."

Vivian riss erstaunt die Augen auf. Bertram würde quer über den Kontinent reisen? Sie sah, dass er sie mit glühenden Wangen erwartungsvoll ansah, und bemühte sich, sich für ihn zu freuen und einige entsprechende Worte zu stammeln. In Wahrheit war sie alles andere als froh darüber. Auch wenn dieser schreckliche Krieg endlich ein Ende gefunden hatte, waren solche Reisen doch immer noch gefährlich und zudem äußerst strapaziös. Würde ihre Mutter auch nur ein Auge zutun können in ständiger Sorge um ihren Sohn? Sollte der Erbe eines Titels, der die Verantwortung für ein so großes und in der Grafschaft so wichtiges Landgut wie Lancroft Abbey innehatte, überhaupt das Königreich verlassen? Und was für sie, wenn sie ehrlich war, ebenso schwer wog: Bertram war ihr einzig wirklicher Verbündeter in der Hauptstadt! Nur er verstand ihre Beweggründe, sich einen lebenserfahrenen Ehepartner suchen zu wollen. Einen solchen Herrn fand man nicht bei Bällen von Debütantinnen, wie sie mittlerweile wusste. Bertram war Mitglied im White's Club. Dort hatte er Zugang zu den Gentlemen, die im Oberhaus die Geschicke des Königreichs lenkten. Wie sollte sie ohne seine Hilfe je einen passenden Ehemann finden?

Lady Grove hatte mit unvermindert hartem Anschlag weitergespielt, so als ginge sie diese Ankündigung nicht das Geringste an. Der Duke wandte sich mit einem Ruck zu ihr um: „Deine Musikalität in Ehren, Cousine, aber nun ist Schluss damit! Meine Reisepläne betreffen selbstverständlich auch dich. Eliza und du, ihr werdet mich nach Wien begleiten. Sieh zu, dass du bis dahin eine ansprechendere Garderobe besitzt."

Die so rüde Angesprochene hörte mitten im Takt zu spielen auf, ließ den Deckel des Klaviers mit einem lauten Krachen zufallen, stand wortlos auf und verließ den Raum.

Kapitel 28

Er stand in einer kleinen Kirche, ganz vorne beim Altar. Hinter ihm sein Trauzeuge, dessen Gesicht er nicht sehen konnte. Die Hände waren eiskalt, das Halstuch unangenehm eng. Er spürte, wie die Aufregung, die von ihm Besitz ergriffen hatte, mit jedem Herzschlag weiter wuchs. Im nächsten Augenblick konnte sie vor ihm stehen. Rosalind, seine Liebste, seine Braut. Das Geigenspiel setzte ein. Eine Melodie aus Tausenden Instrumenten. Und da kam sie: ernst, würdevoll und doch so entzückend mädchenhaft. Noch nie war sie so schön gewesen wie in diesem Augenblick. Dieses verlockende Dekolleté. Dieser Mund. Er sah nur mehr diesen Mund. Den Mund, der immer näher kam, der so unglaublich küssen konnte. Atemberaubend in seiner Unschuld. So innig, dass es all sein Sein umfasste und er mehr wollte und immer mehr. Die Blicke! Diese Blicke der anderen. Bemitleideten sie ihn? Verachteten sie ihn? Die Geigen steigerten sich zu einem Furioso. Ohne Zweifel, sie verachteten ihn. Ihre Finger waren anklagend auf ihn gerichtet. Höhnisches Gelächter folgte. Höhnisches Gelächter, das die Geigen übertönte. Er hatte sich zum Gespött gemacht. Wieder einmal. So wie damals bei Babette Hickleton.

Schweißgebadet fuhr der Viscount of Badwell von seinem Nachtlager auf. Was für ein Albtraum! Er saß kerzengerade in den Kissen und blickte verwirrt um sich. Oh Gott, was für ein Glück. Keine Geigen, keine höhnisch verzogenen Gesichter. Aber auch keine Rosalind. Badwell fiel wieder in die Kissen zurück und wusste nicht, welches Gefühl überwog. Die Erleichterung darüber, dass der Albtraum, den er soeben durchlitten hatte, nicht in der Wirklichkeit stattfand. Oder die Traurigkeit über die Tatsache, dass Rosalind nie wieder mit ihm vor ein und demselben Altar stehen würde.

Er hatte es vermasselt. Er hatte das Vertrauen von Vivian Barnett verspielt, indem er sie eines Verrats bezichtigte, den sie nicht begangen hatte. Warum nur war er so verbohrt gewesen? Warum nur hatte er seit seiner Schmach mit Babette geglaubt, dass ihm jede junge Lady, die er in sein Herz gelassen hatte, Böses wollte? Dass sie ihn zuerst umgarnen, dann in eine Falle locken und schließlich ausspucken würde wie eine heiße Kartoffel? Oder dass sie ihn für ihre Zwecke manipulieren wollte? Badwell stöhnte auf.

Vivian Barnett war offensichtlich anders. Sie würde ihn nie in eine Ehe drängen wollen. Sie würde ihm allerdings auch nie verzeihen, dass er ihr das so rüde vorgeworfen hatte. Und ihre Verwandten? Noch selten oder, um es genau zu sagen, noch nie hatte er sich an einem Frühstückstisch so wohl gefühlt wie auf Lancroft Abbey. Dabei kannte er die Familie seines neuen Cousins doch gar nicht. Er hatte sich als Fremder zu ihnen gesetzt, sie hatten ihn als Freund aufgenommen. Bis er mit seiner dramatisch vorgespielten Migräne all ihre Achtung verloren hatte. Sie mussten ihn für einen verweichlichten, degenerierten Stadtmenschen halten, der seine Gefühle nicht im Griff hatte und der sich nicht scheute, allen anderen mit seinen Launen den Tag zu verderben. Wenn er nur an den Gesichtsausdruck von Lady Panswick dachte, oh Gott, oh Gott, er dachte lieber nicht daran. Hätte er Rosalind vertraut, er hätte sich das alles ersparen können. Und, was noch schwerer wog, er hätte sich nicht den Weg für eine gemeinsame Zukunft verbaut.

Badwell legte sich stöhnend wieder nieder und zog die Decke bis zur Nase hoch. Vielleicht war ihm der Gott des Schlafes gnädig und befreite ihn aus seinen Gedanken. Vom Denken an einen Gott war der Gedanke an einen Erzengel nicht weit. Rosalind hatte ihn mit Raphael verglichen. Doch er hatte sich dieser Bezeichnung alles andere als würdig erwiesen. Er hatte sie angeschnauzt, zurechtgewiesen, ungerecht behandelt. Sie hatte es mit Gelassenheit über sich ergehen lassen, so als wäre er es nicht würdig, dass sie sich von ihm aus der Ruhe bringen ließ. Ach, wie sehr wünschte er sich, er hätte sie aus der Ruhe bringen können. Nur damit er den Beweis gehabt hätte, dass er in ihrem Inneren Gefühle auszulösen vermochte. Natürlich hätte er es vorgezogen, positive Gefühle zu erwecken. Aber selbst negative wären noch besser gewesen als diese kalte Teilnahmslosigkeit. Rosalind war erst die zweite Frau in seinem Leben, die ihm etwas bedeutete. Als ihn Babette abgewiesen hatte, war er an die Front geflohen. Zum Glück musste er diesmal nicht fliehen, denn Rosalind war nicht in London. Sie war meilenweit weg. Und bis sie zur nächsten Saison in die Hauptstadt kam, würde er mit Sicherheit längst verheiratet sein, und kein Hahn würde mehr nach dem krähen, was in der Fischerhütte und auf Lancroft Abbey vorgefallen war.

Miss Finch-Bottom war eine Schönheit. Sie kam aus bestem Haus und schien, wenn man den versteckten Andeutungen ihres Bruders Glauben schenken dufte, ein Faible für ihn entwickelt zu haben. Sie war still, hörte lieber zu, als sie sprach, allzu schüchtern vielleicht, aber alles in allem nicht unangenehm im Umgang.

Der Viscount of Badwell versuchte sich ihr Gesicht in Erinnerung zu rufen, doch ein anderes mit braunen Locken schob sich vor ihres. Braune Locken mit einem Hauch von Rot. Energisch wischte er es beiseite. Er würde den Ball von Lady Jersey besuchen und dort versuchen, Miss Finch-Bottom zu Tisch führen zu können. Beim Tanzen war sie stets schweigsam, aber vielleicht taute sie auf, wenn sie etwas mehr Zeit miteinander verbrachten. Mit diesem festen Vorsatz war er so zufrieden, dass es ihm gelang, wieder einzuschlafen.

Kapitel 29

Konnte man einen so schönen, warmen Nachmittag im Mai besser nutzen als mit einer Ausfahrt durch den Hyde Park? Die Sonne schien, die Rhododendronhecken blühten in allen Schattierungen von Rosa und Lila und der Lavendel verströmte seinen bezaubernden Duft. Die Countess of Derryhill trug ein taubenblaues Kleid mit floraler Stickerei und dazu einen nach der neuesten Mode gearbeiteten Samtspenzer mit einem gewagten M-Kragen, der bisher der Herrenmode vorbehalten war. Sie war allerbester Laune und ließ das Fahrzeug alle paar Meter anhalten, um mit Freundinnen in entgegenkommenden Kutschen einige Worte zu plaudern. Es gab so viele Gesprächsthemen! Sollte man zu Ehren der siegreichen Truppen eine Abendveranstaltung geben? Würde Wellington nun zum Herzog ernannt werden? Haben Sie schon die schreckliche Kette gesehen, die die arme Lady Durham neulich trug? Lapislazuli mit stilisierten goldenen Papyros-Wedeln, wahrlich ein Ausbund an schlechtem Geschmack. Ob sie dieses Schmuckstück am Abend beim Ball von Lady Jersey ebenfalls tragen wird? Waren in den Webereien denn schon wieder Unruhen im Gange?

Verdienten diese Leute wirklich so wenig oder waren sie schlicht und einfach undankbar?

Vivian hörte alldem nur mit einem halben Ohr zu. Sie wusste längst, dass man sie weder um ihre Meinung fragen, noch dass diese irgendjemanden interessieren würde. Von einer Debütantin wurde einzig und allein erwartet, dass sie freundlich lächelte, ab und zu den Kopf neigte und zum richtigen Zeitpunkt ein kleines (um Himmels willen kein schallendes, das wäre undamenhaft!) Lachen erklingen ließ. Dann würden alle sagen, sie sei reizend und als Ehefrau geeignet. Sie hatte einen ganzen Abend lang mit ihrer Chaperon diskutiert, dass sie das unmöglich fand und dass es wichtig war, dass auch junge Frauen sich eine Meinung zu den wichtigen und nicht nur zu den unwichtigen Themen bildeten und diese auch vertraten.

„Bilden kannst du dir so viele Meinungen, wie du möchtest“, hatte ihr Ihre Ladyschaft großzügig zugestanden. „Aussprechen darfst du sie erst, wenn du verheiratet bist. Und auch dann nur, wenn ich dir diesen weisen Rat geben darf, wenn du sicher bist, dass sie dein Gegenüber auch hören will.“

Oh, wie wütend und enttäuscht war Vivian gewesen, als ihr kein weiterer Widerspruch zugestanden worden war. Doch Lady Derryhill hatte recht gehabt. Die unangenehme Erfahrung mit dem Duke of Landmark war dafür ein allzu deutlicher Beweis.

Vivian schwor sich, dass sie nur einen Gatten an ihrer Seite haben wollte, den ihre Meinung tatsächlich interessierte.

Um sich auf angenehmere Gedanken zu bringen, sah sie an der Kutsche von Lady Darlington vorbei zu den üppig blühenden Lupinen am Rand der Wiese, die sich mit blauem Rittersporn ein farbenprächtiges Duell lieferten. Da schoben sich vier elegante Beine eines Pferdes in ihr Blickfeld, keine hundert Meter hinter der Kutsche. Vivian hielt die Luft an. Im Sattel saß, aufrecht und in vornehmes Tuch gekleidet, niemand anderes als der gut aussehende Unbekannte. Er war stehen geblieben und blickte zu ihr herüber. Und dann, sie konnte es kaum glauben, verzogen sich seine Lippen zu einem kleinen Lächeln und er hob die Hand, um seinen Reithut zum Zeichen des Grußes ein wenig zu lüften.

Vivian drehte sich zu Lady Derryhill, die eben mit ihrer Freundin die Garderobe für den bevorstehenden Abend diskutierte.

„Wer …?“, begann sie, wurde aber sofort dadurch zum Schweigen gebracht, dass ihr ihre Duenna die Hand auf den Unterarm legte.

„Wir wollen Lady Darlington nicht unterbrechen, meine Liebe“, sagte diese freundlich, aber bestimmt. „Du hast natürlich recht, meine teure Mable, Purpur wäre keine gute Wahl. Das würde sich mit dem Lila von Sallys Vorhängen beißen.“

Dann lachten sie beide und Vivian lachte mit, weil sie wusste, dass das von ihr erwartet wurde. Und als sich Lady Darlington endlich verabschiedet und dem Kutscher die Anweisung gegeben hatte, weiterzufahren, war der Unbekannte verschwunden. Und nein, leider, Lady Derryhill war er nicht aufgefallen. Vivian versuchte alles, um ihr den Mann zu beschreiben. Doch nein, ein solcher Adonis um die fünfzig gehörte nicht zu Myladys Bekanntenkreis.

Kapitel 30

Die Bälle im Hause von Sally Villiers, der Countess of Jersey, zählten zu den Höhepunkten jeder Londoner Saison. Nur der exquisiteste Kreis wurde dazu eingeladen. Alle anderen grämten sich und hofften auf das kommende Jahr. Für die, die Karten erhalten hatten, war es eine Selbstverständlichkeit, der Einladung Folge zu leisten. Die Musiker, die die Countess für diesen Abend engagiert hatte, wussten vortrefflich zu spielen, die Tanzfläche war stets überfüllt, was für die Gastgeberin das beste Zeichen dafür war, dass der Abend auch in diesem Jahr wieder ein voller Erfolg zu werden versprach. Im Gegensatz zu Almacks waren die Getränke, die gereicht wurden, durchaus auch alkoholischer Natur. Von Debütantinnen erwartete man allerdings, dass sie sich an Limonade hielten oder an Quittensaft. In der weitläufigen Bibliothek waren Spieltische aufgestellt und für elf Uhr war eine italienische Sopranistin angekündigt worden, deren Darbietung allgemein mit großem Interesse erwartet wurde.

Vom ersten Erklingen der Musik an mangelte es Vivian nicht an Tanzpartnern. Lady Derryhill konnte sich beruhigt in ein Nebenzimmer zurückziehen, um sich mit ihren Freundinnen zu unterhalten und das eine oder andere Glas Veilchenlikör zu nippen. So entging es ihren wachsamen Augen, dass ihr Schützling immer wieder zur Tür blickte, in der steten Hoffnung, der gut aussehende Unbekannte würde erscheinen und sie um den nächsten Tanz bitten. Diesen würde sie ihm natürlich gewähren, das hatte Vivian längst beschlossen. Und dabei würde es ihr völlig gleichgültig sein, wer sich bereits in die Tanzkarte eingetragen hätte.

Während sie sich mit einem jungen Baron zur ersten Polka aufstellte, spürte sie, wie die Aufregung stieg. Sie war sicher, dass der Fremde eine Einladungskarte erhalten hatte. Er sah so vornehm aus, so distinguiert, so geheimnisumwittert, er war ohne Zweifel von hohem Stand. Also würde er auch kommen, er musste einfach kommen! Sie hatte nämlich keine Zeit zu verlieren. In der letzten Nacht war ihr siedend heiß eingefallen, was es zu alldem, was sie schon bedacht hatte, noch für eine Auswirkung hatte, dass Bertram in Kürze das Land für eine lange Zeit verlassen würde. Es konnte keine Hochzeit geben! Mama würde es nie und nimmer gestatten, dass sie vor den Traualtar trat ohne ihren Bruder, das Familienoberhaupt, an ihrer Seite.

Während sie also in der letzten Nacht im Gästezimmer in die Dunkelheit gestarrt hatte, hatte sie in Gedanken eine klare Rechnung aufgestellt: Wenn sie mit dem Unbekannten heute auf dem Ball von Lady Jersey bekannt gemacht wurde, dann würde er sicher schon morgen zu einem Vormittagsbesuch in der Brook Street erscheinen. Dort würde man die erste gemeinsame Unternehmung planen, gegen die Lady Derryhill sicher nichts einzuwenden hätte. Man könnte ein Picknick im Regent's Park veranstalten oder gemeinsam das Drury Lane Theatre besuchen. Dort würden sie sich näherkommen, miteinander plaudern, ihre Gedanken austauschen. Dass sie sich gut verstehen würden, stand für Vivian außer Zweifel. Sie hatte das Interesse in seinem warmen Blick gespürt. Solche Augen konnten nicht lügen. Wenige Treffen später würde er um ihre Hand anhalten. Er war fünfzig, worauf sollte er warten? Wenn sie Glück hatte, dann geschah dies so rechtzeitig, dass Bertram noch im Lande war. Eine lange Verlobungszeit? Pah, wer brauchte eine lange Verlobungszeit, wenn alles so gut zueinanderpasste? Sie spürte, wie ihr Herz wieder schneller zu schlagen begann, wenn sie nur daran dachte. Ihre Wangen röteten sich vor Vorfreude.

„Meine liebe Miss Barnett“, hörte sie da eine Stimme neben sich. „Darf ich Ihnen Ihren Partner für den Walzer vorstellen, den die Musiker in Kürze anstimmen werden?“

Vivian hatte so tief in ihren Tagträumen geschwelgt, dass sie gar nicht bemerkt hatte, wie ihre Gastgeberin, einen großen Mann im Schlepptau, an sie herangetreten war. Sie blickte auf. Mitten in ein Gesicht, dessen Augen sich vor Schreck weiteten. Und auch sie hielt den Atem an. Vor ihr stand niemand anderes als Raphael … äh … Badwell.

Für einen kurzen Augenblick fragte sie sich, was ihn gar so in Bestürzung versetzt haben konnte, als die Antwort plötzlich auf der Hand lag: *Wahrscheinlich denkt er, ich hätte auch das mit dem Walzer eingefädelt, um ihn einzufangen,* dachte sie, während sie in den angemessenen Knicks versank. Sie spürte, dass sie das ärgerte. Dabei war er ihr doch in der Zwischenzeit völlig gleichgültig geworden.

Badwell ergriff ihre Hand, um sich darüber zu verbeugen, und sie spürte, wie sie leicht zu zittern begann. Seine Finger fühlten sich warm und angenehm an. Nein, er war ihr nicht gleichgültig. War je ein Mann einer Frau gleichgültig, von dem sie ihren ersten Kuss bekommen hatte?

„Dies ist der Viscount of Badwell“, hörte sie ihre Gastgeberin sagen. „Er ist eben erst gekommen. Ich sah ihn und ich dachte sofort, das ist genau der richtige Tanzpartner für die liebe Lady Vivian. Lord Badwell, darf ich Sie mit Lady Vivian Barnett bekannt machen?“

„Wir kennen uns bereits“, erklärte Raphael, und es klang in Vivians Ohren alles andere als erfreut. „Seit der Hochzeit meines Cousins gehören wir im weitesten Sinn zu ein und derselben Familie.“

„Wie schön, wie schön!“ Lady Jersey war nicht mehr ganz bei der Sache, weil ihre Augen die Wand nach den nächsten Debütantinnen absuchten, die sie mit Tanzpartnern zu versorgen hatte. „Nun denn …“

Mit flinken Schritten eilte sie zur Stirnseite des Ballsaals und ließ die beiden allein.

Badwell bot Vivian den Arm, um sie aufs Parkett zu führen, und sie hatte keine andere Wahl, als diesen zu ergreifen. Ausgerechnet Walzer! Dieser neumodische Tanz wurde von allen sittenstrengen Mitgliedern der vornehmen Gesellschaft immer noch auf das Schärfste verurteilt. Wie hatte es erst kürzlich eine von Lady Derryhills Bekanntschaften ausgedrückt? Ach ja: „Die engen Berührungen zwischen zwei Personen unterschiedlichen Geschlechts, die nicht einmal miteinander verlobt sind, sind der Gipfel der Unmoral.“

Ihre Ladyschaft hatte sich lächelnd jeder Aussage enthalten und Vivian hatte an die Stunden mit dem Tanzlehrer gedacht, an denen sie beide mit dem größten Vergnügen teilgenommen hatten.

„Dann noch die raschen Drehungen, die Geist und Gemüt von uns zartbesaiteten Damen verwirren“, hatte die mollige Dame ergänzt und sich echauffiert den Handrücken auf die Stirn gelegt.

Obwohl viele Mitglieder der Gesellschaft so dachten, hatte der Tanz aus dem fernen Wien seinen Siegeszug über ganz Europa angetreten und auch die Ballsäle des Königreichs erobert. Bei Almacks hatten die gestrengen Patronessen die Erlaubnis dazu noch nicht erteilt, aber eine von ihnen, nämlich Lady Jersey, dachte in dieser Frage offensichtlich fortschrittlicher.

„Ich wusste nicht, dass du in der Hauptstadt weilst“, hörte Vivian Badwell sagen und kehrte mit ihren Gedanken schlagartig in den Ballsaal zurück.

„Das hat nichts mit dir zu tun!“, beeilte sie sich, einen etwaigen Verdacht im Keim zu ersticken. Sie sah nicht zu ihm auf, sondern starr geradeaus, bemüht, ihren Lippen ein erzwungenes Lächeln aufzusetzen.

„Lady Panswick sagte doch, dass deine erste Saison auf kommendes Jahr verschoben wurde“, ließ er nicht locker.

„Ja und? Dennoch bin ich jetzt hier, wie du sehr gut sehen kannst. Es steht dir frei, nach Lancroft Abbey zu reisen, um dich bei meiner Mutter zu beschweren“, entgegnete sie patzig.

Als sie keine Antwort erhielt, sah sie verstohlen zu ihm auf. Er war stehen geblieben und stand ihr nun direkt gegenüber, ganz nah, bereit, sie mit seiner

Rechten zu umfangen. Sein Mund war unmittelbar vor ihren Augen und die Erinnerung an seinen Kuss war so überwältigend, dass sie reflexartig die Lider schloss und den Kopf ein Stück höher hob, um ihm ihren Mund darzubieten. Sofort wurde ihr bewusst, was sie soeben wie von selbst getan hatte. Erschrocken kniff sie die Lippen zusammen und drehte ihren Kopf ruckartig zur Seite. Die Musik setzte ein.

Ohne ein weiteres Wort zu sagen, ergriff Badwell ihre Hand und zog sie mit der anderen so eng an sich, wie es beim Walzertanzen üblich war. Vivian spürte die Wärme seines Körpers und hoffte inständig, dass er das schnelle Pochen ihres Herzens nicht wahrnehmen würde. Sie bemühte sich, sich auf den Tanz zu konzentrieren. Ihre ersten Schritte waren noch etwas zögerlich, da sie im Takt mitzuzählen begonnen hatte: eins, zwei, drei. Fast wäre sie Badwell auf die Füße getreten, als er zu einer überraschenden Drehung ansetzte. Doch schon bald gelang es ihr, sich dem Rhythmus hinzugeben und sich seiner gekonnten Führung zu überlassen. Mit ehrlicher Bewunderung musste sie anerkennen, dass Badwell diesen neuen Tanz ebenso gut zu vollführen wusste wie ihr Tanzlehrer. Sie drehten sich wie ein gemeinsamer Wirbelwind durch den Saal. Standen ihnen unbeholfene Paare im Weg, so verstand er es, sie elegant an ihnen vorbeizulenken. Es war aufregend, ihn wieder so nahe zu spüren. Doch auch, wie sie sich selbst eingestand, seltsam vertraut. Sein feines Rasierwasser war eine ständige Erinnerung an den Abend in der Hütte. Vivian hätte gerne etwas gesagt. Irgendetwas, um die Spannung zwischen ihnen zu lösen. Sie zermarterte sich das Hirn, denn es musste unbedingt etwas Geistreiches sein! Etwas, das ihn vergessen ließ, dass sie sich bei der Begrüßung vorhin wie eine trotzige Vierzehnjährige verhalten hatte. Warum war es nur so, dass einem umso weniger einfiel, je klüger man sich präsentieren wollte? Unzufrieden mit sich selbst, entkam ihr ein tiefes Seufzen.

Er reagierte nicht darauf. Zum Glück, wie sie dachte, er hatte es wohl nicht gehört. Dass er das Seufzen sehr wohl wahrgenommen hatte, offenbarte sich ihr, als die Musik verklungen war.

„Schon bist du mich los", hörte sie ihn sagen. „Ich hoffe, es war nicht allzu schlimm für dich."

Bevor sie noch etwas erwidern konnte, war der schneidige Offizier herbeigeeilt, dem sie den nächsten Tanz versprochen hatte. Badwell verbeugte sich steif und ging.

Kapitel 31

Mit einem Mal fühlte sich Vivian allein inmitten der vielen Menschen. Es war, als hätte irgendjemand mit Zauberhand die Hälfte der Kerzen im Saal gelöscht. Als hätte eine plötzliche Dämmerung einen sonnigen Tag abgelöst. Mit strenger innerer Stimme zwang sie sich, diese völlig unpassenden Gedanken zur Seite zu schieben und den neuen Tanzpartner anzulächeln. Dieser errötete zutiefst, murmelte etwas von Ehre und Freude und führte sie aufs Parkett, wo eben die Paare zur nächsten Quadrille Aufstellung nahmen. Bei den Figuren dieses Tanzes musste sich Vivian nicht konzentrieren, die hatte sie im Internat so oft ausgeführt, dass sich ihre Beine wie von selbst bewegten. Aus den Augenwinkeln sah sie Badwell nun an der Seite von Miss Finch-Bottom. Was hatte Lady Derryhill gemeint? Die beiden seien auf dem besten Weg zu einer festen Verbindung? Sollten sie doch, ihren Segen hatten sie! Vivian lachte laut und fröhlich auf. Alle sollten merken, wie gut sie sich amüsierte. Und außerdem hatte sie selbst eine bei Weitem verheißungsvollere Beziehung vor sich.

Ihr Blick glitt wieder zur Eingangstür hinüber. Wo blieb der gut aussehende Unbekannte bloß? Er musste schon eine besonders bedeutende Persönlichkeit sein, wenn er es wagte, eine Lady Jersey so lange warten zu lassen. Sie verbot sich zu denken, dass es sich bei ihm auch um eine unwichtige Person ohne Eintrittskarte handeln könnte.

Als sich die Quadrille schließlich dem Ende zuneigte und sie ihrem Partner die Hände für den abschließenden Galopp reichte, da hatte sich ihre Stimmung bereits wieder aufgeheitert. Sie hatte sich, während sie die Tanzschritte elegant vollführte, viele verschiedene verheißungsvolle Vorhaben ausgedacht, die sie mit dem Unbekannten ausführen wollte. Sie hatte sich die Begeisterung ihrer Mutter darüber vorgestellt, dass ihre jüngste Tochter in Windeseile einen so passenden Ehemann gefunden hatte. Und sie hatte schließlich Raphaels fassungsloses Gesicht vor sich gesehen, wenn er sie am Arm jenes beeindruckenden Gentlemans sehen würde. Vivian schwelgte so sehr in diesen herzerwärmenden, aufregenden Zukunftsvisionen, dass sie das tatsächliche Erscheinen des Fremden zuerst für eine Sinnestäuschung hielt.

In Lady Jerseys Haus war die formellen Sitte, die Gäste vom Butler lautstark ankündigen zu lassen, nicht gebräuchlich. Vielleicht auch, weil es in diesem illustren Rahmen, in dem jeder jeden kannte, auch nicht notwendig war. Der Galopp war eben zu Ende, die Musiker hatten ihre Instrumente zur Seite gelegt. Beschwingt und mit geröteten Wangen versank Vivian in einen Knicks, während sich der junge Mann formvollendet verbeugte und ihr dann den Arm bot, um sie zu ihrer Anstandsdame zurückzubringen. Und da, genau in dem Augenblick, als Vivian hochkam, sah sie *ihn*.

Er stand in der Eingangstür zum Ballsaal und ließ seinen bekannt gelangweilten Blick unter schweren Lidern über die anwesenden Gäste schweifen.

Ich habe es gewusst, jubilierte es in ihrem Inneren. *Er ist da! Er ist tatsächlich gekommen*. Heute war der erste Tag ihrer gemeinsamen Zukunft.

„Es tut mir leid, aber ich kann Lady Derryhill nirgends entdecken", unterbrach ihr Tanzpartner diese Gedanken. „Möchten Sie, dass ich mich mit Ihnen gemeinsam im Nebenraum nach ihr umsehe?"

„Oh, nein!"

Vivian wollte auf keinen Fall den Ballsaal verlassen. Sie konnte ihn jedoch auch nicht gut losschicken, um ihre Duenna zu holen. Sie spürte, wie sich Panik breitmachte. Es konnte doch nicht sein, dass der Fremde gekommen war und es wieder niemanden gab, der sie miteinander bekannt machen konnte. Was, wenn er ein weiteres Mal verschwand, ohne dass sie ein Wort miteinander wechselten? Da entdeckte sie die Schwester ihrer Freundin Prudence, die vor einem der violetten Brokatvorhänge stand und in

Richtung Tür blickte. Noch nie war Vivian glücklicher gewesen, sie zu sehen. In Windeseile bedankte sie sich bei ihrem Tanzpartner und eilte, alle neugierigen Blicke missachtend, quer durch den Ballsaal, auf die Baroness zu.

„Lady Glostershire“, rief sie schon von Weitem und drängelte sich an einer Dame vorbei, die ebenfalls in Richtung Ihrer Ladyschaft unterwegs gewesen war. „Wie bin ich froh, Sie hier zu sehen. Darf ich Sie um einen kleinen Gefallen bitten?“

Die letzten Worte waren mit gedämpfter Stimme gesprochen, denn die Umstehenden mussten nicht alles hören.

„Aber natürlich, meine Liebe, wenn es nicht allzu viel Zeit in Anspruch nimmt. Ich sehe nämlich gerade …“

Vivian war viel zu aufgeregt, um sie aussprechen zu lassen.

„Nein, nein, es dauert nicht lange, Lady Glostershire, das verspreche ich Ihnen. Aber seit Tagen treffe ich immer wieder auf ein und denselben Gentleman und es wäre mir eine große Freude, mit ihm bekannt gemacht zu werden. Sehen Sie nur, es ist der Herr, der dort drüben bei der Eingangstür steht.“

„Sie meinen, den … äh … etwas Älteren … mit dem schwarzen Frack, der eben seine Schnupftabakdose aus der Tasche zieht?“, wollte Ihre Ladyschaft wissen, und es klang höchst interessiert. Allerdings nicht so, als würde sie in den Enthusiasmus der Jüngeren einstimmen.

Ohne noch einmal hinzusehen, wusste Vivian, dass sie den Richtigen meinte: „Ja, genau den. Wir sind uns in den letzten Tagen mehrfach begegnet, doch nie war jemand in der Nähe, der uns hätte bekannt machen können. Sie kennen den Gentleman doch, nicht wahr, Lady Glostershire?“

Diese hoffnungsvolle Frage beantwortete die andere mit einem Nicken, setzte aber fort: „Wollen Sie damit allen Ernstes ausdrücken, dieser Mann habe Ihr Interesse geweckt, Lady Vivian?“

„Ja, ich weiß“, gab Vivian zu, „er erscheint Ihnen vielleicht ein wenig zu alt für mich. Doch wissen Sie, ich habe große Pläne, zu deren Verwirklichung ich einen großzügigen Mann mit Erfahrung an meiner Seite brauche.“

„Großzügig, soso.“

Vivian hörte zwar die Skepsis, nicht aber die Verachtung, die in diesen Worten lag.

„Natürlich finde ich ihn auch attraktiv“, beeilte sie sich hinzuzufügen. Und als sie spürte, dass Ihre Ladyschaft noch immer nicht überzeugt war, setzte sie noch eins drauf: „Und er hat auch Interesse an mir, das müssen Sie mir glauben, Lady Glostershire. Bei jedem unserer kurzen Zusammentreffen gab er mir mit deutlichen Zeichen zu verstehen, dass auch ich ihm nicht gleichgültig bin … Oh sehen Sie nur, er hat mich entdeckt. Er kommt auf uns zu. Würden Sie uns bitte miteinander bekannt machen?“

Ihre Ladyschaft schien zu zögern.

„Stehen Sie mir bei, Lady Glostershire, gehen Sie nicht weg!“, flehte Vivian. „Ich fürchte, ich sterbe vor Aufregung.“

„Keine Sorge“, kam nun die postwendende Antwort, „ich rühre mich nicht von der Stelle. Um nichts auf der Welt würde ich dieses Zusammentreffen verpassen wollen.“

Vivian hätte ihr vor Dankbarkeit gern die Hand gedrückt, wagte es aber nicht, die Ältere zu berühren. Mit einem seligen Lächeln auf den Lippen und einem Herzen, das ihr bis zum Kinn hinauf schlug, sah sie, wie sich der Fremde langsam den Weg durch die Menschenmenge bahnte, bevor er direkt vor ihr stehen blieb. Sie versank in einen tiefen Knicks.

Er reichte ihr die Hand und verbeugte sich. Seine Finger fühlten sich überraschend kalt und auch etwas feucht an.

„Mein Lieber“, hörte sie Ihre Ladyschaft sagen, „darf ich dir Lady Vivian Barnett vorstellen, deren Anwesenheit in der Stadt du bereits mit regem Interesse zur Kenntnis genommen hast, wie ich hörte? Lady Vivian, mein Gatte, der Baron of Glostershire.“

Vivian war, als hätte ihr jemand mit einem Ruck den Boden unter den Füßen weggezogen. Die Scham überkam sie mit großer Wucht, dass sie nicht nur so tief errötete, dass sich hektische Flecken auf Wangen und Hals ausbreiteten, sondern dass es ihr schier den Atem nahm.

„Ich bitte um Verzeihung“, brachte sie unter Aufbringung all ihrer Kräfte heraus. „Eine Verwechslung. Eine ganz schlimme Verwechslung …“

Sie knickste und schürzte die Röcke. Während sie sich umdrehte, hörte sie die schneidende Stimme Ihrer Ladyschaft, die ihrem Gatten zuzischelte: „Die Objekte deiner Begierde werden aber auch immer jünger. Die hier ist kaum so alt wie Prue.“

Während sie meinte, die Blicke aller Anwesenden auf sich zu spüren, stürmte Vivian quer durch den Ballsaal, an den beiden verdutzten Lakaien am Eingang vorbei, in die menschenleere Vorhalle hinaus und, ohne innezuhalten, die breite Treppe hinunter. Dort angekommen, blieb sie stehen und schnappte nach Luft. Nur mit äußerster Anstrengung konnte sie die Tränen zurückhalten.

„Soll ich Ihren Wagen vorfahren lassen, Madam? Möchten Sie nach Hause kutschiert werden?“, erkundigte sich der Mann am Tor, der beflissen näher gekommen war.

Den Wagen? Sie hatte keinen Wagen. Sie hatte auch kein Zuhause. Zumindest nicht hier in London. Hier hatte sie gar nichts. Keinen Wagen, kein Zuhause, keinen Verehrer, keine Aussicht auf eine Zukunft nach ihren Vorstellungen. Das Einzige, was sie hatte: Sie hatte sich soeben bis auf die Knochen blamiert und sich eine Feindin fürs Leben geschaffen. Und jetzt, hier in der fast dunklen Halle, traten ihr nun doch Tränen in die Augenwinkel. Und als sie zu rinnen begannen, da konnte sie sie nicht mehr stoppen. Der Torsteher war ein erfahrener Mann. Er wusste, dass es keinen Sinn hatte, in die junge Dame zu dringen oder gar verständliche Informationen zu Anstandsdame oder Adresse erfahren zu wollen. Er reichte ihr ein Taschentuch und führte sie zu einer gepolsterten Bank, wo sie sich dankbar niederließ und so herzzerreißend schluchzte, dass er am liebsten mitgeweint hätte.

In diesem Zustand fand Lady Derryhill sie kurze Zeit später.

Kapitel 32

Als Vivian am nächsten Morgen vom Hausmädchen geweckt wurde, da war sie müde von einer viel zu kurzen und fast gänzlich durchwachten Nacht. Sie war erschöpft und auch ungewohnt hoffnungslos. Und zu aller Seelenpein kamen auch noch die Schmerzen in ihren Füßen, vor allem an den Stellen, auf die ihr letzter, ungewöhnlich ungeschickter Tanzpartner mit voller Wucht getrampelt war.

Als Lady Derryhill sie in der Eingangshalle von Lady Jerseys Haus erblickt hatte, da hatte sie es nicht länger geduldet, dass sie wie ein Häuflein Elend auf der Bank saß und sich der Gefahr aussetzte, frühzeitig aufbrechenden Gästen Grund für Spekulationen zu geben. Sie hatte den Vorteil, als Freundin der Hausherrin die örtlichen Gegebenheiten zu kennen, ohne zu zögern genutzt und sie in einen absperrbaren Nebenraum geschoben. In dem hatten sie nicht nur höchst willkommenes Nachtgeschirr für bestimmte Bedürfnisse vorgefunden, sondern auch eine Waschschüssel und einen Stapel Handtücher. Schnell war eines der Tücher in kaltes Wasser getaucht, und eh

Vivian es sich versah, hatte ihr ihre Ladyschaft auch schon das Tuch in die Hand gedrückt.

„Wasch dein Gesicht, meine Liebe, und lass das kalte Tuch dann noch einige Minuten auf deinen Augen liegen, damit sie abschwellen. Du willst sicher nicht, dass die anderen Gäste bemerken, dass du geweint hast."

Vivian hatte zu schluchzen aufgehört: „Die anderen Gäste?", hatte sie erschrocken wiederholt. „Bitte zwingen Sie mich nicht, noch einmal in diesen schrecklichen Ballsaal zurückzukehren. Nicht nach dem, was dort passiert ist, Lady Derryhill ..."

„Was genau ist denn so Schreckliches passiert?", hatte Ihre Ladyschaft wissen wollen.

Und dann war es auch schon aus Vivian herausgesprudelt. Die Countess hörte zu, zog bisweilen eine Augenbraue leicht nach oben, unterbrach sie jedoch nicht.

„Vivian, du bist doch eine geübte Reiterin", waren ihre ersten Worte, als ihr Schützling geendet hatte.

Diese nickte und war so überrascht, dass ihre Tränen versiegten. Sie sollte umgehend erfahren, worauf die Countess hinauswollte.

„Was sagt man zu einer Reiterin, die vom Pferd gefallen ist?"

„Steig sofort wieder in den Sattel und reite los!", antwortete Vivian, bevor ihr klar wurde, dass sie damit ihr eigenes Schicksal besiegelt hatte.

„Sehr gut!“ Mylady nickte zufrieden. „Und was sagt eine Reiterin zu ihrer Duenna, wenn sie von genau jener Sorte Pferd abgeworfen worden war, vor der sie diese wiederholt gewarnt hatte?“

„Ich bitte um Entschuldigung?“, vermutete Vivian kleinlaut.

„Ich nehme deine Entschuldigung an“, sagte Mylady und lachte.

Vivian konnte nicht anders, als unter den letzten Tränen in dieses Lachen einzustimmen. Lady Derryhill war einfach ein Schatz!

Dann gingen sie Arm in Arm in den Ballsaal zurück und machten weiter, als wäre nichts geschehen. Und sollte jemand den Vorfall mitbekommen und sich gewundert haben, so fand er keinen Anlass, darüber zu tratschen, als er die junge Lady kurze Zeit später fröhlich tanzend in der Menge sah. Noch dazu, da einer der betagten Gäste die Aufmerksamkeit auf sich gezogen hatte. Vom Alkohol berauscht dachte er, er sei der Gastgeber, und forderte alle lautstark auf, endlich nach Hause zu gehen. Schließlich wankte er dann auch noch zur Musikkapelle hinüber und schnauzte sie an, sie sollten endlich aufhören, so viel Krach zu machen. Der alte Lord wurde in seine Kutsche verfrachtet, und dem Auftritt der italienischen Sopranistin stand nichts mehr im Wege. Niemand erinnerte sich mehr an den kurzen Zwischenfall, in den Vivian involviert gewesen war. Niemand außer der Baroness of Glostershire.

Seit Vivian in ihrem Haus zu Gast weilte, hatte es sich auch Lady Derryhill zur Gewohnheit gemacht, am Morgen das Bett zu verlassen, und so erwartete sie sie bereits in ihrem sonnengelben Frühstückssalon.

„Entschuldige bitte, wenn ich mich ungebührlich beeile, meine Liebe“, waren ihre ersten Worte nach der Begrüßung, „aber ich muss noch bei Madame Lisette vorbei, bevor meine wöchentliche Damenrunde bei Lady Darlington beginnt. Mein Ballkleid erschien mir gestern unangenehm lang und ich will es etwas kürzen lassen. Außerdem hoffe ich, dass Stoffe aus Frankreich eingetroffen sind. Jetzt, da dieser schreckliche Krieg vorbei ist, sollten wir doch auch wieder Waren vom Kontinent bekommen, meinst du nicht auch?“

Vivian hatte lustlos in ihrem Rührei zu stochern begonnen und bestätigte höflich, dass sie das auch hoffte.

„Weißt du, was ich mich schon die ganze Zeit frage?“, setzte Lady Derryhill fort. „Wie kam es, dass es ausgerechnet Badwell war, der mich über dein … äh … Missgeschick informierte?“

Nun kam Leben in Vivian. „Badwell? Er war es, der Sie zu Hilfe holte? War er sehr verärgert?“

Ihre Ladyschaft stutzte: „Verärgert? Nein, warum sollte er das gewesen sein?“

Sie sah zu Vivian hinüber, doch die zuckte nur mit den Achseln.

„Du weißt, wie schwer es ist, die Gefühle eines Gentlemans zu erahnen“, setzte Ihre Ladyschaft fort. „Männer haben sich im Allgemeinen zu gut im Griff. Ich würde allerdings sagen, der Viscount erschien mir *besorgt*, auch wenn das wahrscheinlich nicht zutrifft. Schließlich ist er ein egozentrischer Tunichtgut, der ausschließlich auf seinen eigenen Vorteil bedacht ist.“

„Aber das stimmt doch gar nicht!“, platzte es aus Vivian heraus. Erschrocken legte sie sich die Hand auf die Lippen. „Ich wollte sagen: Sind Sie nicht etwas zu streng in Ihrem Urteil, Lady Derryhill?“

Ihre Gastgeberin sah sie durchdringend an und begann dann, langsam und gemächlich Butter auf ihrem Toast zu verteilen.

„Ich kenne den jetzigen Viscount nicht sehr gut, das muss ich zugeben, aber ich kannte seinen Vater. Über Tote soll man ja nichts Schlechtes sagen, aber der alte Badwell war ein höchst unangenehmer Mensch. Er war, wie soll ich sagen …“

„Geizig, bigott und selbstgerecht?“, kam ihr Vivian mit einer Auswahl an Eigenschaftswörtern zu Hilfe.

Ihre Ladyschaft beeilte sich zu nicken. „Ganz genau!“

Und dann setzte sie nach kurzem Nachdenken hinzu: „Ich bin mir sicher, sein Sohn kommt nach ihm. Und verantwortungslos ist er obendrein, wenn man den Gerüchten glauben darf, die über ihn im Umlauf sind.“

Das konnte Vivian so nicht stehen lassen: „Im Gegenteil, Lady Derryhill, der jetzige Viscount ist anders. Er hat stets unter seinem strengen Vater gelitten, der ihm immer wieder zeigte, wie wenig er von ihm hielt. Nur um sich an ihm zu rächen, hat er sich im letzten Jahr nicht um seine Verpflichtungen gekümmert. Es war für ihn sicher nicht einfach, in die Rolle des Viscounts zu schlüpfen, auf die er nie vorbereitet worden war.“

Sie merkte selbst, dass sie sich in einen Wirbel geredet hatte, und schwieg abrupt.

„Wie lange, sagtest du, war Badwell auf Lancroft Abbey, als Penelope und sein Cousin heirateten?“, wollte Lady Derryhill wissen.

„Zur Trauung und zum anschließenden Frühstück“, antwortete Vivian reichlich kleinlaut, um dann triumphierend zu ergänzen: „Aber er ist mit Mama, Bertram und mir in der Kutsche von der Kirche nach Hause gefahren.“

„Und sonst seid ihr euch noch nie begegnet, Badwell und du?“ Es klang interessiert, aber auch eine Spur lauernd.

„Nie!“, antwortete Vivian schnell und hoffte, Ihre Ladyschaft würde nicht bemerken, wie sie wegen dieser Lüge errötete. Anscheinend war das der Fall, denn Lady Derryhill betupfte ihren Mund und faltete dann die Serviette zusammen.

„Gut, meine Liebe, dann verlasse ich dich jetzt. Lies ein Buch oder schreib deiner Mama. Was immer du möchtest, mein Blauer Salon und Tinte und Federkiel stehen dir zur Verfügung. Bis zum Lunch bin ich wieder zurück.“

Und so kam es, dass Vivian kurze Zeit später allein auf dem blau-goldenen Sofa saß, die Beine unter die Hüfte geschlagen, und dem Ticken der großen Standuhr lauschte. Es war also Raphael gewesen, der Lady Derryhill verständigt hatte. Ausgerechnet er. Warum hatte er das getan? War er tatsächlich besorgt gewesen, wie Ihre Ladyschaft vermutet hatte? Hatte er sie tatsächlich zu *Hilfe* geholt? Oder waren seine Motive ganz andere gewesen? Als Lady Jersey ihn ihr vorstellen wollte, da war er entsetzt gewesen, sie zu sehen, das war nur allzu offensichtlich. Hoffte er, ihre Duenna würde sie umgehend nach Lancroft Abbey zurückschicken, wenn sie erst wüsste, wie schändlich sie sich Lady Glostershire gegenüber verhalten hatte?

Oder glaubte er etwa immer noch, sie wollte *ihn* einfangen? Vivian schnaufte unwillig und änderte die Position ihrer Beine. Sie würde nie und nimmer etwas tun, um ihn in eine Falle zu locken. Er war doch nie im Leben der passende Gatte! Sie brauchte einen erfahrenen, gütigen Mann, mit dem sie ihre hochfliegenden Pläne umsetzen konnte. Keinen solchen jungen ... Wüstling. Und dennoch: Was hätte sie dafür gegeben, seine Beweggründe zu erfahren, Lady Derryhill zu verständigen. Diese hatte sich doch in einen der Nebenräume zurückgezogen gehabt. Das hieß, dass er sie regelrecht hatte suchen müssen.

„Ein Bote hat das hier für Sie vorbeigebracht, Lady Vivian“, sagte der Butler, der von ihr unbemerkt eingetreten war.

Vivian schnellte hoch und beeilte sich, eine damenhafte Sitzposition einzunehmen. Auf einem Silbertablett wurde ihr ein Brief entgegengehalten. Vivian betrachtete ihn mit Skepsis.

„Sind Sie sicher, dass das Schreiben nicht an Ihre Ladyschaft gerichtet ist, Bowles?“

„Ganz sicher, Mylady. Sehen Sie nur, es steht Ihr Name darauf. Ein Diener hat es heute am frühen Morgen vorbeigebracht und ausdrücklich betont, dass keine Notwendigkeit bestehe, Sie vor zehn Uhr damit zu belästigen.“

Während sich Vivian ebenso ratlos wie zunehmend aufgeregt fragte, wer wohl der Absender und was der Inhalt der Botschaft sein mochte, hoffte sie inständig, dass es nicht der Baron of Glostershire war, der ihr schrieb. Vielleicht hielt er es ja für angebracht, sie mit weiterer Aufmerksamkeit zu bedenken? Gestern um diese Zeit hätte sie sich nichts sehnlicher gewünscht. Wie schnell sich doch Dinge ändern konnten, wenn sich der Blickwinkel verschob. Sie griff nach dem Schreiben und erkannte aufatmend das Siegel, mit dem es verschlossen worden war.

„Von meinem Bruder."

In Windeseile war der Briefbogen auseinandergefaltet.

„Liebe Viv", stand dort zu lesen, „wenn dich dieses Schreiben erreicht, bin ich bereits auf dem Weg nach Lancroft Abbey, um Mama und Derryhill von meinen Reiseplänen zu informieren. Vor Tagen vereinbarte ich mit Badwell, heute um halb elf Uhr das Gemälde abzuholen, das Markfield von ihm erbeten hatte. Unser Schwager wollte, dass ich es bei mir, wie er sich auszudrücken pflegte, in Sicherheit bringe. Er hatte wohl Angst, dass es sich sein Cousin sonst noch einmal anders überlegen könnte. Da ich zu Pferd unterwegs bin, wäre es mir unmöglich, es mitnehmen, selbst wenn ich bis halb elf Uhr warten würde. Bitte habe die Freundlichkeit, Lady Derryhill zu ersuchen, einen Diener an meiner Stelle zu schicken. Nimm das Bild dann nach Lancroft Abbey mit, wenn deine Saison zu Ende ist. Ich danke dir herzlich und umarme dich.

Dein Bruder Panswick."

Sie drehte den Brief und las, was er an den Rand gekritzelt hatte: „Die Adresse: Piccadilly zur Ecke Sackville Street."

Vivian ließ das Schreiben sinken. Die Idee, die ihr spontan durch den Kopf schoss, war sehr gewagt, aber überaus verlockend. Die Standuhr schlug laut und vernehmlich zehn Mal.

„Mein Bruder hat mich um einen Gefallen gebeten", sagte sie schnell, bevor der Mut sie verlassen konnte. „Wären Sie wohl so freundlich, eine Kutsche für mich vorfahren zu lassen? Ich muss nur noch rasch auf mein Zimmer, um meinen Schal zu holen."

Und um mir ein hübscheres Kleid anzuziehen, dachte sie im Stillen. Aber das brauchte der Butler nicht zu wissen.

„Soll ich Daisy Bescheid geben, dass sie Sie begleiten soll, Lady Vivian?"

„Oh nein, danke, sehr freundlich von Ihnen, aber das ist nicht nötig. Ich besuche schließlich nur meinen eigenen Bruder. Er wohnt nicht weit weg von hier und ich bleibe auch nicht lange dort."

Vivian erschrak, wie leicht ihr diese Lüge von den Lippen kam. Andererseits war sie aber auch ein klein wenig stolz auf sich.

Kapitel 33

Es war kurz nach halb elf, als die kleinere der beiden Kutschen, die Lady Derryhill für Ausfahrten zur Verfügung standen, vor dem Stadthaus an der Ecke, die der breite Piccadilly mit der schmalen Sackville Street bildete, vorfuhr. Vivian hatte mit Freuden festgestellt, dass der Schlag nicht mit einem Wappen verziert war. Was sie allerdings nicht bedacht hatte, war, dass die blaue Livree des Kutschers jedem vornehmen Bewohner der Stadt gut bekannt war. So auch den beiden Damen, die eben Hatchards Buchladen verließen, um zum benachbarten *Royal Institute of Painters in Water Colours* zu promenieren, in dem es seit Kurzem eine Ausstellung gab, die man als tonangebendes Mitglied der Gesellschaft gesehen haben *musste*. Lady Babette, die Baronesse of Glostershire, war eben stehen geblieben, um sich die malvenfarbenen Handschuhe zuzuknöpfen, als ihr Blick wie von selbst auf die andere Straßenseite fiel.

„Sieh nur", machte sie ihre Gefährtin aufmerksam, die sofort den Kopf in Richtung ihres ausgestreckten Zeigefingers drehte. Lady Daphne, die Countess of Mildenhall, war erst am Vortag nach London zurückgekehrt und genoss den Ausflug in

Begleitung ihrer besten Freundin. Babette wusste über alle Geschehnisse in der Hauptstadt stets auf das Beste Bescheid und hatte sie natürlich mit Briefen auf dem Laufenden gehalten. Und da sie stets ehrlich zueinander waren, hatte die Countess auch vom außerehelichen Stelldichein mit Badwell erfahren und sich als Rache die kleine Scharade mit der Fischerhütte ausgedacht. Doch das war nun schon zwei Monate her, und Badwell war niemand, der Lady Daphnes Gedanken noch beschäftigte. Da stand es um Lady Babette naturgemäß anders: „Unser guter Badwell bekommt Besuch“, sagte sie eben, und ihre Stimme klang höchst interessiert.

„Das sind Derryhills Farben“, erkannte Lady Daphne mit einem kundigen Blick. „Was treibt denn der schöne Earl in London? Ich dachte, der würde auf dem Lande weilen, um seiner Gemahlin Gesellschaft zu leisten. Und seit wann kutschiert er denn ein so kleines, fast schon erbärmliches Gefährt?“

„Ich denke nicht, dass die Kutsche dem Earl selbst gehört“, erwiderte Babette. „Die sieht mir eher aus, als käme sie aus dem Haushalt seiner Mutter. Da stellt sich natürlich die Frage: Was will denn die verwitwete … ach, sieh mal an …!“

Der Kutscher hatte den Türklopfer betätigt und als jetzt der Eingang weit geöffnet wurde, stieg die Insassin aus dem Wagen und huschte mit eiligen Schritten ins Innere des Hauses.

„Das war nicht die verwitwete Countess“, erkannte jetzt auch Lady Mildenhall. „Das war ein junges Mädchen. Hast du eine Ahnung, um wen es sich dabei handeln könnte?“ Sie wandte sich ihrer Begleiterin zu. „Oh“, sagte sie nach einem Blick in deren Gesicht, „ich sehe, du hast eine Ahnung. Ich bin ganz Ohr, teure Freundin …“

Vivian hatte sich während der kurzen Fahrt mit der Kutsche zwei Szenarien überlegt. Die eine lautete: „Raphael, ich bin dir dankbar für deine Hilfe. Ich war so allein und verletzt. Hättest du Lady Derryhill nicht verständigt, ich hätte nicht gewusst, was ich hätte tun sollen, und mich wahrscheinlich zum Gespött aller gemacht.“ Das war die Variante, die sie bevorzugt hätte, so unangenehm sie auch war. Die Alternative lautete: „Badwell, wie konntest du nur? Du vertreibst mich nicht aus London, egal wie oft du mich bei meiner Duenna auch anzuschwärzen gedenkst!“

All diese so wohlüberlegten Sätze wurden nie ausgesprochen. Denn als der Butler sie mit den Worten: „Lady Vivian Barnett ist gekommen, um das Gemälde abzuholen, Eure Lordschaft“, angekündigt und sie an ihm vorbei das Wohnzimmer betreten hatte, da war sie so überrascht vom Zustand dieses Raumes, dass sie kein Wort herausbrachte und sich nur staunend umsah.

Das Zimmer war, bis auf einen Schreibtisch mit Stuhl und einem wuchtigen Sofa, völlig leer. Ein einsames, kleines Landschaftsbild hing schief zwischen den beiden hohen Sprossenfenstern an der der Tür gegenüberliegenden Wand. Im Gegensatz zu dem kargen Ambiente war der Hausherr, der ihr nun gegenübertrat, offensichtlich für einen besonders feierlichen Anlass gekleidet. Außerdem trug er einen Umhang über dem Arm.

„Wie elegant du doch bist! Hast du vor auszugehen? Wohin bist du denn unterwegs?", waren Vivians erste, nicht wirklich durchdachte Worte.

Badwell ignorierte ihre Fragen.

„Wie überaus freundlich, dass Sie sich persönlich herbemühen, Lady Vivian", sagte er stattdessen und ging ihr mit einem Lächeln entgegen. „Ich nehme an, Ihr Bruder wird in Kürze folgen? Danke, Simmons, ich regle alles Weitere."

Der Butler zog sich mit einer Verbeugung zurück und die Tür hinter sich zu. Er hielt Vivian offensichtlich für eine verheiratete Frau, denn bisher hatte noch nie ein unverheiratetes junges Mädchen dieses Haus betreten. Er wäre gar nicht auf die Idee gekommen, die Tür einen Spaltbreit offen zu lassen. Als sie alleine waren, war es mit dem freundlichen Lächeln des Viscounts vorbei.

„Hast du den Verstand verloren?“, herrschte er sie an. „Ich sehe hier weit und breit keine Zofe. Es sitzt doch hoffentlich eine draußen in der Halle?“

Vivian schüttelte kleinlaut den Kopf und wagte ihm gar nicht ins Gesicht zu sehen. Sie hätte doch auf Lady Derryhills Butler hören und Daisy mitnehmen sollen. Andererseits regte sich auch sofort Widerstand: Wie kam er dazu, sie anzufauchen? Wenn sie doch in der freundlichen Absicht gekommen war, sich zu bedanken?

Ihr Gegenüber legte den Umhang auf die hölzerne Lehne seines grün-grau gestreiften Sofas. Mit zwei raschen Schritten war er bei ihr und umfasste ihre Oberarme:

„So geht das nicht, Rosalind“, sagte er, nun doch um einiges freundlicher. „Deine stürmische Art in Ehren, in London kann sie fatale Folgen haben. Stell dir vor, wenn dich jemand gesehen hat! Hier in der Hauptstadt besuchen unverheiratete Mädchen keine fremden Männer …“

„Gar so fremd bist du doch gar nicht“, widersprach sie, wohl wissend, dass er recht hatte.

„Und um auch das klarzustellen: Sie übernachten auch nicht mit fremden Männern in fremden Fischerhütten“, setzte er fort und lächelte jetzt doch zu ihr hinunter, „und sie bitten fremde Männer auch nicht, ihnen das Küssen beizubringen.“

Seine Stimme klang so weich, er stand ihr so nah. So gern sie es getan hätte, Vivian hatte nicht den Mut, ihm in die Augen zu sehen. Es hätte nicht viel gefehlt und sie hätte ihn gefragt, ob er den Kuss nicht wiederholen wollte. Doch dann siegte die Verlegenheit, sie machte sich aus seinem Griff frei und ging zum vorhanglosen Fenster, ohne wirklich hinauszusehen.

„Warum hast du mir geholfen, Raphael? Gestern, in Lady Jerseys Haus?“, fragte sie, plötzlich sicher, dass er keine bösen Absichten verfolgt hatte.

„Als ich dich mit Babette und diesem unsäglichen Baron zusammenstehen sah, da hatte ich sofort ein ungutes Gefühl“, erklärte er ohne Umschweife. „Ich kenne die Frau und ihre schneidende Zunge. Ich weiß zwar nicht, was sie zu dir gesagt hat, das dich so in Aufregung versetzte, aber ich wusste, es war etwas Gemeines. Und da ich dir nicht gut nachlaufen konnte, da dies falsche, für dich höchst unerfreuliche Spekulationen nach sich gezogen hätte, habe ich mich auf die Suche nach deiner Duenna gemacht.“

Sie hatte sich zu ihm umgedreht, wollte ihm danken, ihm sagen, wie überaus nett von ihm sie das fand. Doch ein Wort hatte ihre volle Aufmerksamkeit auf sich gezogen: „Babette? Lady Glostershire ist Babette? *Die* Babette?“

Er wusste genau, was sie meinte, und nickte.

„Dann haben wir jetzt etwas gemeinsam, Raphael“, sagte sie. „Lady Glostershire hasst dich und seit gestern hasst sie auch mich.“

Er stutzte: „Sie *hasst* dich? Welchen Grund könntest du ihr gegeben haben, das zu tun?“

Und so kam es, dass sie nebeneinander auf dem Sofa Platz nahmen und Vivian ihn in Miss Fellows' Ratschlag einweihte, sie möge sich einen erfahrenen Gatten suchen, da dieser sie viel eher ernst nehmen und als gleichwertige Partnerin anerkennen würde als ein jüngerer Mann. Sie erzählte ihm, bei welchen Gelegenheiten sie dem Unbekannten über den Weg gelaufen war, und gestand, dass sie tatsächlich angenommen hatte, er könnte die passende Wahl sein. Fand Badwell es nicht auch allerhand, dass sie der Baron ganz offensichtlich auch noch dazu ermutigte? Sie schloss mit den Worten: „Ich hatte natürlich keine Ahnung, dass es sich bei dem Gentleman um den Baron of Glostershire handelte. Sonst hätte ich doch nicht ausgerechnet seine Gattin gebeten, uns miteinander bekannt zu machen. Oh Gott, ich muss jetzt noch erröten, wenn ich daran denke!“

Als sie schwieg, war Badwell so fassungslos, dass er zuerst in schallendes Gelächter ausbrach, bevor er wieder ernst wurde und etwas murmelte, das wie „Glostershire, der alte Sack!“ klang, bevor er ein „Du solltest an deiner Menschenkenntnis arbeiten, Rosalind“ hinterherschob.

Natürlich konnte sie das nicht auf sich sitzen lassen.

„Ha, Menschenkenntnis!“, fuhr sie auf. „Wer hat denn gedacht, er würde unsterblich in Babette verliebt sein? Wer hat ihr denn einen Heiratsantrag gemacht?“

Badwell sprang vom Sofa auf: „Mein Gott ...!“, rief er aus und fischte seine goldene Uhr aus der Westentasche.

Vivian bereute ihr freches Mundwerk. „Entschuldige bitte, ich hatte kein Recht, dieses Thema zu erwähnen. Es tut mir leid ...“

Er winkte ab.

„Simmons wird dir das Gemälde übergeben“, sagte er stattdessen und klang mit einem Schlag gehetzt. „Ich muss mich beeilen. Ich habe mich bei Finch-Bottom angekündigt, um ... um die bewusste Frage zu stellen. Und nun werde ich mich über Gebühr verspäten. Ich will nicht unhöflich sein, und drum hoffe ich, du verzeihst ...“

„Die bewusste Frage?“, wiederholte sie rätselnd. Dann ging ihr die Bedeutung dieser Worte auf: „Die *bewusste* Frage? Du willst bei Finch-Bottom um die Hand seiner Schwester anhalten? Wenn das ein Beweis für deine Menschenkenntnis sein soll, dann muss ich dir leider sagen, der Beweis ist dir nicht gelungen. Also wirklich, so eine dumme Idee!“

„Es steht dir nicht zu, meine Entscheidung zu kritisieren“, sagte er schneidend. „Miss Finch-Bottom ist eine durch und durch ehrenwerte junge Dame.“

„Ja, aber sie ist auch durch und durch langweilig“, setzte sich Vivian zur Wehr. „Die wagt es doch in deinem Beisein kaum, den Mund aufzumachen. Und sie ist sicher zu feige und zu gut erzogen für eine eigene Meinung. Welche Gespräche willst du denn mit ihr führen?“

„Es geht in einer Ehe nicht um Gespräche, es geht um …“, widersprach er wider besseres Wissen.

„Um was? Worum geht es denn in einer Ehe?“, folgte sofort ihre nächste Frage.

Das Räuspern des Butlers von der Tür her ließ beide verstummen.

„Auf dem Piccadilly hat sich eine Menschentraube gebildet, Eure Lordschaft. Alle starren auf unser Haus und die Kutsche, die vor dem Portal steht. Ich dachte, dass Sie das vielleicht wissen wollen.“

Badwell fuhr herum: „Die Kutsche? Du hast die Kutsche vor dem Eingang meines Hauses warten lassen?“

Vivian nickte kleinlaut.

Kapitel 34

Lady Derryhill betrat beschwingt ihren Blauen Salon. „Bei Madame Lisette sind die traumhaftesten Stoffe vom Kontinent eingetroffen, meine Liebe …“ Sie stockte und sah sich überrascht um. „Vivian?“

Bei ihrer Rückkehr hatte ihr der erste Hausdiener das Portal geöffnet. Jetzt erschien der Butler im Türrahmen, die würdige Miene noch ernster als sonst, ein Tablett mit einem versiegelten Schreiben in der Hand.

„Lady Vivian hat das Haus vor einer guten Stunde verlassen, Mylady. Eine Nachricht ihres Bruders hat sie dazu veranlasst, denselben umgehend aufzusuchen.“

„Panswick? Sie ist zu seinem Haus hinübergegangen? Wer hat sie begleitet? Daisy?“

Der Butler widersprach: „Nein, die junge Dame hat es bevorzugt, die kleine Kutsche zu nehmen. Und sie bestand darauf, dies ohne weibliche Begleitung zu tun.“

„Ohne …?“ Ihre Ladyschaft runzelte die Stirn. Für einen kurzen Moment lag es ihr auf der Zunge, den Diener dafür zu rügen, dass er das zugelassen hatte. Dann schloss sie den Mund wieder. Vivian war alt genug, um selbst für ihre Handlungen zur Rechenschaft gezogen zu werden.

„Die Kutsche ist immer noch nicht zurückgekommen, doch soeben kam ein berittener Bote mit einer Nachricht. Er sagte, sie käme von Lady Vivian und möge Ihnen umgehend ausgehändigt werden", setzte der Butler fort und seine Stimme klang noch düsterer. „Sie trägt allerdings, wenn Sie erlauben, nicht das Siegel des Viscount of Panswick."

Unter anderen Umständen hätte sich Ihre Ladyschaft darüber amüsiert, dass den gestrengen Augen eines Butlers nichts, aber schon gar nichts entging. Doch in diesem Augenblick begannen in ihrem Kopf sämtliche Alarmglocken zu schrillen. Das Schrillen steigerte sich zu einem Furioso, als sie das Schreiben gelesen hatte.

„Eure Ladyschaft,

Lady Vivian Barnett hat mich aufgesucht, um ein Gemälde für meinen Cousin Markfield abzuholen. Leider gibt es zahlreiche Zeugen ihres Besuchs, die wie Geier auf dem Piccadilly warten. Wir bitten Sie inständig, sich hierherzubemühen, um gemeinsam mit Vivian das Haus zu verlassen. Die Tür zu meinem Hintereingang ist in einem auffallenden Grünton gestrichen. Alle sollen denken, dass Sie die ganze Zeit anwesend waren und der Anstand gewahrt wurde. Was, wie ich Ihnen versichern darf, auch unter den tatsächlichen Umständen der Fall ist.

Ewig in Ihrer Schuld, Badwell."

Lady Derryhill ließ das Blatt sinken.

Er nennt sie Vivian, soso, war ihr spontaner erster Gedanke. *Was hat sich das Mädchen bloß dabei gedacht?,* ihr zweiter. Von wegen Gemälde abholen. Sie konnte sich schon vorstellen, was ihren Schützling in die Sackville Street geführt hatte: die neugierige Frage nach seinen Beweggründen am gestrigen Ball. Dass sie selbst nicht unschuldig an dieser Neugier war, machte die Dinge nicht einfacher für sie. Lady Derryhill seufzte. Diese Barnett-Mädchen hatten aber auch eine Gabe, sich immer wieder in Schwierigkeiten zu bringen! Ihre Ladyschaft merkte, wie sie trotz aller Aufregung die Situation zu genießen begann. Sie liebte es, Lösungen für scheinbar ausweglose Situationen zu finden, und schreckte dabei auch nicht vor unkonventionellen Methoden zurück.

Geraume Zeit später machten sich zwei weibliche Wesen vom Palais der Lady Derryhill aus zu Fuß auf den Weg zu Lord Badwells Haus. Sie trugen unauffällige Umhänge, und auch ihre Kleider, die immer wieder darunter hervorblitzten, waren schlicht. Die eine hatte die Kapuze in die Stirn gezogen, die nicht nur die Haare, sondern auch den Großteil des Gesichts verdeckte. Ihre klobigen schwarzen Schuhe trugen die beiden mit sicheren Schritten die halbe Meile, die sie vor sich hatten. Während die eine, einen schwarzen Sack in der Hand, mit kräftigem Tritt voranging, folgte ihr die andere langsamer, sodass die Erste immer wieder auf sie warten musste. Es schien, als würde es die Zweite nicht gewöhnt sein, irgendwohin zu eilen. Und dieser Schein trog nicht.

„Nicht gar so schnell, Bowles", bat Lady Derryhill ihre treue Kammerfrau schnaufend. Für Ihre Ladyschaft war nur sie als Komplizin dieses waghalsigen Plans infrage gekommen. Auf Bowles, die Gattin ihres ebenso treuen Butlers, konnte sie sich in jeder Hinsicht verlassen. Wer konnte da bei einem Hausmädchen schon sicher sein?

Sie bogen in den Fußweg ein, über den die Bewohner der Sackville Street ihre Stallungen erreichten. Noch hatte niemand von ihnen Notiz genommen. Da kam endlich die grüne Tür in Sichtweite. Das musste Badwells Haus sein! Jetzt waren es nur noch wenige Schritte bis zu ihrem Ziel. Ihre Ladyschaft warf zuerst einen prüfenden Blick nach vorne, dann einen über die Schulter zurück. Der schmale Fußweg war menschenleer. Sie seufzte beruhigt auf und blieb kurz stehen.

„Also, wie besprochen, Bowles. Zuerst schleichen wir durch die Tür da vorne. Was für ein Glück, dass sie durch die Farbe unverwechselbar ist. Dann hilfst du mir beim Umkleiden", sie wies auf den schwarzen Sack, „und ich ..."

„Lady Derryhill“, hörte sie eine laute Stimme von der Stelle her, in der der Fußweg in den Piccadilly einmündete. „Welche Freude, Sie zu sehen. Welch ungewöhnlicher Anblick in so ungewöhnlicher Umgebung!“

Die Baroness von Glostershire hatte sie trotz der perfekten Tarnung erkannt. Und all die anderen, die ihr schnellen Fußes folgten, offensichtlich auch. Jetzt war guter Rat teuer.

Kapitel 35

„Sie haben *was*?“, fragte, nein, brüllte der Viscount of Badwell. Dann atmete er tief durch und zwang sich mit eisernem Willen zu mehr Contenance: „Bei allem Respekt, Lady Derryhill, mir fehlen die Worte.“

Er hatte die letzte Dreiviertelstunde damit zugebracht gehabt, wie ein wildes Tier im Käfig in seinem leeren Wohnzimmer im Kreis zu gehen. Zuerst waren Vivian und er noch zuversichtlich gewesen, dass Lady Derryhills baldiges Erscheinen alle Probleme lösen würde. Sie hatten sich ausgemalt, wie Vivian am Arm ihrer Duenna das Haus verlassen und in die kleine Kutsche steigen würde, die immer noch vor dem Portal wartete. All die Schaulustigen würden erkennen, dass sie sich offensichtlich geirrt hatten, und die Menschentraube würde sich zerstreuen.

Doch je länger sie warteten, desto stärker verschwand die Zuversicht. Noch nie waren die Minuten langsamer verronnen, noch nie hatte sich Vivian elender gefühlt. Sie hatte Badwell in genau die Situation gebracht, vor der er sich immer gefürchtet hatte. Auch wenn nur sie selbst daran schuld war, so hatte er sie in den Augen der Gesellschaft dadurch kompromittiert, dass er mit ihr alleine war. Über eine

Stunde lang. Noch dazu in seinem eigenen Haus. Sie wollte ihm sagen, wie leid es ihr tat und dass sie das alles nicht gewollt hatte, doch er weigerte sich, ihr zuzuhören. All ihre Entschuldigungsversuche erstickte er dadurch im Keim, dass er sagte: „Wir warten erst mal Lady Derryhills Erscheinen ab, dann sehen wir weiter", und dann wieder unruhig im Raum hin und her lief.

Nach einer halben Stunde war die Anspannung so stark und die Luft im karg eingerichteten Wohnzimmer so geladen gewesen, dass Vivian ein reinigendes Gewitter eher herbeisehnte als befürchtete. Sie saß auf der vordersten Kante des Sofas, die Hände im Schoß gefaltet, und malte sich in Gedanken all die Situationen aus, die ihre Anstandsdame aufgehalten haben konnten. Als die Ungeduld gar zu groß wurde, stand sie auf und blinzelte vorsichtig von der Seite aus dem Fenster. Vielleicht dauerte es auch der sensationsgierigen Meute schon zu lange und sie hatte sich längst in alle Winde zerstreut. Leider war auf den ersten Blick zu erkennen, dass das Gegenteil der Fall war – die Menge schien sich sogar noch vergrößert zu haben. Sofort zog Badwell sie von ihrem Beobachterposten weg und es blieb ihr nichts anderes übrig, als sich wieder hinzusetzen und gottergeben zu warten.

Schließlich hatte es auch der Viscount nicht mehr länger ausgehalten. Er war ebenfalls zum Fenster getreten, doch ihm bot sich ein ganz anderes Bild. Die Menge hatte sich bewegt und war nun dabei, auf dem kleinen Fußweg hinter seinem Haus zu verschwinden. Da wusste er, dass ihr Plan missglückt war.

„Ich verstehe Ihre Ungehaltenheit, mein lieber Badwell“, sagte Lady Derryhill in diesem Augenblick. „Aber hatte ich eine andere Wahl? Diese unmögliche Baroness hatte Vivian dabei beobachtet, wie sie Ihr Haus betrat. Ohne Zofe! Ich verstehe immer noch nicht, was du dir dabei gedacht hast, mein gutes Kind.“

Die Schärfe, mit der die letzten Worte ausgesprochen worden waren, straften die freundliche Ausdrucksweise Lügen.

Vivian zog den Kopf ein und sagte kein Wort. Es würde die Stimmung nicht aufhellen, wenn sie zu allem Überdruss gestehen würde, dass sie Badwell allein hatte sprechen wollen und Daisy ganz bewusst zu Hause gelassen hatte, da die dabei nur gestört hätte.

„Und überdies“, fuhr Ihre Ladyschaft auch schon fort, „haben all die Schaulustigen Vivian auch noch am Fenster in Ihrem Wohnzimmer gesehen. Am Fenster! Das ist doch der Gipfel der Dummheit. Da konnte es für niemanden mehr einen Zweifel geben, dass sie tatsächlich bei Ihnen weilt.“

„Es war mir durchaus bewusst, dass Vivian sich nicht alleine hier hätte aufhalten sollen, Lady Derryhill“, stimmte der Viscount zu. „Darum hielt ich es ja für eine gute Idee, Sie um Hilfe zu bitten.“

Sie sprachen betont höflich miteinander und doch war Vivian nicht klar, wer von den beiden dem anderen noch lieber an den Kragen gegangen wäre.

„Ich bin Ihrer Bitte gefolgt, wie Sie sehen. Allerdings war die Idee mit der auffallenden Hintertür doch keine so gute gewesen, da man sie vom Piccadilly aus mit bloßem Auge erkennen kann.“

„Wären Sie lieber durch den Vordereingang gekommen?“, erkundigte sich der Viscount mit unverkennbarem Sarkasmus. Als Ihre Ladyschaft nicht antwortete, setzte er fort: „Was sollte überhaupt dieser seltsame Aufzug? Wären Sie in Ihrer üblichen Kleidung gekommen, hätten wir kostbare Zeit gespart. Als ich Ihnen schrieb, war die Beobachtergruppe klein. Vielleicht wäre sie noch nicht in der Lage gewesen, beide Türen gleichzeitig im Auge zu behalten. Schließlich liegt die gesamte Länge des Hauses dazwischen …“

„Sie gestatten, dass ich selbst entscheide, was ich zu tragen beliebe?“ Jetzt klang Lady Derryhill so schneidend, wie Vivian es noch nie von ihr gehört hatte. „Wenn ich mich schon durch einen Hintereingang schleichen muss, dann wenigstens so, dass ich kein Aufsehen errege …“

Der Viscount lachte höhnisch auf: „Das ist Ihnen ja vorzüglich gelungen, herzlichen Glückwunsch!“

„Ich habe es für Vivian getan“, verteidigte sich Ihre Ladyschaft und das schlechte Gewissen ihres Schützlings wuchs noch weiter an. „Es erschien mir vernünftig.“

„Vernünftig!“, konnte er es nicht lassen, weiter zu höhnen. „Vernünftig wäre es gewesen, wenn Sie der sensationslüsternen Menge gesagt hätten, Sie wären nicht gerade dabei gewesen, *in* das Haus, sondern *aus* dem Haus zu schleichen. Damit wären Sie offiziell die ganze Zeit bei uns gewesen.“

„Erstens fallen einem solche Ausreden immer erst im Nachhinein ein und außerdem“, und jetzt bewies Lady Derryhill, dass sie ebenso gut zu Hohn fähig war, „damit hätte ich sie dann doch erst recht bei Ihnen allein gelassen. Sehr vernünftig.“

„Das, was am allerwenigsten vernünftig war“, lautete Badwells bitterer Kommentar, „war, ausgerechnet Sie um Hilfe zu bitten. Hätte ich gewusst, wie diese Hilfe aussehen wird, ich hätte mir etwas anderes einfallen lassen.“

Vivian, die still in der hinteren Ecke des Raumes stand und zu ihrer Duenna hinüberblickte, die ihren Platz auf dem Sofa eingenommen hatte, hielt erschrocken die Luft an. Sie verstand Raphaels Ärger, aber dennoch hatte er kein Recht, die Countess derart abzukanzeln. Das war diese nicht gewöhnt, und es war überdies äußerst ungerecht. Ihre Ladyschaft würde es sich auch nicht gefallen lassen. Wie recht sie mit dieser Annahme hatte, stellte sich umgehend heraus.

„Wären Sie nicht so ein Wüstling, der vom Bett einer verheirateten Dame in das nächste wechselt, dann hätten Sie auch nicht so viele Feindinnen, die Ihnen Übles wollen …“

Mit einem Ruck fuhr Badwells Kopf herum, und er starrte nicht die Countess, sondern Vivian mit einem so bösen Blick an, dass diese erstarrte. „Du hast es ihr gesagt? Du hast deiner Duenna die Geheimnisse anvertraut, die ich dir im Vertrauen erzählt habe?“

„Nein, das habe ich nicht!“ Vivians Stimme klang entrüstet, um dann flehentlich hinzuzufügen: „Raphael, bitte! Du musst mir glauben. Ich habe ihr kein einziges Wort erzählt.“

„Aha, und wieso weiß sie es dann?“, fuhr er sie an.

Das fragte sich Vivian allerdings auch. Sie zuckte mit den Schultern und dann konnte sie es nicht verhindern, dass ihr die Tränen über die Wangen rannen.

„Ich weiß es, weil es in London jeder weiß“, sagte Ihre Ladyschaft düster.

Badwell durchmaß mit großen Schritten das Zimmer, knetete seine Hände und dachte nach. Die

Damen hielten es für angebracht, zu schweigen. Vivian fragte sich mit bangem Herzen, was als Nächstes geschehen würde. Was sollte sie machen, wenn Raphael sich weigerte, das zu tun, was Lady Derryhill der Menge verkündet hatte? Ihr Ruf stand auf dem Spiel. Der Ruf ihrer Familie stand auf dem Spiel. Was, wenn der Duke of Landmark davon erfuhr? Bertrams diplomatische Karriere könnte zu Ende sein, bevor sie richtig angefangen hatte. Und das nur deshalb, weil sie so unvorsichtig gewesen war und sich von ihrer Neugier hatte leiten lassen anstelle von Anstand und Vernunft.

„Sie hatten also keine andere Wahl, als Babette … Lady Glostershire und der versammelten Meute zu erklären, ich hätte gestern um Vivians Hand angehalten?“, fragte der Viscount schließlich.

Lady Derryhill nickte.

Bevor sie noch etwas erwidern konnte, setzte er fort: „Sie sagten, Panswick habe uns als Familienoberhaupt seinen Segen erteilt und sei auf dem Weg nach Lancroft Abbey, um Vivians Mutter und ihren Vormund entsprechend in Kenntnis zu setzen?“

Badwell klang nun wieder ruhig und gefasst, und doch ahnte Vivian, dass es in seinem Inneren ganz anders aussah.

Auch Lady Derryhill hatte zu ihrer Fassung zurückgefunden. „Ein Geniestreich, nicht wahr? Es mag zwar für sittenstrenge Mitglieder der Gesellschaft immer noch verwerflich sein, dass Sie beide sich ohne Aufsicht hier unter Ihrem Dach befunden haben, aber als Verlobte ist zumindest der Ruf von Vivian und ihrer Familie nicht ernsthaft in Gefahr. Dadurch, dass ich überdies Panswicks Heimreise erwähnte, wird sich niemand wundern, dass die Anzeige in der Gazette noch einige Tage auf sich warten lässt."

„Was würden Sie tun, wenn ich mich weigere, diesen Ihren ach so großartigen Geniestreich mit Leben zu erfüllen?", wollte er wissen. „Was, wenn ich mich weigere, Vivian zu ehelichen? Ich war eben auf dem Weg, um Miss Finch-Bottom einen Antrag zu machen, als sie hier auftauchte ..."

„Miss Finch-Bottom?", wiederholte Ihre Ladyschaft und runzelte die Stirn. „Das wäre ein unverzeihlicher Fehler gewesen. Sie würde nie und nimmer zu Ihnen passen, dazu ist sie doch viel zu still und unscheinbar. Es ginge kein Jahr ins Land und Sie würden sich unglaublich langweilen."

„Das habe ich ihm auch gesagt", konnte es sich Vivian nicht verkneifen, Ihrer Ladyschaft triumphierend zuzustimmen.

„Aber darum geht es doch gar nicht!", rief Badwell ungeduldig. „Es geht darum, dass ich vorhabe, selbst zu entscheiden, wem ich die Hand zum Bund reiche. Ich lasse mich doch nicht in eine Falle locken, um dann mein Leben lang die Konsequenzen zu tragen."

Er hielt inne und blickte starr aus dem Fenster.

Für Vivian waren diese Worte wie ein Stich ins Herz. Ein Stich, der stärker schmerzte als alles, was bisher jemand zu ihr gesagt hatte.

„Hier hat niemand jemandem eine Falle gestellt, Badwell, das wissen Sie so gut wie ich. Es geht darum, den Ruf eines jungen Mädchens zu retten."

„Den nicht ich aufs Spiel gesetzt habe!", fuhr er auf. „Ich habe Ihren Schützling nicht kompromittiert. Ich weigere mich ein für alle Mal …"

Da beschloss Lady Derryhill, ihren letzten Trumpf auszuspielen. Es war nur ein vager Verdacht, der ihr diesen Trumpf in die Hand gegeben hatte, aber das musste der Viscount ja nicht wissen.

„Sie wollen also allen Ernstes behaupten, dass Sie meinen Schützling nicht näher kennen, *Raphael*?", fragte sie und zog den Namen ganz bewusst in die Länge. Ja, Lady Derryhill war eine erfahrene Frau, die gelernt hatte, gut zuzuhören und eins und eins zusammenzuzählen.

Er fuhr herum: „Wie bitte?"

„Sie beide sind sich nicht so fremd, wie Sie mir weismachen wollen. Es ist nicht das erste Mal, dass Sie beide heute die Grenzen des guten Anstands verletzten …"

Vivian sah die Countess mit großen Augen an und das bange Gefühl in ihrem Herzen verstärkte sich ins Unermessliche. Woher wusste sie denn das schon wieder? Er würde ihr nie und nimmer glauben, dass sie die Nacht in der Fischerhütte mit keinem Wort erwähnt hatte.

„Hast du ihr das auch nicht erzählt?", fuhr Badwell sie da auch schon an.

Sie schüttelte nur schweigend den Kopf, wohl wissend, dass er ihr ohnehin kein Wort glauben würde.

Dann war es wieder still im Wohnzimmer. Der Lärm, der vom Piccadilly herkam, war die einzige Geräuschkulisse. Schließlich zog der Viscount scharf die Luft ein, straffte die Schultern und sagte mit ruhiger, ernster Stimme: „Gut, dann soll es eben so sein. Ich werde eine Nachricht an Derryhill senden und Vivian heiraten. Aber glauben Sie mir, ich tue das gegen meinen Willen. Die Tatsache, dass ich von ihr verraten und von Ihnen zu dieser Ehe gezwungen wurde, werde ich nicht erwähnen. Doch sie wird für immer und ewig zwischen uns stehen. Sobald ich Derryhills Antwort habe, die ohne Zweifel positiv ausfallen wird, werde ich eine Anzeige in die Gazette setzen lassen. Sie können Ihren üblichen Vergnügungen nachgehen, Lady Vivian, und sich, wenn Sie denn wollen, als glückliche Siegerin um meinen Titel präsentieren. Ich werde Ihnen Bescheid geben, sobald das Hochzeitsdatum feststeht. Die Trauung wird auf meinem Landsitz stattfinden. Sie, Mylady, und mein Trauzeuge reichen als Hochzeitsgesellschaft aus ..."

„Wie Sie sehr wohl wissen, ist es üblich, dass die Trauung im Elternhaus der Braut gefeiert wird, daher …“, meldete sich Lady Derryhill zu Wort, die anscheinend gegen die andere Erklärung nichts einzuwenden hatte.

„Es ist aber auch üblich, dass sich der Bräutigam aussuchen kann, wen er zur Frau nimmt“, unterbrach er sie und klang noch bitterer als zuvor. „Also kommen Sie mir nie wieder mit dem, was angeblich üblich ist. Und jetzt, denke ich, sind der Worte genug gewechselt.“

Er ging zum Glockenstrang hinüber.

„Simmons, die beiden Damen möchten aufbrechen“, sagte er, als der Butler eingetreten war. Er verbeugte sich steif in Richtung der Countess: „Lady Derryhill, ich danke für das aufschlussreiche Gespräch.“

Dann drehte er sich um und würdigte Vivian keines weiteren Blickes.

Kapitel 36

Die nächsten Tage schienen Vivian die längsten ihres Lebens zu sein. Auch wenn die Verlobung noch nicht offiziell in der Gazette bekannt gegeben worden war, so verbreitete sich die Nachricht wie ein Lauffeuer. Das war wenig überraschend, denn neben den Ladys Glostershire und Mildenhall waren auch andere Personen Zeugen des Vorfalls geworden, bei denen Klatsch und Tratsch zu den Lieblingsbeschäftigungen zählten. Der Türklopfer in der Brook Street stand nun wieder kaum still und Vivian musste eine Vielzahl an Fragen über sich ergehen lassen und mit aufgesetztem Lächeln immer und immer betonen, wie glücklich sie war. Ja, sie habe Badwell bereits bei der Hochzeit ihrer Schwester kennengelernt. Ja, sie war sofort von seinem Erscheinen fasziniert gewesen. Nein, sie glaubte nicht, dass Penelope es ihr übelnehmen würde, dass sie, die Jüngere, künftig als Viscountess im Rang höher stehen würde und ihr Gemahl obendrein das Familienoberhaupt von Mr Markfield war. Ja, ihre ganze Familie freue sich mit ihr. Nein, sie halte ihren Verlobten keinesfalls für einen Tunichtgut, der in den Tag hineinlebte, sondern für einen verantwortungsbewussten Kriegshelden, der nach dem überraschenden Tod seines Vaters eine Orientierungspause gebraucht hatte, um in die neue Rolle hineinzuwachsen.

An den Abenden ging sie mit ihrer Duenna ins Theater und besuchte die Bälle und Soireen, zu denen sie schon vor Wochen zugesagt hatten. Von Badwell gab es bei all diesen Veranstaltungen keine Spur. Vivian war einerseits froh darüber, weil sie nicht gewusst hätte, wie sie ihm am besten begegnen sollte. Andererseits war diese Tatsache aber auch höchst unangenehm, weil es zu neuen Spekulationen und Getratsche Anlass gab. Wenn sie gefragt wurde, warum sich ihr Verlobter nicht an ihrer Seite zeigte, dann lächelte sie reizend und schwieg. Etwas anderes wurde von einer Debütantin ohnehin nicht erwartet. Obwohl sie so beschäftigt war wie nie zuvor, fühlte sie sich innerlich traurig und leer. Alles war weg, und das noch dazu durch ihre eigene Schuld. Die guten Gespräche mit Raphael – weg. Die romantischen Erinnerungen an seine Küsse – weg. Ihre Träume von einem reifen Gatten, der ihre und Miss Fellows' Träume verwirklichen könnte – weg. Ihr Plan von einer fortschrittlichen Schule für arme adelige Mädchen – weg. Ihr inniger Wunsch nach einem Gemahl, der ihre Sehnsüchte und Gedanken ernst nahm – weg. Die Hoffnung auf eine Zukunft in Liebe – weg. Geblieben war die Aussicht auf einen zornigen Ehemann, der sich weiterhin durch die Betten fremder Frauen wälzen würde und der sie, was am allerschlimmsten war, verachtete, weil er sie für eine Verräterin und Fallenstellerin hielt.

Als Lady Derryhill am Donnerstag der darauffolgenden Woche die Gazette aufschlug, prangte unter den Verlobungsanzeigen die von Vivian und dem Viscount an erster Stelle. Ihre Ladyschaft war zufrieden. Nicht dass sie Zweifel daran gehegt hätte, dass Badwell zu seinem Wort stand, aber es Schwarz auf Weiß zu sehen, empfand sie dennoch als Beruhigung. Jetzt musste es ihr nur noch gelingen, die beiden Brautleute auch tatsächlich zusammenzubringen.

Als sie nach dem fatalen Vorfall in Badwells Palais nach Hause gekommen waren, da hatte sie Vivian mit Fragen gelöchert, doch diese hatte keine einzige beantwortet. Also hatte sie an ihre Schwiegertochter Frederica geschrieben und sie gebeten, ihr haargenau alles mitzuteilen, was zwischen den beiden bei der Hochzeit vorgefallen war. Sie hatte dafür extra einen der Stallburschen per Pferd nach Lancroft Abbey geschickt, um eine rasche Antwort zu erhalten. Der Bursche nahm natürlich auch den Brief mit, in dem Vivian ihre Mutter und ihren Vormund von der überraschenden Verlobung in Kenntnis setzte und sie um Verzeihung dafür bat, dass sie den Antrag angenommen hatte, ohne die Erlaubnis von zu Hause abzuwarten.

Die Antworten, die der Diener am Nachmittag des übernächsten Tages brachte, waren für beide Ladys unbefriedigend. Während Vivian derart von herzlichen Glückwünschen und wohlmeinenden Ratschlägen überhäuft wurde, dass sie unter der Last des schlechten Gewissens, ihren Lieben nicht die Wahrheit enthüllt zu haben, fast zusammenbrach, half Fredericas Brief ihrer Ladyschaft auch nicht weiter. Sie schilderte, wie sich die beiden vor dem Altar das erste Mal gesehen hatten. In der Kutsche nach Hause sei nichts Außergewöhnliches vorgefallen, wie ihre Mutter auf Befragen angegeben hätte. Badwell hätte zwar gesagt, Vivian sei noch nicht reif für eine Saison, aber das habe Mama nicht ernst genommen. Beim anschließenden Hochzeitsfrühstück hätten die beiden weit voneinander weg gesessen. Dann habe Badwell allerdings einen Anfall von Migräne bekommen und um ein Geigenspiel gebeten, das ihm Linderung verschaffen sollte. Vivian habe gespielt und Nicolas sei selbstverständlich im Musikzimmer anwesend gewesen. Nun, so schloss ihre Schwiegertochter, war sie neugierig geworden, was Lady Derryhill denn vermutete, was bei der Hochzeit geschehen sein könnte und inwieweit das etwas mit der Verlobung zu tun hätte. Lady Derryhill seufzte: Das wusste sie allerdings auch nicht. Doch sie wusste, dass sie sich Klarheit verschaffen musste. Also setzte sie sich an ihren Schreibtisch und verfasste einen weiteren Brief.

Um sechzehn Uhr begann jeden Tag die mondäne Stunde, in der sich die noble Gesellschaft in den Hyde Park begab, um zu sehen und gesehen zu werden. Man plauderte von Kutsche zu Kutsche oder zeigte seine Reitkünste auf der Rotten Row. Und wenn der Boden trocken war, dann nutzten vor allem die Jüngeren die breiten Wege zum Spazierengehen.

Als Lady Derryhill am nächsten Tag eine Ausfahrt vorschlug, hatte Vivian eigentlich keine Lust, sie zu begleiten. Doch ihre Chaperon konnte sehr überzeugend sein: „Du musst an die frische Luft, meine Liebe, sonst fällt dir noch die Decke auf den Kopf. Außerdem: Was meinst du, was die Leute denken, wenn du dich hier im Haus versteckst?"

Vivian wollte, dass die Leute endlich aufhörten, über sie irgendetwas zu denken, und darum entschloss sie sich mitzufahren.

Wie immer wurde Lady Derryhills Kutsche sofort von zahlreichen Bekannten umringt. Soeben hatte Lady Jersey ihren Landauer anhalten lassen. In das nun beginnende Gespräch mischten sich auch andere Damen und Herren, die neben den Fahrzeugen standen, ein, und zu Vivians großer Freude und Erleichterung war ihre Verlobung nicht mehr länger Mittelpunkt des allgemeinen Interesses. An diesem Nachmittag sprachen alle über den Tod der alten Duchess of Hopestone und man spekulierte darüber, wie schnell ihr verwöhnter Enkel das enorme Erbe durchgebracht haben würde. Vivians in den letzten Tagen eingefrorenes Lächeln machte einem entspannteren Gesichtsausdruck Platz.

„Ich wünsche allseits einen guten Tag“, meldete sich da eine freundliche Stimme hinter ihrem Rücken zu Wort. Vivian fuhr herum und sah eine junge Frau neben der Kutsche stehen. Sie trug ein zartrot geblümtes Sommerkleid mit kleinen Puffärmeln. Der Sonnenschirm, den sie auf der Schulter drehte, war mit demselben Stoff bespannt. Das Gesicht war hübsch, die Haare nach der neuesten Mode aufgesteckt. Vivian war sich sicher: Diese elegante Lady hatte sie noch nie zuvor gesehen.

„Meine liebe Rose“, rief ihre Duenna erfreut, und dann an Lady Jersey gewandt: „Sally, du kennst doch die Gattin von Hugh MacMillan, die Nichte meines verstorbenen Gemahls?“

Als die beiden einander begrüßt hatten, wandte sie sich wieder an die junge Dame: „Seit wann bist du denn in der Stadt, Rose? Wie ich hörte, wart ihr bei deinen Eltern?“

„Das ist richtig, Tante Cassandra. Sie sind beide wieder wohlauf und schicken dir die herzlichsten Grüße. Seit wenigen Tagen sind wir wieder in London“, antwortete die junge Dame, nickte fröhlich und wandte sich dann um: „Sie müssen Lady Vivian Barnett sein. Wie schön, Sie kennenzulernen. Haben Sie Lust auf einen kleinen Spaziergang?“

Während sich Vivian überrascht fragte, ob sie sich vielleicht verhört hatte, setzte die junge Lady auch schon fort: „Ich darf dir doch deinen reizenden Gast entführen, Tante? Das Wetter ist so warm und freundlich, da habe ich Lust zu promenieren. Aber allein macht das keinen Spaß.“

„Selbstverständlich“, rief Lady Derryhill, ohne zu zögern. „Geht nur, ihr jungen Dinger, und amüsiert euch gut. Sei bitte in einer halben Stunde zurück, Vivian.“

Die Aussicht, weiteren Gesprächen über unbekannte Tote zu entkommen, war verlockend, und außerdem war Vivian neugierig geworden. Also sprang sie aus dem Wagen und bemerkte überrascht, aber auch erfreut, dass sich die Unbekannte bei ihr einhängte, als wären sie bereits Freundinnen.

„Der Spaziergang war eine wundervolle Idee, Lady MacMillan. Ich …“

„Ach bitte, nenn mich Rose. Ich bin doch erst zweiundzwanzig, also selbst kaum älter als du.“

Diesem Wunsch kam Vivian nur zu gerne nach. Lady Derryhills Nichte schien ein netter, fröhlicher Mensch zu sein, genau die Begleitung, die sie im Augenblick brauchte, um sich von ihren Grübeleien abzulenken. Prudence hatte sich nach dem Vorfall in

Lady Jerseys Tanzsaal von ihr abgewandt und bedachte sie seither bei jedem Zusammentreffen mit abschätzigen Blicken. Sicher hatte ihr ihre Schwester nur die schlimmsten Dinge über sie erzählt.

„Gern, Rose. Ich bin Vivian, aber das weißt du ja offensichtlich bereits. Woher kanntest du meinen Namen?“

Die andere lächelte: „Glaube mir, jedes Mitglied der vornehmen Gesellschaft kennt in diesen Tagen Lady Vivian Barnett. In London passieren zwar die verschiedensten Dinge, doch so eine überraschende Verlobung gibt es selten.“

„Du hast vom Vorfall vor Badwells Haus gehört?“, schloss Vivian blitzschnell und spürte, wie sie errötete. Einen weiteren abschätzigen Blick würde sie nur sehr schwer ertragen.

Doch ihre Gesprächspartnerin schien alles andere als schockiert zu sein. Im Gegenteil, sie lachte wieder fröhlich auf, bevor sie sagte: „Bei Badwell wundert ein unkonventionelles Vorgehen niemanden. Auf diese Art für das Bekanntwerden seiner Verlobung zu sorgen, passt zu ihm.“

„So, findest du?“, fragte Vivian und überlegte, ob sie Raphael gegenüber Fairness walten lassen und zugeben sollte, dass eigentlich sie ganz allein an diesem Vorgehen schuld war. Aber da sprach ihre Begleiterin schon weiter: „Ich gratuliere dir in jedem

Fall herzlich und wünsche euch alles Gute. Verheiratet zu sein, ist etwas Wunderbares!“

„So, findest du?“, fragte Vivian noch einmal.

Da erzählte Rose ihr von ihrem eigenen Gatten, wie sie sich kennengelernt hatten, wie ihre Verlobung zustande gekommen war und dass sie sich durch ihn als glücklichste Frau der Welt fühlte. Vivian hatte sich entspannt und begann, interessierte Fragen zu stellen. Es tat so gut, nach den Tagen der Aufregungen und der Sorgen endlich wieder befreit lachen zu können. Rose wusste so amüsant zu erzählen, dass sie fast die Zeit übersehen hätten.

Kapitel 37

„Macht es dir etwas aus, alleine zur Kutsche zurückzukehren, meine Liebe?“, fragte Rose, als die halbe Stunde beinahe vorüber war. „Mein Phaeton wartet beim anderen Ausgang des Parks. Sieh nur, dort vorne ist Tante Cassandras Landauer. Du musst nur immer geradeaus gehen.“

Natürlich hatte Vivian nichts dagegen einzuwenden und die beiden jungen Damen umarmten einander wie alte Freundinnen. Sie verabredeten ein Treffen bereits für den nächsten Vormittag, und das erste Mal seit Tagen fühlte sich Vivian wieder jung, frei und glücklich.

Dann machte sie sich beschwingt auf den Weg. Wie gut, dass Rose genau zum richtigen Zeitpunkt in die Stadt zurückgekehrt war. Sie konnte jetzt wirklich eine Freundin gebrauchen. Ob sie sie um Rat fragen konnte, was Raphael betraf? Es wäre so eine Erleichterung, mit jemandem zu sprechen, der eine objektive Sicht auf die Geschehnisse hatte. Rose schien eine kluge Frau zu sein, hinter deren Fröhlichkeit ein wacher Verstand steckte. Vivian war so in Gedanken versunken, dass sie die Hand, die ihr hektisch zuwinkte, zuerst gar nicht wahrnahm. Diese

Hand steckte in einem grauen Wollhandschuh und gehörte zu einer Person, die sich unmittelbar neben dem Weg, hinter einem dicken Eichenstamm, verborgen hatte. Erst ein Geräusch machte sie darauf aufmerksam.

„Schsch", hörte sie eine Stimme. Und dann sah sie die winkende Hand direkt neben sich.

„Mein Gott, haben Sie mich erschreckt!", rief sie aus, blieb abrupt stehen und griff sich ans Herz. „Haben Sie den Verstand verloren? Gehen Sie weg und lassen Sie mich in Ruhe!"

Die Person schien davon unbeeindruckt.

„Vivian, auf ein Wort!", sagte sie, legte ihre behandschuhte Hand auf ihren Unterarm und versuchte sie in die Wiese zu ziehen. Die Gestalt, die zu dieser Hand gehörte, verbarg sich noch immer hinter dem breiten, hohen Baum, war aber offensichtlich dabei, dahinter hervorzutreten. Vivian dachte gar nicht daran, darauf zu warten, und lief los. Man hörte so schreckliche Dinge von Überfallen und Raub. Sie hätte nie damit gerechnet, dass ihr das tatsächlich passieren könnte. Im Hyde Park, noch dazu am helllichten Tag! Zum Unterschied von Damen aus der Hauptstadt war Vivian ein Mädchen vom Land und wusste, was es hieß, schnell zu laufen.

„Dort", rief sie, als sie sich der rettenden Kutsche näherte, und wies mit der Hand zurück zum hohen

Eichenbaum, „dort hinten steht jemand und wollte mich ausrauben!“

„Um Himmels willen!“ Lady Derryhill drehte sich blitzschnell um und öffnete den Schlag der Kutsche: „Steig ein, meine Liebe! Kannst du den Mann noch sehen?“

Vivian fixierte den Baum, doch da war weit und breit nichts mehr zu erkennen.

„Ich bin mir nicht sicher, doch ich denke, es handelte sich um eine Frau, nicht um einen Mann, Lady Derryhill. Und was noch seltsamer ist: Sie schien zu wissen, wer ich bin. Sie nannte mich Vivian. *Vivian.* Nicht Lady Vivian Barnett. Ich hoffe, Sie denken nicht, dass ich zur Hysterie neige, aber das war jetzt wirklich beängstigend.“

Während die Kutschenräder in die Brook Street zurückratterten, ging Vivian die graue Gestalt nicht aus dem Sinn. Und plötzlich hatte sie das Gefühl, diese Person schon einmal irgendwo gesehen zu haben. Außerdem wollte es ihr nicht aus dem Kopf gehen, wieso eine Fremde sie *Vivian* genannt hatte. Und auch wenn die Stimme rau war, so hatte sie etwas, was ihr vage bekannt vorkam.

In dieser Nacht war es Vivian, die einen wirren Albtraum hatte. Die Gestalt mit den grauen Wollhandschuhen entpuppte sich als Lady Glostershire, die sie mit hämischem Lachen verfolgte, während ihre spinnenartigen Arme sie zu ergreifen versuchten. Als sie

sie schließlich zu fassen bekam, waren es nicht mehr die Handschuhe, die sie ergriffen, sondern die kalten, ein wenig feuchten Hände des Barons, ihres Gatten. Vivian floh, als sei der Leibhaftige hinter ihr her, und aus den Bäumen entlang des Wegs säuselte der Wind „Schsch!". Und obwohl sie doch die ganze Zeit gelaufen war und ihr Herz vor Anstrengung bis zum Hals hinauf klopfte, fiel sie schließlich vom Pferd, direkt in die Arme ihres Verlobten.

„Raphael, ich liebe dich!", hörte sie sich sagen, während sie sich an ihn klammerte. Er beugte sich zu ihr hinab, seine Lippen waren nur mehr wenige Millimeter von ihren entfernt. Sie roch den vertrauten Geruch nach Moschus und … Schokolade. *Schokolade?*

„Guten Morgen, Lady Vivian", das Hausmädchen zog mit forschen Griffen die geblümten Vorhänge ihres Himmelbetts zurück. „Es verspricht ein warmer, sonniger Tag zu werden. Ich habe Ihnen die Morgenschokolade auf den Nachttisch gestellt."

Vivian setzte sich benommen in den Kissen auf und strich sich die Locken aus dem Gesicht. Hatte sie wirklich geträumt, sie würde „Ich liebe dich!" sagen? Zu Raphael?

Kapitel 38

Die nächsten beiden Tage vergingen für Vivian äußerst erfreulich. Lady Rose holte sie am darauffolgenden Vormittag zum vereinbarten Streifzug durch die Bond Street ab und um ihr eine Hutmacherin vorzustellen, die die modischsten Modelle nach Entwürfen einer Modistin aus Paris anzufertigen wusste. Vivian erstand einen entzückenden Strohhut mit grünen Bändern, der ihr neuestes Tageskleid auf das Erfreulichste komplettieren würde. Dann kehrten die beiden bei Gunthers am Berkeley Square ein und kosteten das mit kandierten Veilchen verzierte Zitroneneis, das im ganzen Königreich seinesgleichen suchte.

Am Abend desselben Tages stand ein Ball auf dem Programm, und Vivian stellte mit Freuden fest, dass Rose und ihr Gatte ebenfalls zum erlauchten Kreis der Eingeladenen zählten. Hugh MacMillan forderte sie zu einem Kontertanz auf und reichte ihr anschließend auch den Arm, um sie zum Supper zu geleiten. Bei Tisch führten sie ein angeregtes Gespräch über Vivians Eindrücke von der Londoner Saison und kamen wie von selbst auf ihre Vorstellungen zu sprechen, die die Zukunft betrafen. Lord

MacMillan war ein guter Zuhörer und sein ehrliches Interesse beflügelte sie, ihm entgegen Lady Derryhills ausdrücklichen Rat all ihre Träume zu enthüllen.

„Darum kommt für mich auch nur ein reifer, weiser Ehemann infrage“, schloss sie mit glühenden Wangen. „Jemand, der bereit ist, sich im Oberhaus für all das zu engagieren, was mir wichtig ist, und der über die Mittel verfügt, das Schulhaus zu kaufen und führen zu lassen.“

Sie war so sehr in Fahrt, dass ihr die Bedeutung dieser Worte erst klar wurde, als ihr Gesprächspartner beide Augenbrauen nach oben zog und ein interessiertes „Ach ja?“ von sich gab.

„Ich meinte natürlich, das *war* mein Plan, bevor …bevor … ich den Viscount of Badwell traf. Und jetzt bin ich natürlich sehr glücklich, so, wie es ist.“

„Natürlich“, sagte er und nickte.

Für den nächsten Tag hatte Lady Rose MacMillan ein kleines Picknick im St. James’ Park organisiert. Ihre beiden Freundinnen, die mit von der Partie waren, nahmen Vivian herzlich in ihrer Mitte auf, und bald waren alle vier jungen Damen in eine lebhafte Unterhaltung verstrickt. Während die Decken auf der Blumenwiese ausgebreitet wurden und der Diener einen Weidenkorb mit allerlei Delikatessen bereitstellte, wurde am Eckhaus, an dem die Sackville

Street in den Piccadilly mündete, energisch der Türklopfer betätigt.

„Lord MacMillan“, sagte der Butler, als er die Tür geöffnet hatte, „wenn ich Sie bitten dürfte, ein anderes Mal vorbeizukommen? Ich fürchte, Seine Lordschaft ist heute etwas … äh … indisponiert.“

„Das fürchte ich auch“, antwortete Hugh kühl, drängte den überraschten Diener zur Seite und betrat das Haus seines Freundes Badwell. „Befindet sich Seine Lordschaft noch in seinem Schlafzimmer?“

Simmons nickte und wollte nach oben eilen, um seinen Herrn zu verständigen.

„Es ist nicht nötig, mich anzukündigen“, hielten ihn die nächsten Worte des Gastes zurück. „Ich kenne den Weg.“

In diesem Augenblick schlug die Standuhr in der Halle laut und vernehmlich zur zwölften Stunde. Mit großen Schritten eilte MacMillan die Treppe hinauf, fand die richtige der zahlreichen braunen Holztüren auf Anhieb und trat ein, ohne sich die Mühe zu machen, vorher anzuklopfen.

„Was herrscht denn hier für ein Gestank?“, waren seine ersten Worte, die man nicht wirklich als höfliche Begrüßung ansehen konnte. „Kein Wunder, dass du wie benommen im Bett liegst.“ Mit einem Ratsch war der Vorhang vor dem großen Fenster weggezogen und die Scheibe nach oben geschoben.

„Bist du verrückt?“, meldete sich eine verschlafene Stimme vom Bett her. „Verschwinde umgehend und lass mich weiterschlafen!“

Der Besucher dachte gar nicht daran, diesen Wunsch zu erfüllen.

„Mit dem Selbstmitleid, in dem du dich seit deiner Verlobung suhlst, ist ab heute Schluss!“, befahl er stattdessen und begann, ungeachtet aller Proteste, auch die Vorhänge des Bettes aufzuziehen. „Ich habe sie kennengelernt und ich habe mit ihr gesprochen. Du liegst völlig falsch, und es ist an der Zeit, dass du dich so verhältst, wie es sich für einen Mann von Format gehört. Du siehst übrigens schrecklich aus, wenn du mir diese offenen Worte gestattest.“

Unter Ächzen und zahlreichen Flüchen hatte Badwell es geschafft, sich in eine sitzende Position zu bringen, bevor er sich unter weiterem Stöhnen an die gepolsterte Rückwand seines Bettes lehnte. „Was?“

MacMillan sah sich um. Die zahlreichen Flaschen, die rund um das Bett standen, waren eine eindeutige Erklärung dafür, warum sein Freund nicht in der Lage war, ihm zu folgen.

„Wie, glaubst du, können dir Brandy, Rum und Port in deiner Situation helfen?“, erkundigte er sich und begann die Corpora Delicti aufzuheben und auf die Kommode zu stellen.

„Sie helfen mir zu vergessen, dass ich überhaupt in diese Situation geraten bin“, kam es düster vom

Bett her. „Ich habe dir doch gesagt, dass man mich in eine Falle gelockt hat. Hätte ich meinen Vater und meinen Bruder nicht ohnehin schon seit Jahren verflucht, in den letzten Tagen hätte ich damit begonnen, glaube mir."

Jetzt war es an MacMillan, überrascht zu sein. „Was haben denn die … Ich verstehe dich nicht, mein Freund!"

„Das liegt doch auf der Hand, Hugh. Hätten die beiden, verflucht noch mal, nicht das Zeitliche gesegnet, dann wäre ich jetzt immer noch ein simpler Mr Justin Rawling oder, was wahrscheinlicher ist, ein simpler Major Justin Rawling, und kein weibliches Wesen wäre je auf die Idee gekommen, mich mit List und Tücke einzufangen."

„Hör auf, Tote zu verfluchen, das bringt nichts", lautete die strenge Antwort. „Außerdem denke ich nicht, dass die beiden absichtlich gestorben sind, nur um dich in diese Lage zu bringen."

„Wer weiß …", murmelte der Viscount, allerdings nur, weil er nicht zugeben wollte, dass sein Freund recht hatte.

„Außerdem könntest du, wenn du weiter auf dem Kontinent gekämpft hättest, jetzt genauso gut ein toter Major Rawling sein", setzte dieser fort. „Also sei froh, dass du lebst, und tauch wieder aus deinem Selbstmitleid auf. Ich habe Vivian Barnett kennengelernt. Wir haben uns beim Supper beim gestrigen Ball unterhalten …“

„Ihr habt *was*?“, kam es vom Bett her. „Seit wann interessierst du dich denn für unverheiratete Mädchen? Vivian ist mit *mir* verlobt, schon vergessen?“

Dieser letzte Satz gefiel MacMillan so sehr, dass er am liebsten gegrinst hätte. Er blieb jedoch ernst, denn noch hatte er sein Ziel nicht erreicht.

„Sie ist eine Freundin von Rose“, erklärte er daher nur. „Da ist es doch nur zu verständlich, dass ich mich für sie interessiere.“

„Eine Freundin von Rose?“, kam auch schon die nächste ungläubige Frage. „Seit wann denn das? Du hast mich doch erst vor wenigen Tagen aufgesucht, um mir zu sagen, dass ihr wieder in der Stadt seid. Wie kommt es eigentlich, dass ihr überhaupt schon zurück seid? Wolltet ihr nicht bis zum Herbst bei Roses Eltern bleiben?“

„Rose hat sich anders entschieden. Du weißt doch, wie sie ist.“ MacMillan hoffte, dass diese Worte als Erklärung ausreichten, denn er hatte den strengen Auftrag, Lady Derryhills Hilferuf mit keinem Wort zu erwähnen. Ihre Ladyschaft hatte sie in dem Schreiben, das sie bei Roses Eltern erreichte, nicht nur von der Verlobung seines Freundes in Kenntnis gesetzt, sondern auch darüber, wie diese zustande gekommen war.

„Ich stehe mit Badwell derzeit nicht auf so gutem Fuß, dass ich die beiden Verlobten auch wirklich zusammenbringen könnte", hatte Ihre Ladyschaft geschrieben. „Dabei weiß ich, dass sie das perfekte Paar abgeben würden, wenn sie sich nur selbst die Chance dazu einräumten."

Sie erwähnte, dass ihr Schützling den Viscount *Raphael* genannt hatte, und äußerte den Verdacht, dass zwischen den beiden etwas vorgefallen war, was sie nicht wusste. Abschließend bat sie das Ehepaar MacMillan um Hilfe.

Hugh musste den Brief zweimal lesen, bevor ihm einfiel, wo er den Namen *Raphael* schon einmal gehört hatte. Badwell war im März unverrichteter Dinge aus Marlborough zurückgekehrt und war so beunruhigt gewesen, dass er ihn in groben Zügen in das Geschehen in der Fischerhütte eingeweiht hatte. Was genau dort vorgefallen war, wusste Hugh allerdings nicht. Denn zum einen hatte sein Freund sicher nicht alles erzählt, und zum anderen hatte ihn ein zufällig vorüberreitendes Hausmädchen, das diesen Raphael nannte, auch nicht wirklich interessiert. Obwohl er ihr dafür dankbar war, dass sie bei Badwell einen Sinneswandel bewirkt hatte, wenn er auch nicht wusste, wodurch. Lady Derryhills Brief in der Hand, hatte er es kaum fassen können, dass das Hausmädchen anscheinend in Wahrheit eine Tochter aus bestem Haus war, und er hatte keinen Augenblick gezögert, sein Wissen mit Rose zu teilen.

„Badwell hat sich tatsächlich verliebt", lautete deren Schlussfolgerung. „Aber natürlich!", hatte sie noch eins nachgelegt, als er seine Bedenken geäußert hatte: „Damals ist er ihr nach Marlborough nachgeritten, um sich zu vergewissern, dass sie wohlbehalten in der Poststation angekommen ist. Und jetzt hat er sich verlobt, weil ihm ihr guter Ruf wichtiger ist als seine Freiheit. Dieses Mädchen muss ich kennenlernen."

War es da ein Wunder, dass Rose nicht zögerte, die Koffer zu packen und umgehend nach London zu reisen?

All das ging Hugh nun durch den Kopf, als er zu seinem Freund hinübersah, dessen blasse Gesichtsfarbe sich kaum von den Kissen unterschied, die ihn umgaben, und der sich immer wieder aufstöhnend an den Kopf griff.

„Ach, und übrigens", setzte er fort. „Vivian Barnett hat dich nicht einfangen wollen. Im Gegenteil. Du bist alles andere als der Verlobte, den sie sich gewünscht hätte."

„Ha!" Badwell lachte bitter auf. „Das glaubst du doch selbst nicht! Sie ist wie Babette. Genauso verlogen und auf den eigenen Nutzen bedacht ..."

„Jetzt hör doch endlich auf mit dieser alten Geschichte. Die Glostershire ist ein verlogenes Miststück, selbstsüchtig und hinterhältig, gut, da magst du recht haben. Aber Vivian Barnett ist anders.“

„Ha!“, rief der Viscount ein weiteres Mal.

„Wusstest du, dass sie einen alten Mann suchte, der bereit war, ihre Anliegen im Oberhaus zu präsentieren?“

„*Was*?“ Badwell schwang seine Beine aus dem Bett und ging mit etwas unsicheren Schritten zum Klingelstrang hinüber, um daran zu ziehen. „Was denn für Anliegen, um Himmels willen?“

„Sie versteht nicht, dass Mädchen bei der Erbfolge übergangen werden, zum Beispiel.“ MacMillan grinste, während er auf die Antwort des Freundes wartete.

„*Was*?“, kam stattdessen die nächste ungläubige Frage.

„Sie will, dass das Vermögen von Mädchen bei deren Heirat nicht in die Hände ihres Gatten übergeht. Sie möchte ein Recht auf ihre eigene Meinung. Und“, er wartete einige Sekunden, um die Spannung zu erhöhen, „sie will eine Schule für adelige Mädchen gründen, die fortschrittlicher ist als das Internat, das sie selbst besuchte, und die auch für Mädchen offen steht, die sich eine teure Schulgebühr nicht leisten können.“

Badwell sah ihn mit großen Augen an, sagte jedoch kein Wort mehr.

„Was meinst du, mein lieber Freund? Bist du der richtige Gatte, um all diese Pläne umzusetzen? Hast du überhaupt schon einmal deinen Sitz im Oberhaus in Anspruch genommen, seitdem du die Würde eines Viscounts geerbt hast?"

Sein Freund schüttelte erwartungsgemäß den Kopf und stöhnte gleich wieder auf, weil ihm dadurch schwindlig wurde.

„Siehst du", schloss MacMillan und klang zufrieden. „Sie hat dich nicht eingefangen, im Gegenteil, du bist für sie eine einzige Enttäuschung."

Der Kammerdiener trat ein, um nach den Wünschen seines Herrn zu fragen.

„Bringen Sie Seiner Lordschaft eine Schüssel eiskalten Wassers", forderte MacMillan an dessen Stelle. „Und eine große Kanne starken Bohnenkaffees."

Und dann setzte er, an Badwell gewandt, fort: „Ich verlasse dich jetzt. Melde dich, wenn du bereit bist, der Zukunft in die Augen zu blicken."

Mit diesen Worten verließ er das Schlafzimmer und hopste vergnügt die Stufen in der Vorhalle hinunter. Er hatte alles so erledigt, wie er es mit Rose besprochen hatte. Seine Frau würde stolz auf ihn sein.

Kapitel 39

Am nächsten Tag hatte sich der Himmel zugezogen, es begann zu regnen und nach einer warmen, sonnigen Woche präsentierte sich die Hauptstadt grau in grau. Grau in grau war auch wieder Vivians Gemütslage. Es waren nun schon vier Tage vergangen, dass die Anzeige in der Gazette veröffentlicht worden war, und noch immer hatte sich ihr Verlobter nicht gemeldet. Es schien, als wäre er vom Erdboden verschluckt.

„Ich muss zur Anprobe bei Madame Lisette, meine Liebe", sagte Lady Derryhill, als das Frühstücksgeschirr abserviert wurde. „Möchtest du nicht doch mitkommen? Du könntest währenddessen zu Hatchards hinübergehen. Das sind nur ein paar Schritte. Vielleicht gelingt es ja einem guten Buch, deine Laune zu verbessern."

Lady Derryhill klang hoffnungsfroh. Sosehr sie sich auch den Kopf zerbrach, die Möglichkeiten, ihren Schützling aufzuheitern, wurden von Tag zu Tag geringer. Rose konnte sie zwar für kurze Momente auf andere Gedanken bringen, aber dann fiel Vivian immer wieder in ihre melancholische Stimmung zurück. Dass sie nun seufzte, kam daher nicht unerwartet. Auch Lesen machte ihr zurzeit keine Freude.

„Warum“, hatte sie ihre Duenna erst kürzlich gefragt, „soll ich in das Leben von Fremden eintauchen, wenn mein eigenes aus den Fugen geraten ist?“

Andererseits, so dachte sie in diesem Augenblick, war es vielleicht wirklich heilsam, über fremde Schicksale zu erfahren. Es gab schließlich keine Pläne mehr, die sie sich zu ihrem eigenen Leben und ihrer Zukunft hätte machen können. Nicht nur der Traum von einer eigenen Schule und vom Gatten im Oberhaus war vergeblich gewesen. Auch der von einer wunderschönen Hochzeit war ausgeträumt. Die Zeremonie würde still und einfach verlaufen, ohne Beisein ihrer Familie, und nicht auf Lancroft Abbey, sondern auf Raphaels Landsitz. Raphael! Ihre Gedanken, die um ihren Verlobten kreisten, kamen nie zu einem Ziel. Sie hätte sich so gern mit ihm ausgesprochen, doch das ließ er nicht zu. Sie hätte so gern mit ihm Pläne für die gemeinsame Zukunft gemacht, doch er gab ihr dazu keine Gelegenheit. Sie hatte einerseits Sehnsucht nach seiner Nähe, nach *Raphaels* Nähe, der so viel Wärme ausstrahlen konnte. Und gleichzeitig große Angst vor dem Wiedersehen mit dem Viscount of Badwell, von dem nichts als Kälte ausging. Und doch: Je eher sie ihn wiedersah, desto besser würde es für ihr Seelenheil sein. Vivian überlegte: Lag nicht Hatchards’ Buchhandlung Badwells

Stadtpalais genau gegenüber? Vielleicht hatte sie Glück und würde ihn dabei antreffen, wie er sein Haus verließ. Und auch wenn ihr dieser Zufall nicht hold sein sollte, vielleicht konnte sie wenigstens erkennen, ob der Hausherr überhaupt in der Stadt weilte. Das allein wäre schon eine große Erleichterung.

Vivian drehte sich ihrer Gastgeberin zu, ein hoffnungsfrohes Lächeln auf den Lippen. „Ja, gern, Lady Derryhill", sagte sie zu deren freudiger Überraschung. „Ein gutes Buch wäre wohl wirklich die beste Zerstreuung."

„Sie ahnen gar nicht, was soeben geschehen ist, Mylady", sagte die Schneiderin nach der Begrüßung und legte ihren Handrücken theatralisch an die Stirn. „Eine Kundin, ich will hier keine Namen nennen, hat eine komplette Garderobe für ihre zukünftige Schwiegertochter anfertigen lassen. Alles ist fertig, bis auf den letzten Stich."

„Ja und?", Lady Derryhill streifte ihre Handschuhe ab.

„Die künftige Schwiegertochter, das dumme Ding, ist nach Gretna Green durchgebrannt, mit einem anderen Mann, wie ich wohl nicht extra betonen muss."

Damit hatte sie auch Vivians Interesse geweckt. Was für eine romantische Geschichte. Was für ein mutiges Mädchen!

„Sind die beiden jetzt glücklich?“, wollte sie wissen.

Lady Derryhill lachte leise.

Die Schneiderin war für einen Moment aus dem Konzept gebracht: „Aber, ma chère Mademoiselle, das weiß ich doch nicht! Und darum geht es auch gar nicht. Die Kundin will jetzt die Kleider weder abholen noch bezahlen, das ist allein das, worum es hier geht. Sie sagt, sie will kein einziges Stück mitnehmen, das sie an das undankbare, unmoralische, dumme Ding erinnert. Wer kann es ihr verdenken? Doch was mache ich jetzt mit der Garderobe, das frage ich Sie?“

„Möchten Sie, dass wir uns die Kleider ansehen?“, machte sich Lady Derryhill erbötig. „Vielleicht lässt sich ja das eine oder andere für Lady Vivian umändern. Wenn der Preis verlockend ist …“

Etwas zu ihrer Überraschung ging Madame Lisette auf dieses freundliche Angebot nicht ein. „Am Preis sollte es nicht scheitern, Mylady, das schwöre ich Ihnen. Es scheitert an der Passform. Mademoiselle Barnett ist zierlich. Die vorgesehene Schwiegertochter war groß, etwas breitschultrig, aber sonst hager. Das würde nicht gut aussehen, da müssten wir die Kleider komplett auftrennen. Nein, nein, es bleibt mir nichts anderes übrig, als sie in meinen Laden zu hängen, sie um die Hälfte des Preises anzubieten und auf die nächste große, hagere Lady zu warten. Leider sind solche Damen rar gesät. Aber, excusez-moi, dass ich Sie mit meinen Problemen belästigt habe. Sie kommen sicher wegen dem … äh … Sommerkleid, nicht wahr, Mylady? Wenn Sie mir bitte nach hinten zur Anprobe folgen wollen."

„Möchten Sie, dass ich bleibe, Lady Derryhill?", erkundigte sich Vivian.

„Nein, nein, du gehst zu Hatchards, wie wir es besprochen haben. Lass dir ruhig Zeit", sagte ihre Duenna und scheuchte sie aus dem Schneideratelier. „Madame und ich haben einige knifflige Details für meine Sommergarderobe zu besprechen. Vor zwei Stunden erwarten wir dich nicht zurück."

Über so eine Aussage wunderte sich Vivian schon lange nicht mehr. Ihre Mutter war bei der Schneiderin in Tunbridge Wells in viel kürzerer Zeit fertig. Es gab zwei Schnitte, die ihr standen. Für den Tag praktisch, damit sie sich bei ihrer Arbeit bewegen und schnellen Schrittes über ihren Grundbesitz marschieren konnte. Für den Abend etwas eleganter, aber doch großzügig genug geschnitten, damit es an ihrer fülligen Gestalt, wie sie es nannte, nirgends zwickte und zwackte. Lady Derryhill hingegen war eine tonangebende Dame, die sich viele andere zum Vorbild nahmen. Kein Wunder, dass sie ihrer Kleidung besonders viel Aufmerksamkeit schenkte. Die Frage, ob etwas praktisch war, kam bei ihren Überlegungen bestimmt nicht vor.

Vivian brauchte keine weitere Ermutigung. Mit raschen Schritten verließ sie das Atelier und sofort glitt ihr Blick wie von selbst die Straße entlang, hin zu jenem Eckhaus, an dem die Sackville Street in den Piccadilly einmündete. Darum entging es ihr auch, dass sich die beiden Frauen, die sie eben verlassen hatte, verschwörerisch zunickten und wie zwei junge Mädchen zu kichern begannen, als sie zu den Ballen mit Brüsseler Spitze hinübergingen, die allgemein für Hochzeitskleider Verwendung fanden.

Der Regen hatte zwar nachgelassen, doch es nieselte noch leicht, also spannte Vivian ihren Schirm auf und machte sich auf den Weg. Gegenüber Badwells Haus blieb sie stehen, um alle Einzelheiten genau in Augenschein zu nehmen. Das Haus wirkte leblos auf sie, ja fast so, als wäre es unbewohnt. Hinter keinem der hohen weißen Sprossenfenster bewegte sich auch nur ein Vorhang. Das Portal war verschlossen. Ihre Hoffnung, den Viscount beim Verlassen seines Hauses anzutreffen, zerplatzte.

Er ist weggezogen, war ihr plötzlicher Impuls. *Er hat die Stadt verlassen.* Wen konnte sie fragen, wo er sich aufhielt? Wusste das überhaupt irgendjemand? Hatte er Freunde? Sie war mit dem Mann verlobt und hatte keine Ahnung, wer ihm nahestand. So hatte sie sich ihre Partnerschaft wahrlich nicht vorgestellt. Und schließlich drängte sich auch die Frage auf, die sich wie eine eiserne Klammer um ihr Herz legte: Hatte er sie etwa sitzen gelassen? Bereit, sie zur Einsamkeit zu verdammen und dem Gespött der Leute preiszugeben?

„Schsch!“, hörte sie da plötzlich ein bekanntes Geräusch von der Seite her.

Vivian schreckte aus ihren Gedanken auf. Zur Verzweiflung über Badwells Verhalten und zur Ungewissheit darüber, was er vorhatte, kam nun auch noch die Angst dazu, überfallen zu werden.

„Schsch!“, hörte sie noch einmal.

Und da sah sie sie wieder: die Hand mit dem groben Wollhandschuh. Diesmal verdeckte ein Mauervorsprung die Person, die zu ihr gehörte. Doch es war ohne Zweifel dieselbe Hand, vor der sie schon im Hyde Park geflohen war. Und wieder wollte sie nach ihr greifen. Ohne lange nachzudenken, spannte Vivian den Schirm zu und schlug zu. Einmal und noch einmal. Dorthin, wo sie die Angreiferin vermutete. Mit einem Schmerzensschrei ging die graue Gestalt da auch schon in die Knie, beide Arme zum Schutz über den Kopf gehoben. Sie sagte noch etwas, doch Vivian hörte sie nicht mehr.

Ohne auf den Verkehr zu achten, sprang sie auf die Fahrbahn, und nur der großen Fahrkunst eines Lastenkutschers war es zu verdanken, dass sie nicht unter die Räder kam. Während der Mann lauthals fluchte, beeilte sie sich, die andere Straßenseite zu erreichen. Ohne lange nachzudenken, stürmte sie die Treppe zu Badwells Haus hinauf und ließ den Türklopfer so fest gegen die Unterlage sausen, dass auch der taubste Hausdiener sie noch hätte hören können.

Die Tür öffnete sich auf der Stelle und zu ihrer großen Überraschung stand sie nun tatsächlich dem Hausherrn persönlich gegenüber. Er war auch heute wieder elegant zum Ausgehen gekleidet und hatte bereits den Zylinder auf dem Kopf und die Handschuhe in der Rechten. Einen Augenblick lang war nicht klar, wer von beiden entgeisterter war, dann fing sich Vivian als Erste.

„Ich werde verfolgt, Raphael, von dieser Person dort drüben. Siehst du sie?“ Aufgeregt wies sie auf die Stelle, wo sich die Frau im grauen Kleid mühsam wieder aufrichtete. Sie hatte die Haare unter einer großen, ebenfalls grauen Haube verborgen und ihr Gesicht abgewandt.

„Es ist nicht das erste Mal. Kürzlich hat sie mir im Hyde Park aufgelauert und heute ist sie hier. Ich habe solche Angst, Raphael. Ich weiß, du magst mich nicht und hasst die Umstände, unter denen unsere Verlobung zustande kam … aber gestattest du mir, dass ich hierbleibe, bis sie wieder verschwunden ist? Ich will dich auch gar nicht aufhalten, sondern könnte mich einfach in die Halle setzen …“

Weiter kam sie nicht.

Badwell hatte ihr zugehört, kein Wort gesagt, aber die graue Frau keinen Augenblick aus den Augen gelassen. Als sie sich nun aufgerappelt hatte und daranmachte, das Weite zu suchen, war er schneller. Er drängte seine Verlobte zur Seite und war, ehe sie es sich versah, auf die belebte Straße gelaufen. Vivian war so überrascht, dass sie kein Wort herausbrachte. Und dann fuhr ihr der Schreck in alle Glieder, als ein hochrädriger Phaeton nur knapp neben Badwell vorbeiraste. Der Viscount machte geistesgegenwärtig einen Satz nach vorne und erreichte die andere Straßenseite unversehrt. Vivian sah, wie er die graue Gestalt am Genick packte und sie nun vor sich her in Richtung Straße schob.

„Was zum Teufel …?“, hörte sie eine fassungslose Stimme hinter sich. Der erste Hausdiener war, von ihr unbemerkt, in den Türrahmen getreten. Er lief rot an, als ihm bewusst wurde, dass die Lady ihn fluchen gehört hatte, verbeugte sich dann angemessen und lief die Treppen hinunter, um seinem Herrn zu Hilfe zu eilen. Vivian, die vor Überraschung und Schreck die Luft angehalten hatte, spürte, wie sie sich langsam entspannte. Raphael hatte die Räuberin geschnappt. Die Gefahr war gebannt, nun konnte ihr nichts mehr geschehen. In diesem Augenblick hob die Verfolgerin den Blick und mit Vivians Entspannung war es wieder vorbei. Aus Entsetzen wurde

Fassungslosigkeit. Die Angst begann sich in zaghafte Freude zu verwandeln. Doch noch wollte sie ihren Augen nicht trauen.

„Agatha?“, murmelte sie unsicher.

Kapitel 40

„Sie können das Weibsstück loslassen, Mylord“, machte sich der Hausdiener wichtig und umfasste ihren Oberarm. „Die zerr ich höchst eigenhändig zu den Bütteln in der Bow Street, damit die dann kurzen Prozess mit ihr machen.“

Die Frau im schlichten grauen Kleid beachtete ihn nicht.

„Vivian, Gott sei Dank!“, rief sie stattdessen, und die Erleichterung schien so groß zu sein, dass ihr die Tränen über die Wangen liefen.

Ihre große, kluge, stets gelassene Cousine weinen zu sehen, war auch für Vivian zu viel. Sie spürte, wie ihr selbst Tränen in die Augen stiegen. Dazu kam die Überraschung, ihre Verwandte so unvermutet vor sich zu haben.

„Agatha, das kann doch nicht sein! Agatha!“ Sie eilte die Stufen hinunter, um ihre lange vermisste Cousine in die Arme zu schließen.

„He, was soll denn das nun schon wieder? Ich dachte … also, jetzt kenne ich mich nicht mehr aus“, murmelte der Hausdiener, aber niemand beachtete ihn.

Die beiden Frauen lagen sich in den Armen und schienen sich nicht mehr loslassen zu wollen. Schließlich war es Vivian, die einen Schritt zurücktrat: „Es tut mir so leid, dass ich dich geschlagen habe. Bitte verzeih mir! Ich habe dich doch nicht ernsthaft verletzt, hoffe ich?"

Sie begutachtete Agathas Gesicht und atmete auf, als sie keine Spuren ihrer Schirmattacke erkennen konnte.

„Das erste Mal trafst du mich an der Schulter und dann war ich geistesgegenwärtig genug, die Hände hochzureißen. Also erwischte es nur meine Ellenbögen."

„Au weh, du Arme!", sagte Vivian schuldbewusst.

„Ach was, das wird ein paar blaue Flecken geben, nicht weiter tragisch", meinte Agatha leichthin, um dann ihrerseits schuldbewusst anzufügen: „Mir tut es leid, dass ich dich erschreckt habe. Eigentlich war es ja meine Absicht gewesen, möglichst wenig Aufsehen zu erregen, aber das ist wohl gründlich schiefgelaufen."

Da mussten beide lachen und sie fielen sich noch einmal in die Arme. Badwell, der die ganze Zeit schweigend danebengestanden hatte, hielt es für an der Zeit, auf sich aufmerksam zu machen. Er räusperte sich laut und vernehmlich und sagte, als die

Ladys auseinandergestoben waren: „Ich nehme an, die beiden Damen kennen einander?“

Vivian war viel zu glücklich, um auf seinen neutralen Tonfall einzugehen. Stattdessen ergriff sie seine beiden Hände und er, der offensichtlich nicht damit gerechnet hatte, ließ es geschehen.

„Ich danke dir von ganzem Herzen, Raph… Badwell.“ Sie strahlte ihn an. „Du hast mir Agatha zurückgebracht!“

„Äh ja, gern geschehen“, murmelte er überwältigt.

Nun war es an Agatha, ihre Cousine an die gesellschaftlichen Konventionen zu erinnern: „Wärst du wohl so freundlich, uns miteinander bekannt zu machen, Vivian?“

Diese errötete leicht und beeilte sich, ihrer Pflicht nachzukommen: „Ja, natürlich. Liebe Agatha, darf ich dir den Viscount of Badwell vorstellen, meinen …“ *Verlobten,* hatte sie sagen wollen, hielt sich aber in der letzten Sekunde zurück. Er hatte sich so viele Tage lang nicht bei ihr gemeldet gehabt. Vielleicht bereute er die überstürzte Verlobung längst und wollte sie lösen. Das würde schlimm genug sein, ohne dass Agatha, die sie als Kind stets als unfehlbar angesehen hatte, davon wusste.

„… den Herrn dieses noblen Hauses hier“, vollendete sie daher den Satz. Sie zeigte auf das Palais hinter sich. „Mylord, meine liebe Cousine Lady Agatha Alverston, die Witwe des ehrenwerten Edward Alverston, eine Nichte meiner Mama."

Der Viscount ergriff die dargereichte Hand, ohne die Miene zu verziehen, so, als sei er es gewöhnt, sich über einem grauen Wollhandschuh zu verbeugen. Ihre Ladyschaft versank in einem angemessenen Knicks.

„James, lass uns Tee servieren. Ich denke, die Damen freuen sich über eine Erfrischung", befahl er dann.

Hatte er mit Widerstand gerechnet und Sätzen wie „Wir wollen Ihre Freundlichkeit nicht über Gebühr beanspruchen, Mylord", so erfüllte sich diese Erwartung nicht.

Beide Frauen sahen sich kurz an, lächelten dann und sagten, dass sie das für eine sehr gute Idee hielten. Allerdings setzte Vivian doch hinzu: „Ich hatte den Eindruck, du wolltest eben das Haus verlassen, als ich kam. Was hattest du denn Wichtiges zu erledigen?"

Agatha zog scharf die Luft ein. „Vivian!", sagte sie fassungslos.

„Ach, ich wollte nur einer Sitzung im Oberhaus beiwohnen, nichts weiter", antwortete Badwell scheinbar beiläufig.

Hatte ihn Vivian schon zum Dank dafür angestrahlt, dass er Agatha auf der Straße aufgegriffen hatte, so war dies nichts im Vergleich zu dem Strahlen, mit dem sie sich ihm nun zuwandte: „Du nimmst deinen Sitz im Oberhaus ein, Raphael? Oh, du ahnst gar nicht, wie mich das freut. Agatha, hast du gehört, er geht zu einer Sitzung im Oberhaus. Ist das nicht großartig?“ Und dann wieder an ihren Verlobten gewandt: „Bitte lass dich von uns nicht aufhalten! Das Oberhaus ist viel wichtiger als …“

„Das Oberhaus tagt kommende Woche abermals“, unterbrach er sie, „aber das Gespräch nach diesem bemerkenswerten Vorfall, an dem ich die Ehre hatte mitzuwirken, findet jetzt statt. Du wirst doch nicht im Ernst annehmen, dass ich das versäumen möchte? Wenn ich also bitten dürfte …“

Seine weit ausholende Hand zeigte in Richtung der offenen Eingangstür.

„Da sage noch einmal jemand, nur wir Frauen seien neugierig“, bemerkte seine Verlobte fröhlich und stieg die Treppen hinauf.

„Vivian!“, rief Agatha, die den nächsten Grund hatte, fassungslos zu sein. Sie blickte unsicher zum Viscount hinüber, doch der lachte nur.

Vivian verhielt im Schritt und drehte sich zu ihm um: „Das Oberhaus ist so wichtig, Raph… Badwell, ich denke, du solltest die Sitzung nicht versäumen. Außerdem … ich war schon einmal in deinem Palais und du weißt doch, wohin das geführt hat.“

„Vivian!“, rief Agatha ein drittes Mal.

„Nun geh endlich ins Haus“, forderte Badwell, die Lippen amüsiert verzogen. „Diesmal ist es doch etwas ganz anderes. Zum einen sind wir bereits verlobt und zum anderen haben wir jetzt mit Lady Alverston eine höchst passende Anstandsdame bei uns. Apropos Anstandsdame – wie kommt es eigentlich, dass du schon wieder ohne eine derartige Begleitung vor meiner Pforte gestanden bist, meine Teuerste?“

Und so kam es, dass sich kurze Zeit später eine lebhaft plaudernde Runde im karg eingerichteten Wohnzimmer des Viscounts wiederfand. Vivian erwähnte Lady Derryhill, die sie erst in nunmehr einer guten Stunde bei der Schneiderin zurückerwartete, und dann war Agatha an der Reihe. Nach einem prüfenden Blick auf den Viscount entschied sie sich, die ganze Wahrheit zu enthüllen. Badwell würde ohnehin in Kürze zur Verwandtschaft gehören. Sie begann mit dem bösen Streit, den sie mit Lady Panswick hatte.

„Ich habe meine kleine Schwester seit Jahren nicht gesehen“, erklärte sie mit einem Aufseufzen. „Sie ist, so wie ich ja leider auch, früh Witwe geworden. Verwandte ihres verstorbenen Gatten luden sie nach Florenz ein und sie hat diese Einladung angenommen. Ich war damals mit Edward zu Ausgrabungen in Ägypten und habe erst davon erfahren, als ich wieder auf die Insel zurückgekehrt war. Ich vermisse sie sehr."

„Ich kann mich gar nicht mehr so richtig an deine Schwester erinnern", warf Vivian ein. „Ich weiß nur, sie soll Frederica ähnlich sehen."

Agatha nickte. „Ja, darum hat sich Freddy auch als Cecilia ausgegeben, als Penelope in die Gesellschaft eingeführt wurde, damals, als eure Mutter diesen Heiratsplan fasste und ich mir das Bein brach. Ach, wie lange ist das doch schon her …"

„Drei Jahre", sagte Vivian und wollte noch etwas ergänzen, doch Badwell holte die beiden in die Gegenwart zurück.

„Es gab also einen Streit zwischen Ihnen und der Viscountess of Panswick?"

Agatha nickte. „Leider, leider. Dieser gipfelte darin, dass meine Tante mich vor die Wahl stellte: Entweder ich bliebe auf Lancroft Abbey oder ich bräuchte nie wieder dorthin zurückzukehren. Meine Schwester hatte mir jedoch einen Brief geschrieben, den ich als nichts anders als einen Hilferuf interpretieren konnte. Was hätte ich tun sollen? Ich musste zu ihr. Ich hatte keine andere Wahl!"

„Das erklärt immer noch nicht, warum Sie in diesem … diesem Aufzug durch London schleichen und Vivian erschrecken", sagte Badwell streng, der an Agathas Vergangenheit naturgemäß wenig Interesse hatte.

Der Butler brachte den Tee, stellte ein Tablett mit Scones auf den Tisch und rückte die Clotted Cream und das Schälchen mit frischen Erdbeeren zurecht. Dann verließ er den Raum wieder. Wie selbstverständlich, so als wäre sie hier die Hausherrin, begann Vivian die Tassen zu füllen. Agatha und Badwell wechselten einen Blick, enthielten sich jedoch jeden Kommentars.

„Aber, das meinte Mama doch nicht ernst", sagte sie, die davon nichts mitbekommen hatte. „Sie war bloß eifersüchtig und hatte Angst, einsam zu sein, wenn du sie auch noch verlässt. Alle Kinder waren aus dem Haus. Außer Penelope natürlich, aber die hat doch ohnehin nur Augen für ihre Schafe."

Agathas Miene hellte sich auf. „Meinst du wirklich?"

„Ja, das meint sie wirklich", bestätigte Badwell, der das gar nicht wissen konnte, um wieder zum anderen Thema zurückzukommen: „Sie sind also nach Florenz gereist, wenn ich das richtig verstanden habe. Und haben Sie Ihre Schwester bei den Verwandten angetroffen?"

Agathas Miene verdunkelte sich wieder: „Leider nein. Man sagte mir, Cecilia sei nach Wien weitergereist, und gab mir ein Blatt Papier mit ihrer Adresse."

„Wien?", rief Vivian aus, die soeben an ihrem Tee genippt hatte. „Das ist ja ein Zufall. Bertram ..."

„Und daher sind Sie von Florenz nach Wien weitergereist?“, mutmaßte der Viscount.

Agatha seufzte und schüttelte den Kopf. „Das wäre ich nur zu gern, glauben Sie mir, Badwell, allein mir fehlten die finanziellen Mittel dafür. Mit dem letzten Geld konnte ich gerade noch die Überfahrt nach England für mich und meine Kammerfrau bezahlen. London erreichte ich mit kaum einem Penny in der Tasche.“

„Ja, um Himmels willen, warum bist du denn überhaupt nach London gekommen? Hier ist doch alles viel teurer als auf dem Land. Warum bist du nicht sofort nach Lancroft Abbey zurück?“, wollte Vivian wissen.

„Da gab es doch diesen Streit mit deiner Mama, hast du das vergessen? Ich wagte nicht, ihr unter die Augen zu treten.“

Der Viscount sah den verächtlichen Blick vor sich, mit dem ihn Lady Panswick anlässlich seines angeblichen Migräneanfalls bedacht hatte.

„Verständlich“, murmelte er trocken.

Vivian konnte ihm ganz und gar nicht zustimmen. Es folgte eine leidenschaftliche Erklärung darüber, wie vernünftig und gerecht ihre Mutter war, bevor sie wissen wollte: „Wie lange bist du denn schon in der Hauptstadt, Agatha?“ Und als sie die Antwort hörte, rief sie ungläubig: „Ein Jahr? Ein ganzes Jahr? Aber damals war doch Freddy noch in der Stadt!

Warum hast du dich denn nicht wenigstens bei ihr gemeldet?"

Lady Agatha errötete leicht. „Auch dazu war ich zu feige, um ehrlich zu sein. Frederica und Tante Louise stehen sich sehr nahe. Ich wollte nicht riskieren, von meiner eigenen Cousine von der Schwelle vertrieben zu werden. Außerdem war ich wohl auch zu stolz, um zu Kreuze zu kriechen."

Damit verwendete sie, ohne es zu ahnen, dieselben Worte wie ihre Tante.

„Was haben Sie stattdessen unternommen?", erkundigte sich der Viscount.

„Meine Kammerfrau ließ ihre Beziehungen spielen. Habt ihr gewusst, wie gut das gehobene Hauspersonal vernetzt ist? Ich hatte keine Ahnung, wen meine gute Hearts alles kennt. Man kommt aus dem Staunen nicht mehr heraus, wenn …"

„Also?", wiederholte der Viscount, und Vivian hatte an dieser offen zur Schau gestellten Ungeduld nichts auszusetzen.

„Über die dortige Kammerfrau kam ich zu einer Anstellung als Gesellschafterin bei der Duchess of Hopestone", beeilte sich Agatha zu erklären. „Diese bot mir zwar nicht das Leben, das ich gewöhnt war, aber es war durchaus angenehm. Leider …"

„Eine Anstellung als Gesellschafterin? Und das ist dir lieber, als meine Mutter um Verzeihung zu bitten?", fuhr Vivian auf. „Agatha, manchmal verstehe ich dich nicht. Meine Mutter ist doch alles andere als nachtragend. Sie bereut euren Streit schon längst!"

„Das konnte ich nicht wissen", verteidigte sich Agatha, um zweifelnd hinzuzufügen: „Und ich kann es mir auch nicht so recht vorstellen …"

„Die alte Duchess of Hopestone hat kürzlich das Zeitliche gesegnet, wie ich hörte", fiel ihr Badwell ins Wort.

Agatha seufzte abermals. „Damit kommen Sie direkt zum Kern meines Problems, Badwell. Der Enkel und Erbe der Duchess hat nun natürlich keine Verwendung mehr für mich und daher muss ich bis Ende kommender Woche das Haus am Hanover Square verlassen. Doch ich weiß beim besten Willen nicht, wohin ich gehen könnte. Lady Hopestone, Gott habe sie selig, war eine großzügige Dienstherrin. So ist es mir gelungen, wieder ein kleines Polster anzusparen. Dennoch sind meine finanziellen Mittel begrenzt. Ich kann es mir nicht leisten, meine gute Hearts wieder zu beschäftigen, die inzwischen bei einer anderen Lady in Dienst gestellt wurde. Und ohne weibliche Begleitperson kann ich auch als Witwe nicht reisen."

„Das ist so ungerecht", rief Vivian leidenschaftlich. „Uns Frauen sind immer und überall die Hände gebunden. Aber zum Glück hast du ja jetzt mich gefunden."

„Wie recht du doch hast, meine Liebe", gab Lady Alverston zu. „Ich konnte es kaum fassen, als ich dich damals zufällig in der Bond Street entdeckte. Zu dieser Zeit wusste ich nicht, dass jemand aus der Familie in London war. Aber ich ahnte bereits, dass es mit Ihrer Gnaden zu Ende gehen würde."

„Ich hatte mich also doch nicht geirrt", fuhr Vivian in plötzlichem Verstehen auf. „Das warst du! Du hast mich damals vor dem Kolonialwarenladen angestarrt. Du warst die Frau, die die alte Lady im Rollstuhl schob. Ich wusste doch, dass ich mir den Blick nicht eingebildet habe. Warum hast du mich denn nicht sofort angesprochen, statt … statt mir später aufzulauern und mich in Angst und Schrecken zu versetzen?"

„Ich war mir damals nicht sicher, ob du es wirklich warst", erklärte ihre Cousine. „Das wurde ich erst durch die Verlobungsanzeige in der Gazette. Da stand auch die Adresse deines Verlobten. Da ich nicht wusste, wo du derzeit wohnst, habe ich hier auf dich gewartet …"

Die Standuhr schlug laut und vernehmlich zur vollen Stunde.

Badwell hörte es und zog seine Taschenuhr aus der Weste, um die Uhrzeit zu vergleichen.

„Ich denke, es ist Zeit für euch beide aufzubrechen. Lady Derryhill wird sich sonst Sorgen machen. Und ich habe keine Lust, dass sie wieder in meiner Tür steht, um mir Vorwürfe für ein Verhalten zu machen, an dem ich völlig unschuldig bin."

Der Schalk in seinen Augen strafte die scharfen Worte Lügen. Agatha sah es und staunte.

Vivian kicherte. „Du Armer“, sagte sie und stand sofort auf, „das wollen wir natürlich nicht riskieren. Komm, Agatha, ich stelle dich meiner Chaperon vor und dann werden wir alle gemeinsam entscheiden, wie wir am besten vorgehen.“

Lady Alverston hatte sich ebenfalls erhoben.

„Meinst du denn, dass Lady Derryhill bereit ist, mit mir zu sprechen?“, fragte sie unsicher. „Vielleicht hat sie von Tante Louisa den Auftrag bekommen, mich nicht in deine Nähe zu lassen und …“

Vivian sah sie mit großen Augen an.

„Papperlapapp!“, sagte sie, ohne auf den Respekt zu achten, den sie der Älteren eigentlich schuldig gewesen wäre. „Meine Mutter käme nie auf die Idee, einen derartigen Auftrag zu erteilen“, erklärte sie und hatte damit völlig recht. „Und Lady Derryhill würde sich an einen solchen niemals halten“, ergänzte sie und sollte sich irren.

„Doch etwas ganz anderes geht mir noch durch den Kopf.“ Vivian wandte sich an ihren Verlobten, der bereits den Klingelstrang gezogen hatte, um den Butler zu beauftragen, sie hinauszubegleiten. „Kannst du bitte einen Diener nach Lancroft Abbey schicken? Er soll auf der Stelle meinen Bruder Bertram hierherholen.“

„Vivian!“, rief Agatha ein weiteres Mal fassungslos.

Diese drehte sich zu ihr um. „Was hast du denn? Du weißt doch gar nicht, was ich vorhabe. Bertram wird in Kürze nach Wien aufbrechen, um an irgendeinem Kongress teilzunehmen. Da wäre es doch großartig, wenn er dich mitnehmen würde, damit du dort weiter nach deiner Schwester suchen kannst. Ich nehme allerdings an, dass er dafür einige Vorbereitungen zu treffen haben wird, also wäre es gut, er käme nach London. Je eher, desto besser.“

„Meinst du wirklich?“ Agathas Wangen färbten sich rot vor Aufregung. „Das wäre ja, das wäre … Ach, Vivian, du bist die Allerbeste!“

Sie umarmte ihre Cousine und drückte sie fest an sich.

„Es besteht keine Notwendigkeit, nach Panswick zu schicken“, meldete sich Badwell zu Wort, „denn er wird bereits heute in die Stadt zurückkehren. Das weiß ich deshalb so genau, weil er für vierzehn Uhr sein Kommen angesagt hat, um den Heiratsvertrag mit mir zu besprechen.“

„Das ist ja großartig!“ Vivian hatte sich von Agatha befreit und klatschte nun in die Hände. „Kannst du ihn in die Brook Street schicken, wenn ihr damit fertig seid? Sag ihm, Agatha ist aufgetaucht und wir brauchen ihn ganz, ganz dringend. Bitte, sag ihm das. Nicht vergessen!“

„Vivian!“, rief Agatha ein fünftes Mal.

Kapitel 41

Arm in Arm legten die beiden Cousinen den kurzen Weg zu Madame Lisettes Atelier zurück. Dabei standen ihre Münder keinen Augenblick still. Sie waren so glücklich, dass sie sich wiedergefunden hatten, überschütteten einander mit Fragen und wussten sich viel zu erzählen. Als sie schließlich die Tür zum Schneidersalon erreicht hatten, hielt Agatha die Jüngere zurück: „Meinst du wirklich, dass es eine gute Idee ist, deine Anstandsdame hier so einfach zu überfallen? Wäre es nicht klüger, du würdest ihr zuerst alles allein und in Ruhe erzählen?“

„Aber nein.“ Vivian zog sie am Ärmel die Stufen hinauf. „Du wirst sehen, Lady Derryhill freut sich, dich kennenzulernen. Sie hat ein außergewöhnlich freundliches Wesen.“

Agatha blieb abermals stehen. „Du hast wirklich Glück, Vivian“, sagte sie ernst und ohne jeden Neid. „Du hast eine Familie, in der du geborgen bist, einen Verlobten, der dich liebt, und eine Duenna, auf die du zählen kannst. Ich hoffe, du weißt das alles zu schätzen.“

Vivian stand nicht der Sinn nach so ernsthaften Gedanken.

„Ja, ja, natürlich“, sagte sie daher nur ungeduldig und zog ihre Cousine weiter. „Aber jetzt komm mit. Ich bin schon so aufgeregt, was sie sagt, wenn sie dich sieht!“

Die Freude, die Lady Derryhill darüber empfand, eine unbekannte, in schlichtes Grau gehüllte Gestalt im Schlepptau ihres Schützlings zu sehen, hielt sich in Grenzen. Zuerst war sie erschrocken, dann indigniert. Was suchte eine Dienstperson in diesen heiligen Hallen und warum, um Himmels willen, war Vivian auf die seltsame Idee gekommen, sie mitzubringen? Als die Frau ihr dann als Lady Alverston vorgestellt wurde, war dies mit einem so großen Schwall an Worten und Emotionen begleitet, dass sie zuerst noch verwirrter war, schließlich aber begriff, dass es sich um eine Verwandte ihres Schützlings handeln musste. Also war sie so freundlich, Agatha zum Lunch in die Brook Street einzuladen.

Dort angekommen erklärte sie großzügig, dass man darauf verzichten würde, sich zur Mahlzeit umzuziehen, da ihr unerwarteter Gast dazu nicht die Möglichkeit hätte. Agatha konnte ihr nicht genug für dieses Entgegenkommen danken. Sie war im Kleid einer Dienstbotin auch so schon fehl am Platze. Hätte Lady Derryhill eine noch elegantere Garderobe getragen, hätte sie sich noch um einige Grade unwohler gefühlt, als das ohnehin schon der Fall war.

Die Damen machten sich frisch und saßen schließlich um den kleinen Tisch in Lady Derryhills Blauem Salon versammelt und stärkten sich mit köstlichen Sandwiches, die mit Gurkenscheiben oder fein aufgeschnittenem Kalbfleisch gefüllt waren. Der Tee dampfte in den Tassen und der Kuchen duftete nach den köstlichsten Gewürzen. Agatha griff beherzt zu und hatte dann, von der Gastfreundschaft Ihrer Ladyschaft überwältigt, auch keine Scheu mehr, nun ihrerseits von ihren Erlebnissen zu erzählen. Gewissenhaft, wie sie war, vertiefte sie sich in alle Details: Vom Streit mit ihrer Tante Lady Panswick angefangen über die vergebliche Suche nach ihrer Schwester bis hin zu den Strapazen der Reise, den Eindrücken, die sie von der wunderschönen Stadt am Arno gewonnen hatte, bis hin zu ihrer finanziellen Lage, die sie gezwungen hatte, sich nach einer bezahlten Beschäftigung umzusehen, und endete beim Begräbnis ihrer Dienstherrin und der Ankündigung des Enkels, sie ohne Zeugnis auf die Straße zu setzen.

Den letzten Umstand fand Vivian wieder so ungerecht, dass sie lautstark ihren Unmut kundtat. Allerdings gab es da noch etwas, das sie interessierte. Etwas, das ihre Cousine in einem Nebensatz erwähnt hatte.

„Dieses Florenz ist also die Hauptstadt des Großherzogtums Toskana? Und das wird tatsächlich von einer Frau regiert?“

Agatha nickte: „Ja, von Elisa, einer Schwester des französischen Kaisers. Ich weiß natürlich nicht, was jetzt geschieht, da Napoleon besiegt wurde und abdanken musste. Aber als ich dort war, regierte die Großherzogin.“

Davon war Vivian wiederum hellauf begeistert. „Das korsische Ungeheuer hat also auch seine guten Seiten“, rief sie aus und sorgte bei ihrer Anstandsdame für Kopfschütteln. „Man kann doch nur befürworten, dass auch Frauen Macht übertragen wird und nicht nur Männern. Ich wünschte mir …“

„Ja, ja, sicherlich“, unterbrach sie Lady Derryhill nicht wirklich begeistert, „was ich viel mehr bewundere, Lady Alverston, ist Ihr Mut, ja geradezu Ihre Tollkühnheit, sich als englische Lady in Feindesland zu begeben.“

„Meine Schwester bat mich um Hilfe, Lady Derryhill, hatte ich da eine Wahl? Sie würden doch mit Sicherheit auch nicht zögern, wäre Ihre Schwester betroffen, nicht wahr?“

Obwohl Ihre Ladyschaft ein Einzelkind war, stimmte sie freimütig zu und erkundigte sich dann nach genaueren Einzelheiten zum Streit mit Vivians Mutter. Sie hörte aufmerksam zu, was Agatha zu berichten hatte, und wiegte anschließend nachdenklich den Kopf.

„So leid es mir tut, meine Liebe, diese Informationen darf ich nicht auf die leichte Schulter nehmen. Lady Panswick ist nicht nur Vivians Mutter, sie ist auch die Mutter meiner geliebten Schwiegertochter Frederica. Es steht mir nicht zu, mich über ihre Entscheidungen hinwegzusetzen. Wenn sie mit Ihnen gebrochen hat, dann muss ich das vorerst so zur Kenntnis nehmen. Ich werde allerdings …"

„Aber Lady Derryhill", fuhr Vivian auf, die meinte, ihren Ohren nicht trauen zu können. „Mutter bereut den Streit längst, sie hat es mir selbst versichert. Sie können doch nicht so hartherzig sein und die liebe Agatha …"

Sie unterbrach sich, als ihre Duenna zum kleinen Schreibtisch hinüberging, den Deckel aufklappte und dort Platz nahm. „Wir wollen uns lieber nicht darauf verlassen, dass Badwell daran denkt, Panswick zu uns zu schicken", sagte sie, ohne auf Vivians Protest einzugehen. „Ich werde ihm daher eine dringende Nachricht senden. Es liegt an ihm als Familienoberhaupt, zu entscheiden, wie wir weiter vorgehen sollen."

Natürlich konnte Vivian auch diese Worte nicht unwidersprochen hinnehmen. „Bertram? Was sollte denn Bertram besser entscheiden können als wir? Ha,

Familienoberhaupt! Der ist doch noch nicht einmal großjährig."

Lady Derryhill setzte die Brille ab, die sie zum Schreiben und Lesen brauchte, und sah zu Vivian hinüber: „Wenn das so ist, heißt das, du möchtest mit der Entscheidung warten, bis Derryhill, euer Vormund, wieder in der Hauptstadt weilt?"

Vivian gab kleinlaut zu, dass sie das nicht wollte, konnte sich aber nicht verkneifen hinzuzufügen: „Aber warum brauchen wir denn dazu überhaupt einen Mann? Warum können nicht wir Frauen …"

„Schluss jetzt!", forderte Ihre Ladyschaft streng. „Es steht dir gewiss zu, Ideale zu haben, meine Liebe. Und es ist ohne Zweifel ehrenwert, dass du für diese kämpfst. Aber kannst du das bitte in Zukunft im Stillen tun? Mein Langmut ist erschöpft. Du wiederholst dich, und das ist höchst enervierend."

Vivian wagte keinen weiteren Protest und schluckte schwer.

Zum Glück rettete der Butler die Situation. Er war eingetreten, hatte die Tür hinter sich zugezogen und verkündete nun: „Der Viscount of Panswick ist soeben eingetroffen, Mylady. Er meint, Sie wollten ihn dringend sprechen."

Kapitel 42

Als Vivian an diesem Abend in ihrem Bett lag, starrte sie, wie so oft in letzter Zeit, noch lange an die Zimmerdecke und konnte nicht einschlafen. Wieder gingen ihr zu viele Gedanken durch den Kopf. Diesmal war es Bertram, ihr lieber, kluger großer Bruder Bertram, der sie im Stich gelassen hatte. Das erste Mal in ihrem Leben.

Ja, natürlich, auch er hatte Agatha mit herzlichen Worten begrüßt und alle Bedenken zerstreut, die Lady Derryhill gehabt haben mochte. Er schien sich ehrlich darüber zu freuen, sie wohlbehalten und gesund wieder in England zu wissen, und wunderte sich, dass sein freundliches Angebot, ihr umgehend eine Fahrkarte für die Postkutsche nach Tunbridge Wells zu kaufen, von dieser zwar mit Dank, aber doch entschieden abgelehnt wurde.

„Ich hätte keine ruhige Minute auf Lancroft Abbey, wenn ich wüsste, dass Cecilia in Gefahr ist“, hatte Agatha betont. „Ich muss in London bleiben, bis sich eine Gelegenheit bietet, zu ihr nach Wien zu reisen. Derzeit fehlen mir noch die finanziellen Mittel dazu.“

Daraufhin hatte Bertram doch allen Ernstes Lady Derryhill gebeten, seiner Cousine ein Zeugnis auszustellen und sich in ihrem Bekanntenkreis nach einer freien Stelle für eine Gesellschafterin oder eine Gouvernante umzuhören.

„Hast du es nicht gehört, Bertram?“, hatte Vivian da ausgerufen. „Cousine Agatha macht sich große Sorgen um ihre Schwester. Da nützt es ihr doch auch nichts, wenn sie in London bleibt, Zeugnis hin oder her. Du fährst doch in Kürze nach Wien und Cecilia soll sich dort aufhalten. Also steht es doch außer Frage, dass du Agatha mitnehmen musst. Mit dir an ihrer Seite braucht sie keine weitere Begleitung und spart sich auch noch enorme Kosten. Das ist doch ganz einfach!“

Leider war ihr Bruder weit davon entfernt gewesen, es ebenso zu sehen.

„Das kann doch unmöglich dein Ernst sein, Viv“, hatte er entgegnet. „Ich bin nur der Adjutant Seiner Gnaden. Da steht es mir doch nicht zu, derartige Entscheidungen zu treffen. Außerdem wäre ohnehin kein Platz mehr in unserer Kutsche. Neben dem Duke und mir werden doch auch noch Lady Grove und Lizzy anwesend sein. Das weißt du doch. Und damit hättest du schon selbst ausrechnen können, dass alle Plätze belegt sind.“

„Dann muss diese Lady Grove eben zu Hause bleiben“, hatte Vivian ausgerufen, ohne auf den

Vorwurf einzugehen. „Die will doch ohnehin nicht mitfahren. Hast du nicht gesehen, wie unelegant sie aus dem Zimmer stürmte, als der Herzog von dieser Reise sprach?“

„Vivian!“, hatte Lady Agatha wieder einmal entsetzt ausgerufen.

„Wie stellst du dir das denn vor?“, hatte Bertram gefragt und offensichtlich nicht gewusst, ob er amüsiert oder verärgert sein sollte. „Möchtest du, dass ich zu Lady Grove hintrete und sage: ‚Sie bleiben zu Hause, Mylady, ich brauche den Platz für meine Cousine‘? Du glaubst doch selbst nicht, dass sie so einem Ansinnen zustimmen würde. Sie muss sich schließlich um die Tochter des Herzogs kümmern.“

„Das heißt also …“, hatte sich Vivian lauernd erkundigt, „wenn Lady Grove zustimmen würde, dann würdest du alles daransetzen, Agatha mit nach Wien nehmen zu können?“

„Glaub mir, sie wird nicht zustimmen“, antwortete Bertram streng, „denn ich werde sie nicht fragen …“

Weiter kam er nicht, denn Vivian hatte sich an ihre Anstandsdame gewandt: „Dann reden Sie am besten mit Lady Grove, Lady Derryhill. Wir haben sie doch kürzlich kennengelernt, also spricht nichts dagegen, dass Sie sie zum Tee bitten und dann …“

„Und ob da etwas dagegenspricht!“, hatte sich Ihre Ladyschaft zur Wehr gesetzt. „Ich denke gar nicht daran, mir einen Nachmittag mit diesem langweiligen Frauenzimmer anzutun. Und schon gar nicht denke ich daran, mich in die Reisepläne des Herzogs von Landmark einzumischen. Seine Gnaden ist ein enger Vertrauter von Außenminister Lord Castlereagh, der im Namen des Prinzregenten unsere Delegation anführen wird, wie ich hörte. Bitte vergiss all das, was dir diesbezüglich durch den Kopf schwirren mag."

Dann war sie abermals zu ihrem Schreibtisch hinübergegangen und hatte Agatha gebeten, ihr Einzelheiten zu nennen, die sie im Zeugnis vermerken sollte. Wenn ihre Cousine stur blieb und sich weigerte, nach Lancroft Abbey zu reisen, dann würde sie sich wieder eine Stelle als Gesellschafterin suchen müssen, um ihren weiteren Lebensunterhalt zu bestreiten. Darüber waren sich alle Anwesenden einig. Alle außer Vivian.

Doch selbst die hatte einsehen müssen, dass das Gespräch über Wien beendet war. Wenn auch schweren Herzens. Agatha hatte ihrer Familie in der Vergangenheit oft geholfen, es war Zeit, ihr etwas davon zurückzugeben. Vivian war eine Kämpferin, und sie war fintenreich – so hatte sie keinen Zweifel, dass ihr noch rechtzeitig etwas einfallen würde. Die Abreise war in genau vierzehn Tagen geplant. Sie konnte sich also nicht mehr allzu lang Zeit lassen.

Während sie sich jetzt im Bett von einer Seite auf die andere drehte, fielen ihr auch schon die Augen zu. Vierzehn Tage. Das war eine verflixt kurze Zeit. Damit würde wohl auch die Hochzeit nicht mehr vor Bertrams Abreise stattfinden können. Die Hochzeit mit Raphael. Er hatte ihr ohne zu zögern geholfen, die fremde graue Frau festzuhalten, als sie ihn darum gebeten hatte. Agathas Worte fielen ihr wieder ein. Sie hatte gemeint, sie, Vivian, würde einen Mann heiraten, der sie liebte. Wie war sie bloß auf diese Idee gekommen? Wie unglaublich schön wäre es doch, wenn sie recht hätte. Trotz aller Sorgen um ihre Cousine schlief Vivian wieder mit einem Lächeln auf den Lippen ein.

Kapitel 43

Der nächste Tag war ein strahlend schöner Frühsommertag und daher für den lang geplanten Ausflug in den Regent's Park bestens geeignet. Die Gruppe, die Lady Darlington zusammengestellt hatte, um ihren Geburtstag zu feiern, war nur so groß, dass sie in drei Kutschen passte, und bestand ausschließlich aus Leuten, die Vivian mochte. Sie teilte sich den Landauer mit der Nichte des Geburtstagskinds und zwei ihrer Freundinnen, und bald war eine fröhliche Unterhaltung im Gange, die sie ihre ernsthaften Gedanken und Pläne vergessen ließ. Während des delikaten Essens wurde viel geplaudert und gelacht, und als dann die Gäste Lieder zu Ehren der Jubilarin anstimmten, war die Stimmung auf ihrem Höhepunkt.

Am späten Nachmittag kamen die beiden Damen gerade rechtzeitig nach Hause, um sich noch etwas ausruhen zu können, bevor es Zeit war, sich für den nächsten Ball bei Almacks umzukleiden. Vivian hatte eigentlich gar keine Lust, daran teilzunehmen. Das Essen würde wieder fast ungenießbar sein, die Musik altmodisch, und den strengen Augen der Patronessen schien nichts zu entgehen, sodass man immer fürchten musste, bei etwas Verbotenem ertappt zu werden. Doch Lady Derryhill hatte kein Wort der Widerrede hören wollen.

„Du bist zwar jetzt verlobt, meine Liebe, und wir brauchen nicht länger nach dem passenden Gatten Ausschau zu halten, dennoch dürfen wir nie vergessen, unter welchen Umständen diese Verlobung zustande kam. Dazu kommt, dass man Badwell und dich seither noch nie gemeinsam gesehen hat. Also ist es besonders wichtig, dass du dich in Gesellschaft zeigst, damit man nicht annimmt, du säßest zu Hause und weintest dir die Augen aus. Almacks hat den großen Vorteil, dass keiner ernsthaft erwarten wird, dass sich Badwell dort an deiner Seite zeigt. Niemand kann es einem jungen Gentleman verdenken, wenn er stattdessen eine Lokalität vorzieht, in der Alkohol angeboten wird."

Wie Vivian es befürchtet hatte, erwies sich der Beginn des Abends als recht dürftiges Vergnügen. Was nützte das schönste Ballkleid, wenn sie es niemandem vorführen konnte, der ihr wichtig war? Sie absolvierte einige ländliche Tänze mit jungen Männern, die offensichtlich noch nichts von ihrer Verlobung gehört hatten und die ihr unverhohlen den Hof machten. Vivian lächelte, drehte sich im Kreis und dachte wehmütig daran, um wie viel spannender die

Abende gewesen waren, als sie noch auf der Suche nach dem passenden Gatten war, und fragte sich insgeheim, wann Raphael wohl endlich das Hochzeitsdatum festsetzen würde. Dieser Zustand in Warteposition machte ihr mehr zu schaffen, als ihr lieb war. Sie war zwar jetzt verlobt, lebte aber das normale Leben einer Debütantin weiter. Und von überall ringsherum spürte sie Blicke, die zu fragen schienen: „Ja, wo ist er denn, der Verlobte?“, und: „Was hat sie angestellt, dass sich der Viscount nie an ihrer Seite zeigt?“

Sie konnte Raphael nicht verstehen. Beim Vorfall mit Cousine Agatha hatten sie sich doch wieder gut verstanden. Warum nur hatte er ihr auch danach noch keine Aufwartung gemacht?

Vivian absolvierte eben eine Quadrille mit einem gut aussehenden jungen Mann, den ihr Lady Jersey als Mr Gregory Saville vorgestellt hatte. Anscheinend war er die letzten Wochen nicht in London gewesen, denn sie hatte ihn bisher noch nie gesehen. Er wäre ihr sicher aufgefallen, denn so strahlend blaue Augen vergaß man nicht so rasch. Sie hatten sich einige Minuten unterhalten, bevor die Musiker die ersten Takte anstimmten. Mr Saville war selbstbewusst, charmant und wusste so amüsant zu erzählen, dass er sie zum Lachen brachte. Kurz gesagt, er war genau die Art Mann, vor der sie Miss Fellows eindringlich gewarnt hatte. Und zu denen auch ihr Verlobter zählte, auch wenn dieser bestimmt mehr als fünf Jahre älter war als ihr Tanzpartner. Raphael! Sie konnte tun und denken, was sie wollte, immer wieder erschien er vor ihrem geistigen Auge.

Mr Saville und sie tanzten die ersten Figuren der Quadrille. Und wie von selbst verließen ihre Gedanken wieder einmal den Ballsaal und kreisten um ihre Zukunftspläne, die nun so anders waren, als sie sich das im Institut von Mrs Clifford ausgemalt hatte. Natürlich tat es ihr immer noch leid, dass aus ihrer Schule nun nichts werden würde. Sie hatte sich das so schön ausgemalt. Die dankbaren Gesichter der fröhlichen Schülerinnen und die glückliche Miss Fellows als Leiterin der Anstalt. Vivian seufzte. Sie hätte ihrer geliebten Lehrerin so gerne diesen ihren innigsten Wunsch erfüllt. Aber immerhin, dachte sie dann, nahm Badwell seinen Sitz im Oberhaus ein. Das hätte sie ihm nie und nimmer zugetraut, und umso angenehmer war die Überraschung gewesen. Es war vielleicht doch noch nicht alles verloren, wenn sie an die Rechte junger Frauen dachte. Doch wenn sie ehrlich zu sich war, dann war das alles nicht ihr vordringlichstes Problem. Ihr vordringlichstes Problem war, dass sie mit dem Viscount of Badwell verlobt war und Raphael vermisste.

Sie merkte erst, dass sie wieder vor ihrem Tanzpartner stand und sich mit ihm am Platz vor und zurück bewegte, als dieser wissen wollte: „Warum denn so ernst, Lady Vivian?"

Sie schreckte aus den Gedanken auf und verzog ihr Gesicht zu einem so strahlenden Lächeln, dass es das Herz von Mr Saville augenblicklich dazu brachte, um einige Takte höherzuschlagen. Dann wurden sie zu Vivians Erleichterung durch die Tanzfiguren wieder getrennt und sie konnte erneut ihren Gedanken nachhängen.

Raphael. Er war der Einzige, mit dem sie reden konnte. Der Einzige, der ihre Gedanken und Wünsche ernst nahm. Lady Derryhill war die freundlichste Duenna, die man sich wünschen konnte, und doch hatte sie ihr nur zu deutlich zu verstehen gegeben, wie sehr ihre Ideale sie langweilten. Agatha hatte eigene Probleme, auch wenn sie nicht verstand, warum sie sich nicht von Mama helfen lassen wollte. Sie könnte es doch zumindest versuchen! Und Bertram? Bertram entwickelte sich zu einem richtigen Erwachsenen.

Vivian war über diesen Gedanken so verwirrt, dass sie beinahe über ihre eigenen Füße gestolpert wäre. Wollte sie nicht immer, dass sich Männer erwachsen benahmen? Hatte sie sich nicht sogar einen alten, also besonders erwachsenen Gatten gewünscht? Und jetzt waren ihr die vernünftigen Ansichten ihres Bruders schon zu … zu … zu wenig Raphael?

Die Musik war zu Ende. Es war jetzt fast elf Uhr, in wenigen Minuten würden die Eingangstore geschlossen werden. Ihr Tanzpartner verbeugte sich und sie beeilte sich, in den angemessenen Knicks zu versinken.

„In Kürze wird man das Speisezimmer öffnen. Wollen Sie mir die Ehre erweisen, Sie zum Supper führen zu dürfen?“, hörte sie Mr Saville sagen und sah im Hochkommen seinen angebotenen Arm. Sie war eben dabei, diesen zu ergreifen, als sie hinter sich eine ganz andere Stimme vernahm. Eine Stimme, die ihr ein Lächeln aufs Gesicht zauberte, das aus tiefstem Herzen kam und um das sie sich nicht bemühen musste.

„Du gestattest, dass ich dir die Lady entführe, Gregory, alter Freund?“, fragte diese Stimme.

Vivian fuhr herum. Im ersten Impuls hätte sie Badwell am liebsten umarmt, doch sie lächelte nur freimütig zu ihm empor, bevor sie ihm die Hand reichte und in einen tiefen Knicks versank.

„Gar nichts gestatte ich, Badwell, alter Freund“, setzte sich Gregory Saville zur Wehr und betonte die beiden letzten Worte mit einem spöttischen Unterton. „Lady Vivian war eben dabei, mir die Hand fürs Supper zu reichen. Du siehst, du bist eindeutig de trop.“

„Tja“, sagte der Viscount und ging auf den spöttischen Tonfall eines seiner besten Freunde ein. „Pech für dich. Mir hat sie bereits die Hand für den Bund des Lebens gereicht. Ich denke, das geht vor. Rosalind, wenn ich also bitten dürfte …“

Vivian kicherte und ergriff ohne zu zögern den Arm, den er ihr bot. Sie ließen den völlig verdatterten jungen Mann stehen und bewegten sich auf die Türen des Speisezimmers zu, die soeben geöffnet wurden.

Wenn man Vivian nach dem Abendessen gefragt hätte, welche Speisen denn gereicht worden wären, so hätte sie das beim besten Willen nicht beantworten können. Und sie wäre sicher auch die Einzige gewesen, die die Gerichte als außergewöhnlich köstlich in Erinnerung hatte. Vor allem aber hätte sie von ihrem Tischherrn geschwärmt. Zogen sich derartige Abendessen in der Regel nur so dahin und wusste man nach dem ersten höflichen Wortwechsel nicht mehr, was man miteinander sprechen sollte, so war das an diesem Abend anders. Badwell fragte nach Agatha und danach, wie Lady Derryhill auf deren überraschendes Auftauchen reagiert hätte, und Vivian hatte endlich jemanden, dem sie erzählen konnte, wie unbefriedigend das Gespräch mit den beiden und Bertram verlaufen war.

„Mein Bruder will mir einfach nicht helfen, Agatha einen Platz in der Kutsche nach Wien zu verschaffen. Kannst du dir das vorstellen?“, schloss sie ihre Erzählung.

„*Dir* helfen?“, vergewisserte er sich, während er, ohne das Gesicht zu verziehen, von der langweiligen Zitronenlimonade trank.

„Ja, natürlich“, bestätigte sie und nickte nachdrücklich. „Man kann das doch nicht einfach so hinnehmen und so tun, als gäbe es Agathas Bemühungen nicht, ihre Schwester zu finden. Sie hat sich sogar bis in Feindesland gewagt, da merkt man doch, wie ernst es ihr ist, nicht wahr? Sie macht sich Sorgen um Cecilia. Wie gut ich sie verstehen kann! Auch ich hätte keine ruhige Minute, wenn ich eine meiner beiden Schwestern in Gefahr wüsste. Ist das denn wirklich so schwer zu begreifen?“

„Wenn ich ehrlich bin, dann habe ich meinen Bruder gehasst und wäre seinetwegen nicht eine einzige Meile gereist, aber ich kann mir gut vorstellen, dass das anders ist, wenn man sich liebt“, sagte er und lächelte sie an.

„Danke.“ Sie atmete auf. „Wie froh ich bin, dass du mich verstehst. Was meinst du, was soll ich tun?“

„Da bleibt uns wohl nichts anderes übrig“, sagte er mit ernster Miene, „als diese Lady da, diese Cousine des Herzogs, eiskalt aus der Kutsche zu werfen. Oder“, er schien zu überlegen, „wir könnten sie natürlich auch entführen.“

Vivian war von dieser Idee derart begeistert, dass sie so freudig in die Hände klatschte, dass ihr Tischpartner zur Linken erschrocken zusammenzuckte.

„Eine Entführung wäre eine glänzende Idee", gab sie freimütig zu und ihre Wangen glühten vor Begeisterung. „Wie stellst du dir vor, wie wir das anstellen könnten?"

„Wir steigen des Nachts in ihr Schlafgemach ein, fesseln sie und werfen sie in einen tiefen Keller", antwortete Badwell mit gesenkter Stimme und geradeso, als wäre dies das Selbstverständlichste auf der Welt. „Sobald die Kutsche nach Wien abgereist ist, natürlich mit deiner Cousine als Passagier, lassen wir sie wieder frei."

Dann griff er zu einem der Äpfel, die auf einem silbernen Tablett in die Tischmitte gestellt worden waren, und begann ihn mit einem scharfen Messer zu schälen. „Möchtest du auch ein Stück?"

Vivian nickte und meinte nach einigem Überlegen, dass die Idee mit dem Keller wohl doch etwas zu drastisch wäre.

Badwell lachte laut auf. „Ich bin froh, dass du das so siehst, meine Liebe. Ich dachte schon, du wärst zum Äußersten bereit. Aber ich habe eine andere Idee: Wir werden meine Freundin Rose bitten, uns zu helfen. Ich bin sicher, sie ist bei diesem Spaß dabei."

„*Uns* zu helfen?“, wiederholte nun Vivian, und ihre Augen leuchteten. Er hätte ihr kein schöneres Geschenk machen können.

Badwell sah zu ihr hinüber, direkt in ihre Augen. Ganz kurz legte sich seine Hand auf ihren Unterarm.

„Ja sicher, Rosalind. Ich bin anscheinend vom Schicksal auserkoren, dir immer wieder aus der Patsche zu helfen. Und da ich in Zukunft dein Mann sein werde, sind deine Probleme auch meine Probleme. Und wenn du eine List planst, dann ist das auch meine List.“

„Ich wusste gar nicht, dass ich eine List plane“, sagte sie leise, ohne den Blick abzuwenden.

Da beugte er sich zu ihr hinüber.

„Ich würde dich jetzt gern küssen“, flüsterte er ihr ins Ohr.

„Ich dich auch“, hauchte sie zurück.

„Diese Soße ist ja ungenießbar“, meldete sich der Nachbar zur Linken an Vivians anderem Ohr. „Können Sie mir das Salzfässchen reichen?“

Sie errötete zutiefst und beeilte sich, dem Wunsch nachzukommen. Badwell lachte so laut auf, dass der noble Herr die Augenbrauen hochzog. Vivian war nahe daran, ihrem Verlobten einen Stoß in die Rippen zu versetzen.

„Was sollte das eigentlich bedeuten?“, fragte sie, als sie sich überzeugt hatte, dass sich ihr linker Nachbar wieder mit seiner Tischdame unterhielt.

„Du willst deine Freundin Rose fragen? Wir sind jetzt verlobt, Raphael. Ich weiß nicht, ob es mir gefällt, dass du andere Frauen deine Freundinnen nennst. Oder um genau zu sein, ich weiß, dass es mir nicht gefällt."

Sie bemühte sich um einen strengen Blick, doch er gelang eher flehentlich.

„Keine Sorge", sagte er da auch schon und ergänzte: „Ich habe ausschließlich verheiratete Freundinnen."

Sie dachte an seine Erzählung in der Fischerhütte und war alles andere als beruhigt. Er erkannte es und lachte wieder. Nun stieß sie ihn tatsächlich in die Rippen. Das schien er ihr nicht übel zu nehmen.

„Rose ist die Gattin meines besten Freundes Hugh. Du hast die MacMillans doch selbst schon kennengelernt."

„Das sind deine besten Freunde?", vergewisserte sie sich und versuchte sich daran zu erinnern, was sie den beiden alles anvertraut hatte. Da fiel es ihr wie Schuppen von den Augen: Die beiden hatten von den Umständen erfahren, unter denen die Verlobung herbeigeführt worden war, und hatten sie in Augenschein genommen, um festzustellen, ob ihr Freund in sein Unglück lief. „Was haben sie dir über mich erzählt? Mögen sie mich?"

Der Eifer, mit dem sie das fragte, entlockte ihm wieder ein kleines Lächeln. Er antwortete jedoch nicht.

„Wenigstens ein bisschen?“, ließ sie nicht locker.

„Wer könnte diesem Blick widerstehen?“, fragte er und es klang so liebevoll, dass es ihr Herz höherschlagen ließ. „Du hast sie im Sturm erobert, meine Liebe.“

Die Tafel wurde aufgehoben und aus dem Nebenzimmer klangen die ersten Töne einer ländlichen Tanzfolge. Badwell brachte Vivian in den Ballsaal zurück.

„Darf ich bitten, schönste Lady Rosalind?“, fragte er mit einer Verbeugung.

„Du darfst mich um alles bitten“, antwortete Vivian mit einem schelmischen Lächeln, errötete über ihren eigenen Mut und versank in einem Knicks.

Lady Derryhill, die diese kleine Szene beobachtete, atmete befreit auf und lächelte zufrieden.

Kapitel 44

Es war gegen elf Uhr des übernächsten Tages, als der Türklopfer betätigt wurde und der Butler kurz darauf das Kommen von Lady Rose MacMillan ankündete. Lady Derryhill erhob sich erfreut, um der Nichte ihres verstorbenen Gatten entgegenzugehen. Die junge Dame trug ein gewagtes grünes Reitkleid mit Epauletten an den Schultern. Der hohe Reithut, der kess auf ihren aufgesteckten dunklen Locken saß, war der letzte Schrei der Mode.

„Wie schön, dass du uns besuchst, meine Liebe, wir haben dich vorgestern beim Ball bei Almacks vermisst", waren Lady Derryhills erste Worte nach einer herzlichen Umarmung.

„Almacks? Um Himmels willen. Ich bin froh und glücklich, dem Heiratsmarkt entronnen zu sein. Glaub mir, die strengen Patronessen sehen mich erst wieder, wenn ich einmal eine junge Dame in die Gesellschaft einzuführen habe. Außerdem brächten Hugh keine zehn Pferde in eine Lokalität, in der er Limonade zu trinken hätte. Welcher Mann will das schon?"

Sie lachte bei diesen Worten und Lady Derryhill stimmte in dieses Lachen ein. Raphael ist dennoch gekommen, dachte Vivian und freute sich.

„Das Wetter ist herrlich, ich habe Lust auf eine Ausfahrt. Mein Wagen steht vor der Tür …“

Lady Rose hatte eigentlich zu Vivian gesprochen, doch Lady Derryhill war sofort begeistert. „Was für eine gute Idee! Da sind wir natürlich gern dabei, nicht wahr, Vivian?“

Sie wartete die Antwort nicht ab, sondern wandte sich an ihre Nichte, die erschrocken beide Augenbrauen gehoben hatte. „Bitte um einige Augenblicke Geduld, meine liebe Rose. Vivian trägt schon ein passendes Kleid, aber ich muss mich noch umziehen. Unterhaltet euch in der Zwischenzeit.“

Sie war schon auf dem Weg zur Tür, als Lady MacMillan sie aufhielt: „Hätte ich das gewusst, Tante Cassandra, wäre ich mit einem anderen Gefährt gekommen. Doch so ist es mein hochrädriger Phaeton, in dem leider keine drei Personen Platz haben. Es war meine Absicht, Vivian mitzunehmen. Ich hoffe, du bist mir nicht böse.“

Zum Glück war Lady Derryhill das nicht im Geringsten, sondern wünschte den beiden viel Spaß bei ihrer Ausfahrt.

„Puh, das war knapp“, sagte Lady Rose, als die jungen Frauen zur Kutsche gingen. „Badwell ist wirklich ein Teufelskerl. Es war seine Idee, dass ich den Phaeton nehmen sollte. Geradeso, als hätte er es geahnt."

Sie ließ sich vom Burschen, der das Pferd hielt, auf den Wagen helfen und ergriff dann die Zügel. Vivian beeilte sich, auf der ledernen Bank neben ihr Platz zu nehmen.

„Du kutschierst selbst!", rief sie bewundernd. „Das möchte ich auch können. Glaubst du, mein Vormund Lord Derryhill wird mir erlauben, es zu lernen?"

„Warum sollte er das nicht?", fragte Rose leichthin, während sie das Pferd in gemächlichem Tempo die Brook Street entlanggehen ließ. „Außerdem ist es in Kürze ja nicht mehr der Earl, den du um Erlaubnis fragen musst, sondern Badwell, dein Ehemann."

„Ach, der erlaubt es mir sicher", sagte Vivian fröhlich und vergaß ganz, dagegen zu protestieren, dass sie als verheiratete Frau immer noch ein männliches Wesen um Erlaubnis zu bitten haben würde. Stattdessen wollte sie wissen: „Was meinst du damit, Badwell hätte etwas geahnt? Was hat er denn ahnen können?"

Lady Rose lachte und lenkte das Pferd weiter in Richtung Grosvenor Square.

„Er meinte, Lady Derryhill würde uns begleiten wollen und ich solle daher vorsorglich die sportliche Kutsche nehmen."

„Aber warum …“, begann Vivian, und dann verstand sie plötzlich, dass Rose nur eines gemeint haben konnte.

„Er hat es dir erzählt! Badwell hat dir die Geschichte meiner Cousine Agatha erzählt, nicht wahr?“ Sie war so begeistert, dass sie ihre Begleiterin am liebsten umarmt hätte. „Und du bist bereit, uns zu helfen. Oh, wie lieb von dir! Und wie überaus spannend. Was haben wir vor? Was machen wir mit Lady Grove?“

Sie dachte an das Gespräch über die gefesselte Dame im Keller, das sie mit ihrem Verlobten bei Almacks geführt hatte, und bekam mit einem Schlag doch Skrupel. „Nichts allzu Schlimmes, hoffe ich.“

„Etwas Schlimmes?“ Rose sah sie mit erstaunten Augen an. „Wo denkst du denn hin? Wir werden eine nette Unterhaltung führen, das ist alles. Ich habe herausgefunden, dass Ihre Ladyschaft jeden späten Vormittag mit ihrem Schützling im Garten promeniert, der zu den Häusern am Grosvenor Square gehört. Ich bin mit der Dame persönlich nicht bekannt, also wird es deine Aufgabe sein, uns vorzustellen. Und du musst das Wort *Wien* erwähnen. Alles andere kannst du dann getrost mir überlassen. Wichtig ist nur, Vivian“, sie sah mit ernstem Blick zu ihrer Begleiterin hinüber, „dass du mir nicht widersprichst, egal, was ich sage. Glaubst du, du schaffst das?“, fügte sie mit einem Augenzwinkern hinzu.

„Wie willst du sie davon überzeugen, Agatha an ihrer Stelle mitfahren zu lassen? Wirst du ihr Wien madig machen? Gibt es Horrorgeschichten, die du ihr erzählen kannst? Irgendetwas Schreckliches, das sie erzittern lässt?"

Jetzt lachte Rose wieder. Bevor Vivian nachbohren konnte, waren sie schon in den Grosvenor Square eingebogen und bemerkten begeistert, dass ihnen das Glück hold war. Lady Grove war soeben dabei, das große Stadtpalais an der Stirnseite des weitläufigen Platzes zu verlassen. Ihr folgte, ohne Zweifel widerwillig, ein Mädchen mit einem Strohhut auf den dunklen Locken. Es wirkte jünger als die dreizehn Jahre, die sie nach Bertrams Angaben sein sollte. Die Bänder, die ihren Hut schmückten, passten zum schlichten roséfarbenen Tageskleidchen. Die Kutsche erreichte die beiden, als sie sich eben anschickten, die Straße zu überqueren.

„Halt an, liebe Rose!", rief Vivian so laut, dass sie von allen gehört wurde. „Ich möchte unbedingt Lady Grove Guten Tag sagen."

Ihre Begleiterin warf ihr einen anerkennenden Blick zu und beeilte sich, diesem Wunsch Folge zu leisten. Schon war Vivian vom Kutschbock gesprungen.

„Was für eine Freude, Sie wiederzusehen!" Sie ging auf die ältere Dame mit einem herzlichen Lächeln zu, als wären sie die besten Freundinnen. Diese war völlig verdattert und hatte offensichtlich keine Ahnung, wen sie vor sich hatte.

„Äh … ja … guten Tag … Miss … Ich schätze es eigentlich nicht, wenn man mich …“

„Barnett!“, sagte Vivian schnell. „Ich bin Vivian Barnett. Mein Bruder ist der Adjutant Seiner Gnaden. Sie waren so freundlich, die Countess of Derryhill und mich zum Dinner einzuladen. Ah, Rose, da bist du ja!“

Die letzten Worte galten ihrer Freundin, die das Pferd am schmiedeeisernen Gitter des kleinen Parks angebunden hatte und nun scheinbar zögerlich näher kam.

„Darf ich Ihnen Lady MacMillan vorstellen? Das, Rose, ist die liebe Lady Grove, von der ich dir erzählt habe.“

Es war offensichtlich, dass die Ältere keine Freude an dieser Unterbrechung ihrer täglichen Routine hatte. Ohne zu lächeln, hielt sie der anderen zum Gruß zwei Finger entgegen und neigte huldvoll das Haupt, auf dem eine graue Witwenhaube thronte. Während Rose in einem Knicks versank, wandte sich Vivian dem Mädchen zu, das ungeduldig von einem Bein auf das andere gestiegen war.

„Und du musst Lizzy sein“, sagte sie freundlich, um dann, als diese verschämt nickte, fortzusetzen: „Wie ich gehört habe, darfst du deinen Herrn Papa nach Wien begleiten. Freust du dich schon darauf?“

Das Mädchen flüsterte schüchtern irgendetwas, das wie „Weiß ich nicht" klang.

Im Gegensatz dazu hatte Lady Grove eine deutliche Meinung zu diesem Thema: „Es geht nicht darum, was uns freut, es geht darum, dass wir eine Pflicht zu erfüllen haben. Eliza, steh gerade!"

Lizzy verzog das Gesicht, als würde sie gleich zu weinen beginnen, und stand aufrecht wie ein Zinnsoldat.

„Ja, aber wenn Sie nicht nach Wien reisen wollen, dann sagen Sie doch …", ergriff Vivian die günstige Gelegenheit, wurde jedoch sofort von Rose unterbrochen.

„Nicht *wollen*? Meine liebe Vivian, ich bitte dich! Der Herzog kann doch auf die Begleitung Ihrer Ladyschaft nicht verzichten."

„Ja, aber …", warf Vivian ein. Ein scharfer Blick von Rose ließ sie verstummen.

„Richtig!", bestätigte die ältere Dame in der Zwischenzeit. „Er braucht mich wegen des Kindes."

„Des Kindes! Des Kindes?", rief Rose aus. So theatralisch hatte Vivian ihre neue Freundin bisher noch nie erlebt. „Es geht doch nicht ums Kind. Auf das kann eine geeignete Dienstbotin ebenso gut aufpassen. Es geht um all die Empfänge und Soireen, die Redouten und Maskenbälle, auf die Sie den Duke begleiten dürfen. Wie man hört, wird in Wien jeden

Abend getanzt. Ach, Lady Grove, wie sehr ich Sie beneide."

„Maskenbälle, Empfänge?", wiederholte ihr Gegenüber. „Sie glauben doch nicht im Ernst, dass ich an derart frivolen Vergnügungen teilnehmen werde. Da muss sich der Herzog schon alleine hinbemühen."

„Ausgeschlossen!" Jetzt kam Rose erst richtig in Fahrt. „In Wien ticken die Uhren anders. Eine … Freundin von mir hat erst kürzlich mit ihrem Gatten die Hauptstadt des Kaiserreichs besucht und sie hat jeden Tag Walzer getanzt. Wissen Sie diesen neumodernen Tanz auszuführen, Lady Grove?"

Die andere hob erschrocken beide Arme. „Gott bewahre", sagte sie, um sich dann wieder an ihren Schützling zu wenden: „Zapple nicht herum, Eliza!"

„Oh, oh, das ist nicht gut. Sie müssen Walzer tanzen. Ich kenne da einen ausgezeichneten Lehrer, den ich Ihnen wärmstens ans Herz legen kann. Möchten Sie, dass ich ihn zu Ihnen schicke?" Rose war die Zuvorkommenheit in Person.

„Es kommt doch gar nicht infrage, dass ich Walzer tanze. Damit ist das Thema für mich beendet. Wenn die Damen mich entschuldigen wollen, meine Nichte braucht Bewegung."

Sie nickte und wollte sich zum Gehen wenden, als die nächsten Worte sie abrupt im Schritt innehalten ließen.

„Sie haben recht“, sagte Rose und es klang ganz harmlos. „Man wird Seiner Gnaden sicherlich eine Prostituierte als Begleiterin zur Verfügung stellen. Ich habe gehört, in Wien gibt es da Damen, die …“

„Was ist eine Prostituierte, Tante Cordula?“, meldete sich das Mädchen interessiert zu Wort.

„Ich gehe mit Lizzy ein paar Schritte“, machte sich Vivian rasch erbötig. „Komm, meine Liebe. Zeigst du mir euren Garten? Darauf bin ich wirklich neugierig.“

Hand in Hand gingen die beiden am Gitter entlang bis zum großen Eingangstor. Der strengen Aufsicht ihrer Tante entronnen, blühte die Kleine auf und schnatterte aufgeregt los. Zuerst erklärte sie Vivian die Pflanzen im Park und dann, auf geschicktes Nachfragen, kamen sie auch auf Wien zu sprechen. Und Vivian erzählte ihr von Cousine Agatha, die so nett und freundlich war und so viele spannende Geschichten erzählen konnte und die auch gern nach Wien fahren würde. Sie wusste zwar nicht genau, was sie damit eigentlich bezweckte, aber sie dachte, schaden konnte es nicht.

Rose gab in der Zwischenzeit die abenteuerlichsten Geschichten zum Besten. Darüber, dass Männer im K-.k.-Reich nie alleine zu Veranstaltungen gehen konnten, sondern dass für sie immer … Sie wissen schon … Rose zwinkerte mit den Augen … für passende Begleitung gesorgt werden würde. Wenn ihr

Anstand und Moral wichtig seien, dann habe Lady Grove gar keine andere Wahl, als den Herzog immer und überall hinzubegleiten, wobei sie natürlich gewärtigen müsse, dass sie sich dabei inmitten der Begleiterinnen anderer ausländischer Gentlemen bewegen würde und man nie wisse …

Das Gespräch endete damit, dass die aufgelöste Lady völlig vergaß, nach ihrer Nichte zu rufen, sich abrupt verabschiedete und ins Haus zurückging. Nein, sie ging nicht, sie lief geradezu. Keinen Augenblick länger als nötig wollte sie unter dem Damoklesschwert leben, in einen derartigen Sündenpfuhl reisen zu müssen. Entgegen ihrer sonstigen Gewohnheit steuerte sie direkt auf das Arbeitszimmer des Hausherrn zu und teilte diesem, ehe er so recht wusste, wie ihm geschah, mit, dass sie ihn keineswegs nach Wien begleiten werde. Sie war so aufgebracht und redete sich derart in Rage, dass er ihr nur schwer folgen konnte. Da sie, als ehrenwerte englische Witwe, das Wort *Prostituierte* nicht über die Lippen brachte, hatte der Herzog bis zum Schluss ihrer Ausführungen keine Ahnung, wieso sie sich derart echauffierte, und noch weniger, warum sie ihm plötzlich eine Absage erteilte. Er verstand nur, *dass* sie ihm eine Absage erteilte. Und war darüber so verärgert, dass er sich erhob, nach seinem Pferd rief und beschloss, den Klub aufzusuchen, bevor seine anstrengende Cousine noch einen weiteren, in seinen

Augen sinnlosen, Wortschwall hätte absondern können.

Als er die vornehmen Räumlichkeiten des White's Club in der St. James Street betrat, ahnte er nicht, dass ein anderer, eher seltener Gast diese Räume kurz vor ihm betreten hatte. Der Viscount of Badwell hatte sich auf das schwere dunkelgrüne Ledersofa platziert, das dem Eingang gegenüberstand. Auf den ersten Blick war er in den *Morning Chronicle* vertieft, den er in Händen hielt. In Wahrheit wartete er jedoch auf den geeigneten Zeitpunkt, den zweiten Schritt seines Planes umzusetzen.

Kapitel 45

Keine zwei Stunden später stürmte der Herzog of Landmark die Treppen zu seinem Stadtpalais mit großen Schritten wieder hinauf.

„Schicken Sie mir Panswick!“, forderte er vom Hausdiener, der auf sein Klopfen die Tür geöffnet hatte. „Ich brauche ihn auf der Stelle.“

„Der Viscount befindet sich bereits im Haus, und zwar in der Bibliothek, Euer Gnaden. Er wollte sich dort …“

„Dann holen Sie ihn in mein Arbeitszimmer, sofort, ohne weiteren Aufschub.“

Mit mulmigem Gefühl betrat Bertram kurz darauf den gewünschten Raum. Er hatte keine Ahnung, was sein Dienstherr von ihm wollen konnte, und allein die Aufregung in der Stimme des Dieners ließ ihn nichts Gutes erwarten.

„Sie wollten mich sprechen, Duke?“

„Ja, natürlich“, rief dieser aus. „Panswick, wir brauchen Ihre Cousine! Holen Sie sie, damit wir die Einzelheiten der Reise besprechen können. Sie ist doch nicht launenhaft, oder, Panswick? Launenhafte alte Schachteln sind ein Albtraum!“

Bertram blieb wie angewurzelt stehen.

„Darf ich fragen, wen Sie mit *meine Cousine* meinen?“, erkundigte er sich höflich.

„Herrgott, wie viele Cousinen haben Sie denn? Ich meine die Dame, die nach Wien reisen wird und von der wir nur hoffen können, dass sie uns begleitet. Diese Lady … Dings, die Nichte Ihrer Mutter, Sie wissen schon, wen ich meine. Gehen Sie und sagen Sie ihr, dass ich sie morgen zum Tee erwarte. Ach ja, und übrigens, Lady Grove wird in London bleiben.“

Vivian!, schoss es Bertram durch den Kopf. Wie war es Vivian bloß gelungen, den Herzog zu überzeugen, Agatha mitzunehmen? Er musste lächeln und spürte Freude in sich hochsteigen. Agatha würde statt der humorlosen Lady Grove mit nach Wien kommen. Was für ein angenehmer Gedanke.

„Was ist daran amüsant?“, hörte er den Duke fragen.

Sofort wurde Bertrams Miene wieder ernst, und während er noch überlegte, was er am besten antworten sollte, fuhr sein Dienstherr auch schon fort: „Sie meinen wahrscheinlich, dass es mir nicht zusteht, eine fremde Lady zu mir zu zitieren, nicht wahr? Gut, Sie haben recht. Wir beide werden sie daher morgen Nachmittag aufsuchen. Sorgen Sie dafür, dass sie Bescheid weiß.“

Bertram verbeugte sich und murmelte, dass er das gern tun würde.

„Wo wohnt sie denn?“, wollte der Duke da noch wissen. „Doch nicht irgendwo außerhalb, möchte ich hoffen.“

Bertram war noch so davon überwältigt, dass sein Vorgesetzter, dem es an Standesdünkel gewiss nicht mangelte, bereit war, sich wegen seiner Cousine die Mühe zu machen, einen Nachmittagsbesuch zu absolvieren, dass ihm die Adresse der verstorbenen Lady Hopestone nicht auf Anhieb einfiel. Außerdem, dachte er dann, wer wusste denn, wie es dort aussah, und ob sich der sittenstrenge Herzog nicht auch daran stoßen würde, dass Agatha dort derzeit alleine wohnte.

„Keine Sorge, Duke, Lady Alverston wohnt zurzeit in der Brook Street“, antwortete er daher. „Sie ist Gast bei der Countess of Derryhill.“

„Sieh an, sieh an“, murmelte der Herzog beeindruckt. „Dann werden wir wohl morgen Nachmittag bei der Countess vorsprechen. Informieren Sie also auch sie.“

Bertram verbeugte sich abermals und konnte nur hoffen, dass Fredericas Schwiegermutter bei diesem Schauspiel mitmachen würde.

„Gut, gut“, meinte der Herzog, „dann ist das also geklärt. Wir müssen morgen dringend die Einzelheiten dieses Arrangements besprechen. Ihre Cousine wird schließlich nicht nur für das Kind gebraucht. Ich plane in Wien ein großes Haus zu führen und erlauchte Gesellschaft zu empfangen. Sie muss die Rolle meiner Gastgeberin erfüllen und mich auch zu so manch anderer Veranstaltung begleiten."

„Sie zu so manch anderer Veranstaltung begleiten?", lautete Bertrams fassungsloses Echo.

„In Wien ist es anscheinend üblich, dass man eine derartige Begleitung braucht. Ich hatte ja keine Ahnung, aber Cordula, also Lady Grove, hat das irgendwo aufgeschnappt."

„Aha, wie gut, dass Sie dadurch darüber Bescheid wissen", sagte Bertram und fragte sich, wie Vivian das wohl alles angestellt haben konnte.

„Ich habe nur noch eine weitere weibliche Verwandte, die ich bitten könnte, uns zu begleiten", informierte ihn der Herzog, „meine Cousine Ethel. Sie hat vor zwanzig Jahren ein schottisches Clanoberhaupt geheiratet, inzwischen ist sie Witwe und hätte daher jede Menge Zeit. Doch sie lebt noch immer im Norden und spricht einen abscheulichen Dialekt. Wie gut, dass Sie diese Cousine haben, Panswick, wie gut. Ich kann nicht froh genug darüber sein, Sie als meinen Adjutanten eingestellt zu haben."

Überwältigt musste Bertram miterleben, wie ihm sein sonst so distanzierter Dienstherr jovial auf die Schulter klopfte. Als er meinte, aus dieser bemerkenswerten Unterredung entlassen zu sein, fiel dem Herzog noch etwas ein: „Diese Lady … diese Cousine da von Ihnen, sie hat doch hoffentlich ein angenehmes Äußeres, eine angemessene Garderobe und versteht es zu repräsentieren? Badwell meinte jedenfalls, das sei der Fall."

Jetzt verstand der arme Bertram gar nichts mehr. „Badwell?", wiederholte er. „Was hat denn …"

„Vertagen wir alles Weitere auf morgen", forderte der Herzog. „Aber eines ist gewiss: Wenn mir diese Lady nicht zusagt oder sie meinen Ansprüchen nicht genügt, dann müssen Sie hinauf nach Edinburgh, um Ethel herzuholen."

„Nach Edinburgh?", wiederholte Bertram fassungslos.

Er verspürte nicht die geringste Lust, vor der anstrengenden Reise auf den Kontinent auch noch eine anstrengende Reise hinauf nach Schottland zu unternehmen. Er wollte soeben seine Bedenken anmelden, als ihm der Herzog mit einer strengen Handbewegung anzeigte, dass er gehen solle, um das Gewünschte zu erledigen. Also verließ er das Arbeitszimmer, verlangte nach seinem Pferd und ritt als Allererstes zum Piccadilly, um seinem künftigen Schwager die Aufwartung zu machen.

Als der Butler Bertram in Badwells kahlem Wohnzimmer ankündigte, empfing ihn dieser ohne sichtbare Überraschung.

„Ich danke Ihnen, dass Sie mich empfangen, Badwell", begann Bertram mit einer steifen Verbeugung. „Was für ein glücklicher Zufall, dass ich Sie zu Hause antreffe."

„Oh, das ist kein Zufall", antwortete der Hausherr gut gelaunt. „Ich habe auf Sie gewartet, Panswick. Bitte nehmen Sie Platz. Whiskey?"

Er zeigte zur goldgelben Flüssigkeit, die in einer geschliffenen Karaffe auf dem Schreibtisch stand. Der junge Viscount verneinte und setzte sich. Vivians Verlobter war acht Jahr älter als er. Er wirkte so selbstbewusst und gleichzeitig locker und entspannt. Das fand Bertram einerseits vorbildhaft, andererseits aber auch ein wenig einschüchternd.

„Sie haben auf mich gewartet, Badwell?", wiederholte er ungläubig. „Wieso wussten Sie, dass ich kommen würde?"

„Ich habe einfach eins und eins zusammengezählt", erwiderte der andere. „Als Landmark aus dem Klub gestürmt ist, dachte ich, dass Sie der Erste sein würden, dem er die neueste Entwicklung seiner Reisepläne mitteilen würde. Und wie ich sehe, ist genau das eingetroffen." Er grinste zufrieden. „Doch nun sagen Sie schon: Ist es mir tatsächlich gelungen, den Herzog zu überzeugen? Ich hegte schon im Klub so eine Hoffnung, war mir jedoch nicht ganz sicher."

„Der Duke hatte die Freundlichkeit, mich über die unglaubliche Tatsache zu informieren, dass uns Cousine Agatha nach Wien begleiten wird, wenn Sie das meinen“, begann Bertram die Unterredung mit seinem Dienstherrn zusammenzufassen.

„Großartig! Darauf sollten wir anstoßen. Nicht doch einen Whiskey?“ Badwell sprang auf und füllte zwei Gläser.

„Er will sie deshalb morgen aufsuchen“, setzte Bertram fort, ergriff das dargebotene Glas und stellte es, in Ermangelung eines Tisches, neben sich auf dem Boden ab. „Ich habe ihm als Adresse die von Lady Derryhill genannt, zu der mich mein nächster Weg führen wird.“

„Guter Schachzug!“, lobte der andere.

„Agatha soll sich in Wien anscheinend nicht nur um Lizzy kümmern, sondern auch in die Rolle einer Gastgeberin schlüpfen und den Duke auf Veranstaltungen begleiten. Ich muss gestehen, ich hatte zuerst meine Schwester Vivian in Verdacht, hinter dieser abenteuerlichen Geschichte zu stecken. Doch nun weiß ich, dass offenbar Sie Ihre Finger im Spiel haben, was mich, ehrlich gesagt, einigermaßen verwundert. Darf ich also fragen“, schloss er, allen Mut zusammennehmend, „was Sie mit meiner Cousine Agatha zu tun haben?“

Er hatte das Wort *meiner* betont und jene Strenge in die Worte gelegt, die ihm für ein Familienoberhaupt angemessen erschien.

„Können Sie sich das nicht denken?“, lautete die belustigte Gegenfrage.

Badwell ließ sich nun seinem Gast gegenüber auf den Schreibtischstuhl fallen und zog erwartungsvoll eine Augenbraue in die Höhe.

„Also doch Vivian“, traf Bertram die plötzliche Erkenntnis.

Badwell lächelte. „Exakt! Sie wollte, dass ihre Cousine Ihre Reisebegleiterin wird, ein Umstand, der Ihnen doch nur zu gut bekannt ist. Also habe ich mir Gedanken gemacht, wie man das am besten bewerkstelligen könnte, und bin äußerst froh, dass es gelungen ist, ihr diesen Wunsch zu erfüllen.“

„Sie lieben sie wirklich, nicht wahr?“, lautete Bertrams nächste Erkenntnis. Erschrocken stellte er fest, dass er diese Worte laut ausgesprochen hatte, aber der Ältere schien sie ihm nicht krummzunehmen.

„Das ist tatsächlich der Fall, mein guter Panswick. Ich hatte niemals vorgehabt, mein Herz an eine Frau zu verschenken, und daher könnte niemand überraschter darüber sein als ich. Und doch würde ich es vorziehen, wenn Sie Ihrer Schwester gegenüber diese Tatsache nicht erwähnen würden. Das möchte ich nämlich gern selbst tun, wenn Sie gestatten.“

Bertram lief rot an.

„Selbstverständlich“, beeilte er sich zu versichern. „Keine Sorge, ich würde doch nie, also, das würde ich nie auch nur, Sie müssen mir glauben, also …“ Als er selbst merkte, dass ihn sein Gestotter nicht weiterbrachte, forderte er schnell: „Kommen wir zu

Cousine Agatha zurück. Wie haben Sie es geschafft, den Herzog und vor allem auch Lady Grove zu überzeugen, ihr den Platz in der Kutsche zu überlassen? Und vor allem auch, wie kam es, dass Agatha nicht als bessere Dienstbotin mit von der Partie sein wird, sondern eine Rolle einnehmen kann, die ihr standesgemäß zusteht?“

Also erzählte ihm Badwell alles, was sich am Vormittag ereignete, und auch, welchen Part Vivian und Lady MacMillan dabei gespielt hatten.

„Sie haben doch Lady Grove kennengelernt, Panswick. Die Dame ist höchst ehrbar und sittenstreng. Mit ihren Ansichten, ihrem bescheidenen Auftreten und den herabgezogenen Mundwinkeln passt sie doch besser in ein Kloster als in die mondäne Welt der Diplomatie.“

Bertram musste über diese wenig respektvolle Beschreibung grinsen und stand nicht an, seinem zukünftigen Schwager recht zu geben.

„Soweit ich informiert bin“, setzte dieser fort, „planen zahlreiche gekrönte Häupter, an diesem Kongress in Wien teilzunehmen. Mein Freund Lester Duncan hat eine Schwester, die in der Nähe von Wien lebt und in ihren Briefen von den glanzvollen Bällen am Hof des Kaisers schwärmt. Sicher wird sich dieser als Gastgeber nicht lumpen lassen und für die Delegationen aus nah und fern ebenfalls solche

Veranstaltungen ausrichten. Der Herzog braucht eine Frau an seiner Seite, die repräsentieren kann …"

„Aber das stimmt doch gar nicht", widersprach Bertram entrüstet. „Bei diesem Kongress geht es keinesfalls ums Vergnügen. Es geht allein darum, die Geschicke Europas neu auszurichten und über die Zukunft all jener Länder zu verhandeln, die sich der Korse in sein Reich einverleibt hat. Ernsthafte diplomatische Gespräche und Vereinbarungen werden an der Tagesordnung sein, dazu brauchen wir doch keine Frauen."

„Lassen Sie das Ihre Schwester bloß nicht hören", warf Badwell ein und amüsierte sich darüber, dass Bertram bis an die Haarwurzeln errötete.

„Sie wissen doch, wie ich das meine", antwortete er kleinlaut. „Ich wollte bloß sagen, dass es in Wien nicht ums Vergnügen gehen wird. Außerdem kann der Herzog wohl auch ohne weibliche Begleitung jede Veranstaltung besuchen, die ihm beliebt."

„Das wissen wir, aber Lady Grove weiß es nicht. Sie hegt die sichere Befürchtung, an der Seite des Herzogs an frivolen Vergnügungen teilnehmen zu müssen."

„An frivolen … Aber warum?" Bertram schüttelte den Kopf. „Wie kam sie bloß zu dieser absurden Ansicht?"

„Ja, wie kam sie bloß darauf?", fragte Badwell spöttisch.

Bertram wurde klar, dass auch daran Vivian und Lady MacMillan einen entscheidenden Anteil haben durften.

„Außerdem denke ich", setzte Badwell fort, „Landmark wird uns noch dankbar sein. Ich bin mir nämlich nicht so sicher, dass es nicht doch viele Abende geben wird, an denen ihm eine passende weibliche Begleitung angenehm ist. Auch gekrönte Häupter und Diplomaten schätzen Vergnügungen, glauben Sie mir. Wie auch immer, jedenfalls hat Lady Grove ihrem Vetter erklärt, unter keinen Umständen mitreisen zu wollen, und so stürmte er in den Klub, um sich über die Launenhaftigkeit von Frauen zu beklagen. Seine Ausführungen gipfelten darin, dass er es für ausgeschlossen hielt, in den verbleibenden beiden Wochen passenden Ersatz zu beschaffen."

„Da brachten Sie Cousine Agatha ins Spiel", lautete Bertrams Schlussfolgerung.

„Da brachte ich Cousine Agatha ins Spiel", bestätigte sein Gegenüber und grinste. „Ich sagte, wie es ein glücklicher Zufall wolle, plane Lady Alverston ohnehin, zu Verwandten nach Wien zu reisen. Falls er Glück hätte, würde sie sich bereit erklären, dies an seiner Seite zu tun."

„Falls er Glück hätte …" Bertram sah ihn mit großen Augen an. „Ich glaube, jetzt hätte ich doch gern einen Whiskey!"

Er beugte sich vor und ergriff das Glas, das er auf den Boden gestellt hatte. Badwells Grinsen vertiefte sich. Er prostete ihm zu.

„Ich denke, wir können künftig auf die steifen Umgangsformen verzichten, mein lieber Panswick. Schließlich werden wir in Kürze zu ein und derselben Familie gehören."

Damit war Bertram gern einverstanden und die Gläser klirrten.

„Wahrlich ein genialer Plan", gab er nach dem ersten Schluck anerkennend zu, doch dann verdunkelte sich seine Miene. „Au weh, es gibt eine Schwachstelle, die wir bisher nicht bedacht haben."

Auch Badwell wurde ernst: „Was wäre denn die, um Himmels willen?"

„Agatha ist verwitwet, der Duke ist es ebenfalls. Die beiden können sich doch unmöglich eine Kutsche teilen, ohne dass sich die Geier ihre Schandmäuler zerreißen würden. Wir wissen auch nicht, welche Sitten in den Ländern herrschen, die wir durchqueren. Agatha wird eine Anstandsdame brauchen, und für die ist im Wagen kein Platz. Also ist euer Plan zum Scheitern verurteilt."

„Aber nein", rief Badwell und atmete hörbar auf, „du vergisst *dich!* Als enger männlicher Verwandter bist du doch Anstandsperson genug. Und außerdem", setzte er fort, „was eine weibliche Begleitung betrifft, so gibt es ja auch noch die Kammerfrau, die in der Kutsche des Gesindes die Stelle der Dienerin von Lady Grove einnehmen wird. Du siehst, wir haben an alles gedacht."

„Agatha hat eine Kammerfrau?", wunderte sich Bertram. „Ich dachte, die kann sie sich nicht mehr leisten. Sie hat doch selbst ihre Anstellung verloren und verfügt über kaum Ersparnisse. Wie will sie da eine Kammerfrau bezahlen und verköstigen?"

„Also", sagte Badwell und nippte an seinem Glas, „erstens hat sie ja jetzt, mehr oder weniger, wieder eine Anstellung, nämlich als eure Begleiterin. Der Duke ist bereit, außer für die Reise und Verköstigung eurer Cousine natürlich auch für deren Dienerin aufzukommen. Außerdem wird er einen anständigen Betrag für all ihre Mühen bezahlen. Sei es mit dem Kind, sei es als Gastgeberin, wofür auch immer."

„Was du nicht sagst!", jetzt war Bertram wieder einmal fassungslos. „Wie ist dir denn das gelungen?"

Badwell lachte: „Ich kann sehr überzeugend sein, wenn ich möchte."

Bertram wollte mitlachen, aber dann blieb ihm das Lachen wieder im Hals stecken: „Du hast doch Agatha gesehen, Badwell. In diesen Kleidern kann sie sich nicht vor einem Herzog blicken lassen, geschweige denn seine Gastgeberin spielen."

„Wohl kaum", kam auch schon die trocken geäußerte Bestätigung. „Graue Wollhandschuhe werden auch in Wien nicht en vogue sein."

„Es ist ausgeschlossen, dass wir dem Duke gestatten können, auch noch für ihre Garderobe aufzukommen. Er ist kein Verwandter, Agathas Ruf würde einen nicht wiedergutzumachenden Schaden erleiden."

„Da hast du recht", gab Badwell zu. „Außerdem muss sie schon morgen repräsentabel aussehen, wenn Landmark sie bei Lady Derryhill kennenlernen wird. Was mich dazu bringt: Wir müssen dringend in die Brook Street, um die Countess und Vivian von den neuesten Entwicklungen in Kenntnis zu setzen."

„Wo sollen wir bloß bis morgen ein passendes Kleid herbekommen? Ich habe etwas gespart, *ein* Kleid könnte ich mir vielleicht leisten", sagte Bertram, „aber alle weiteren, die sie sicher auch noch brauchen wird, übersteigen meine Mittel."

„Hier wird wohl Lady Derryhill ins Spiel kommen müssen", meinte Badwell.

„Die zahlt mit Sicherheit nichts", verkündete sein Gesprächspartner düster. „Die Countess weiß vom Streit zwischen Cousine Agatha und meiner Mutter und möchte nichts unternehmen, was dieser nicht gefallen könnte. Dabei bin ich sicher, Mama würde einer Versöhnung zustimmen, wenn Agatha nur bereit wäre, nach Lancroft Abbey zu reisen, um einen entsprechenden Versuch zu wagen. Ach, wenn mein Landsitz bloß nicht so weit entfernt wäre und meine Mutter London nicht derart hassen würde, dann könnte man sie vielleicht zu einer Reise hierher in die Hauptstadt bewegen, aber so …"

Badwell beugte sich in seinem Stuhl nach vorne, sah Bertram mit ernster Miene an und sagte dann: „Was das betrifft, so habe ich vielleicht auch dazu die passende Lösung. Ich habe nämlich noch einen ganz anderen Plan geschmiedet, zu dem ich allerdings deine Hilfe brauche …"

Bertram lehnte sich ebenfalls nach vorne und wartete neugierig auf das, was folgen würde. Dann hörte er zu, nickte einige Male, schüttelte Badwell schließlich die Hand und schlug ihm brüderlich auf die Schulter. Er würde noch allerhand zu tun haben, bevor er die Kutsche nach Wien besteigen konnte, das wusste er jetzt. Während er im Geiste überlegte, womit er anfangen sollte, drehte sich Badwell zum Schreibtisch um, schrieb eine kurze Notiz und schickte einen Hausdiener damit zum Stadthaus der verstorbenen Lady Hopestone. Dann begaben sich die beiden Gentlemen in die Brook Street, um Lady Derryhill und ihrem Schützling ihre Aufwartung zu machen.

Kapitel 46

Vivian war so begeistert von all dem, was sie soeben gehört hatte, dass sie aufsprang und ihren Bruder herzlich umarmte. Sie hätte den Mann, der ihm gegenübersaß, am liebsten ebenfalls umarmt, wusste aber, dass dies unmöglich war. Solange sie nicht verheiratet waren, war es ihm ausschließlich gestattet, ihre Hand zu berühren. Und auch diese nur, um sich zur Begrüßung darüber zu verbeugen. Doch niemand konnte etwas dagegen einzuwenden haben, dass sie sich bei ihm bedankte, was sie daher aus ganzem Herzen tat.

„Es ist großartig, was du für uns getan hast … Badwell … Agatha wird sich so sehr darüber freuen. Du ahnst nicht, wie dankbar ich dir bin und wie glücklich."

Sie lächelte zu ihm hinüber, er lächelte zurück. Für kurz hatte sie das Gefühl, mit ihm allein auf der Welt zu sein. Nur er und sie, nur sie und er, zwei Herzen, die im Gleichklang schlugen. Zwei Menschen, die sich ohne Worte verstanden.

„Bitte nimm wieder Platz, meine Liebe", meldete sich Lady Derryhill zu Wort und beendete Vivians Träumerei. „Wir haben wichtige Dinge zu besprechen. Bis morgen Nachmittag bleibt uns nicht viel Zeit."

„Das heißt also, Lady Derryhill, dass Sie so freundlich sind, unsere Pläne zu unterstützen?", vergewisserte sich Bertram. Sein glückliches Lächeln erinnerte Badwell an das seiner Schwester. *Wie ähnlich sich die beiden doch sind,* schoss es ihm durch den Kopf. Und wie herzerwärmend es war, mitzuerleben, wie sehr sie sich für ihre Cousine einsetzten und sich reinen Herzens mit ihr freuten. Alles Dinge, die er aus seiner Familie nicht kannte.

„Selbstverständlich bin ich dazu bereit. Um nichts auf der Welt möchte ich dieses Abenteuer versäumen ..."

„Aber der Streit zwischen Agatha und Mama ...?"

Vivian zog scharf die Luft ein. Wie konnte Bertram nur so ungeschickt sein? Wenn Lady Derryhill diese Tatsache vergessen hatte, war es doch dumm, sie ihr in Erinnerung zu rufen.

„Ich hatte Zeit nachzudenken, mein lieber Panswick, und bin zu der Erkenntnis gelangt, dass eure Mutter es von mir erwarten würde, hier helfend einzugreifen", antwortete Ihre Ladyschaft. „Ich habe sie als Frau kennengelernt, der die Familie über alles geht. Außerdem sind Sie als Familienoberhaupt dafür, Lady Alverston zu unterstützen, also möchte ich mich dem nicht länger verschließen."

Wie auf Kommando brachen beide Geschwister in begeisterte Dankesbezeigungen aus. Badwell lächelte halb amüsiert, halb gerührt.

„Als Erstes braucht sie eine neue Garderobe", schnitt die Hausherrin das heikle Thema an, von dem er gehofft hatte, sie würde sich dafür zuständig erklären. „Wenn Landmark sie in ihrem schlichten grauen Kittel zu Gesicht bekommt, wird er auf der Stelle kehrtmachen und mein Haus fluchtartig verlassen."

Die anderen drei nickten zustimmend.

„Wie viel Geld steht uns dafür zur Verfügung? Wir brauchen ein Kleid bereits morgen Nachmittag und die komplette Garderobe binnen zwölf Tagen. Die Schneiderin wird zusätzliche Näherinnen einstellen müssen. Das wird nicht günstig."

„Tja, also ...", begann Badwell. Er wusste, dass sie an der Schwachstelle seines Plans angelangt waren.

„Ich kann das Kleid für morgen bezahlen", beeilte sich Bertram zu versichern.

„Das ist sehr lieb von dir", warf Vivian ein, „aber es ist zu wenig. Agatha kann nicht mit einem einzigen Kleid ... Ach wie dumm, dass Derryhill nicht in der Stadt ist. Er wüsste, wie viel Geld uns zur Verfügung steht. Oh Gott, hoffentlich ist Mama überhaupt imstande, das benötigte Vermögen für Agatha auszugeben! Wenn ich das gewusst hätte, hätte ich für mich eine weniger umfangreiche Garderobe anfertigen lassen. “

„Wenn das so ist, kannst du Agatha nicht ein paar von deinen Kleidern leihen?“, erkundigte sich Bertram hoffnungsfroh.

Badwell lachte laut auf und Vivian sah ihn mit großen Augen an. Es blieb Lady Derryhill vorbehalten, ihn darauf hinzuweisen, dass Agatha Vivian um einen halben Fuß überragte und er nicht wollen konnte, dass seine Cousine in Wien mit Kleidern auftauchte, bei denen die Fesseln zu sehen sein würden.

Bertram errötete und erklärte, dass er so etwas Schamloses natürlich nicht im Sinn gehabt hätte.

„Nun, dann werde ich wohl die Kosten übernehmen, bis wir die Angelegenheit mit meinem Sohn und eurer Mutter klären konnten …“, machte sich Ihre Ladyschaft erbötig und löste damit die nächsten begeisterten Dankesbezeigungen aus. Sie stand auf und ging zum Klingelstrang hinüber.

„Vielleicht muss das Vermögen gar nicht so groß sein und vielleicht ist auch die kurze Zeitspanne gar kein so großes Problem“, fiel Vivian ein. „Hat nicht Madame Lisette davon gesprochen, dass sie die komplette Garderobe für eine große, schlanke Frau fertig im Laden hängen habe?“

Der Butler trat ein und fragte nach den Wünschen der Countess.

„Lassen Sie meine Schneiderin umgehend hierherbringen und sagen Sie ihr, sie soll die Kleider der hageren Schwiegertochter mitbringen. Die weiß dann schon, was sie zu tun hat."

„Die Kleider der hageren Schwiegertochter", wiederholte der Butler, ohne mit der Wimper zu zucken. „Sehr wohl, Mylady."

Eine gute Stunde später saß Vivian am Rand des Bettes in ihrem Gästezimmer und sah begeistert zu, wie die Schneiderin ihrer Cousine ein prachtvolles Kleid nach dem anderen über den Kopf stülpte. Lady Derryhill war bei ihren beiden männlichen Gästen geblieben, die natürlich bei dieser Anprobe nichts zu suchen hatten. Sie hatte jedoch angekündigt, sich in Kürze vom Ergebnis überzeugen zu wollen.

Auf Tageskleider aus Baumwolle und feinem Musselin folgten Abendroben aus Seide mit kunstvollen Stickereien. Gut, vielleicht hätte sie die Farben mancher Kreationen anders gewählt, doch Agatha sah in jeder wirklich gut aus. Aus den grauen Dienstbotenkitteln befreit, wirkte sie mit einem Schlag nicht mehr wie Mitte vierzig, sondern wieder wie die sechsunddreißig, die sie war. Ihre Haare bedurften natürlich noch einer besseren Pflege und einer Frisur, die von geschickterer Hand aufgesteckt wurde, als Agatha selbst dazu imstande war. Aber sonst, fand Vivian, sah ihre Cousine so aus, wie sie

sie von früher in Erinnerung hatte. Ihre Wangen hatten wieder eine zarte Röte angenommen, ihre Augen strahlten vor Freude.

„Vivian, ich kann es noch immer nicht fassen“, sagte sie zum wiederholten Male. „Ich darf nach Wien fahren! Ich habe die Chance, Cecilia zu finden. Ich bin nicht länger gezwungen, als einfache Dienstmagd …“ Sie unterbrach sich, als ihr bewusst wurde, dass sie mit ihrer Cousine nicht alleine war. „… dass ich auf Bälle gehen und mich amüsieren werde. Und dann der Haushalt eines Herzogs … Was für ein Abenteuer!“

„Fühlst du dich all dem gewachsen?“, fragte die Jüngere, die selbst keinen Zweifel hatte, dass Agatha dazu in der Lage war. Darum wunderte sie sich auch nicht, als diese nickte.

„Ich muss nur noch meine gute Hearts dazu überreden, mit mir zu kommen. Sie ist zwar eine treue Seele, aber nach unseren gemeinsamen Abenteuern in Ägypten und Florenz hatte sie sich geschworen, unser geliebtes Königreich nie wieder zu verlassen.“

Sie wollte sich zu ihrer Cousine umdrehen, als die strenge Stimme der Schneiderin forderte: „Stillhalten, Mylady!“

Madame Lisette war eben dabei, die Taille eines rauchblauen Abendkleides mit hellblauer Samtborte am Dekolleté enger zu stecken.

„Hier müssen wir noch etwas wegnehmen. Am besten lasse ich aus dem übrigen Stoff ein Band nähen, das Sie sich in Ihr Haar flechten lassen können. Damit der Kontrast perfekt wird, schlage ich vor, einige weiße Rosen daran zu befestigen." Dann trat sie zurück, um ihr Werk in Augenschein zu nehmen.

„Was für eine glänzende Idee", rief Agatha und drehte sich vor dem Spiegel. „Ich kann es nicht fassen, dass mir nach so langer Zeit endlich wieder Glück beschieden ist. Natürlich werde ich Lady Derryhill alles auf den Penny genau zurückzahlen. Und ich stehe tief in deiner Schuld, Vivian. Wenn es je etwas geben sollte, womit ich dir einen Gefallen tun kann, dann lass es mich umgehend wissen. Es gibt nichts, was ich lieber täte, als dir eine Freude zu bereiten."

Kapitel 47

Der nächste Vormittag verging damit, dass Agatha in Begleitung von Vivian zuerst einen Besuch bei der neuen Herrin ihrer treuen Kammerfrau machte, um diese darüber zu informieren, dass sie ihre langjährige Dienerin zurückhaben wollte. Sie trug an diesem Vormittag ein grün-blau geblümtes Tageskleid aus ihrer neuen Garderobe und sah so frisch und jugendlich aus, dass Vivian ganz warm ums Herz wurde. Die Kleider waren für eine Lady bestimmt gewesen, die fünfzehn Jahre jünger war als ihre Cousine, und sie musste jetzt, im warmen Licht der Sonne, feststellen, dass es Agatha guttat, solche frischen Farben zu tragen.

Wie es sich zu ihrem Glück herausstellte, war die neue Herrin von Agathas Kammerfrau mit Hearts nicht so recht warm geworden. Im Gegenteil, sie hatte ihre Art, die Dinge zu regeln, auf das Schärfste kritisiert und selbst schon mit dem Gedanken gespielt, sich eine andere Dienerin zu suchen. Hearts war über die unverhoffte Möglichkeit, zu ihrer geliebten Lady Alverston zurückzukehren, so beglückt, dass sie auf der Stelle all ihre Vorbehalte gegenüber langen Reisen vergaß und mit Freuden ihre Koffer packte.

Lady Derryhill hatte den beiden Cousinen gestattet, ihre weiteren Einkäufe in ihrem Namen anschreiben zu lassen, und dies auch in einem Schreiben festgelegt, das sie den Ladeninhabern vorlegen konnten. So verging der weitere Vormittag höchst erfreulich damit, dass sie dem Modisten einen Besuch abstatteten, den Lady Rose empfohlen hatte. Die Schneiderin hatte ihnen vorsorglich einige Stoffstreifen mitgegeben, sodass zwei passende Schutenhüte und ein Strohhut schnell ausgesucht waren. Ein hoher Reithut in demselben Grün wie Agathas neues Reitkleid und ein praktischer Hut für die Reise vervollkommneten die Ausbeute. Diese Kopfbedeckung war in einem hellen Blau und so flach, dass sich Agatha auch in der Kutsche nicht den Kopf anstoßen würde. Vom Hutmacher waren es nur wenige Schritte die Straße hinauf zum Schuster und zu dem Laden, der feine Kalbslederhandschuhe im Angebot hatte. Kurze für untertags, lange, zum Knöpfen, für den Abend.

Als Vivian an diesem Morgen ihre Cousine mit der Kutsche vom Haus der verstorbenen Lady Hopestone abgeholt und dabei zugesehen hatte, wie ein Diener ihre spärliche Habe auflud, da hatte sie sich aus reinem Herzen gefreut. Gefreut auf einen wunderschönen Tag, gefreut, endlich wieder einmal Zeit allein mit Agatha verbringen zu können. Gefreut, dabei zu sein, wenn deren Erscheinungsbild rundherum erneuert wurde, gefreut darauf, ihre Cousine glücklich zu sehen.

Doch je weiter der Tag fortschritt, desto stärker wuchs die Aufregung. Was, wenn Agatha dem Herzog wider Erwarten nicht gefiel? Er hatte sie abgekanzelt, vielleicht würde er das auch bei Agatha tun? Was, wenn diese sich das nicht gefallen ließ? Was, wenn sie nun doch nicht nach Wien fahren konnte? Sie würde es nicht überstehen, wenn Agathas Vorfreude mit einem Schlag zerstört werden würde. Außerdem hatten sie so viel Geld für eine Garderobe ausgegeben, die sie als Dienerin nie würde brauchen können.

In ihrem Inneren leistete Vivian einen Schwur. Sie wünschte Agatha natürlich, dass das Arrangement mit dem Duke of Landmark Wirklichkeit werden würde, und sie befahl sich auch, fest daran zu glauben. Für den Fall allerdings, dass dieser Traum zerplatzte, dann würde sie sich höchstpersönlich nach Lancroft Abbey begeben und alles daransetzen, ihre Mutter nach London zu holen, um eine Versöhnung herbeizuführen. Agatha sollte auch nach dem Tod ihres Gatten die Möglichkeit haben, ein Leben zu führen, das ihr aufgrund ihres Standes zukam, und sich nicht länger als Dienerin verdingen müssen.

Nachdem sie diesen inneren Schwur abgelegt hatte, war Vivian etwas leichter zumute.

„Mach dir nicht zu viele Sorgen", sagte sie. „Der Herzog kann sich glücklich schätzen, dich als Begleiterin zu gewinnen. Du bist sicher tausendmal passender als diese schottische Cousine, deren Dialekt er nicht versteht."

Agatha lachte auf.

„Das hoffe ich allerdings auch", sagte sie. „Ich mache mir daher keine Sorgen, und es ist auch nicht nötig, dass du dir weiterhin welche machst, liebe Vivian. Ich bin sicher, der Duke und ich werden handelseinig."

Vivian machte sich trotzdem Sorgen. „Weißt du, der Herzog mag vielleicht ein humorloser Mann mit strengen Ansichten sein, doch er ist ohne Zweifel ein wahrer Gentleman", setzte sie daher fort und wollte mit diesen Worten wohl eher sich selbst beruhigen als ihre Cousine. „Ich denke, dich wird er ernster nehmen als mich, da du ja doch um einiges älter bist."

„Wir werden sehen", sagte Agatha ruhig.

„Und als Reisebegleiter ist er vielleicht gar nicht so schlimm. Er ist zwar ziemlich von sich und seiner Klugheit eingenommen, aber …"

„Vivian", forderte Agatha nun streng, „würdest du mir wohl gestatten, dass ich mir selbst ein Bild mache? Ich bin nicht nervös, also brauchst du dich nicht zu bemühen, mich zu beruhigen. Ich werde dem Herzog ruhig und selbstbewusst gegenübertreten. Was sollte also der Reise noch entgegenstehen?“

Kapitel 48

„Seine Gnaden, der Duke of Landmark, Mylady, begleitet von Miss Eliza Hawick“, verkündete Bowles von der Türe her.

Die drei anwesenden Damen sprangen von der blau-golden gestreiften Sitzgruppe auf, um den Besuchern entgegenzugehen.

„Meine liebe Lady Derryhill“, der Herzog verbeugte sich formvollendet über die dargebotene Hand, „ich kann Ihnen gar nicht genug dafür danken, dass Sie die Liebenswürdigkeit haben, uns so kurzfristig zu empfangen. Wie schön, Sie wiederzusehen. Darf ich Ihnen meine Tochter Eliza vorstellen?“

Er schob das Mädchen, das sich hinter seinem Rücken versteckt hatte, mit eisernem Griff nach vorne, sodass diesem nichts anderes übrig blieb, als ein paar Schritte auf Ihre Ladyschaft zuzugehen und in einem Knicks zu versinken. Als sie sich wieder aufrichtete, wagte sie es weder, der Countess ins Gesicht zu blicken, noch, auch nur einen Ton von sich zu geben.

„Wie schön, dich kennenzulernen, Eliza“, sagte Ihre Ladyschaft freundlich. „Sieh nur, dort drüben steht Lady Vivian, ich denke, ihr beide kennt euch schon."

Während es sich Lizzy nicht zweimal sagen ließ und an Vivians Seite stürmte, wurde der Herzog stutzig: „Die beiden kennen einander bereits? Wie kommt denn das?"

Der Hausherrin wurde schlagartig bewusst, dass sie einen dummen Fehler begangen hatte. Seine Gnaden sollten keinesfalls wissen, dass Vivian und Rose mit Lady Grove im Beisein seiner Tochter gesprochen hatten und hinter deren plötzlichem Sinneswandel steckten.

„Sie sind sich neulich beim Spazierengehen zufällig über den Weg gelaufen", sagte sie daher schnell und beeilte sich, ihn mit Agatha bekannt zu machen, bevor er das Thema hätte vertiefen können. „Darf ich Ihnen Lady Alverston vorstellen, die in meinem Haus zu Gast weilt?"

Da Agatha tatsächlich bereits das zweite Gästezimmer bezogen hatte, entsprach diese Aussage der Wahrheit.

„Meine liebe Lady Alverston, der Duke of Landmark."

Agatha warf einen Blick in das Gesicht des Herzogs, errötete leicht und versank in einem Knicks, während er ihre schlanke Gestalt mit Wohlwollen betrachtete.

Als er schließlich auch noch Vivian, mit weit weniger Interesse, begrüßt hatte, bat die Gastgeberin alle, Platz zu nehmen. Vivian wählte dafür ganz bewusst die kleine Sitzbank, sodass Lizzy zwischen ihr und Agatha zum Sitzen kam. Es konnte nicht schaden, wenn der Herzog sah, was für ein nettes Bild die beiden nebeneinander abgaben. Wie es der Zufall wollte, trugen beide Kleider in Blautönen, Mittelblau die Ältere, Hellblau das Kind, und boten so einen Eindruck perfekter Harmonie.

Der Butler kam, um den Tee zu servieren und eine Etagere mit kleinen Kuchen auf den Tisch zu stellen. Während Ihre Ladyschaft das Einschenken übernahm, verteilte Agatha ganz selbstverständlich die kleinen Teller und lud Lizzy ein, sich das verlockendste Stück von der Etagere auszusuchen. Das ließ sich die Kleine nicht zweimal sagen, und sie blickte genau in dem Augenblick freudestrahlend zu Agatha hinauf, als der Herzog seinen Blick ihr zuwandte.

Zu Vivians großer Überraschung waren es aber dann der Duke und Lady Derryhill, die das weitere Gespräch führten. Zuerst wurden die Reiseroute und einige Einzelheiten, die die benötigten Dokumente betrafen, besprochen. Dann zählte Seine Gnaden eine Vielzahl von Ländern auf, von denen Vivian bisher noch nie etwas gehört hatte.

„Das Schiff wird uns von Southampton ins Fürstentum der Niederlande bringen“, hörte sie ihn sagen. „Natürlich wäre der Seeweg nach Frankreich erheblich kürzer, aber ich traue dem Frieden noch nicht ganz, wenn Sie verstehen, was ich meine.“

Lady Derryhill nickte und sagte, das erschiene ihr sehr vernünftig.

„Über das Königreich Preußen werden wir ins Kurfürstentum Hessen reisen und von dort weiter ins Königreich Baiern, das bereits an die Habsburger-Monarchie grenzt. Zum Glück gibt es einige Verwandte und Herrenhäuser, die mir von vertrauenswürdigen Kontaktpersonen genannt wurden, entlang der Strecke, sodass es uns erspart bleiben wird, immer in Poststationen oder Gasthäusern zu übernachten. Als Diplomat genieße ich selbstverständlich eine Reihe von Vorzügen. So hoffe ich, dass wir an den diversen Schranken bevorzugt behandelt und uns auch die Zollgebühren auf den Wegen erlassen werden …“

In dieser Tonart ging es weiter. Vivian war an den Einzelheiten nicht wirklich interessiert, wunderte sich jedoch, dass es auch Agatha nicht zu sein schien. Jedenfalls stellte sie keine einzige Frage und immer wenn Lady Derryhill versuchte, sie ins Gespräch zu ziehen, lächelte sie ungewohnt schüchtern, errötete und stammelte einige unzusammenhängende Wörter.

Zum Glück hatte der Herzog nicht die Absicht, das Gespräch in die Länge zu ziehen. Nach einer knappen Stunde stand er auf, verabschiedete sich höflich und erklärte, er wolle die Damen nicht mit Details über das Arrangement zu Agathas finanzieller Ausstattung ermüden, das er mit Panswick zu vereinbaren beabsichtigte.

Vivian war kurz davor, ihn darauf hinzuweisen, dass es wohl viel eher an ihrer Cousine war, Einzelheiten über die Reise und auch die finanzielle Vereinbarung zu klären, als an Bertram, aber ein Blick zu Agatha genügte, und sie schloss den Mund wieder.

„Was ist denn bloß mit dir los?“, war das Erste, was sie wissen wollte, als der Herzog, mit Lizzy im Schlepptau, vom Butler zur Kutsche geführt wurde. „Du hast dich wie ein schüchternes Schulmädchen benommen. So habe ich dich noch nie erlebt.“

„Ich weiß auch nicht“, stammelte die so Angesprochene. „Ich hatte damit gerechnet, dass Seine Gnaden um vieles älter sein würden. Und nicht so … so … beeindruckend.“

Lady Derryhill hob beide Augenbrauen, enthielt sich jedoch jeden Kommentars.

„Seit wann lässt du dich denn so leicht beeindrucken?“, ließ Vivian nicht locker. „Ist es der hohe Titel, der dir Respekt einflößt? Ist es seine bestimmende

Art? Oder hast du doch plötzlich Angst vor der langen Reise?"

„Der Viscount of Badwell wünscht den Damen seine Aufwartung zu machen", verkündete der Butler.

Vivian war sofort abgelenkt und Agatha lehnte sich aufatmend in ihrem Sitz zurück. Wie hätte sie auch ihrer Cousine etwas erklären können, was sie selbst nicht verstand?

„Der Herzog hat uns soeben verlassen", sagte Vivian, nachdem Badwell sich vor der Countess verbeugt hatte, anstelle einer Begrüßung.

Sein Grinsen zeigte ihr, dass ihm diese Tatsache nicht fremd war.

„Du Neugiernase!", rief sie lachend aus. „Sag nicht, du hättest dich hinter der Hausecke versteckt und gewartet ..."

„Es war nicht wirklich eine Hausecke, doch die andere Straßenseite, etwa hundert Meter von hier entfernt", antwortete er gut gelaunt. „Wie hätte ich es auch länger im Ungewissen ausgehalten?"

Vivian strahlte.

„Und?", begehrte Badwell zu wissen. „Darf ich Ihren freudigen Mienen entnehmen, dass alles gut gelaufen und unser Plan aufgegangen ist?"

Vivian wollte antworten, doch Agatha kam ihr zuvor. Mit ruhigen Worten wiederholte sie die wichtigsten Einzelheiten des Gesprächs und betonte, wie reizend sie die Tochter des Herzogs fand.

„Noch ist sie vielleicht etwas zu schüchtern für ihr Alter, aber das ist nichts, was man nicht mit Zuwendung und freundlicher Ermutigung ändern könnte."

Agatha hatte ganz offensichtlich wieder zu ihrer selbstbewussten Gelassenheit zurückgefunden und stotterte auch dann nicht, als sie dem Viscount von Herzen für seine Hilfe dankte.

„Das freut mich. Das freut mich sehr", sagte dieser. „Ich denke, wir haben allen Grund, den guten Ausgang dieser Geschichte zu feiern. Und daher möchte ich Ihnen, bevor ich Sie verlasse, meine Damen, auch den zweiten Grund meines Kommens enthüllen …" Er warf Lady Derryhill einen kurzen Blick zu, bevor er weitersprach: „Es wäre mir eine große Ehre, Sie alle drei auf meinem Landsitz begrüßen zu dürfen. Dort könnten Sie noch zwei, drei ruhige Tage verbringen, bevor die große Reise losgeht, Lady Alverston. Und du, Vivian, könntest dir ansehen, wo wir leben werden, wenn wir … irgendwann einmal … dereinst … den Bund fürs Leben schließen werden."

Der Stich, den Vivian in ihrem Herzen spürte, hätte nicht tiefer sein können. Sie liebte Badwell und sie hatte gehofft, nein, sie hatte fest damit gerechnet, dass er sie ebenfalls liebte. Schien nicht sein Engagement für ihre Cousine ein deutlicher Beweis dafür zu sein? Warum hielt er sie dann noch weiter hin? Warum war er nicht bereit, sofort mit ihr vor den Altar zu treten? Hatte er denn keine Sehnsucht nach ihrer Nähe?

„Das ist äußerst liebenswürdig von Ihnen", hörte sie Lady Derryhill sagen und beeilte sich ebenfalls, zu lächeln und etwas zu murmeln, das auch so ähnlich wie „äußerst liebenswürdig" klang.

„Wann ist denn diese Reise geplant?", wollte Ihre Ladyschaft wissen.

„Ich denke, wir sollten am besten gleich übermorgen losfahren, dann wären wir am Freitag auf … meinem Landsitz. Zwei gemütliche Tage dort, und dann ginge es wieder zurück, damit Lady Agatha rechtzeitig zur Abreise nach Wien in London ist, um alles Nötige zu veranlassen."

Er blickte beifallheischend in die Runde, doch anscheinend war Agatha alles andere als begeistert.

„Ich danke Ihnen sehr für diese freundliche Einladung, Lord Badwell, aber ich fürchte, dass ich sie ausschlagen muss. So knapp vor …"

Weiter kam sie nicht.

„Ich bitte Sie", wurde sie vom Viscount unterbrochen, „machen Sie mir die Freude und sagen Sie nicht Nein."

Es klang so flehentlich, dass Lady Derryhill zuerst amüsiert auflachte, bevor sie sagte: „Von Nein kann gar keine Rede sein, nicht wahr, meine liebe Lady Alverston?"

Der Blick, den sie ihrem Gast zuwarf, war so überraschend streng, dass sich diese nicht mehr länger getraute, die Einladung auszuschlagen.

„Selbstverständlich nicht, Lady Derryhill. Lord Badwell, es wird mir ein großes Vergnügen sein, Sie zu begleiten!"

„Gut!", rief die Hausherrin zufrieden und klatschte in die Hände. „Ich bin froh, dass wir das geklärt haben, denn ich brauche Sie als Duenna für Vivian. Ich selbst kann nicht mit von der Partie sein, so leid mir das auch tut. Meine Freundin, Lady Darlington, feiert Geburtstag. Da werden Sie verstehen, dass ich in der Hauptstadt bleiben muss."

Badwell nickte: „Selbstverständlich. Obwohl ich es natürlich sehr bedaure."

„Aber", wunderte sich Vivian, „Lady Darlington hatte doch erst kürzlich Geburtstag. Wir waren im Regent's Park, wenn Sie sich erinnern, es gab ein Picknick …"

Lady Derryhill kniff die Lippen zusammen und warf einen kurzen Blick zu Badwell. Dann schlug sie sich mit der Hand auf die Stirn. „Habe ich Lady Darlington gesagt? Bitte verzeiht, ich bin schon ganz verwirrt. Ich meinte natürlich Lady Jersey. Die liebe Sally ist es, die Geburtstag hat."

Kapitel 49

Pünktlich zur vereinbarten Stunde hielt die grüne Kutsche mit dem Wappen des Viscounts of Badwell am Schlag vor dem Haus von Lady Derryhill. Das Fahrzeug war erst kürzlich für Seine Lordschaft angefertigt worden, und so wies es den höchsten Komfort auf, den man sich nur wünschen konnte. Die Eingangstür öffnete sich, kaum dass der Türklopfer verhallt war, und während der Butler den Viscount ins Haus bat, eilten die Diener mit den Koffern aus dem Küchentrakt, um diese hinten am Wagen anzubringen.

Es kam Badwells Plänen entgegen, dass es Lady Alverston war, der er in der Halle als Erster begegnete, und so konnte er ein paar Worte mit ihr wechseln, von denen die anderen nichts wissen durften. Lady Agatha sah ihn mit großen Augen an und ging dann, ohne ein weiteres Wort zu sagen, zur offenen Eingangstür, um einen Blick zum Himmel zu werfen.

„Angenommen, ich stimme Ihrer verwegenen Idee zu, Badwell, habe ich dann Ihr Wort, dass Sie sich in keinster Weise …“

Schritte am oberen Ende der Treppe kündigten das Kommen weiterer Personen an.

„Natürlich haben Sie mein Wort", beeilte sich der Viscount zu versichern, ohne genau zu wissen, was ihn Lady Alverston eigentlich hatte fragen wollen. Aber so ungefähr konnte er es sich schon denken. Dann drehte er sich um, um Lady Derryhill und seiner Verlobten mit einem zufriedenen Lächeln entgegenzugehen.

Die erste Wegstrecke verlief mit fröhlicher Plauderei. Der Viscount stellte Agatha Fragen zu ihrer Reise nach Florenz, und diese wusste so viele Erlebnisse zu erzählen, dass die Stunden wie im Flug vergingen. Der erste Pferdewechsel fand in einer Kleinstadt namens Beckenham statt. Der Name kam Vivian vage vertraut vor und sie hatte das Gefühl, hier schon einmal haltgemacht zu haben, hatte aber keine Ahnung, wann das gewesen sein könnte. In einem angenehm kühlen und sauberen Extrazimmer wurden ihnen Sandwiches und Limonade serviert und der Wirt zapfte aus dem Fass ein Glas Ale, das Badwell sich schmecken ließ.

Als sie in den gepflasterten Innenhof zurückgingen, war kaum mehr als eine Stunde vergangen. Vivian war eben dabei, in die Kutsche einzusteigen, als sie sich umdrehte, um zu sehen, wo Agatha blieb. Diese war unschlüssig auf halbem Weg stehen geblieben, blickte nun nachdenklich in den strahlend blauen Himmel hinauf und sagte dann im Näherkommen: „Es mag euch vielleicht etwas ungewöhnlich erscheinen, aber ich würde es bevorzugen, die nächste Etappe auf dem Kutschbock zu verbringen, wenn es euch nichts ausmacht. Ich denke … äh … frische Luft wird mir guttun."

„Guttun?" Vivian eilte ihr entgegen. „Ist dir denn nicht gut? Du wirst doch nicht krank werden, Agatha, oder?"

Ihre Cousine warf einen Blick von ihr zu Badwell, der regungslos neben den Pferden stand, und wieder zurück.

„Keine Sorge, meine Liebe", sagte sie schließlich. „Ich bin keinesfalls krank."

„Fein", meldete sich der Viscount zu Wort, der es offensichtlich eilig hatte, voranzukommen, „dann ist es also entschieden. Wenn Sie möchten, Lady Alverston, können Sie natürlich neben dem Kutscher Platz nehmen. Wenn ich bitten dürfte …"

Er streckte ihr die Hand entgegen, um ihr auf den Wagen zu helfen.

„Aber warum denn bloß?", konnte es Vivian nicht glauben. „Wieso willst du deinen Teint dem prallen Licht der Sonne aussetzen, wenn du es doch im Inneren der Kutsche viel bequemer haben kannst?"

Lady Alverston sah noch einmal zu Badwell, der ihr mit einer ungeduldigen Geste zu verstehen gab, dass er keinen weiteren Aufschub wünschte.

„Das Sonnenlicht macht mir nichts aus, keine Sorge, liebe Vivian. Das bin ich von meinen Reisen in den Süden nur allzu sehr gewöhnt“, sagte Agatha daher, ergriff seine Hand und stieg auf den Kutschbock hinauf.

Badwell nickte zufrieden, stieg in den Wagen, ließ sich neben Vivian auf die mit grünem Samt bezogene Bank fallen und rief, so laut er konnte: „Abfahrt!“

Sofort setzte sich der Wagen in Bewegung und rumpelte über das Kopfsteinpflaster des Innenhofs auf die Poststraße hinaus. Mit einem Schlag wurde Vivian bewusst, dass sie mit ihrem Verlobten allein war. Warum Agatha das wohl nicht bedacht hatte? Sie war doch jetzt ihre Anstandsdame und durfte nicht …

„Für wen hast du eigentlich damals das Küssen geübt?“, fragte eine leise, raue Stimme neben ihrem linken Ohr.

Vivian fuhr herum und sah ihrem Verlobten direkt in die Augen. „Wie bitte?“

„Damals in der Fischerhütte“, erinnerte er sie, ohne seinen Blick abzuwenden, „da hast du mich gebeten, dich zu küssen.“

„Ich weiß“, sagte sie mit klopfendem Herzen, und es war kaum mehr als ein Hauch. Er war ihr so nahe. Sie waren allein in der Kutsche. Ob sie ihn wohl noch einmal bitten konnte, sie zu küssen?

„Sag mir, für wen du damals üben wolltest“, beharrte er. „Gab es einen Mann, an den du dein Herz verschenkt hattest? Gibt es ihn etwa immer noch?“

Sie schüttelte den Kopf und wollte den Blick senken. Da griff er unter ihr Kinn und ließ es nicht zu.

„Die Wahrheit, Rosalind“, forderte er und setzte, als sie nicht gleich antwortete, ein „Bitte!“ hinzu.

„Es gab niemanden“, sagte sie, „ich wollte nur vorbereitet sein. Ich wollte, wenn der Tag kam, an dem ich meinem Ehemann gegenüberstand, nicht wie ein völlig unerfahrenes, schüchternes Schulmädchen wirken. Noch dazu, da ich damals noch dachte, er würde viel älter sein als ich.“

„Ich bin älter“, erinnerte er sie.

Vivian kicherte. „Das weiß ich“, sagte sie, „aber du bist trotzdem kein Greis.“

Nun riss er die Augen auf und vergaß, ihr Kinn festzuhalten. Sie wandte ihm auch so den Blick zu.

„Du wolltest doch nicht wirklich einen Greis als Ehemann, oder?“, fragte er.

In diesem Augenblick nahm ihm die Kutsche jede weitere Entscheidung ab. Sie rumpelte durch ein Schlagloch und Vivian wäre zu Boden geschleudert worden, hätte er sie nicht mit beiden Armen aufgefangen. Er drückte sie an sich, um sie zu beschützen, und sie hob vertrauensvoll ihre Lippen zu ihm empor. Alle Fragen, die er ihr noch hatte stellen wollen, mussten auf später warten. Erst einmal brauchte er seine Lippen, um sie sanft auf die ihren zu drücken. Als er spürte, wie willkommen ihr diese Liebkosung war, zog er sie noch ein Stück näher an sich, und die Leidenschaft, mit der er sie küsste, hatte nichts mehr gemein mit der zarten Annäherung, die sie damals in der Fischerhütte geübt hatten.

Vivian war nur zu bereit, sich dieser Leidenschaft hinzugeben, und so vergingen die nächsten Stunden – oder waren es nur Minuten gewesen? Vivian hätte es nachher nicht sagen können – mit Küssen und Liebkosungen und damit, dass sie sich gegenseitig immer wieder versicherten, wie sehr sie sich liebten. Sie ließen erst voneinander ab, als die Kutsche in den Innenhof der Poststation südlich von Lipsfield einfuhr.

Agatha war sichtlich froh, als sie vom Kutschbock steigen konnte, und verschwand sofort im Gasthaus, um einen Spiegel zu suchen und dort ihr zerzaustes Haar in Ordnung zu bringen und sich das verstaubte Gesicht zu waschen.

In der Zwischenzeit hatte die freundliche Wirtin Badwell und Vivian in ihr bestes Extrazimmer geführt und bot dann, als sich Agatha zu ihnen gesellt hatte, alles auf, was Küche und Keller hergaben. So ließen sie sich eine herzhafte Gemüsepastete aus Steckrüben, Pastinaken, Karotten und Grünkohl schmecken und der Viscount freute sich auch über ein ordentlich großes Stück gegrillter Hochrippe.

Als Agatha nach dem Mahl erklärte, dass sie auch die nächste Etappe wieder auf dem Kutschbock zu reisen gedachte, da klang das nicht so, als entspränge dieser Wunsch ihrer vollen Begeisterung. Ja, man konnte sogar meinen, sie hoffte auf Vivians Protest. Doch da dieser nicht erfolgte und ihr der Viscount auffordernd die Hand entgegenstreckte, kletterte sie tapfer wieder vorne auf den Wagen hinauf.

„Du bist mir noch eine Erklärung schuldig“, erinnerte Badwell seine Verlobte nach einem weiteren Kuss. „Warum hattest du beabsichtigt, einen Greis zu ehelichen? Wolltest du möglich rasch an sein Erbe?“

Der letzte Satz war scheinbar belustigt vorgebracht, doch im Hintergrund lauerte er mit angehaltenem Atem auf die Antwort. Sollte er sich doch in Vivian getäuscht haben? War sie, so wie all die anderen Frauen, die er kannte, nur auf den eigenen Vorteil bedacht?

„Es war wegen der Schule und wegen seines Sitzes im Oberhaus“, erklärte sie mit ernster Miene. „Aber vor allem wegen der Schule.“

„Welcher Schule?“, wollte er wissen. „Was hat denn eine Schule damit zu tun, dass du bereit warst, einen alten Mann zu ehelichen? Und zwar keinen bestimmten, sondern irgendeinen, wenn ich dich richtig verstanden habe?“

„Doch nicht irgendeinen“, protestierte sie da auch schon, „nur einen passenden.“

Und dann erzählte sie ihm alles, was sie sich mit ihrer Lieblingslehrerin über Monate hinweg ausgemalt hatte. Einiges wusste er schon von Hugh, einiges war ihm neu, alles fand er rührend. Manches durchführbar, manches aber auch völlig im Reich der Fantasie angesiedelt. Er wollte sich die Reaktion der anderen Lords gar nicht vorstellen, wenn er im Oberhaus aufstehen und ein Erbrecht zugunsten von Frauen verlangen würde. Sie würden ihn im besten Falle auslachen, im schlechtesten jedoch in einen Narrenturm sperren lassen. Was die Schule betraf, da kam ihm spontan das weitläufige Gemäuer seiner Großmutter in den Sinn. Wäre *Hyacinth Manor* in Kingsbury dafür nicht bestens geeignet? Sollte er es Vivian zur Hochzeit schenken? Er beschloss, mit Derryhill darüber zu sprechen.

„Ich finde es gut, dass du dich für die Rechte von Frauen einsetzen möchtest“, sagte er schließlich und meinte es ehrlich. „Doch damit kann man nur klein beginnen. Für alles andere ist die Zeit noch nicht reif. Ich werde dich immer als gleichwertige Partnerin ansehen, Rosalind. Und ich verspreche dir schon heute, dass ich unsere Töchter ebenso lieben werde wie unsere Söhne. Auch wenn es William sein wird, der meinen Landsitz erbt, und nicht … Margret."

Er erwartete, dass sie darüber erröten würde, dass er von zukünftigen Kindern sprach und sie daran denken musste, was zuerst zu geschehen hatte, bevor Kinder entstanden. Doch sie war weit davon entfernt, zu erröten.

„Unsere Kinder heißen sicher nicht William und Margret", protestierte sie stattdessen. Was blieb ihm da anderes übrig, als sie wieder in die Arme zu schließen?

Kurz vor der Dämmerung erreichten sie ein kleines Gasthaus in der Nähe von Bough Beech. Es war offensichtlich, dass auch der Viscount noch nie zuvor hier gewesen war. Die Wirtsleute waren auf so hohen Besuch nicht eingestellt und liefen aufgeregt hin und her. Auch das Essen war einfacher, als sie das gewöhnt waren. Doch zum Glück waren die kargen Zimmer sauber und die Matratzen ohne Flöhe und Wanzen, wie Agatha mit kundigem Blick feststellte.

„Sind Sie sicher, dass wir auf dem richtigen Weg sind?", fragte sie Badwell, während sie ein schlichtes Abendessen zu sich nahmen. „Sind Sie sicher, dass es klug war, von der offiziellen Poststraße abzuweichen?"

„Absolut sicher", bestätigte dieser.

Kapitel 50

Am nächsten Morgen hielt es keinen in seinem unbequemen Bett, und so kam es, dass sich die Kutsche früher als geplant wieder auf den Weg machte.

„Sie möchten sicher auch heute wieder hinauf auf den Kutschbock“, vermutete Badwell, als der Wagen vorgefahren wurde, doch diesmal hatte es sich Agatha offensichtlich anders überlegt.

„Ich fürchte, es wird Regen geben“, sagte sie und stieg schnell in das Innere, bevor ihr jemand widersprechen konnte.

Vivian warf einen skeptischen Blick gegen den Himmel. Ja, richtig, es gab einige Wolken mehr als am gestrigen Tag, aber von Niederschlägen war weit und breit nichts zu entdecken. Sie seufzte und folgte Agatha in den Wagen. Dabei schämte sie sich dafür, dass sie ihre Cousine gern wieder auf die Bank neben dem Kutscher verbannt hätte. Wenn es nach ihr gegangen wäre, dann hätte sie auch diese Etappe lieber allein mit Badwell verbracht. Sie hätte gern noch viele weitere Küsse getauscht, und vielleicht würde er ja endlich auf die Hochzeit zu sprechen kommen.

Verstohlen blickte sie zu ihrem Verlobten hinüber, der ihr nun gegenübersaß. Falls er ebenso dachte wie sie, so ließ er sich zumindest nichts anmerken. Er hatte charmant mit Agatha zu plaudern begonnen und erzählte nun von den berühmten Steinkreisen von Avebury, die man nahe seinem Landsitz besichtigen konnte. Dann sprach er über dies, und er sprach über das, aber nie über die Vermählung. Wie konnte er sie bloß so innig küssen und dann kein Wort über den Hochzeitstermin verlieren?, fragte sich Vivian. Sie merkte zunehmend, wie ihr die Enttäuschung die Kehle zuschnürte, und hatte plötzlich keine Lust mehr, sich an der Unterhaltung zu beteiligen.

Es war knapp vor der Mittagszeit. Da sie nicht in einer Poststation genächtigt hatten, waren die Pferde dieselben, die auch schon am Vortag eine große Strecke hatten zurücklegen müssen. Sie waren müde und nur mehr in der Lage, ein langsames Schritttempo anzuschlagen.

„Ich denke, es ist Zeit für eine Pause", hörte Vivian Agatha sagen und konnte ihr nur zustimmen. Die Reise war für sie ermüdend geworden, sie sehnte sich nach frischer Luft und einer kühlen Erfrischung.

„Haben Sie eine Ahnung, wo wir gerade sind, Badwell? Warum bloß meiden wir die Poststraße? Wissen Sie, wann wir das nächste Gasthaus erreichen werden?"

Der Viscount blickte aus dem Fenster und beantwortete keine dieser Fragen. Vivian hatte plötzlich den Eindruck, dass er ungewohnt angespannt wirkte. Agatha hatte ihren Blick ebenfalls dem Fenster zugewandt und beobachtete prüfend die Landschaft, die draußen vorbeizog. Sie wollte ihre Fragen gerade wiederholen, da machte die Straße eine lang gezogene Linkskurve, und sie stieß stattdessen einen überraschten Schrei aus.

„Aber das ist doch …" Sie zeigte mit dem Finger in eine bestimmte Richtung. „Das kann doch nicht die Möglichkeit sein …!"

Vivian drängte sich sofort an ihre Seite und ihr Blick folgte neugierig der ausgestreckten Hand. Sie erkannte den Grund von Agathas Aufregung sofort. Hinter einem dichten grünen Busch, auf dem der Flieder verblühte, war ein markanter Turm aufgetaucht. Ein Turm, von dessen Art es vier gab, wie sie nur zu gut wusste. Sie waren ohne Zweifel bereits auf dem Grund und Boden von Lancroft Abbey.

Während Agatha nichts anderes konnte, als aufgeregt immer und immer wieder „Oh Gott, oh Gott, wie schrecklich!" und „Sie wird mich davonjagen!" zu murmeln, fiel Vivian ihrem Verlobten um den Hals.

„Ich weiß zwar nicht, was du vorhast, Raphael", sagte sie und strahlte ihn an, „aber es ist schön, mit dir nach Hause zu kommen."

Epilog

Zwei Tage später war es so weit. Die kleine Kirche, die zu Lancroft Abbey gehörte, war bis auf den letzten Platz gefüllt. In der vordersten Reihe hatte sich die Viscountess of Panswick niedergelassen. Ihr älterer Sohn, der Viscount und Erbe, hatte sie zu diesem Platz geführt und war dann wieder nach draußen geeilt, um einer viel wichtigeren, ehrenvollen Aufgabe nachzukommen.

Bertram war am Tag, bevor Badwells Kutsche Lancroft Abbey erreichte, völlig überraschend aufgetaucht, um der Familie die Ankunft der drei anzukündigen und sie in die weiteren Pläne des Viscounts einzuweihen. Die Aufregung war naturgemäß groß gewesen, und man hatte ihn von allen Seiten mit Fragen gelöchert. Seine Versicherung, dass Vivian und Badwell einander tatsächlich liebten, sorgte für Freude, aber auch für einiges Erstaunen, zumal er ihnen auch verraten hatte, wie die Verlobung zustande gekommen war. Lady Panswick konnte über Vivians Leichtsinn nur den Kopf schütteln, Frederica seufzte ergriffen, weil sie sich mit ihrer kleinen Schwester freute, und Lord Derryhill wunderte sich nicht länger darüber, dass Badwells schriftlicher Heiratsantrag gar so kühl ausgefallen war.

Schließlich hatten sich alle mit Feuereifer darangemacht, die Hochzeit vorzubereiten. Penelope hatte die schönsten Blumen aus ihrem Glashaus ausgesucht, die Köchin hatte gestöhnt, als sie daran dachte, dass sie in Windeseile ein Wunder zu vollbringen hatte, und Lady Panswick hatte mit bellendem Lachen gemeint, sie hoffe, der Bräutigam würde vor dem Altar nicht mit einem Migräneanfall zusammenbrechen.

Nun blickte Lady Panswick zu Agatha hinüber, die neben ihr in der Bank saß und ihr offen zulächelte. Sie war so glücklich gewesen, als Bertram ihr erzählt hatte, dass ihre Nichte gefunden und wohlauf sei, dass sie völlig vergaß, warum sie ihr eigentlich böse gewesen war. So hatte sie sie in die Arme geschlossen – kaum dass die Kutsche auf dem bekiesten Vorplatz eingetroffen war. Natürlich war sie traurig darüber, dass Agathas Bleiben nicht von langer Dauer sein würde, aber das war eben des Lebens Lauf, wie sich die Viscountess selbst sagte. In einem spontanen Impuls griff sie hinüber, um Agatha die Hand zu drücken.

Hinter der Hausherrin saß der Earl of Derryhill in der Mitte der zweiten Bank, flankiert von seiner Gattin und seiner Mutter. Fredericas Bauch hatte sich nun schon unübersehbar gerundet und Tränen der Rührung über die bevorstehende Vermählung liefen ihr über die Wangen. Diese Rührung war anscheinend ansteckend, denn auch er schluckte mit einem Mal schwer, nahm ihre Hand und führte sie an seine Lippen. In wenigen Wochen würde sie ihn zum Vater machen. Gab es für einen Mann ein schöneres Gefühl, als zusammen mit der Frau, die er liebte, Eltern zu werden?

Zu seiner Linken hatte seine Mutter Platz genommen, die am selben Tag wie Vivian eingetroffen war, nur einige Stunden später. Ach ja, und Lady Jersey hatte übrigens im September Geburtstag.

Dahinter saßen Penelope und Nicolas und strahlten um die Wette. Auf der rechten Seite der Kirche hatte Hugh MacMillan mit seiner Gattin Platz genommen. Rose sah in ihrem graugrünen Tageskleid besonders elegant aus. Auch Badwells andere Freunde Lester und Gregory hatten es sich nicht nehmen lassen, zu kommen. Die nächsten Reihen wurden mit der Dienerschaft aufgefüllt, bevor sich die Pächterfamilien anschlossen. Die meisten kannten Vivian seit ihrer Kindheit und waren nun ebenso gerührt und ergriffen wie ihre Familie.

Alles war fast genauso, wie Vivian es vor einigen Wochen bereits einmal erlebt hatte. Wieder stand sie vor dem offenen Kirchentor und wartete, bis die Musik einsetzte. Nur ging sie diesmal nicht vor der Braut. Nein, sie war die Braut.

Vor ihr hatte ihre Freundin Kate Aufstellung genommen, so wie es ihr Vivian am letzten Schultag versprochen hatte. Ein glücklicher Zufall wollte es, dass sie diese Woche in ihrem Elternhaus weilte, kaum zwei Stunden von Lancroft Abbey entfernt, und daher rechtzeitig herbeigeholt werden konnte. Einen bunten Strauß Wiesenblumen in der Hand, wartete sie aufgeregt auf ihren Einsatz.

Ach, wie gut konnte Vivian diese Aufregung verstehen! Hatte sie sie doch selbst vor nicht allzu langer Zeit verspürt. Heute dagegen war es eine ganz andere Art von Aufregung. Heute war es vor allem Glück, das sie überwältigte. Vorfreude, Zuversicht und eine übergroße Portion Liebe.

Die ersten Takte der Orgelmusik erklangen. Kate warf noch einen raschen Blick auf Bertram, der Vivian den Arm geboten hatte, und als dieser nickte, schritt sie los, in den Mittelgang der Kapelle hinein. Bertram und Vivian folgten in einigen Metern Abstand.

Die Kirche war mit zauberhaften rosaroten Rosen geschmückt, die Braut trug einen Strauß aus denselben Blumen in beiden Händen. Rosarote Rosen für Rosalind. Ihr traumhaftes elfenbeinfarbenes Kleid war aus feinster Brüsseler Spitze gefertigt. Lady Derryhill hatte es aus London mitgebracht und ihr überraschend zur Hochzeit geschenkt. Konnte es eine liebenswürdigere, großzügigere Duenna geben als die Countess?

Und doch war Vivian froh, dass sie in Kürze keine Anstandsdame mehr benötigen würde. Dann hatte sie einen Ehemann, dann war sie eine verheiratete Frau.

Wie von selbst glitt ihr Blick an die rechte Seite des Altars.

Wie damals, bei Penelopes Trauung, sah sie dort ihren Schwager Henry Bernard Markfield stehen. Doch diesmal war er nicht der Bräutigam, er war der Trauzeuge seines Cousins, des Oberhaupts seiner Familie.

Noch nie hatte Badwell so elegant, so aufregend, so gut ausgesehen wie in diesem Augenblick. Der schwarze Frack saß wie angegossen, das Halstuch war kunstvoll geschlungen, die dunklen Haare zu einer modischen Windstoßfrisur gebürstet. Vivian hielt die Luft an. Er sah so ernst, ja fast schon unnahbar aus, wie er da stand und regungslos auf den Fußboden der Kirche starrte. Da hob er den Kopf und sah ihr entgegen. Sie erkannte das Leuchten in seinen Augen und das kleine, etwas nervöse Lächeln auf seinem Mund. Da wusste sie: Alles ist gut. Sie würde Raphael heiraten, den Mann, den sie von ganzem Herzen liebte. Und sie freute sich schon darauf, ihm die Nervosität bei der Fahrt nach Lancroft Abbey, der ersten Kutschenfahrt, die sie ganz offiziell alleine unternehmen durften, von den Lippen zu küssen.

Anhang

Die Geschichte von Lancroft Abbey

Für seine Erfolge zu See wurde dem ruhmreichen General George Barnett im Jahre 1601 von Königin Elisabeth I. der Titel *Viscount of Panswick* verliehen. Er erwarb das ehemalige Kloster Lancroft Abbey nördlich von Tunbridge Wells, in der englischen Grafschaft Kent gelegen, das unter der Herrschaft von Heinrich VIII. säkularisiert worden war, und baute es für seine Familie um. Seit dieser Zeit befindet sich der vierseitige Backsteinbau mit den vier markanten, achteckigen Türmen im Besitz der Familie Barnett.

Der siebte Viscount (1755–1810) war ein herzensguter Mensch gewesen, der weder etwas von Landwirtschaft noch von Vermögensverwaltung verstand. Sein Geld investierte er vor allem in die Ausgrabungen, die Edward Alverston, der angeheiratete Neffe seiner Gemahlin, in Ägypten durchführte. Als er 1810 an einem heimtückischen Fieber starb, hinterließ er eine tatkräftige Witwe, fünf heranwachsende Kinder und einen Berg Schulden.

Die Familie Barnett im Jahr 1814

Mutter: Louise Barnett, *1767, 47 Jahre alt, die **Viscountess of Panswick,** ist eine gerechte, praktisch veranlagte, zupackende Frau, die stets ein wachsames Auge auf die Verwaltung des Landsitzes hat.

Frederica, *1789, 25 Jahre alt, dunkelhaarig, hübsch, klug, einfallsreich, belesen, liebt London, Schach, Bücher und natürlich ihren Ehemann, den 4. Earl of Derryhill.

Penelope, *1791, 23 Jahre alt, die Schönheit der Familie, interessiert sich für das Landleben und hat ein umfangreiches Wissen in der Heilkunde von Tieren erworben. Sie liebt Henry Bernard Markfield und Schafe.

Bertram, *1793, knapp 21 Jahre alt, der **8. Viscount of Panswick**, nimmt nach dem Studium in Cambridge die Stelle als Adjutant des Herzogs von Landmark, eines hochrangigen Diplomaten, an. Er ist ein ebenso ernsthafter wie liebenswerter Mann, der in die Rolle des Familienoberhaupts hineinwächst.

Vivian, *1796, 18 Jahre alt, ist der Freigeist unter Lady Panswicks Töchtern. Sie ist ein stürmisches, kämpferisches Mädchen, das die Rechte adeliger Frauen verbessern und eine Schule gründen will.

Darum sucht sie einen reichen, weisen, alten Ehemann, der diese Pläne unterstützt.

Nicolas, *1798, 16 Jahre alt, ein besonders gut aussehender, modebewusster, fröhlicher junger Mann, der in Cambridge studiert und den der Ernst des Lebens nicht kümmert.

Agatha Alverston, * 1778, 36 Jahre alt, Lady Panswicks verwitwete Nichte, lebte lange bei den Barnetts, bereiste dann den Kontinent und niemand weiß, wo sie sich derzeit aufhält.

Andere wichtige Personen

Justin Rawling, 5. Viscount of Badwell, 28 Jahre alt, hat überraschend das Erbe seines verhassten Vaters angetreten und schert sich nicht um die Pflichten, die damit einhergehen. Schläft lieber mit verheirateten Frauen und hat nichts dagegen, wenn man ihn den *Teufel* nennt.

Hugh MacMillan, Lord Badwells bester Freund, verheiratet mit der bezaubernden, fintenreichen **Rose**.

Lester Duncun und **Gregory Saville**, Badwells andere Freunde.

Anthony Farrensby, 4. Earl of Derryhill, 35, unglaublich reich, hat Lancroft Abbey gerettet. Vormund der unmündigen Barnett-Kinder, liebt Frederica und spöttische Bemerkungen.

Seine Mutter, die Countess of Derryhill, Cassandra, 50, elegant, klein, sehr lebhaft. Hat bereits die ersten beiden Barnett-Schwestern in die Gesellschaft eingeführt.

Lady Stonesdale, die ledige Schwester eines Herzogs, reich und exaltiert, Nachbarin von Lancroft Abbey, schenkt Penelope den Landsitz *White Rose Hill*.

Carl Hawick, der Duke of Landmark, hochrangiger Diplomat, Bertrams standesbewusster, traditionsliebender Arbeitgeber.

Miss Eliza Hawick, genannt Lizzy, seine Tochter.

Lady Cordula Grove, die Cousine des Herzogs und Lizzys. Anstandsdame und zum Glück für alle unglaublich prüde.

Und dann sind da auch noch **Raphael** und **Rosalind**.

Fachbegriffe (nicht nur) aus der Welt der Regency-Zeit

Ägide: Bist du unter der Ägide, bist du unter einer Leitung – als Mädchen oft unter der Ägide einer Anstandsdame.

Beau Brummell: eigentlich George Bryan Brummell, der tonangebende Dandy der Zeit.

Brief freimachen: Briefporto war teuer, bei adeligen Männern reichte eine Unterschrift und der Brief war frei.

Chaperon: anderes Wort für Anstandsdame.

Clotted Cream: dicker Rahm, wird gern zu Scones serviert.

comme il faut: wie es sich gehört.

Contenance: gelassene Zurückhaltung.

Corpus delicti: Beweisstück.

de trop: Bist du de trop, bist du einer zu viel.

Dandy: modebewusster Gentleman.

Duenna: noch ein anderes Wort für Anstandsdame.

echauffieren: sich aufregen.

heißer Ziegelstein: in noblen Kutschen zum Wärmen der Füße.

Kratzbuckel: besonders untertänige Verbeugung.

Landauer: viersitzige Kutsche mit zurückschlagbarem Verdeck.

Lizitieren bei Whist: die Ansage machen beim Vorläufer des Kartenspiels Bridge.

Lorgnon: ein Einglas mit Stiel statt einer Brille.

Memmen: Feiglinge.

Phaeton: sportliche Kutsche mit zwei Sitzen.

Quadrille: französischer Kontertanz, der von jeweils vier Paaren ausgeführt wird. Es gibt sechs Figuren, darunter den Galopp.

Ratafia: ein Likör.

Modistin: macht Hüte.

Reel: ein Tanz.

Retikül: beutelförmige Handtasche.

Scones: Gebäck, das damals in der Pfanne und heute im Ofen gebacken wird.

Soiree: Abendgesellschaft.

Supper: spätes Abendessen.

Tattersall: Unternehmen zum Kauf und zur Unterbringung von Pferden.

Weitere Bücher der Autorin

Sophia Farago: **Der Heiratsplan**
(Die Lancroft Abbey Reihe, Band 1)

England, 1811. Frederica, die älteste Tochter des verstorbenen Viscounts of Panswick, träumt von einer glanzvollen Saison in London. Doch ihr Vater hat der Familie einen Berg Schulden hinterlassen.

Um wenigstens das Anwesen Lancroft Abbey zu retten, beschließt ihre Mutter, alles auf eine Karte zu setzen. Anstelle von Frederica soll zuerst die zweitälteste und schönste Tochter Penelope in London debütieren, ausgestattet mit dem letzten Bargeld.

Als sich Penelopes Anstandsdame das Bein bricht, übernimmt Frederica, als verwitwete Cousine verkleidet, ihren Part. Die ersten Versuche, Kontakt zur vornehmen Gesellschaft aufzunehmen, scheitern kläglich. Kann Frederica ihre Aufgabe doch noch erfüllen und einen reichen Junggesellen für ihre Schwester finden?

Sophia Farago:

Verlobung wider Willen

(Die Lancroft Abbey Reihe, Band 2)

England, 1813. Penelope, zweitälteste Tochter der Viscountess of Panswick, hat soeben ihren vierten Heiratsantrag abgelehnt. Seit ihr bei ihrem Debüt in London das Herz gebrochen wurde, würde sie am liebsten ein beschauliches Leben auf Lancroft Abbey führen, umgeben von ihren geliebten Tieren.
Doch Lady Panswick möchte ihre Töchter so schnell wie möglich unter die Haube bringen. Also organisiert sie einen Ball zu dem passende Junggesellen eingeladen werden. Und sie nimmt Penelope das Versprechen ab, einen fünften Heiratsantrag in jedem Fall anzunehmen.
Doch nicht nur die Ballvorbereitungen halten Penelope in Atem. Sie kümmert sich auch um einen verletzten Soldaten, von dem ihre Mutter annimmt, es sei ein entfernter Verwandter. Doch wer ist dieser Mann wirklich?

Sophia Farago:

Die Braut des Herzogs

Julian Romsey, Herzog von Wellbrooks, hat es gründlich satt, Opfer der Nachstellungen heiratswütiger Mütter und hoffnungsvoller Debütantinnen zu sein. Darum beschließt er kurzerhand, dem Rat seiner Großmutter zu folgen und endlich zu heiraten. Mit der Brautsuche gibt er sich keine große Mühe und stimmt der von seiner Großmutter vorgeschlagenen Braut unbesehen zu - auch wenn es sich anhört, als sei sie eine Landpomeranze, wie sie im Buche steht. Allerdings schwebt ihm ohnehin nur eine Vernunftehe vor, da der attraktive Aristokrat nicht plant, mehr als milde Zuneigung für seine Zukünftige zu empfinden. Miss Olivia Redbridge fällt aus allen Wolken, als sie von dem Antrag des Herzogs erfährt, denn sie ist seit ihrer nicht gerade erfolgreich verlaufenen ersten Saison vor sechs Jahren nicht mehr in London gewesen. Statt sich um modische Kleider und Gesellschaftsklatsch zu kümmern, hat sie ihrem verwitweten Vater das Haus geführt und bei der Erziehung ihrer jüngeren Geschwister geholfen. Doch nun hat sich Lord Redbridge wieder verheiratet, und obwohl sie ihre Stiefmutter sehr mag, möchte Olivia jetzt gerne selbst heiraten und ihren eigenen Haushalt leiten. Darum schlägt sie Wellbrooks Antrag auch nicht gleich aus, sondern macht sich auf den Weg nach London, wo nicht nur ihr, sondern auch dem Herzog eine große Überraschung bevorsteht ...

Sophia Farago:
Hochzeit in St. George

England im 19. Jahrhundert: Der ehrenwerte Mr. Richard Willowby befindet sich in einer üblen Klemme - er wurde auf frischer Tat bei einem intimen Tête-à-tête von dem Vater seiner Gastgeberin ertappt - der sich sofort erzürnt an seine Fersen heftet. Da ist guter Rat teuer! Gott sei Dank verfügt unser Held über die Geistesgegenwart, die tief verschleierte Dame, die er überraschenderweise in seinem Salon vorfindet, als seine Verlobte auszugeben...

Sophia Farago:
Schneegestöber

England im 19. Jahrhundert: Die lebenslustige Kitty überredet ihre Freundin Mary Ann gemeinsam aus dem Internat zu fliehen. Nach London zieht es die beiden jungen Damen. Hier wohnt Kittys bislang unbekannter Vormund, der Earl St. James. Entgegen Kittys Annahme, ist der Earl keinesfalls ein älterer Herr, sondern ein junger, attraktiver Mann mit Liebeskummer: Seine Braut ist vor dem Traualtar ohnmächtig geworden und anschließend spurlos verschwunden. Kitty und Mary Ann begeben sich auf die Suche nach der Braut. Während ihrer Reise durch das ländliche England finden die beiden jungen Damen tatsächlich, was sie sich so sehnlich wünschen: ein aufregendes Abenteuer und die große Liebe.

Sophia Farago:
Maskerade im Rampstade

Die selbstbewusste Sophia Matthews folgt nur zu gerne der Bitte von George Willowby, ihrem Freund aus Kindertagen, sich auf Rampstade Palace, wo seine furchtgebietende Großmutter residiert, mit ihm zu treffen. Allerdings scheint schon die Anreise unter keinem guten Stern zu stehen - Sophias Kutsche hat eine Panne, die sie zwingt, das nächste Wirtshaus aufzusuchen - wie sich herausstellt eine üble Räuberhöhle. Ein faszinierender Fremder, den sie dort kennenlernt, bringt sie sicher zum nächstgelegenen Herrensitz. Schade nur, dass dieser Jojo, wie er sich nennt, trotz seiner eher gewählten Ausdrucksweise ganz offensichtlich ein Anführer des Gesindels aus dem Wirtshaus ist, vermutlich ein auf die schiefe Bahn geratener Adeliger. Schließlich doch noch auf Rampstade Palace angelangt, muß Sophia dann entdecken, dass der charmante Luftikus George ihr nicht etwa, wie sie angenommen hatte, einen ernstgemeinten Heiratsantrag machen will, sondern sie vielmehr – ungefragt – zum Schein als seine Verlobte ausgegeben hat, damit seine Chancen steigen, statt seines mustergültigen Vetters vom Nachbargut im Testament der Herzoginwitwe bedacht zu werden. Und zu allem Überfluß kann Sophia Jojo einfach nicht vergessen. So kommt es, dass sie sich nicht nur mit einem Scheinverlobten und dessen ihr unbekannten, aber wenig sympathischen Vetter herumzuschlagen hat, sondern auch noch dem galanten Räuberhauptmann helfen, wieder auf den Pfad der Tugend zurückzufinden …

Sophia Farago:
Eliza - Einfach zauberhaft!

Die junge Lady Eliza hat nicht den geringsten Grund, sich auf das bevorstehende Weihnachtsfest zu freuen. Ihr behäbiger Bruder, bei dem sie wohnt, hasst Dekorationen und Feierlichkeiten. Und seine dominante Schwiegermutter quält sie unablässig mit ihrer Bösartigkeit. Da kommt die Gelegenheit gerade recht, der reizenden Lady Aby, einer Großtante ihrer Freunde, Gesellschaft zu leisten. Die alte Dame träumt von einem zauberhaften Weihnachtsfest im Familienkreis. So erklärt sie kurzerhand Eliza zu ihrer Nichte und Andrew Brown, einen zufällig vorbeikommenden Pferdeknecht, zu ihrem Neffen. Die drei verbringen fröhliche Tage miteinander, dekorieren das Wohnzimmer mit Girlanden und schmücken einen prächtigen Weihnachtsbaum. Und spätestens als Andrew sie unter dem Mistelzweig küsst, weiß Eliza, dass sie sich unsterblich in ihn verliebt hat. Doch kann das angehen: die Schwester eines Viscounts und ein Diener? Ihr Bruder wird einer solchen Verbindung wohl niemals zustimmen! Nicht einmal Myladys Weihnachtswunsch kann hier helfen - oder etwa doch?

Printed in Poland
by Amazon Fulfillment
Poland Sp. z o.o., Wrocław

71908378R00301